Contes et Nouvelles de la Ville des Rois

Julien Morel

Contes et Nouvelles de la Ville des Rois

Fiction

© Dominique Plée, 2025

Relecture : Dominique Plée
Correction : Dominique Plée
Autres contributeurs :

Édition : BoD · Books on Demand, 31 avenue Saint-Rémy, 57600 Forbach, bod@bod.fr
Impression : Libri Plureos GmbH, Friedensallee 273, 22763 Hamburg (Allemagne)

ISBN : 978-2-3225-5365-5
Dépôt légal : Mai 2025

Le Seigneur des Miracles

Le visage de l'individu qui s'approchait à pas lents de la procession ne m'était pas inconnu. J'avais déjà rencontré deux ou trois fois, aux abords de la Place d'Armes de Lima, le personnage picaresque qui se trouvait maintenant à moins de cinq mètres de moi.

Imaginez quelqu'un qui tiendrait à la fois du mendiant, mais sans en avoir la soumission, et du sage, mais sans en avoir le détachement et vous aurez le commencement d'une idée sur la personnalité de l'homme qui s'approchait.

Imaginez quelqu'un dont les traits témoigneraient simultanément d'une jeunesse intacte et d'une impression de grande éternité. Le caractère de jeunesse se manifestait par la curiosité et la vivacité d'esprit qui se lisaient sur son visage ; quant à l'impression d'éternité que l'observateur ressentait, elle s'imposait à l'esprit car il était clair que cet homme avait beaucoup vécu et beaucoup vu.

Au reste, l'individu, de taille moyenne, avec sa peau noire et ses cheveux crépus, appartenait au type afro-péruvien, dont on trouve beaucoup de représentants dans la partie nord du pays, ni beau, ni laid, ni grand, ni petit, mais avec un regard de ruse et de pénétration. La figure, remarquable par son originalité, montrait un front large et aplati, des pommettes légèrement saillantes, le menton bien découpé, le nez épaté, des lèvres charnues et des dents d'une blancheur éclatante qui se dévoilaient dès qu'il esquissait un sourire.

Ses vêtements offraient un curieux contraste. Ils paraissaient d'une coupe très ancienne, mais en même temps, propres et en relativement bon état. L'homme portait des sandales de cuir marron manifestement usées par la marche, qui laissaient voir des pieds larges où l'on notait la corne, un pantalon de toile évasé de couleur crème et une ceinture rouge sang, large et provocante. Pour le haut du corps, une sorte de serge grossière, agrémentée de quelques motifs floraux, lui tenait lieu de chemise et laissait entrevoir le haut de la poitrine. Enfin, un serre-tête de pirate, de tissu bleu, de style hollandais, terminait le tableau. L'observateur attentif pouvait déceler sur la poitrine quelques scarifications anciennes. L'homme portait également deux petites boucles d'oreille qui paraissaient d'or mais point d'autres bijoux.

mètre de haut dont le poids atteint facilement les cinquante kilogrammes. Les anges, ailes déployées, portent dans leurs mains ouvertes un lys d'argent qui sert de tabernacle pour les bouquets de fleurs que la foule apporte à profusion.

Autant sur la partie frontale que sur la partie postérieure, se trouvent de petits jardinets d'argent, qui ont pour fonction de recevoir les compositions florales que les liméniens offriront tout au long du parcours. A côté, cinq candélabres, près des cinq images sacrées, supportent les bougies qui resteront allumées tout au long de la procession.

La tapisserie du Seigneur des Miracles est placée sur l'axe transversal de la table. Elle est entourée d'un double rang de colonnes de Salomon qui se terminent en chapiteaux chargés de chérubins et de figures d'ange. Un arc solennel termine la sculpture dont la base coïncide avec les bras de la Croix. Les colonnes, l'arc et les décorations sont d'argent pur ; des rayons d'argent baignés d'or, au nombre de trente-trois, jaillissent de divers points de l'ornementation.

La partie supérieure, la plus haute, soutient le blason de la ville des Rois. Au total, ce sont mille huit cent cinquante kilogrammes de poids

Il s'inséra sans un mot dans la Procession du Seigneur des Miracles qui venait de quitter la Place d'Armes pour retourner vers le sanctuaire des Nazarenas. Cet édifice, bien connu à Lima, s'enorgueillit de son autel qui abrite le fameux tableau du Christ noir censé protéger le Pérou des tremblements de terre.

Cette procession, pour qui ne l'a jamais vue, est quelque chose de tout à fait surprenant. Des dizaines de milliers de personnes, vêtues d'une robe violette, se rassemblent à partir du dix-huit octobre de chaque année en plein centre de Lima et la fête dure jusqu'à la fin du mois d'octobre pour se propager dans tous les quartiers de la ville.

L'objet principal de la dévotion populaire est une gigantesque table d'acajou renforcée par des cylindres métalliques. Cette table supporte l'image du Seigneur des Miracles, autrement dit le Christ, que l'on va promener par la ville. La table est traversée latéralement par quatre poutres de bois qui servent de support et qui sont copieusement plaquées d'argent, les parties terminales étant réalisées en bronze.

Sur le dessus de la table s'élève un petit podium de bois couvert de lames d'argent sculptées. La table comporte, à chacun de ses coins, une statue d'ange en argent massif d'un que doivent porter les hommes durant la procession.

La célébration est tellement importante pour cette nation sud-américaine qu'elle s'est propagée dans de nombreuses villes du Pérou, et même dans les pays étrangers où vivent les émigrés péruviens. Enfin, chose curieuse, la ferveur est tellement enracinée que le Gouvernement du Président Garcia prit la décision en 2010 de nommer le Seigneur des Miracles, patron du Pérou. A notre époque, il n'y a qu'en Amérique Latine qu'un état puisse déclarer une telle fête religieuse, événement politique.

Depuis que l'inconnu s'était inséré dans la procession, je le voyais faire de nombreux efforts pour tenter de me rejoindre. Je ne me trouvais qu'à dix mètres de lui mais la densité des fidèles rendait l'opération difficile. Finalement, à force de reptations, il parvient à se glisser à mes côtés et me jeta un regard de malice et d'espérance à la fois.

- Señor, j'aimerais vous parler. Vous êtes un gringo et, peut-être, écouterez-vous l'histoire de ma vie qui en vaut la peine, croyez-moi. Malheureusement pour moi, je ne peux m'adresser qu'à des étrangers ; ceux d'ici - et il jeta un regard méprisant sur la foule alentour -

ne comprennent rien. Ils coagulent leurs pensées sur les rites mais le fond leur échappe.

Les tambours, grosses caisses et cuivres, faisaient un tel vacarme que j'avais du mal à comprendre mon interlocuteur. Je me penchai vers lui en lui faisant signe de hausser le ton. Il ne fit pas prier et me tint les propos suivants :

-Señor, je m'appelle Benito et je viens, comme vous pouvez le constater sur mon visage, de ce vaste continent qu'est l'Afrique, et plus particulièrement d'une partie de la côte occidentale qu'on nomme aujourd'hui Angola, mais qui n'a pas toujours porté ce nom. L'endroit où je suis né faisait partie autrefois du vaste Royaume du Congo que les Portugais voulurent coloniser ; le nom d'Angola est venu plus tard, du nom d'un roi local nommé Ngola. Voyez-vous, continua-t-il, je suis le créateur du Seigneur des Miracles et tous ceux qui sont là devraient m'être reconnaissants car je contribue chaque année, à soulager leurs peines.

J'avoue que, sur le moment, j'éprouvai quelque peine à comprendre les paroles de mon interlocuteur. Que voulait-il dire par : créateur du Seigneur des Miracles ?

J'avais lu dans les guides que je m'étais procurés que cette fête était très ancienne et remontait au moins au XVIIème siècle. Devant mon silence, l'homme poursuivit :

- Les esclaves qu'on amenait sur ce nouveau continent se classaient souvent en castes : *congos, mandingas, caravelíes, mondongos, mozambiques, terranovos, minnas* et *angolas*. J'étais un *angola* et fus amené des côtes africaines par un galion portugais en 1649 jusqu'à Panama. Les portugais nous vendirent aux espagnols et de là, nous fûmes amenés à pied sur la côte du Pacifique. Après bien des péripéties qu'il serait trop long de raconter, j'arrivai au Callao sur un navire espagnol le 13 juillet 1650, en compagnie de mes frères noirs. A peine le débarquement opéré, la vente s'effectua et j'échus finalement à un certain Don Diego de Alfares, bon homme au demeurant...

"Allons, bon, j'avais affaire à un illuminé", pensai-je, mais l'homme m'amusait et je me décidai à écouter son monologue.

Il dut lire dans mes yeux mon sentiment à son sujet car il reprit tout aussitôt :

- Oh, je sais ce que vous pensez. Encore un fou qui vient pour demander quelques pièces avec une histoire invraisemblable, mais en vérité, je suis né vers 1626 ou 1627, impossible de savoir la date exactement, ce qui me fait dans les trois cent quatre-vingt-cinq ans, à peu de choses près. Ce qui vous paraît incroyable à première vue, s'éclaircira à la lumière de ce que je vais vous narrer, si vous le voulez bien. A notre arrivée, nous fûmes donc emmenés par nos nouveaux maîtres dans les champs de Pachacamac à environ vingt-cinq kilomètres du centre de la Lima actuelle. Les débuts ne furent pas très heureux ; nous étions parqués dans des sortes de casemates et la plupart d'entre nous travaillaient plus de quatorze heures par jour contre une maigre pitance à base de manioc. Heureusement, comme on nous enseignait les bienfaits du christianisme, on nous laissait une certaine liberté le dimanche. Pour ma part je n'eus pas trop à me plaindre de Don Diego. Il ne me traitait pas mal et paraissait un bon chrétien mais tous mes compagnons n'eurent pas cette chance.

Señor, nous avons souvent été les esclaves les moins bien considérés au Pérou. On nous méprisait et souvent on nous battait. Les angolais étaient considérés comme difficiles à christianiser et l'on disait que nous étions plus souvent que d'autres soumis aux maladies. Tout ceci est faux et je peux vous affirmer que ces rumeurs étaient propagées par certains marchands d'esclaves qui voulaient nous acheter pour un prix inférieur à celui que d'autres acceptaient de payer pour ces noirs qui venaient du bassin du Congo ou d'ailleurs.

Ce n'est que six mois plus tard qu'on nous emmena vers la *Huerta* de Pachacamilla. Là, notre vie changea un peu et peut être ne vous apprendrai-je rien en vous disant que nous, les esclaves, avions le droit de nous organiser en confréries. Cette décision fut prise dès le début du XVIème siècle par quelques hommes éclairés. Le Pouvoir considérait que cela constituait une soupape de sécurité et comme l'Église approuvait, alors tout allait bien.

J'avoue que, sur le moment, pris dans le bruit et l'ambiance de la cérémonie, je me sentais enclin à accepter beaucoup de choses ; la magie et les rites bizarres, pour l'homme blanc que j'étais, perdaient quelque peu leur caractère d'étrangeté au milieu de cette dévotion d'un autre âge.

De plus, l'homme était amusant, apparemment instruit et j'étais curieux de voir où le mènerait son histoire. Je lui fis donc signe pour que nous nous éloignions de la procession. Il comprit mes raisons et nous nous dirigeâmes vers un banc de la *Plaza de Armas* pendant que décroissait le tumulte des tambours, des grosses caisses et des cuivres au fur et à mesure que le cortège s'éloignait.

- Croyez-vous qu'il soit juste qu'on nous ait méprisés ainsi, plus que d'autres esclaves, continua-t-il ? En tous cas, cela a causé le malheur de beaucoup de mes frères d'infortune. Pourtant, le travail n'était pas tout dans la vie que nous menions et nos maîtres faisaient beaucoup pour nous christianiser ; ils nous encourageaient à assister aux offices religieux et à recevoir les premiers sacrements. Ils nous lisaient le catéchisme. C'est un peu cela qui a contribué à l'action que j'ai menée à Pachacamilla.

Pour vous situer l'endroit, la *Huerta* de Pachacamilla se situait vers ce qui est aujourd'hui la rue Huancavelica, soit non loin de la rive gauche du Rimac. Cette zone qui était protégée par quelques maigres remparts, avait été aménagée par le vice-roi Fernandez de Córdoba pour défendre la ville contre les incursions des pirates hollandais. C'est dans cet endroit que nous construisîmes nos premières cases.

La ville de Lima comptait alors environ trente-cinq mille âmes et nous n'étions pas loin de dix mille esclaves. On nous laissa relativement libres pour édifier nos abris et nous divisâmes le terrain en *manzanas*. Bien sûr, nos cabanes étaient faites de bric et de broc et fort dépourvues de confort, comme vous l'imaginez...

Les peuples qui s'étaient rassemblés-là étaient divisés linguistiquement entre ceux qui parlaient le bantu et ceux qui parlaient le kimbundu. Cette division se refléta dans la répartition des cases.

Le soir, après le travail, nous chantions les chants de nos terres natales et nos yeux se remplissaient de larmes de nostalgie, car nous étions bien certains de ne jamais revoir les berceaux de nos pères.

Peu à peu, s'organisèrent les confréries afin que chacun puisse, au moment de sa mort, avoir un enterrement décent, ce qui était le premier but recherché. Parfois, nos maîtres nous autorisaient à nous réunir chez eux car nous les amusions par nos chants et nos danses. À cause de cela, les prêtres catholiques et surtout les jésuites, ne tardèrent pas à remarquer ces formes d'association spontanée et en profitèrent pour continuer notre évangélisation, puisque nous étions tous rassemblés. Ils pratiquaient avec plus ou moins de bonheur les quelques idiomes que nous parlions. Il faut dire que les jésuites, puisque la majorité d'entre eux l'étaient, ont toujours été doués pour les langues. Ils pratiquaient un mélange de dialectes africains et connaissaient le livre *"Oraisons"* du père Mateo Cardoso qui avait traduit en angolais un livre de prières portugais.

Le révérend Gabriel Perlin, autre jésuite - je me souviens bien de lui - prépara un dictionnaire espagnol-angolais pour pouvoir converser avec nous... Mais, peut être que je vous embête avec mes histoires de jésuites. Alors, il faut que je vous parle un peu plus des confréries pour que vous compreniez tout ce que mon aventure a d'extraordinaire. La confrérie à laquelle j'appartenais comprenait à peu près cent membres mais certaines d'entre elles en avaient plus. Elles étaient dirigées par un majordome et une assemblée générale de vingt-quatre personnes. Les plus connues étaient celles de *La Virgen de la Antigua de la Catedral*, celle de *La Virgen del Rosario de Santo Domingo* et celle de *San Antón en San Marcelo*. Elles avaient atteint à mon époque une telle indépendance qu'elles pouvaient même organiser des prêts d'argent pour ceux qui voulaient s'affranchir de la servitude. Pour vous montrer à quel point nous avions atteint une certaine importance dans la société, chaque année, nous participions à la procession du Corps du Christ.

L'ensemble de ces pratiques nous permit de conserver vivaces la plupart de nos traditions. C'est alors qu'il m'arriva quelque chose que je pus ni comprendre ni contrôler.

Un jour, vers 1651, mû par une force irrésistible et sans jamais avoir étudié la peinture, je m'approchai d'un mur de terre et y peignis une crucifixion. Le mur était humide et l'enduit partait en morceaux à cause d'un canal d'irrigation qui passait juste derrière.

Avant que je ne saisisse les pinceaux qui se trouvaient dans un atelier voisin et qui servaient aux dignes pères pour réaliser leurs œuvres pieuses, je sentis en mon cœur, comme je vous l'ai dit, cette irrésistible force qui me poussait. Devant le mur, je vis apparaître exactement l'image que je devais peindre. Elle montrait une croix avec le Christ ; au-dessus, le Père et le Saint Esprit, sur le côté droit, la Vierge Marie et sur le côté gauche, Sainte Marie Madeleine. En fait, mon travail fut simplement un travail de copiste. Vous me direz que, pour quelqu'un qui n'a jamais étudié les arts, rien n'est évident, mais en l'occurrence, je ne sentis aucune difficulté : tout coulait de source et mon travail fut vite terminé.

Quant aux couleurs, me direz-vous ? Mais, j'avais tout à ma disposition : je m'étais muni d'une huile que les pères employaient également et, vous le savez bien, ce ne sont pas les ocres qui manquent dans ce coin de la côte. Il n'y a qu'à se baisser pour les ramasser et, avec les terres que j'avais récoltées, j'opérais un broyage et une dilution sommaires mais qui furent suffisants pour parachever mon travail.

Quand j'eus fini de peindre, il se produisit quelque chose de prodigieux : le Christ en croix s'anima et s'adressa à moi : "Benito, tu viens d'accomplir une œuvre sainte qui perdurera dans les siècles. Bientôt, les hommes célèbreront l'image que tu as peinte et qui rappelle mon sacrifice ; des fêtes auront lieu chaque année et cette plaine de Pachacamilla se convertira en lieu de célébration dont tu seras l'ordonnateur. Lorsque le nombre de fidèles sera assez grand, tu créeras la procession qu'on appellera Procession du Seigneur des Miracles. Cette célébration protégera la ville de Lima des cataclysmes. Tu comprendras plus tard pourquoi j'ai choisi le nom de Seigneur des Miracles, et pour récompense de ton obéissance, tu vivras aussi longtemps qu'existeront ces fêtes".

Señor, j'étais paralysé... puis l'image se figea, la voix se tut et tout redevint comme avant, sauf que maintenant, il y avait ce mur sacré, ces paroles qui résonnaient en moi et le souvenir du sacrifice de Notre Seigneur qui venait de m'octroyer l'immortalité.

Comme Notre Sauveur l'avait annoncé, mes frères ne tardèrent pas à vénérer l'image que j'avais peinte et à l'adopter comme le patron de notre confrérie. En quelques mois, la rumeur se répandit parmi la population du coin et nous eûmes chaque jour des visiteurs de plus en plus nombreux qui apportaient des fleurs et y faisaient leurs oraisons. Nous commençâmes à appeler notre peinture le Christ Noir, puisque nous étions exclusivement de race africaine. Néanmoins, je ne désespérais pas de faire venir des blancs puisque la prophétie disait que le culte s'adressait à tous. Il suffisait d'attendre le moment propice et ce moment viendrait. C'était l'époque, Señor, où régnait le vice-roi Gabriel Sarmiento de Sotomayor qui n'a pas laissé que des bons souvenirs.

Pris dans l'ambiance, j'avoue que le bagout de Benito me plaisait et je ne voyais pas le temps passer. La Place d'Armes était plus calme depuis que la procession s'était ébranlée ; on entendait bien encore les roulements de grosse caisse au loin, mais au moins, pouvait-on discuter tranquillement.

Quoiqu'on puisse penser, ce Benito avait une imagination des plus vives ; je n'avais jamais rencontré auparavant d'individu pareil mais je me promettais bien de lui donner quelques pièces pour prix de son extraordinaire effort d'inventivité.

- La prophétie, Señor, finit par s'accomplir, mais je ne m'en rendis compte que bien des années après. J'approchais des soixante ans mais mon visage ne vieillissait que fort peu, ce qui étonnait ceux de mes camarades qui étaient restés en vie. Il était arrivé d'Espagne un homme appelé Sébastian de Antuñano. Je ne sais comment se fit son voyage, ni quels en furent les motifs, mais je me souviens bien de sa face agréable aux traits fins et réguliers qu'ornait une petite barbiche noire comme en portaient les nobliaux de l'époque.

Il avait à l'époque où je le rencontrais environ trente-cinq ans et aimait à porter un jabot en dentelles, toujours noir, d'un tissu simple mais bien travaillé. Ajoutez à cela un pourpoint noir également, des hauts de chausses modestes attachés au pourpoint par une aiguillette d'argent et vous aurez une idée du personnage...

Les pères jésuites lui avaient parlé de moi, aussi demanda-t-il un jour à me voir. Je ne sais quelles furent ses occupations jusqu'à notre rencontre mais je me souviens très bien comment je le conduisis à l'ermitage du Seigneur des Miracles - ainsi appelions-nous alors notre petit sanctuaire.

Oui, je m'en souviens,... c'est bien en cette année 1684 que Sébastian demanda à me rencontrer. Dès notre arrivée dans l'ermitage dévasté, il regarda l'image comme pétrifié, puis se mit à genoux. On aurait dit qu'il priait. Moi à ses côtés, j'y étais tant habitué à cette peinture, depuis trente-trois ans - vous noterez que c'est l'âge du Christ lorsqu'il fut crucifié - que je ne comprenais plus cette fascination, ce qui montre que nous ne sommes que des hommes et que nous ne comprenons rien des choses divines... Enfin, après un moment, il me dit : "N'avez-vous pas de message pour moi ?".

Je compris ce qu'il voulait dire et lui expliquai ce qui m'était arrivé lorsque j'eus fini de peindre. Je lui expliquai aussi que l'image avait déjà la très forte réputation d'accomplir des miracles et qu'elle était connue de tout Lima, au point que nous avions parfois du mal à empêcher les gens de rentrer pour l'adorer. Il eut l'air soulagé et me répondit : "Aussi allons-nous réaliser ce que le Seigneur t'a ordonné. Puisque les choses se compliquent en ce lieu de Pachacamilla, nous allons faire une copie à l'huile de cette image sacrée et la sortir en procession ; nous commencerons avec tes frères noirs du quartier de Pachacamilla et, peu à peu, se joindront à nous tous les fidèles de La Ville des Rois, j'en ai la certitude".

Enfin, il s'adressa au Christ sur le mur en lui promettant de se mettre à son service jusqu'à la fin de ses jours. En même temps qu'il parlait, j'eus l'impression qu'une lumière illuminait son front.

Vous savez qu'on a raconté ensuite qu'une voix intérieure lui avait dit : "Sébastian, viens me tenir compagnie et soigner la splendeur de mon culte". Mais je peux vous dire que j'étais avec lui et que si ça avait été vrai, il me l'aurait avoué car, depuis ce jour, nous n'eûmes plus de secrets l'un pour l'autre. Je pense que c'est l'historiographie officielle qui a propagé cette rumeur et, principalement les jésuites qui, grâce aux espions qu'ils payaient dans toute la ville, non seulement se tenaient au courant de tout, mais organisaient les fausses nouvelles pour entretenir la superstition.

Enfin, pour résumer en un mot, tout se réalisa comme nous l'avions planifié. Nous exécutâmes la copie sur un tissu de lin et nous organisâmes le lendemain une procession par les chemins de Pachacamilla. Nous fûmes rapidement suivis par des dizaines d'esclaves qui délaissèrent leur travail pour se joindre au cortège. Quelques-uns de leurs maîtres se montrèrent aussi par curiosité.

Les semaines qui suivirent furent pour Sébastian l'occasion de mettre sa foi à l'épreuve ; nous décidâmes d'améliorer la chapelle et, pour cela, Sébastian se porta acquéreur des terrains qui la jouxtaient.

Il ne fut pas facile de convaincre Diego Manrique de Lara, le propriétaire qui, dans le cours de la transaction, exigea davantage après s'être engagé solennellement. Sébastian dut rajouter la somme de sa poche et le total se monta à neuf mille pesos pour l'ensemble des biens. Nous signâmes le 16 juin 1686. Inutile de vous dire, Señor, que je n'aurais rien pu faire tout seul, étant pauvre comme Job; il m'apparut clairement à ce moment que Dieu m'avait envoyé Sébastian pour accomplir sa promesse.

Afin de démarrer les travaux, il fallut rajouter cinq mille pesos pour éliminer le dépotoir qui était juste à côté. Nous dûmes aussi financer le déplacement d'un abattoir dont les émanations incommodaient les fidèles. Sébastian acheta aussi au Couvent de Santo Domingo une maison avec jardin, mitoyenne de notre ermitage, pour un montant de mille quatre cent pesos. Il se rendit ensuite acquéreur d'un autre terrain vague auprès du Couvent de La Merced.

Tous ces achats effectués, nous disposions d'un vaste terrain pour l'agrandissement de l'ermitage mais Sébastian avait dépensé une fortune et termina sa vie presqu'aussi pauvre que moi. A mes remarques sur le sujet des donations et des achats, il me répondait invariablement que Dieu pourvoirait à nos besoins et que s'il avait fallu dépenser le décuple, il l'aurait fait sans une hésitation.

Sébastian consacra tout le reste de sa vie à la peinture de Pachacamilla et à l'ermitage. Il mourut en 1717 et ses restes reposent dans le temple des Nazarenas auquel il offrit la plus grande partie des biens qui lui restaient.

Les années passèrent et c'est environ un an après la signature de l'acte de possession qu'il y eut un terrible tremblement de terre ; c'était en 1687, comment oublier cette date ? En tous cas, dix ans presque exactement avaient passé depuis la mort de Don Diego de Alfares. À l'occasion du séisme, la moitié des édifices de Lima s'écroulèrent ; il n'y eut qu'une centaine de morts, ce en quoi nous devions voir un signe de la Divine Providence. Nous déplorâmes aussi des dégâts dans notre confrérie mais l'ermitage que nous venions de bâtir résista plutôt bien et le mur miraculeux n'eut aucun dégât.

Des faits mi-tragiques, mi-comiques se produisirent durant ce séisme. L'archevêque de Lima Don Melchior de Liñán y Cisneros échappa à la mort parce qu'il était malade. Il se trouvait au Callao au moment précis où la terre trembla. Le toit de l'habitation s'écroula sauf une poutre qui se mit en travers du seuil de la chambre. Le prélat rampa sous elle malgré une jambe abimée et un ventre proéminent et c'est finalement son majordome qui le sortit des décombres. L'archevêque dut se réfugier vers la zone qui est maintenant celle d'Ate Vitarte, vu que son palais était absolument inhabitable.

Le vice-roi, lui-même, vécut deux mois et demi sous une tente de la *Plaza de Armas* jusqu'à ce que se libèrent des habitations où il put se réfugier avec sa famille. Il écrivit une lettre au roi d'Espagne pour décrire les évènements qu'il avait vécus en disant : "... La terre faisait des vagues comme une mer démontée et je ne pouvais me tenir debout ; même agenouillé en priant, le sol ne me soutenait pas...".

Enfin, après bien des péripéties, nous pûmes réaliser la première procession officielle dans les rues de Lima fin octobre 1687. Cette décision, nous la prîmes juste après ce terrible tremblement de terre, aussi injuste que funeste.

Je me mis à sourire en regardant Benito pris dans son histoire.

- Ah, je vois que l'histoire de ma vie vous intéresse... Fort bien, je savais que j'avais raison de m'adresser à un gringo plutôt qu'à un natif de ces terres.

Puis, Benito poursuivit son récit :

- Ce n'était pas la première fois que la peinture du mur était en relation avec les tremblements de terre. En 1655, soit quatre ans après que j'eusse peint l'image, de nombreux temples et des maisons particulières s'effondrèrent lors du malheur qui frappa la ville. Dans notre quartier aussi, les cabanes tombèrent et, surtout les parois de notre ermitage, sauf le mur de terre humide où se trouvait la peinture. Lui, n'eut même pas une fissure... Pensez donc... C'est cet événement qui fortifia mon âme au souvenir des paroles que le Christ m'avait adressées.

J'avais bien entendu, raconté la chose à Sébastian et l'effet miraculeux lui parut une confirmation supplémentaire que les prédictions se réaliseraient. Le fait que, deux fois, le même miracle se fut produit fortifia notre foi.

Il y eut ensuite un autre événement qui eut un grand retentissement auprès de la population et qui contribua au succès des premières processions. Ce fut la guérison inexplicable du Señor de Léon dont je ne me rappelle plus si le prénom était Andres ou Antonio... Peu importe. Je crois que ça se passait en 1670 ou 1671 ; mes souvenirs sont un peu flous - vous voudrez bien m'en excuser - Le Señor de Léon, paroissien de San Sébastian, souffrait d'une tumeur au cerveau qui lui occasionnait de grandes douleurs.

Une esclave noire de notre compagnie eut l'occasion de lui parler du Christ noir. Le malade avait fait le tour de Lima en médecins, plus ou moins charlatans et en sorciers, encore plus charlatans. Rien n'y faisait et sa tumeur le faisait de plus en plus souffrir.

En tous les cas, il se décida un jour et vint voir l'image. Nul n'était présent pendant qu'il faisait ses prières et on ne sait ce qu'il fit ou ce qu'il dit dans le lieu saint mais, toujours est-il que les douleurs diminuèrent dès le soir. Quelques jours plus tard, il ne sentait plus rien. Les médecins, qui l'examinèrent, déclarèrent qu'il s'agissait d'une intervention divine et que la tumeur s'était résorbée spontanément.

Il est inutile de préciser que la nouvelle fit le tour de son quartier de San Sébastian et, qu'en peu de temps, nous connûmes un grand afflux de foule. Il nous devint difficile de canaliser tous ceux qui voulaient toucher l'image sainte et plusieurs fois, les *alguacils* durent intervenir...

Cela atteignit un tel point que, dans les premiers mois de l'année 1671, l'Église s'en émut, ou quand je dis l'Église, peut être devrais-je plutôt dire le curé de San Sébastian, José Laureano de Mena, qui alerta les autorités en s'adressant directement au vice-roi, Don Pedro Antonio Fernandez de Castro, Comte de Lemos.

Bien évidemment, le père de Mena voyait ses fidèles s'échapper pour rejoindre la confrérie du Seigneur des Miracles, ce qui ne lui faisait pas plaisir...

Comme je vous l'ai dit, il y avait beaucoup de monde dans nos réunions, surtout le vendredi soir qui était le jour majeur de la semaine ; nous allumions des bougies en grand nombre et les gens venaient avec des harpes, des guitares et des tambours qui accompagnaient nos prières. Nous parfumions l'atmosphère avec l'encensoir. Comme nous ne pouvions pas tout contrôler, il y eut parfois des actes peu religieux, voire de magie... En Afrique, c'est très courant et le syncrétisme est quelque chose qui existe réellement. C'est ce dont nous fûmes accusés... Bien entendu, le motif réel était ailleurs ; il était dans la concurrence que nous avions commencé à faire à la paroisse de San Sébastian, mais comment lutter contre De Mena et le vice-roi ?

Toujours est-il que celui-ci pensa que la décision devait rester entre les mains de l'Église, ou peut-être pensa-t-il qu'il valait mieux ne pas provoquer d'agitation dans une colonie où les affaires économiques marchaient bien pour la Couronne.

Don Pedro demanda donc au Vicaire Général, Estéban de Ibarra, de s'occuper de notre cas et de voir s'il fallait, comme l'exigeait la paroisse de San Sébastian, effacer l'image et interdire les réunions.

Par la suite, Don Pedro se désintéressa du cas mais les autorités ecclésiastiques continuèrent l'enquête. Deux semaines plus tard, le Procureur de l'Archevêché, José de Lara y Galván, assisté de Laureano de Mena et du notaire Juan de Uría, se rendit à Pachacamilla pour constater l'existence de la peinture. Les trois hommes arrivèrent au moment où deux cent personnes entonnaient le *Tibi Soli Peccavi*. Que croyez-vous qu'il arriva ?

- Je n'en ai aucune idée, répondis-je, mais continuez, c'est passionnant.

- Eh bien, était présent ce même jour, le sacristain de San Marcelo, José de Robledillo. Le procureur lui reprocha sa présence qui ne pouvait qu'encourager l'assistance dans ses errements. José de Robledillo répondit en disant qu'il n'avait constaté aucun débordement et que les fidèles étaient scrupuleusement dans la foi du Christ. Il ajouta aussi qu'il se portait garant de toutes les brebis qui venaient à Pachacamilla.

C'en était trop. Le procureur le menaça, ce qui suscita un terrible tumulte ; les fidèles entourèrent José de Lara et ses deux acolytes et leur auraient réservé un mauvais sort si les trois hommes n'avaient pas eu l'opportune idée d'abandonner l'endroit. Le lendemain, Lima résonna des crieurs publics qui annonçaient la décision du vicaire général d'interdire les réunions et d'effacer l'image.

En conséquence de cette décision, se rendirent dans notre confrérie, José de Lara, Juan de

Uría, un indien peintre dont je n'ai pas gardé le nom et deux escadres de soldats, dirigées par Pedro Balcázar, capitaine de la garde du vice-roi.

Les autorités considéraient que les soldats n'étaient pas de trop car la population était enflammée contre elles. Une foule qui grandissait à chaque carrefour, suivait à distance le cortège.

Quand tout le monde fut arrivé sur place, le Procureur de l'Archevêché lut l'ordonnance remise par le vicaire général. Le tumulte était alors à son comble et les soldats avaient du mal à retenir la foule. La lecture faite, on demanda à l'indien d'effacer l'image ; il commença à monter les premiers degrés de l'échelle et commença à trembler - je ne vous mens pas, j'étais parmi les premiers - on le vit littéralement agité de spasmes. Il redescendit et on dut le calmer. Il remonta mais de nouveau, les frissons le saisirent et il ne put accomplir sa tâche. Vous imaginez quelles furent mes pensées... Je me disais simplement que, si c'était la volonté divine que cette image continuât à protéger la ville des Rois, ce n'était pas ce stupide procureur qui pouvait y faire quoi que ce soit.

Le Procureur ordonna alors qu'un second volontaire se présentât. On manda un jeune soldat qui, monté sur les premiers degrés de l'échelle, s'arrêta brusquement, puis redescendit. Il expliqua que l'image l'avait dissuadé d'accomplir le travail.

Le Procureur commençait à s'impatienter et je me souviens de ses paroles qui me sont restés gravées dans la mémoire : "Par Saint Jacques, si les jouvenceaux ne veulent, sûrement qu'un vieux soldat pourra".

Mais, peine perdue, le vétéran, pourtant homme de courage, descendit aussi inexplicablement. Il avoua qu'il avait vu l'image devenir plus brillante, plus belle et que la couronne d'épines que j'avais peinte plutôt brune, devenait verte, comme si elle s'apprêtait à fleurir.

Les gens commencèrent à crier qu'il y avait suffisamment de preuves pour ne pas exciter davantage la colère divine. Les autorités se retirèrent en disant qu'elles allaient réétudier le cas et, quelque temps plus tard, Ibarra annula la décision et autorisa officiellement le culte du Christ noir. Alors l'Église, qui voulait récupérer l'affaire, avec l'appui des autorités politique, décida la construction d'un petit ermitage dont la construction fut terminée aux premiers jours de septembre. Le 14 septembre 1671, autre date qui me reste, on célébrait la première messe dans l'ermitage devant les autorités civiles et religieuses. J'avais alors quarante-quatre ou quarante-cinq ans et il ne restait que peu de mes premiers compagnons.

L'autorisation officielle de rendre un culte au Christ noir eut un grand retentissement dans tout Lima. Bien des années plus tard, le Conseil de Ville déclara le Christ des Miracles comme "Patron pour la ville des Rois contre les tremblements qui dévastent la Terre". C'est de ce moment que date l'appellation officielle de Seigneur des Miracles.

Benito s'arrêta et resta quelques instants pensif puis reprit sa narration :

- Ce n'est pas pour me plaindre mais on commençait à m'oublier... En vérité, les gens disparaissaient autour de moi et je n'avais pas toujours envie de faire de nouvelles connaissances. Aussi, me voyait-on dans les processions comme un vieil habitué devant lequel on ôte son chapeau mais de moins en moins de personnes savaient le rôle que j'avais joué dans la reconnaissance de notre Christ noir.

Benito se tut de nouveau un moment et son regard se fit rêveur. Je me gardai d'interrompre ses réflexions puis il reprit son récit :

- Vous savez que les festivités commencent le 18 octobre de chaque année, mais savez-vous pourquoi elles se terminent le 28 octobre ? Non, bien sûr, puisque presque personne ne le sait, y compris dans la confrérie actuelle. Je vais vous le dire : Le 28 octobre 1746, eut lieu le plus terrible tremblement de terre que Lima ait jamais connu. C'était sous le règne du Comte de Superunda, Don Jose Manso de Velasco.

Le Callao fut détruit par un raz de marée gigantesque et on compta des morts par milliers. Il y avait alors environ soixante-mille habitants à Lima et comment vous décrire l'affreuse scène ?

J'avais à peu près cent vingt ans mais je me sentais comme un jeune homme. A cette époque, personne ne savait mon âge, bien évidemment.

Je vais vous raconter ces évènements tels qu'ils se sont gravés dans ma mémoire et tels qu'ils y seront toujours : le vendredi 28 octobre 1746 fut une journée paisible d'automne comme les autres. Dans le port du Callao, les animaux étaient nerveux, mais personne ne comprenait pourquoi. Alors, à ce moment, les habitants du port et des autres parties de la ville qui jouxtent la plage voient l'eau se retirer sur des centaines de mètres avec un sourd grondement. Brutalement, les habitants entendent le vacarme de l'océan qui déferle à toute vitesse. Imaginez ce spectacle d'épouvante : un mur de vingt mètres d'eau qui dévaste tout sur son passage, envahit les maisons, pénétrant par portes et fenêtres, abattant les murs et noyant de nombreux habitants. Au total, on dénombra environ sept mille décès directs, sans compter ceux liés aux épidémies qui se déclarèrent par la suite, fièvre jaune et choléra en tête. Fort heureusement, c'était jour de fête et la plupart des liméniens se trouvaient dans les rues et les places, aussi, l'effondrement des édifices ne participa-t-il que peu au nombre de victimes.

La désolation et le désespoir était tels que les gens erraient dans les ruines à la recherche d'objets ou d'êtres chers ; ils butaient sur les morts que l'on ne savait comment enterrer. Au bout de quelques jours, la pestilence fut effroyable.

Je me trouvai ce jour-là sur les hauteurs de ce qui est aujourd'hui Pamplona, ayant rendu visite à un frère qui y tenait un jardin potager. J'étais parti la veille de Lima avec mon âne, pour l'aider dans ses tâches ménagères. Bien m'en prit car nombre de ceux qui partageaient l'enclos où je vivais périrent dans la catastrophe. Des hauteurs où nous nous trouvions parvenaient des informations contradictoires mais ce que je peux vous dire, c'est que les secousses continuèrent encore de nombreux jours.

Comme vous devez vous en douter, l'ermitage connut des dégâts mais résista encore. Le Comte de Superunda était dépassé par les évènements ; il avait promulgué des décrets que personne n'écoutait. Il souhaitait que les gens ne quittassent pas la ville pour éviter la propagation des épidémies, mais allez faire entendre raison aux enragés et aux froussards. Au contraire, les pilleurs s'en donnaient à cœur joie mais plus d'un paya de sa vie sa rapacité car des maisons continuèrent à s'effondrer dans les jours qui suivirent.

La soldatesque obéissait fort mal ou n'obéissait plus aux ordres ; plus d'un militaire profita de l'occasion pour se remplir les poches de tous les objets qu'il pouvait trouver. C'était un vrai spectacle de désolation et de pillage.

Ce séisme a suscité une énorme vague de commentaires dans toute l'Europe du XVIIIème siècle, qui ne sera surpassée dans l'outrance littéraire que par celui de Lisbonne, onze ans plus tard. Au Pérou, même, plusieurs écrits ont surgi pour tenter de comprendre et d'expliquer ce drame, comme : *La individual y verdadera relación de la extrema ruina* du jésuite Lozano, la lettre de Don José Eusebio de Llano y Zapata au chanoine de la Sainte Église de Quito, rédigée juste après le séisme, *las Memorias* du Vice-roi Manso de Velasco, ou *La Desolación de la ciudad de Lima y Diluvio del Puerto del Callao* du 6 novembre 1746 du militaire Montero del Águila.

Certains, même parmi les gens d'Église, se mirent à douter de la divine Providence. Comment Dieu pouvait-il donc permettre de telles horreurs ? Il n'y avait pas de péché si grave, pensaient les plus éclairés parmi les religieux, pour justifier un tel châtiment.

Le débat philosophique s'exacerba et se propagea dans toutes les parties du monde civilisé connu. Vous connaissez bien sûr Voltaire et ses écrits sur les séismes, ce qui n'a pas peu contribué à ébranler la religion catholique officielle. Pour ma part, j'étais perplexe : Notre Seigneur des Miracles et des Tremblements de Terre ne nous avait pas protégés.

Que fallait-il en conclure ? Pour ma part, je ne me sentais pas les capacités suffisantes pour répondre à cette question mais je m'en ouvris à plusieurs jésuites qui, malheureusement pour moi, ne réussirent pas à éclairer ma lanterne.

Pourtant, j'étais toujours vivant à cent vingt ans, donc il y avait quelque chose. Vous me direz qu'il y a des gens qui vivent jusqu'à cet âge. Peut-être, je n'en sais rien mais moi, je ne vieillissais pas.

Peu à peu, on reconstruisit Lima. Le temps qui efface tout, ne parvint cependant pas à faire oublier les jours horribles que nous vécûmes et le souvenir du séisme s'incrusta dans les mémoires, dans l'inconscient collectif comme on dit aujourd'hui.

Les années passèrent et je continuais à vivre chichement dans l'ermitage ; pour les jeunes qui arrivaient, j'étais simplement le plus ancien et nul ne pouvait se douter de mon histoire.

En 1761, se produisit un événement qui eut beaucoup d'influence sur ma vie : l'arrivée au Pérou du nouveau vice-roi Don Manuel Amat y Juniet. Il fut bientôt sous l'emprise d'une actrice intrigante dénommée Micaela Villegas qui devint sa maîtresse. Au reste, ce n'était pas un mauvais bougre, pas comme sa compagne arrogante et frivole. Pour vous situer le personnage, il expulsa les jésuites, que j'avais fini par prendre en haine et fonda pour les remplacer le Real Convictorio de San Carlos. Il fit aussi beaucoup pour les travaux publics, comme la construction de la tour de Santo Domingo, du Paseo de Aguas et des arènes d'Acho.

Bref, en un mot, cette dame Villegas visita un jour notre ermitage et devint fort dévote du Seigneur des Miracles. Elle se mit en tête de trouver un lieu plus approprié aux cérémonies que le Peuple rendait maintenant de façon tout à fait régulière. Je me souviens bien de sa visite car c'était une extravagante et une capricieuse ; comme le terrain était humide, il nous fallut déplacer des pierres pour édifier un chemin que le carrosse pût emprunter. La dame ne jugea pas bon que les fortes roues de bois pussent se salir.

Elle s'ouvrit au vice-roi de ce qu'elle avait vu, prétendant qu'il était inconcevable qu'une peinture si sainte demeurât dans un tel lieu qui n'avait pas été réparé depuis 1746. Don Manuel était d'une mollesse incroyable vis à vis de sa belle et la construction d'un nouveau sanctuaire fut décidée, sur la base d'aumônes données par les fidèles et d'un apport de la vice-royauté. Ce sanctuaire, c'est celui que tout le monde connait aujourd'hui sous le nom de Temple des Nazarenas.

On inaugura l'ouvrage en janvier 1771 si ma mémoire est bonne et je crois que, sur ce point, elle ne me fait pas défaut. Puis, le tableau, en fait la copie que nous avions réalisée à l'époque de Don Sébastian, fut emmené et placé dans l'autel du nouveau sanctuaire.

Vous comprenez pourquoi ma vie changea. Du moment que ce temple existait, je n'étais plus rien. On ne me proposa aucun office dans la nouvelle structure et je n'avais plus qu'à me débrouiller et j'approchais les cent-cinquante ans.

Je dus donc trouver du travail mais je ne savais rien faire. Pensez-vous qu'une vie de dévotion vous prépare à affronter les difficultés de la vie ? Heureusement, je pus me louer sur le port car mes bras étaient restés vigoureux. En quelques années, je dus changer d'activité car comment continuer à effectuer des travaux manuels si les années passent. Mes compagnons de travail auraient sûrement trouvé bizarre que je puisse assurer les mêmes tâches, moi qui ne vieillissais pas. Aussi, pour ne pas exciter mes soupçons, me décidai-je à changer régulièrement de métier. Je fus tour à tour aide-boulanger, majordome malgré ma peau noire, bedeau à La Merced, moi qui connaissais sur le bout des doigts les rites de l'Église catholique.

Avec les quelques piastres et pesos que je gagnais, je me mis à voyager... J'avais tout mon temps, pensez bien. Je commençais à apprendre à lire, écrire et compter ; je me formais aussi à diverses langues étrangères, moi qui jusque-là, ne parlait que bantu et espagnol. Cela me fut très utile dans les pérégrinations qui me menèrent depuis les pampas argentines jusqu'aux colonies portugaises du Minas Gérais au Brésil. Dites-vous bien, Señor, que quand on a le temps, on peut tout faire si on le veut.

Dans ce pays occupé par les Portugais, je vis mille choses étonnantes et comment les esclaves étaient traités dans les mines et les champs de canne à sucre du roi Jean VI de Portugal qui avait fui l'occupation de son pays par Napoléon. Tout ceci contribua à me faire considérer les choses sous un jour différent : pourquoi l'Église, qui parlait de charité et de l'amour du prochain, laissait-elle faire les colons et tolérait-elle l'esclavage ? Pourquoi seulement un pour cent des religieux que j'avais fréquentés s'opposaient-il à ces actes barbares ? Pourquoi les opposants à l'esclavage, francs-maçons pour la plupart, étaient-ils attaqués par la Sainte Obédience sur le prétexte d'être des agitateurs et des sans Dieu ?

Ces questions me trottèrent longtemps dans la tête. Je ne savais plus que penser. J'étais le témoin personnel d'un miracle qui faisait que je vivrai éternellement ; le Christ m'avait parlé mais tout allait de travers et je ne ressentais qu'insatisfaction et désenchantement.

Le cocasse donc, c'était que je perdais la foi... Depuis que j'avais été éloigné du Sanctuaire des Nazarenas par l'Église officielle, les rites me laissaient de plus en plus froid. J'enviais presque ceux qui croient sans avoir été témoins de miracle... Moi, j'étais la preuve vivante mais je ne croyais plus, ou c'était comme une vieille bougie qui ne veut pas s'éteindre tout à fait... Je ne sais pas comment vous exprimer mes sentiments mais je crois, Señor, que vous me comprenez. De toute façon, c'est si loin dans le temps et, avec mes voyages, ça le devenait aussi dans l'espace.

Je m'embarquais aussi pour l'Europe et visitais l'Angleterre, la France, les États italiens, l'Espagne, la Russie... Je fus témoin de la chute de Napoléon et vécus à Paris les jours d'angoisse qui suivirent l'entrée des cosaques dans la capitale française.

Fatigué par mes voyages, je rentrai au Pérou en m'engageant sur un navire comme marin à tout faire. C'est en exerçant ce métier que je constatais qu'on commençait à s'intéresser aux expéditions scientifiques. Humboldt, par exemple, était venu au Pérou en 1802 et, malgré le peu de temps qu'il y passa, il en fit connaître la prodigieuse richesse lorsqu'il retourna chez lui. D'ailleurs, nous sommes les premiers à ne pas savoir où nous vivons et les étrangers sont plus au fait que nous de notre biodiversité comme nous disons aujourd'hui.

Qui a dit ? - pour le moment, je ne me souviens plus de son nom - Le Pérou est comme un mendiant assis sur un tas d'or. C'est exactement ça, Señor... Nous sommes comme ça.

Pour en revenir aux impacts que les découvertes scientifiques de la fin du XVIIIème siècle eurent ici, il se créa, à l'initiative d'un certain Hipólito Unanue, le collège de médecine de San Fernando et l'amphithéâtre anatomique. De même, plusieurs savants organisèrent *La Sociedad de Amantes del País* afin de combler, si faire se pouvait, le retard que nous avions sur l'Europe.

Les années passèrent et les idées nouvelles, auxquelles j'avais été confronté durant mes voyages, étaient arrivées d'Europe. Le siècle des lumières n'est pas un vain mot. Il n'est que de vivre dans une colonie et d'avoir travaillé comme esclave une bonne partie de sa vie pour comprendre l'intérêt énorme que suscita dans le pays des Incas les théories des philosophes.

Peu à peu se forgea le principe d'indépendance. La nouvelle que les américains avaient pu se soulever contre l'empire anglais et fonder une république indépendante de l'Europe, avait été un coup de tonnerre politique et cela ouvrit les yeux à nombre de *criollos*. Oh, ce ne fut pas une marche facile !! Vous savez comment sont les gens : ils préfèrent le joug qu'ils connaissent plutôt que le saut dans l'inconnu.

Il faut reconnaître que le mouvement des frères eut une influence décisive. Pour vous donner une idée, en 1822, Sanchez Carrión fonda la loge *Orden y Libertad* où entrèrent beaucoup de ceux qui furent à l'origine de la libération du joug espagnol. Simon Bolivar en fut un membre éminent après avoir été initié à Cadix par Francisco de Miranda.

A Montevideo, *la Loge des Cavaliers Rationnels* fondée par Carlos Maria de Alvear initia Jose de San Martin, après que celui-ci eut été accepté dans une loge britannique.

Jose Antonio de Sucre venait d'une grande famille de nobles européens et lui aussi fut initié mais je ne me souviens plus où et par quelle loge. Vous pouvez tous les prendre : ils venaient tous de ces milieux et, pour cela, l'Église les vilipendait.

Comme ces idées m'intéressaient et que je me savais immortel, je décidai de m'engager dans les régiments qui combattaient pour l'indépendance. En 1817, alors que les choses semblaient perdues pour les conjurés, San Martin retourna la situation à la bataille de Chacabuco après sa fameuse traversée des Andes mais j'étais loin dans le nord à ce moment.

Néanmoins, le sang-froid et le coup d'audace de ce général de trente-neuf ans me convainquirent de me joindre à ses troupes. Je partis donc à pied rejoindre l'armée de San Martin et me louai en chemin auprès de propriétaires terriens pour assurer ma subsistance. A Pisco, me parvint la nouvelle que le général s'était embarqué à Valparaiso avec quatre mille hommes et que son but était justement de débarquer à Pisco pour atteindre Lima par terre. Je n'avais qu'à attendre l'arrivée des libérateurs de mon pays d'adoption.

Le 8 septembre 1820 - voyez comme ma mémoire est précise sur certains points et floue sur d'autres - les troupes mirent pied à terre et je proposais mes services au premier lieutenant que je pus apercevoir. Comme il régnait une grande fraternité entre ces hommes qu'unissait un but commun, on ne fit pas attention à ma peau noire et on m'accueillit à bras ouverts. Je fus vite équipé comme on pouvait l'être à cette époque où nous manquions de beaucoup de choses malgré le soutien des anglais.

Le mois de juillet 1821 nous vit entrer dans Lima et le 28, le général déclarait l'indépendance du Pérou.

Vous savez sans doute comment ce héros fut ensuite traité et comment il s'exila en France pour y mourir.

Après les succès remportés sur la côte et à Lima, l'envie me démangeait de poursuivre de grandes entreprises et c'est ainsi que je me trouvais à la bataille de Pichincha en 1822 qui permit de libérer Quito et fut le signal de l'indépendance générale des colonies espagnoles du nord. J'avais eu un premier aperçu de mon comportement au feu avec San Martin. A Quito, j'éprouvais dans ma chair et mon sang que la prédiction de l'image était vraie... Pas une balle ne m'atteignit, mais lors d'une échauffourée particulièrement violente, je reçus un coup de sabre de l'épaule à la poitrine - regardez, on en voit la trace - je me remis en quelques heures, à la grande surprise de mes compagnons. La blessure était quand même assez profonde mais je n'en ressentis aucune faiblesse. Au contraire, mon ardeur au combat redoubla encore.

J'étais bien immortel ; j'en profitais pour faire preuve d'un courage qu'admiraient mes compagnons d'armes. J'étais volontaire pour les entreprises les plus périlleuses et je reçus, pour ma bravoure - qui n'en était pas une en vérité, mais personne ne le savait - de nombreuses décorations et citations...

J'ai gardé celles-ci dans ma mémoire mais il m'a fallu monnayer mes décorations les jours où je n'avais pas à manger. Car il faut vous dire que malgré mon immortalité, je souffrais cruellement de la faim et de la soif lorsque me manquaient les plus nécessaires de ces choses terrestres. Je n'ai jamais pu aller jusqu'au bout et vérifier si je pouvais vivre sans manger et sans boire. Je n'ai pas eu ce courage.

La bataille du volcan Pichincha fut remarquable par l'habileté manœuvrière du général. Il attira, au prix d'une tactique osée, les royalistes sur les pentes du volcan de manière à les dominer par les quelques canons qu'il possédait. Il avait fait commencer l'ascension dans la nuit malgré un terrain détrempé par la pluie. À un moment, on craignit la défaite car le bataillon anglais, en charge des munitions, s'était attardé à la montée, les hommes ayant du mal à cause de l'altitude. En fait, ce fut plutôt une aubaine car cela lui permit de répondre à l'attaque d'une brigade envoyée par le commandant royaliste pour prendre les républicains à revers. En trois heures, l'affaire fut pliée.

J'avais été si admiratif du talent du général que je décidais de rester avec Sucre. De plus, ma connaissance de l'anglais fut précieuse puisqu'elle me permit plusieurs fois de faire l'interprète avec les forces britanniques qui nous aidaient.

En 1824, nous nous trouvâmes à Ayacucho ou plus exactement, à un endroit qu'on appelle la Pampa de la Quinua, à trois mille trois cent mètres d'altitude. Décidément, j'étais habitué aux batailles en montagne... Les combats commencèrent le 9 décembre 1824 avec, cette fois, un avantage en nombre aux troupes royalistes mais celles-ci subirent six fois plus de pertes que nous, les républicains. Je me rappelle qu'on récupéra un butin important et qu'on fit prisonnier, à cette occasion, le vice-roi et son état-major.

En deux heures, la bataille fut terminée et scella définitivement l'indépendance de l'Amérique du Sud et j'atteignais l'âge respectable de presque deux cent ans... Avec le recul, lequel des deux m'impressionna le plus, de Sucre ou de San Martin, je ne saurais le dire.

A partir de ce moment, l'histoire changea et ceux qui avaient été des héros se chamaillèrent pour savoir comment il fallait partager les territoires nouvellement libérés et, pour beaucoup de leurs soldats, ils redevinrent, à cette occasion, de pitoyables humains.

Je commençai donc à m'éloigner des affaires militaires pour me lancer dans d'autres métiers mais le XIXème siècle fut en comparaison une période où je m'ennuyais fort. On n'y parlait plus que boutique et affaires. Une bourgeoisie née du commerce avec l'Europe commençait à apparaitre; Elle ne s'offusquait pas trop de l'odeur de l'argent qu'elle gagnait. En effet, nombreux furent ceux qui s'enrichirent par l'exploitation du guano entre 1840 et 1860. Ce n'est qu'avec l'arrivée des engrais chimiques que les exportations périclitèrent mais personne ne vit rien venir parce que personne n'avait su prévoir.

Bien sûr, il y eut encore des guerres, comme le conflit entre la Grande Colombie et le Pérou en 1828. Ridicule, non !!... Nous avions été frères dans les luttes contre les espagnols et, comme nous n'avions plus d'ennemi déclaré, il fallait que nous en fabriquions à l'intérieur du Continent libéré.

Vint ensuite un conflit avec l'Équateur pour des motifs, qui considérés avec le temps, paraissent ridicules et dont je ne me souviens pas clairement...

Au milieu du siècle, on abolit l'esclavage et le tribut des indiens sous le gouvernement de Castilla ; cette décision me réjouit grandement et je n'avais pas compris qu'aucun des esprits éclairés, qui avaient mené à bien les guerres d'indépendance, n'ait pu la mettre en pratique auparavant.

- Señor, n'auriez-vous pas soif ?, demanda Benito à brûle-pourpoint.

- Ma foi, un peu, allons dans ce bar où nous attend peut être une bonne chicha morrada, à moins qu'une bière ?

Nous nous levâmes de notre banc et nous dirigeâmes vers le bar où, fort heureusement, deux chaises et une table un peu à l'écart nous tendaient les bras. Après avoir pris place et commandé deux Pilsen Callao, Benito continua son récit :

- Un président qui marqua la vie du pays fut Ramon Castilla. Lui, sut réorganiser la société en encourageant l'industrie et en créant la première ligne de chemin de fer entre Lima et Callao, pour laquelle j'offris ma force de travail. Pendant son mandat, l'administration et l'éducation se reformèrent et il y fut bien pour quelque chose. C'était un président, avoua Benito, les yeux dans le vague.

Puis Benito reprit son récit :

- Les espagnols n'avaient pas dit leur dernier mot ; ils avaient toujours dans la tête de récupérer leur ancienne colonie ou, au moins de s'en venger. Ils revinrent pour prendre possession de notre guano en occupant les iles de Chincha. Si nous n'avions eu que ce couard de Pezet, nous serions redevenus la colonie de Nouvelle Castille. Heureusement, quelques-uns, dont Castilla, obligèrent Pezet à s'exiler en Europe.

Comme l'affaire m'avait paru sérieuse, je m'engageai de nouveau sans réfléchir après l'affrontement d'Abtao où, alliés aux chiliens, équatoriens et colombiens, nous battîmes les espagnols. Voyez-vous, Señor, il faut que nous

ayons un ennemi commun pour nous réunir...
C'est malheureux mais c'est comme ça. Quand
nous sommes de nouveau entre nous, nous
cherchons les occasions de nous disputer pour
trois hectares perdus au fond de la forêt.

Les forces espagnoles ne se rendirent pas à la
raison et se portèrent sur Lima. Ceci nous
conduisit à la bataille navale du Callao en 1866
où nous pûmes finalement les mettre en fuite
malgré les fortes pertes que nous essuyâmes :
j'étais d'ailleurs non loin de lui lorsque mourût
le secrétaire à la guerre, José Galvez.

Rendu à la vie civile, j'assistais à
l'industrialisation de la côte. Des activités se
renforcèrent comme le textile. L'industrie
minière commença à prendre un essor
important avec l'arrivée de capitaux américains
et britanniques. Mais, Lima s'éloignait de plus
en plus de l'intérieur du pays qui, lui, restait
désespérément arriéré. Vous auriez du mal à
imaginer l'état des peuples de la Sierra à cette
époque. Ils vivaient dans des conditions pires
qu'au temps de l'empire inca. Et Lima, comme
l'a dit quelqu'un, était plus proche de Londres
que des villages nichés à cent kilomètres.

Sous la présidence de Balta, on construisit le
train central qui passe au Ticlio et ensuite
s'engage vers La Oroya. Bien entendu, le seul

but était de ramener le minerai de la sierra vers la côte, mais comme le travail était bien payé, je m'engageai. Ce fut une aventure intéressante, menée par un gringo nommé Meiggs, ingénieur tenace et homme agréable.

La situation d'ex-colonie qui dépend toujours de décisions venues d'ailleurs, n'est pas enviable, Señor. On avait plus ou moins réussi à développer des cultures vivrières sur la côte pour fournir Lima qui s'étendait à toute vitesse, mais encore une fois, les latifundistes ne pensèrent qu'à leurs porte-monnaie. La canne à sucre et le coton finirent par remplacer les productions de blé, d'avoine ou de seigle dont nous disposions pour notre consommation nationale. Le résultat fut que nous commençâmes à importer de la nourriture, nous qui avions toujours été auto-suffisants. Alors, comme toujours en pareil cas, on vit la faim s'étendre et la pauvreté croître. Ce fut un exemple de plus de la manière dont nous rendîmes les armes. Pendant ce temps, s'édifiaient bien sûr de belles fortunes sur les produits iñportés.

Il y eut aussi une affaire malheureuse qui resta en travers de la gorge de tous les patriotes. Ce fut la cession des chemins de fer à l'étranger pour payer la dette qui s'était creusée sur les emprunts de 1869-1872. Me croirez-vous si je vous dis qu'il y avait plusieurs lignes sur la côte et de nombreux projets de développement ? Le Pérou avait construit la première voie ferrée d'Amérique du Sud et voilà qu'arrivés presqu'à la fin du siècle, nous étions juste devant les boliviens, mais derrière tous les autres... Quelle honte !!

Pour annuler la dette qui s'établissait à 50 millions de livres, on céda ainsi en 1877 les chemins de fer pour une durée de soixante-six ans et trois millions de tonnes de guano, seulement une durée de soixante-six ans, je vous le rappelle, mais ce n'est pas pour cela que nous les avons récupérés aujourd'hui.

À la même époque éclata la Guerre du Pacifique. Je n'y pris pas part car je trouvais que ça manquait de panache. Comparé à ce que j'avais connu avec Sucre et San Martin, le reste n'avait aucune saveur. Le conflit naquit d'une ridicule action chilienne. Excités par les anglais qui leur ouvrirent leur arsenaux, les chiliens envahirent le port d'Antofagasta, alors bolivien. La Bolivie réagit aussitôt par une déclaration de guerre qui entraina le Pérou, lié par un traité d'assistance entre les deux pays. Il y eut des victoires et des défaites, propres à enflammer l'imagination populaire, telle la prise du *Morro* d'Arica par les chiliens. Ah, on peut dire que ce jour-là, il y eut du panache. Bolognesi et ses lieutenants périrent pratiquement tous : "Nous brûlerons jusqu'à l'ultime cartouche", telle fut la réponse aux offres de reddition. Avouez que ça a de la gueule. On a dit qu'Ugarte se jeta à la mer avec son cheval et le drapeau pour éviter qu'il ne tombe aux mains de l'ennemi....

Finalement le Chili, avec son armement anglais, était trop fort et gagna la guerre ; les tractations firent perdre aux péruviens la ville d'Arica et aux boliviens leur accès à la mer, qu'ils ne cessent de réclamer depuis.

Depuis ce jour, la rivalité entre Pérou et Chili n'a jamais cessé et la presse d'ici ne perd pas une occasion d'écrire des articles imbéciles sur les supposées intentions chiliennes... En tout cas, vous avez dû vous rendre compte du culte rendu à l'amiral Miguel Grau, seul militaire ayant surnagé dans une mer de défaites. Eh oui, les péruviens ont raccroché leur orgueil à ce qu'ils ont pu... Grau a perdu la vie dans ces affrontements mais il y a des places et des avenues Grau dans tout le pays.

Au tournant du siècle, nous avions toujours autant de mal à nous organiser   Chaque gouvernement reprenait à zéro ce qu'avaient fait les précédents. C'était désespérant... Enfin, il y eut les deux guerres mondiales.

Nous apprîmes le démarrage des hostilités seulement vers le 9 août 1914. Le conflit fut dur pour le pays. En moins d'une année, nos exportations de métaux chutèrent et la pauvreté s'étendit une fois de plus. Nous avions encore à cette époque des contacts avec les anglais qui nous achetaient nos matières premières mais nous sentions que cela ne durerait pas toujours et que nous finirions par nous rapprocher des américains. Pour ma part, je considérais les anglais comme des traîtres après ce qu'ils nous avaient fait au cours de la Guerre du Pacifique... Le rapprochement avec les américians est ce qui se produisit à l'occasion de la seconde guerre mondiale. Cette fois, les choses allèrent mieux pour nous puisque les exportations de cuivre, de zinc et de plomb augmentèrent fortement. Il en fallait bien pour construire des chars et des avions.

Un jour, vers 1934 je crois, en tout cas bien avant la Guerre, j'étais dans les champs, courbé à ramasser des tubercules, un homme se présenta à moi, monté sur un cheval bai. Il était arrivé silencieusement, sans que je m'en rendisse compte, occupé que j'étais avec mes raves. Il avait les yeux enfoncés comme je ne l'ai jamais vu chez aucune autre personne, ni avant ni après ce jour, et une barbe noire, taillée un peu comme les prédicateurs baptistes. Il s'adressa à moi en ces termes :

- L'antéchrist est arrivé. La prédiction des Ecritures s'accomplit.

Comme je levai les yeux sans bien comprendre ce qu'il disait, l'esprit tout occupé à d'autres choses, il répéta :

- Ami, l'Antéchrist est né dans une ferme d'Autriche ; il est venu sous le signe du bouc et menace déjà les fils d'Israël. Nous devons nous préparer car ce qui est écrit est écrit.

- C'est-à-dire ?, lui répondis-je.

- Un homme nommé Adolf Hitler est arrivé au pouvoir en Allemagne et impose la main du Diable dans toutes ses actions.

Puis sans un mot de plus, l'homme fit tourner bride à son cheval et s'en fut par le même chemin. Je restai longtemps à le regarder s'éloigner, appuyé sur ma bêche, sans rien comprendre. Je ne l'ai jamais revu et ce n'est qu'après que la lumière s'est faite.

En tous cas, la guerre fut l'occasion pour nous de voir débarquer des immigrants d'Europe, des espagnols, des italiens, mais aussi des juifs allemands qui avaient des coreligionnaires ici. Ils nous racontaient ce qui se passait. Nous avions du mal à le croire : les camps, les massacres de civils... Moi qui avais fait plusieurs guerres, ça n'était plus la même chose. Le monde basculait dans une barbarie inimaginable... Alors, je repensai aux paroles de l'homme à cheval.

Mais finalement, c'était un illuminé comme les autres parce que Hitler, eh bien, il a fini par mourir comme tout le monde. Croyez-vous que si ça avait été l'Antéchrist, il se serait suicidé dans son bunker ?

Il y eut une fois où se leva l'espoir d'accéder à la terre pour beaucoup de paysans ; ce fut lors de la présidence de Velasco. Ce général eut l'idée d'implanter, mais avec cinquante-neuf ans de retard, la réforme agraire qui avait bien réussi au Mexique. Bref, passons... En fait, ce fut un échec. Les invasions des villes de la côte commencèrent. Les gens préféraient être serfs agricoles chez les latifundistes qu'avoir leur propre exploitation. En tous cas, bien peu profitèrent du système et ceux qui le refusèrent vinrent s'entasser à Lima. Voyez tous ces *cerros* aux alentours où s'empilent ces cases de bric et de broc... Eh bien ça, c'est la réforme agraire et ça résume le Pérou.

Mais tout ne fut pas perdu pour tout le monde, pensez donc : ce fut l'occasion pour de nombreux militaires de s'accaparer de grands domaines. Et aujourd'hui, vous n'imagineriez pas les hectares qui appartiennent à de simples lieutenants ou descendants de lieutenants.

En dépit de tout ce que j'ai vécu et en dépit de mon immortalité, le temps m'a semblé courir très vite ; c'est toujours comme ça, on croit que trente ans, c'est une éternité mais quand ils sont passés, tout se contracte avec le souvenir. Moi, la mémoire me revient d'évènements survenus il y a deux cent ans et qui me semblent plus proches que ce que j'ai fait il y a une semaine.

Arrivé à ce point de sa narration, Benito parut las de parler. Il resta un moment sans rien dire, puis ajouta :

- Le croiriez-vous mais depuis que l'image a été déplacée de notre ermitage vers le sanctuaire des Nazarenas, il n'y a plus eu de miracle. Comment expliquez-vous ça ? A partir du moment où on a organisé cette procession de manière formelle et disons "bureaucratique", l'esprit mystique en a disparu ; c'est pourquoi je voulais vous parler, à vous l'étranger, car je ne me reconnais plus dans tous ces gens qui suivent le rite et c'est pourquoi je ne suis plus ce cortège depuis tant d'années.

Ils viennent, si vous voyiez, surtout les femmes, pour toucher l'image ou à défaut un bout de statue d'angelot... Ils croient que ça va résoudre leurs problèmes d'argent ou de couple. C'est risible... Vous croyez que ça lui fait plaisir au Christ noir ? Moi, je sais qu'il a décidé de se boucher les oreilles aux supplications de tous ces abrutis... Il m'avait dit qu'il protégerait Lima des cataclysmes mais il y a, comme autrefois, un gros tremblement de terre tous les trente ans. Alors qu'est-ce qu'il faut conclure ? Moi, je crois qu'il s'est fatigué le Christ. Il s'est dit : Pourquoi mon sacrifice pour que tout recommence comme avant ? Vous ne croyez pas ?

Et pourtant, j'y suis lié de manière indissoluble à cette histoire. Si il y en a qui sait tout sur le Seigneur des Miracles, c'est bien moi, non ? Mais allez-leur faire entendre raison. J'ai essayé autrefois avec les autorités ecclésiastiques pour qu'on reconnaisse mon miracle... Vous pensez si on m'a ri au nez !!! De toute façon, tant qu'ils ne transmettront pas ces informations au Vatican et à celui qui ne se trompe jamais, parait-il, il ne se passera rien.

Benito avait fini sa bière ; il se leva et me tendit la main :

- Señor, je suis fatigué par cette vie éternelle. Si vous saviez, j'aimerais pouvoir me reposer dans la tombe comme chacun le fait un jour, mais ce soulagement m'est interdit tant que la procession existera. Et comment faire pour qu'elle cesse un jour ? Croyez-moi : l'immortalité n'est pas un bien ; oh non. Il s'agit bien d'un cadeau empoisonné. Et pourtant, qui ne rêve de la posséder ?...

En fait, celui qui la possède ne réalise rien de plus dans sa vie que celui qui ne l'a pas. Il met simplement plus de temps, beaucoup plus de temps pour faire les choses. J'ai pu apprendre à lire, écrire et compter, malgré ma condition d'esclave, parce que j'avais le temps, mais n'importe quel étudiant fait tout ça bien mieux que moi. Adieu.

Sans un mot de plus, je le vis traverser la Place d'Armes et se fondre dans la foule. Il ne se retourna pas. Moi, je restai à ma place en sirotant ma bière et en pensant qu'on rencontre décidément d'étranges personnages sous les tropiques.

La maison jaune

Ce matin de juillet 1979, une centaine de personnes s'étaient regroupées dans le centre de Lima, au coin des avenues Wilson et España.

Elles attendaient sans parler un évènement dont on avait annoncé la tenue dans le *Comercio*, le journal sérieux de la capitale péruvienne. L'évènement dont il est question était suffisamment original et inattendu pour attirer l'attention des curieux de tout poil.

Comme d'habitude, les bus passaient sur l'avenue dans un bruit de vieille ferraille, vomissant une fumée noire qui ne semblait incommoder aucun des badauds qui observaient la scène. Comme d'habitude, et malgré la circulation modérée, les klaxons éclataient, actionnés par les conducteurs imprévoyants pressés d'arriver en retard à leur rendez-vous. Deux policiers déambulaient dans leur uniforme verdâtre, la casquette martialement posée sur la tête. Ils affichaient la mine blasée et vaguement ennuyée de ceux dont la tâche consiste à surveiller les autres lorsqu'il n'y a qu'une chance sur mille qu'on ait besoin de leurs services.

La *garua* humectait les crânes, comme souvent à cette époque de l'année, et la chaussée commençait à luire d'humidité. Rien de plus curieux que cette *garua* qu'on ressent à peine mais qui n'en finit pas moins par mouiller, tout aussi bien qu'un bon crachin breton.

Parmi la centaine de liméniens qui attendaient, on ne notait pas de préférence pour une catégorie sociale particulière. Non, il y avait là de l'employé en chemise blanche et pantalon gris, le cheveu vaguement gominé, des mères de famille accompagnées de leurs rejetons ; se trouvaient là aussi des hommes qui semblaient journalistes au vu des micros et des sacoches de travail qu'ils exhibaient fièrement. On distinguait aussi des adolescents avec leur uniforme scolaire et leur matériel d'école. Et même trois prêtres dans leur soutane noire et leur plat à barbe noir en guise de chapeau, avaient cru bon de se mêler à la scène.

Les traits des visages aussi étaient variés. Cela allait du descendant de blanc imbu de sa supériorité de race jusqu'aux résultats vivants des différentes formes de métissage. Les plus calmes et timides, c'étaient ceux qui venaient des hauts plateaux et qui s'étaient réfugiés dans la ville à la suite de la réforme agraire du Général Velasco. Pour le moment, ils scrutaient le trottoir avec le regard placide des ruminants andins qu'ils avaient trop longtemps fréquentés.

Un observateur attentif et curieux de sociologie ou d'anthropologie aurait profité de l'occasion de ce rassemblement pour étudier les visages et tenter de deviner les trajectoires humaines qui se dissimulaient derrière ces fronts fermés. Un homme, par exemple, aurait pu retenir l'attention, avec ses traits ravinés par le temps, les sillons des joues mangés d'une barbe naissante. L'ensemble puissant mais désordonné et disgracieux du faciès témoignait de la brutalité d'une existence difficile où il faut se procurer le pain au jour le jour. Les yeux fatigués ne laissaient rien filtrer de l'âme diminuée dans son expansion par les impératifs du quotidien.

Un peu plus loin, c'était une femme à la peau lisse, inexpressive, et dont il aurait été difficile pour le meilleur psychologue de cerner quelles étaient ses pensées du moment. Elle transpirait cette capacité génétique pour l'attente qu'ont héritée les colonisés de tous poil. Il semblait qu'elle aurait pu rester plantée là sur ce bout de ciment pendant des jours, sans une parole et sans un geste d'impatience.

Mais qu'attendaient–t-ils tous ainsi dans cette torpeur quasi religieuse, dans cette atmosphère humide d'un jour de juillet comme les autres ?

Ils attendaient la venue du Señor Humberto Vilchez Vera, journaliste de son état, qui travaillait pour la Télévision Nationale. Le Señor Humberto n'était pas n'importe qui : c'était même un personnage en vue dans la Lima des années 70. Plus d'un politicien ou d'un grand oligarque de l'économie péruvienne, interviewé par l'incisif Humberto, s'était senti mal à l'aise devant les questions parfois inattendues qui lui étaient soumises. Le Señor Humberto, en sus de ses activités professionnelles, avait un sens de la mise en scène et savait se projeter en avant au moyen de diverses manœuvres qui l'avaient fait passer pour un *vivo* parmi ses pairs.

Il avait fait paraître une annonce dans le journal de la veille pour annoncer son intention de passer une semaine dans la maison jaune. Quand la nouvelle s'était répandue parmi ses proches, le premier réflexe fut l'incrédulité... Quoi, passer une semaine dans cette bâtisse délabrée !! Certains journalistes avaient ricané, persuadés qu'il s'agissait d'un coup de publicité gratuite. D'autres avaient hoché la tête en pensant qu'une telle idée ne pouvait jaillir que dans un cerveau surmené.

Qu'était donc cette maison jaune qui provoquait cet émoi ?

Ce n'était rien d'autre qu'un bâtiment situé au carrefour des avenues España et Wilson au cœur de la cité. L'édifice avait reçu ce nom sous lequel tout Lima le connaissait pour le mauvais crépi canari qui le recouvrait. Imaginez un parallélépipède massif, sans traits distinctifs particuliers. Le genre d'immeuble qui n'attirerait pas l'attention en temps normal. Une façade jaune, donc sur un angle, avec deux frises bleues, c'était tout ce qui distinguait la maison jaune.

Au rez-de-chaussée, une banque occupait tout l'espace délaissé depuis des années. Au premier étage, un appartement inoccupé et abandonné, à l'origine de toutes les rumeurs les plus folles. Pour beaucoup de liméniens, en effet, la maison jaune était hantée et cette occupation par les esprits trouvait son origine dans diverses histoires qu'on se répétait en tremblant.

Chose curieuse, seul l'étage semblait affecté par les apparitions de revenants. Jamais, un client ou un employé de la banque n'avait témoigné de la moindre manifestation d'Outre-

Tombe. De toute façon, tout un chacun sait que les manifestations surnaturelles ne sont pas bonnes pour le commerce, aussi les activités du rez-de-chaussée restait-elles cantonnées dans le champ de la rationalité la plus dure.

Pour quelques sceptiques, la localisation de la maison jaune pouvait tout expliquer : en effet, à deux pas, sur le même trottoir de l'avenue Wilson, se trouvait, depuis les années 40, l'ambassade américaine. La guerre froide alimentait tous les phantasmes et les traumatismes paranoïaques. Si les russes se mettaient à espionner les américains depuis le premier étage, c'était toute l'Amérique Latine qui basculait dans l'orbite rouge.

Aussi, annoncer que toutes ces histoires de revenants avaient été inventées par les américains pour décourager les tentatives d'infiltration, il n'y avait qu'un pas que d'aucuns n'avaient pas hésité à franchir et, bien entendu, il y avait des commentateurs pour se gausser d'une telle théorie : comme si des espions patentés craignaient les esprits... Toujours est-il que le lieu était un des plus craints et respectés de toute la ville.

Les historiens avaient signalé que, dans l'antiquité préhispanique, le secteur qu'occupait la maison jaune était un lieu d'adoration religieuse et qu'à l'époque de la colonie, c'était l'endroit exact où passait l'antique muraille de Lima, celle-là même qui servait pour la défense militaire de la capitale et qui séparait les deux quartiers de l'administration et des artisans.

On ne savait plus exactement à quelle date l'édifice avait été construit mais cela ne remontait certainement pas au-delà du milieu du XVIIIème siècle. Il parait que peu après sa construction, à l'époque de la Vice-Royauté, une femme, débarquant d'Europe de façon mystérieuse sans famille et sans amis y demeura. Elle eut bientôt une clientèle qui venait y chercher des charmes, philtres d'amour et autres délicatesses des temps anciens.

La femme fut jugée par l'Inquisition et condamnée pour sorcellerie. Selon ses juges, l'accusée vendait ses services à quiconque pouvait payer les prix élevés qu'elle exigeait. Le fait est que le bruit avait fini par se répandre que se produisaient sortilèges et malédictions chez les habitants de la métropole, y compris parmi la noblesse et quelques membres du clergé.

Si les affaires étaient restées confinées dans les basses tranches de la société, l'Inquisition elle-même aurait pu fermer les yeux, mais que des évêques et autres soient impliqués, c'était évidemment les prémisses d'un scandale qu'il fallait à tout prix prévenir. Bref, la drôlesse fut condamnée et brûlée mais avant de mourir, elle maudit ses bourreaux, prédisant que quiconque habiterait la maison ne connaîtrait pas le repos et serait la proie d'esprits malfaisants.

Cette anecdote n'apparaissant pas dans les chroniques de Lima, nous la tiendrons pour une simple histoire comme en naissent beaucoup sous les climats coloniaux. Ce dont on était certain, en revanche, c'est que la maison avait été acquise tout à fait légalement par une certaine famille Andrade Fernández en 1925 et qu'elle fut habitée par la dite famille jusqu'au milieu du XXème siècle, date à laquelle se produisit le décès du Señor Andrade. Dans les années 60 et 70, la maison restait la propriété d'une des descendantes de cette digne famille, la Señora Lidia Andrade Fernández, veuve du défunt, mais plus personne n'habitait le deuxième étage.

On se doute que les locataires éventuels, effrayés par la réputation des lieux, ne se pressaient pas pour louer l'appartement. Aussi, la propriétaire décida-t-elle de faire appel aux services d'un gardien chargé de surveiller l'étage et d'éviter les vols, en particulier le vol des effets personnels qu'on n'avait pas eu le courage ou l'envie de déplacer.

A cette époque, fonctionnait au rez-de-chaussée une quincaillerie tenue par des descendants de japonais. Ces gens très travailleurs ne faisaient pas de bruit et n'évoquaient jamais les fantômes qui peuplaient l'étage supérieur. Le gardien qui, évidemment, côtoyait ces dignes commerçants, discutait souvent avec eux, délaissant la besogne pour laquelle il était payé. Cet employé au zèle incertain portait un nom à l'épreuve des esprits: Santos San Miguel.

C'était un homme bon, bien qu'un peu simplet, mais son principal défaut résidait dans son penchant pour la boisson, penchant pour lequel il connaissait peu de retenue les fins de semaine. En ces occasions, il arrivait souvent qu'il remuât les meubles de l'étage ou qu'il déplaçât les grilles de sécurité, les jours qu'il avait trop sacrifié à Bacchus.

Soudain, il se produisit dans la rue, ce matin de juillet 1979, un petit mouvement de foule. Les policiers, sur qui l'inaction commençait à peser, s'approchèrent en écartant la populace. La cause de l'agitation toute relative se devait à une voiture américaine noire qui venait de se garer au bord du trottoir. En descendit tout aussitôt le Señor Humberto Vilchez Vera, accompagné de deux autres journalistes dont l'un portait une caméra. Les trois hommes fendirent la foule. Arrivés devant la porte de la maison jaune, Humberto se retourna et leva la main en prétendant qu'il avait une déclaration à faire.

Tout le monde recula : certains spontanément, d'autres encouragés par les policiers. Les journalistes poussèrent la foule pour se rapprocher ; les micros se tendirent et chacun se prépara à écouter des phrases qu'on pressentait définitives.

Humberto pourtant ne se pressait pas. En homme sûr de ses effets, il attendit que la rumeur se calmât puis levant la main, il commença en ces termes :

- Mes chers amis, il est probable que vous me connaissez, pour m'avoir vu à la télévision. Enfin, si par hasard, mon nom et mon visage vous étaient inconnus, je m'appelle Humberto Vilchez Vera et ai l'honneur redoutable d'officier au sein de notre Télévision Nationale. Vous connaissez aussi, j'en suis sûr, cet immeuble... Quel liménien ne le connait pas ? La maison jaune sur laquelle courent tant de rumeurs...

Mais moi, aussi vrai que je me nomme Humberto, toutes ces histoires me font rire et je me fais fort de prouver qu'il ne s'agit que de racontars de bonnes femmes. A notre époque, des fantômes, une maison hantée ! Ah oui, vraiment, je vous demande...

A cette annonce brutale, un murmure parcourut la foule qui s'était encore accrue depuis que la voiture était arrivée. On sentait une véritable désapprobation des paroles qui venaient d'être prononcées. On voulait bien accorder un certain crédit au Señor Humberto Vilchez Vera car on appréciait son travail à la télévision mais il y avait des limites à ne pas dépasser.

Que quelqu'un se permit de mettre en doute l'existence d'esprits démoniaques, c'était peut-être dangereux. Il y avait tant de témoignages... Pourquoi douter ?

Humberto, en professionnel de la communication, vit qu'il avait probablement été un peu loin. Il décida de faire un léger pas en arrière.

- Je me suis mal exprimé : ce que je veux dire, c'est qu'il faut soumettre l'affaire à un examen rigoureux et je dirais même scientifique. Un examen qui ne laissera aucun coin d'ombre et, pour cela, je me propose de passer une semaine entière au second étage de la maison jaune et de noter et filmer tout ce qui s'y passera.

La foudre se serait abattue devant les liméniens rassemblés que l'effet n'aurait pas été plus fort. Plusieurs femmes se signèrent. Une d'elles se trouva mal et il fallut l'emmener à l'écart pour lui prodiguer les premiers soins.

Les conversations commencèrent bientôt dans un grand brouhaha. Humberto observait satisfait le résultat de son intervention. Sûrement qu'on allait en parler longtemps de cette idée. Il ne put s'empêcher d'ébaucher un sourire de contentement. Profitant d'un léger moment d'accalmie, il reprit son discours :

- Je veux, comme je viens de vous le dire, passer une semaine dans la maison pour l'étudier. J'emmène avec moi cette caméra et un carnet pour noter tout ce qui pourrait survenir. On verra bien si on arrive à graver quelque chose. Enfin, dans un geste noble, son assistant lui tendit l'appareil.

On notait fébrilement et on filmait plus fébrilement encore. Les journalistes des journaux concurrents n'auraient pas supporté de manquer ce scoop, aussi faisaient-il leur travail avec une application digne d'éloges, tout en regrettant que leur rédaction n'ait pas eu l'idée en premier.

Puis la porte s'ouvrit : Humberto entra dans la Maison Jaune, avec sa caméra et son carnet de notes, comme un Prince dans une ville conquise. L'intérieur était noir et on distinguait mal sans lumière à plus de trois mètres. Mais Humberto, ayant trouvé l'interrupteur sur le mur de gauche, alluma. Les curieux s'agglutinèrent à l'entrée pour mieux voir mais rien de particulier ne s'offrait à la vue. Il n'y avait qu'un banal escalier…

Humberto s'y engagea.

L'attaché de l'ambassade américaine, le Señor Cordell Smith regardait par la fenêtre en ce beau jour d'avril 1962. La chaleur était étouffante et, bien que n'étant en poste que depuis moins de deux ans, il en avait assez du Pérou. Tout était chaotique et désorganisé. Les choses ne se réglaient jamais avec une poignée de main, comme il en avait l'habitude aux Etats-Unis ; il fallait toujours passer par des circuits bureaucratiques interminables, sauf à payer certains intermédiaires, ce qui révulsait l'intègre protestant qu'était l'attaché.

Il regrettait son poste précédent au Brésil et, plus encore, sa Virginie natale. Caché derrière le rideau, il observait avec attention la maison jaune. Il détestait cette bâtisse qu'il voyait tous les jours de son bureau, mais davantage que son goût personnel, cet édifice le préoccupait. Il avait vu ou cru voir, quelques semaines auparavant, des ombres s'agiter derrière les fenêtres à moitié aveugles du second étage. Peu après, il avait positivement vu briller un ou des objets qu'on supposait métalliques. Pourtant l'appartement semblait inoccupé.

Qu'est-ce que cela voulait dire ? espionnait-on l'ambassade ?

De plus, Cordell Smith était convaincu que le Pérou pouvait basculer du jour au lendemain dans un désordre de gauche incontrôlable : il y avait trop de déséquilibres, d'inégalités, de corruption. Les agitateurs d'extrême-gauche, soutenus par Moscou, officiaient sans que, pratiquement, quiconque se souciât de leurs activités.

L'année passée en avril, il y avait eu la débâcle de la Baie des Cochons qui avait fait rire toute l'Amérique Latine, sauf évidemment les oligarchies locales. Cette opération tant désastreuse avait décuplé l'ardeur des révolutionnaires, mais pire encore, il se murmurait que les Russes mijotaient quelque chose au sujet de Cuba : on parlait de missiles pointés sur les Etats-Unis, du moins, c'est ce que les correspondants de la CIA, présents derrière le rideau de fer, avaient rapporté comme information.

Soudain, une idée commença à germer dans l'esprit de l'attaché d'ambassade. Au début, ce ne fut qu'une vague impression, sans squelette intellectuel, puis peu à peu, se précisa un plan de bataille. On allait voir ce qu'on allait voir.

Tout en esquissant un sourire, Cordell Smith décrocha son téléphone.

Quelques jours plus tard, l'attaché regardait avec satisfaction l'article qui venait de paraître dans *Voz de la Nación*, le journal fondé moins d'un an auparavant et dont la CIA patronnait les bonnes œuvres. Il mit ses lunettes et commença sa lecture :

"Des maléfices au centre de notre capitale,

On nous rapporte des faits étranges dans une maison située sur l'avenue Wilson. Le Señor Alvarez, médecin de son état, établi dans le quartier, a informé la police de bruits inquiétants dont l'origine semble bien être cette maison que d'aucuns appellent dans le quartier maison jaune. Non seulement, le Señor Alvarez, honorablement connu de ses voisins, a relaté ces faits singuliers mais également d'autres de nature peut être encore plus bizarre : des lumières auraient été aperçues à plusieurs reprises.

Le Señor Alvarez, que nous sommes allés interviewer, nous a confirmé les révélations qu'il a faites à la police, en précisant que ces manifestations surnaturelles se sont produites à différentes reprises.

Nous mettons bien entendu ces informations au conditionnel en attendant d'en savoir plus. Nous nous ferons un devoir de communiquer à nos lecteurs le plus rapidement possible toute information susceptible de jeter quelque lueur nouvelle sur ces évènements".

"Bon", pensa Cordell Smith, "c'était court, mais suffisant pour le moment. Il faudrait aussi penser à l'auteur de l'article, ce jeune qui s'avérait prometteur".

Pour le moment, il était temps d'informer l'ambassadeur de l'avancement de l'affaire. Cordell Smith décrocha le téléphone intérieur.

Quelques jours plus tard, *Voz de la Nación* donnait en pages intérieures un reportage intitulé :

"Aux portes de l'étrange". On y lisait ceci :

"Depuis notre édition de jeudi dernier, nos reporters se sont efforcés de percer le mystère de la maison jaune et ils ne sont pas revenus bredouilles. En effet, nos lecteurs se rappellent sans doute que nous avions rapporté les dires du Señor Alvarez, médecin, sur les phénomènes qui frappent l'édifice. En réalité, il semble que cette malédiction d'esprits en peine ait son origine dans un massacre qui s'est produit il y a de nombreuses années. Nos informations, de source sérieuse, ont été recoupées et ne laissent pas de doute sur l'origine possible des désordres qui affectent la maison jaune. Voici l'histoire, telle que nous avons pu la recueillir :

Ashiro Matsishita était un homme de petite taille, aux mœurs douces et tranquilles. Lui et sa femme avaient quitté le Japon au début du XXème siècle pour s'établir en Amérique Latine. Ils avaient vécu à différents endroits, mais depuis leur arrivée à Lima, Ashiro et sa femme logeaient au second étage de la maison jaune et la vie s'y écoulait paisiblement.

Ashiro s'était établi comme commerçant et allait tous les jours à son bureau situé à une demi-heure de marche à pied. Invariablement, Ashiro qui était homme d'ordre et d'habitude, partait à sept heures du matin et rentrait tous les soirs à neuf heures précises.

Il vivait de manière frugale dans l'attente de jours meilleurs que son travail ne manquerait pas de lui procurer. Deux filles étaient nées qui avaient maintenant douze et treize ans. Comme leurs parents, elles restaient humbles et travailleuses ; à l'école, les instituteurs n'avaient qu'à se louer de leur application et ne se privaient pas de dire aux parents tout le bien qu'ils pensaient de leur progéniture.

La femme d'Ashiro, modeste et effacée comme les japonaises de cette époque, apportait tous ses soins à son intérieur, le laissant d'une propreté irréprochable, tout en s'efforçant d'y apporter le raffinement que toute épouse nippone se fait un devoir de mettre en pratique.

Au commencement, leurs voisins les considéraient comme des personnes agréables et de coutumes honnêtes, qu'on n'entendait jamais, mais peu à peu, un esprit malfaisant, l'esprit de la maison s'empara d'eux, jusqu'à déclencher une tragédie.

Au fil des mois, le caractère de la femme commença à se modifier. Elle qui apportait tous ses efforts pour que le logement soit impeccable, commença à le délaisser et à prendre davantage soin d'elle. Elle se mit à se maquiller de manière discrète d'abord, puis plus voyante ensuite.

Bien entendu, tout cela fut progressif et le mari ne s'en aperçut pas au début.

Un soir, Ashiro termina plus tôt que d'habitude les tâches urgentes et décida de rentrer aussitôt sans s'attarder. Le travail restant pouvait bien attendre le lendemain...

Lorsqu'il pénétra dans l'appartement, il entendit des bruits étranges en provenance de la chambre, comme une hâte qui ne pouvait s'expliquer de manière naturelle. Il se précipita... Le spectacle qu'il découvrit le cloua sur place. Sa femme n'était pas seule : un homme, moitié nu se rhabillait en hâte.

La femme, stupéfaite, engoncée dans le lit, les draps dissimulant la poitrine, ouvrait des yeux ronds inexpressifs.

Ashiro fut pris d'une rage irrépressible. Des années de frustration et de renoncement lui remontaient à la gorge et l'étouffaient. Des années à courber le dos en attendant des jours meilleurs.

Il courut à la cuisine, saisit un couteau et se précipita dans le couloir qui menait à la chambre ; l'homme sortait déjà et ouvrait la porte pour se précipiter au dehors. Trop tard... Ashiro bondit et lui planta le couteau entre les omoplates. L'homme tituba : un flot de sang jaillit dès qu'Ashiro, d'un geste rageur, eut retiré la lame.

La femme hurla, d'un cri de bête. Ashiro se rappela son existence de femelle trop gâtée, pourrie par l'existence oisive qu'elle menait. Il se rua vers la chambre, la saisit par les cheveux. Elle n'eut pas la force de se débattre, prête pour le sacrifice qu'elle reconnaissait pour prix de son expiation. Ashiro, vivement lui trancha la gorge. En deux secondes, le sol fut inondé de sang. La femme s'écroula d'un bloc et roula comme une bête, agitée seulement de derniers soubresauts.

A l'instant, la psychologie d'Ashiro changea d'un coup. Il s'écroula par terre et tomba dans une sorte de torpeur morbide mais son état d'abattement ne dura pas ; il se ravisa soudain car ses filles allaient rentrer de l'école. Il décida également d'en finir avec elles. Comme elles n'étaient coupables que d'être nées d'un ventre maudit, il se dit que leur mort devait être plus douce.

Il les attendit derrière la porte et lorsque tout fut terminé, Ashiro décida de pratiquer l'antique rite du *Sepuku* ou suicide japonais. On trouva par hasard les corps le lendemain.

Cette histoire affreuse nous a été confirmée par les forces de police. Il est connu que les morts violentes laissent des traces ; on a rapporté de nombreux cas semblables dans toutes les parties du Monde et nul doute que les esprits des malheureuses victimes continuent de hanter l'appartement".

- Oh, Oh, presque trop fort, s'exclama Cordell Smith : Il serait quand même souhaitable de se cantonner dans une certaine rationalité. Pour ça, il faudra que j'en parle au rédacteur en chef.

Trois jours après, *Voz de la Nación* continuait dans la même veine.

"Notre enquête sur la Maison Jaune continue.

Nous avons conté, dans une édition précédente, les horribles évènements qui se sont produits dans la Maison Jaune occupée par une famille japonaise. Il nous faut maintenant reconnaître qu'il ne s'agit pas d'un acte isolé, mais que véritablement cette maison attire le malheur.

Un an et demi après le massacre, le second étage fut occupé par une famille fortunée qui initia une série de travaux de réfection. Il fallut d'abord enlever les traces de sang profondément incrustées avec le temps dans le parquet. Grâce aux bons soins apportés, l'aspect de la maison changea notablement. Les fenêtres furent rénovées pour laisser entrer davantage de lumière et l'on dépoussiéra toute les vieilles nippes accumulées depuis des décennies. .

Les nouveaux occupants étaient bien convaincus qu'ainsi disparaîtraient les mauvais souvenirs. Cependant, avec le temps, la famille commença à changer ses habitudes. Eux, qui en d'autres époques avaient été généreux et affectueux, se convertirent en avares méprisants et cruels. Les gens avaient pris l'habitude de dire qu'un esprit malin semblait s'être emparé d'eux et de la maison.

Les serviteurs, en particulier, notèrent les changements : on commença à les traiter sans aucune considération. Après des mois et des mois de punitions et retenues sur gages sans raison, parfois frappés physiquement, ils complotèrent pour se venger de toute la famille, ce qu'ils décidèrent de mener à bien une nuit qu'on avait invité plusieurs personnes amies de la famille.

Un des serviteurs avait des proches en Amazonie et connaissait les plantes. Il expliqua à ses complices que rien ne serait plus facile que de verser une substance hallucinogène dans les aliments de leurs maîtres, non pour les tuer, mais pour leur donner vingt-quatre heures de désordres mentaux. Néanmoins, le plan ne fonctionna pas comme prévu, car les dineurs connurent une mort violente, après s'être étripés entre eux. Les visages étaient tellement déformés par la douleur et l'horreur des visions qui les avaient frappés que les serviteurs devinrent fous et qu'on dut les interner jusqu'à la fin de leurs jours dans un asile psychiatrique.

Cette nouvelle histoire, confirmée par les archives de l'asile est à porter au passif de cette maison maudite. Elle démontre bien qu'il existe des endroits maléfiques : la maison jaune en est un et nous recommandons à toute personne sensée de s'en éloigner autant que possible".

"Ma foi", se dit Cordell Smith, "peut être que c'est la bonne manière de procéder. Les gens d'ici sont tellement imbibés de religiosité et de croyances surnaturelles que rien n'est jamais trop gros".

En tout cas, le plan semblait marcher à merveille : on ne parlait plus dans toute la ville que de la maison jaune et des esprits qui lui étaient associés. Beaucoup affirmèrent qu'ils avaient toujours su qu'elle était hantée et qu'il n'était point besoin des articles de *Voz de la Nación* pour l'apprendre. On inventa de nouvelles histoires ; c'était à qui avait une cousine ou une tante qui, positivement, avait entendu le Diable y mener Sabbat, accompagné d'un cortège de sorcières luxurieuses.

D'autres avaient entendu parler de meurtres abjects, de sacrifices d'enfants sur des autels sataniques improvisés. Cordell Smith se disait que les choses marchaient presque trop bien. En tout cas, depuis que ces rumeurs couraient la ville, il n'avait plus perçu de lumières ou d'ombres. Après tout, c'était le résultat qui comptait...

Depuis que Humberto était entré dans la maison jaune, rien n'avait filtré de l'étage. Aucun bruit, aucune lumière...

Peu à peu, les gens se dispersèrent. La circulation continua son cours désordonné et, en moins d'une demi-heure, le trottoir avait retrouvé sa tranquillité relative.

Le lendemain, devant la maison jaune, une grande agitation se produisit brutalement. Des cris, des insultes retentirent ; les passants se regroupèrent en attente d'un de ces scandales urbains qui font la joie des foules et les policiers s'approchèrent, tentant de dégager la foule qui s'était agglutinée à l'entrée de la Maison Jaune.

Le journaliste Humberto Vílchez Vera était sorti comme un fou de la maison en proférant des insultes y des cris. Sur le trottoir, il éructait, pris d'une véritable frénésie, la bave aux lèvres. Il se frappait la tête des deux poings, hurlait des phrases sans suite puis, dans une période de calme relatif, se pressait les tempes comme pour en faire jaillir le démon qui le torturait. Après quelques secondes, la crise recommençait. La caméra gisait au sol à moitié défoncée.

Aucun des curieux n'osa s'approcher. On le regardait de loin, avec horreur, comme un dévergondé qui avait osé braver des puissances inconnues

Enfin, une ambulance arriva, toutes sirène hurlantes ; trois robustes infirmiers en descendirent, se saisirent de Humberto qui se débattait et l'entraînèrent vers le véhicule. Le journaliste tentait de les frapper, mais maintenu par des mains de fer, ses gestes s'avérèrent dérisoires. On lui passa la camisole, ce qui le mit soudain dans un état de prostration. Ses cris s'estompèrent et seule la bave continuait à couler et lui mouillait le menton.

Le lendemain, on put lire dans les journaux de Lima que le journaliste de télévision bien connu, Humberto Vílchez Vera, victime d'un grand coup de fatigue, avait dû être interné en hôpital psychiatrique. Les médecins ne donnaient pas officiellement de diagnostic mais on comprenait à la lecture de l'article que quelques mois de traitement seraient nécessaires.

Les curieux qui lurent l'entrefilet et qui avaient assisté à la scène, hochèrent la tête : il était clair pour eux que le cas d'Humberto ne relevait pas de la médecine et que c'était du temps et de l'argent dépensés en pure perte que de tenter de le soigner, alors qu'il y avait tant à faire dans le pays....

La Boutique du vendeur de DVD

Il existe, non loin de la place Grau de Lima, et pratiquement au bord de la *Via Expresa*, un centre commercial du nom de *Polvos Azules*, composé de galeries sur trois niveaux et d'un grand nombre de petites boutiques de quelques mètres carrés où l'on trouve presque de tout. C'est le paradis de la chaussure de sport d'importation, des fringues bon marché, de la Hi-Fi bas de gamme et des téléphones portables.

Certaines mauvaises langues prétendent qu'on y écoule des marchandises volées mais c'est sûrement une calomnie car les commerçants qui y sont établis payent leurs impôts et leurs patentes.

Ce lieu est comme une petite ville où chacun se connaîtrait mais le passant, sourd aux sollicitations commerciales, ne souhaite pas s'y attarder car les lieux résonnent en permanence d'une musique abrutissante, qui couvre les conversations.

J'étais à la recherche d'un film rare sur Chopin, film réalisé en 1945, par Charles Vidor, sous le titre *"A Song to Remember"*.

Les gens de Radio Filarmonía, à qui j'avais adressé ma requête, m'avaient confirmé la rareté du film et la difficulté à se le procurer. En tout cas, ils ne le possédaient pas dans leur catalogue et, l'eussent-ils eu, qu'il eût été, de toute façon, exclu de me le prêter ou de me le vendre.

Un employé affable m'avait cependant glissé dans le creux de l'oreille que je pouvais tenter ma chance aux *Polvos Azules*, mais sans plus de précisions.

C'est pour cette raison que je me trouvais dans le bus en route vers la place Grau en cette chaude journée de décembre, tout en tentant d'évaluer mes chances de trouver ce que je cherchais.

Je descendis du bus à l'intersection des avenues Arequipa et 28 de Julio, puis m'engageai dans cette dernière artère à grands pas. J'ai toujours aimé marcher vite et déambuler lentement, comme le font la plupart des péruviens et surtout la plupart des péruviennes, constitue pour moi une perte de temps. Aussi, est-ce à grand renfort de :

"*Permiso, permiso*" que je me frayai un chemin à travers la foule.

Pris dans mes réflexions, j'avais traversé la *Via Expresa* sans m'en rendre compte et zigzaguai sur le trottoir en essayant d'éviter les vendeurs à la sauvette et les nombreux passants qui, tous les jours, se croisent en cet endroit si fréquenté.

Il faisait une légère fraicheur à l'intérieur du centre commercial, en tout cas, par contraste avec la chaleur du dehors. Je ne savais pas trop où diriger mes pas, aussi, commençai-je par le premier local qui exposait DVD et CD.

- Amiguita, bonjour, avez-vous des CD ou DVD de musique classique ?

Un regard légèrement embarrassé, probablement de ne pouvoir accéder à ma requête ou, peut-être plus probablement, étonné par l'originalité de la demande.

- Un peu plus loin par-là.

Il ne faut en général pas essayer d'en savoir plus, les péruviens étant plutôt flous dans leur manière d'indiquer les endroits. Aussi, m'empressai-je de me diriger dans la direction approximative que l'on m'indiquait.

Le vendeur d'une seconde boutique fut un peu plus informatif :

- Peut-être au sous-sol... Papi. Peut-être au sous-sol.

Muni de cette précieuse information, je descendis les escaliers, mais là, nouvelle interrogation. Où aller ?

La zone où je me trouvais était résolument dédiée aux vêtements. Pas trace de CD ou de DVD à l'horizon. Je me mis à flâner puis vis au fond du centre commercial, dans la direction opposée à celle par laquelle j'étais arrivé, plusieurs locaux où l'on pouvait vendre ce qui m'intéressait.

Le premier à qui j'adressai ma question m'informa que je pourrais éventuellement trouver ce que je cherchais dans le passage suivant.

- Ça s'appelle *"Cine Clásico e Independiente"*, me confirma-t-il.

Muni de la précieuse information, je m'approchai du local. Celui-ci, carré, ouvert sur deux côtés, ne payait pas de mine mais sur les rangées murales, s'étalaient des milliers de CD et de DVD.

A première vue, tout était bien rangé et paraissait propre et en bon état. Des pochettes vides, que l'on pouvait consulter sur l'avant du comptoir, donnaient un aperçu des trésors à découvrir.

Le vendeur, un type entre deux âges, avait l'œil vif et le sourire commercial ; manifestement, il n'attendait qu'une chose, que je m'approche pour commander, comme le font tous les vendeurs de Lima, mais il avait néanmoins une lueur différente dans le regard que je ne sus définir.

- Bonjour, je cherche un film musical sur Chopin, avouai-je. La seule chose que je sais est que c'est une œuvre d'un cinéaste nommé Charles Vidor et que le film date de 1945. De plus, je ne connais que le titre anglais "*A Song to Remember*".

A peine avais-je fini que le vendeur s'adressait à son employée :

- Trouve-moi "*Una canción inolvidable*", Camou.

En moins d'une dizaine de secondes, la fille avait sorti le DVD. Comme faisait-elle pour trouver aussi vite un film que personne ne demandait. Mystère...

Pas de doute, il s'agissait bien de l'œuvre que je cherchais. Avec Paul Muni et Merle Oberon. La pochette n'était pas terrible : on y voyait un Chopin aux cheveux courts et gominés, penché sur une Georges Sand qu'il s'apprêtait à embrasser. La pochette ne ressemblait pas à celle que j'avais vue sur Internet. Peu importait après tout... L'important était le contenu et non le contenant.

- Autre chose, s'enquit le vendeur ?

- Non, pas pour le moment mais je retiens votre adresse; je pense que ce n'est pas partout qu'on peut trouver ce genre de choses.

- Tu as raison, Amigo, ce n'est pas partout et on est un peu spécialisé ici.

- A tout hasard, donnez-moi votre mail. Ainsi, je pourrais vous contacter... Au cas où vous auriez des choses intéressantes, bien sûr.

- Tiens ma carte. Il y a dessus courrier électronique et numéro de téléphone. A ton service.

- À tout hasard, je vous donne aussi mon numéro de téléphone.

Sur ces bonnes paroles, je saluai la serveuse et le type et repris le chemin de la sortie. Tout en marchant, je regardais la carte : "Alan Tejada - Films classiques et indépendants, le meilleur en DVD et Blue Ray". Pas plus d'informations...

Je repartis vers l'arrêt de bus de l'avenue Arequipa un peu perplexe. Pourquoi ce gars, qui avait l'air de connaître son métier, s'était-il mis dans ce genre d'endroit où l'environnement commercial faisait preuve du mercantilisme le plus bas ? Où tout le reste était occupé par des boutiques qui vendaient des fringues bas de gamme et des films violents de série B.

Il aurait été plus à sa place à San Isidro ou sur Larco Mar à Miraflores dans des lieux où il aurait eu plus de chance d'avoir des clients, mais il est vrai que les prix de l'immobilier avaient tellement monté, ces dernières années là-bas, qu' y trouver un local correct relevait de la gageure. C'était sûrement l'explication...

Pris par diverses occupations, j'avais presque oublié la boutique, le vendeur et l'employée lorsque, quelques jours plus tard dans la soirée, je reçus un coup de téléphone.

- Allo, Amigo, je suis Alan Tejada, le vendeur des *Polvos Azules*, tu te souviens ?

- Bien sûr que je me souviens de vous, répondis-je. Comment ça va ?

- Moyennement, moyennement. Le problème, c'est que le commerce n'est pas florissant. Les gens sont bizarres ; ça ne les intéresse pas tellement, ce que je propose...

Intérieurement, la confession du type ne me surprenait pas. Que les habitués des *Polvos* soient peu tentés par sa boutique n'était pas pour me surprendre.

- Qu'est-ce que je peux faire pour vous ?

- Eh bien, c'est simple Amigo, j'ai un article qui pourrait peut-être t'intéresser.

- Dites toujours.

- Il s'agit d'un film sur Beethoven de 1927 de H.O. Lowenstein.

- Oui. Cela peut m'intéresser. Écoutez !! Je me renseigne et je passe vous voir.

- D'accord. Je le mets de côté en attendant.

- Pas sûr que cette précaution soit utile, Señor... lui répondis-je en souriant.

- Au revoir.

Je connectai mon ordinateur et me mis à naviguer sur le Net. Effectivement, en moins d'une minute, j'avais trouvé le film : une rareté apparemment... Ou presque impossible à trouver.

Tout à coup, il me vint une idée que j'aurais dû avoir plus tôt. Je connaissais quelqu'un à New York, un type qui s'appelait Pat. Enfin, pas extrêmement bien mais on s'était fréquentés il y a quelques années et, à cette occasion, je lui avais rendu service ; peut-être s'en souviendrait-il.

Je pouvais probablement lui demander de vérifier la disponibilité de ce genre de disque. Pat était, selon mes souvenirs, un peu introduit dans les milieux artistiques et, s'il y a bien deux villes au Monde où l'on trouve tout ce qui est imaginable, c'est bien New York et Londres. J'envoyai un courrier électronique avec toutes les circonlocutions d'usage, sans grand espoir cependant, puis sortis pour dîner.

À mon retour, à ma grande surprise, Pat avait répondu. Il disait qu'il se souvenait parfaitement de moi, qu'il allait se renseigner et il s'engageait à me donner une réponse rapidement. Enfin, Il regrettait que je ne sois pas venu lui rendre visite et me rappela, à cette occasion et à ma grande honte, qu'il m'avait invité un an auparavant et que je n'avais pas donné suite.

Tout cela était vrai et je n'avais effectivement pas suivi les règles de la plus élémentaire courtoisie. Je répondis platement en m'excusant et en promettant d'y remédier ; je remerciai aussi mon interlocuteur pour ses efforts et lui adressai mon meilleur souvenir en attendant de nous voir un de ces jours.

Deux jours plus tard, la réponse arriva. Le film était effectivement très rare. Mon New Yorkais n'avait pas écumé toutes les boutiques de la ville, susceptibles de posséder ce genre d'article, mais il avait vérifié dans certaines d'entre elles, où il avait ses entrées et, invariablement, la réponse avait été : "Nous ne l'avons pas, mais si vous voulez, nous pouvons essayer de nous le procurer, sans garantie".

Je décidai donc de me rendre de nouveau aux *Polvos Azules* et refis le même chemin que la première fois mais, autant y étais-je venu durant ces premiers jours de décembre sans grand espoir, autant cette fois, intrigué comme je l'étais, avais-je hâte d'arriver et je dois le dire, le cœur me battait un peu.

Arrivé devant la boutique, le vendeur m'adressa un large sourire :

- Il est là en DVD évidemment, me chuchota-t-il avec un air de conspirateur qui prépare ses plans.

- Fantastique. Vous savez que c'est très rare.

A peine, avais-je prononcé ces paroles que je me pinçai les lèvres. Le gars allait surement en profiter pour monter ses prix mais aucune lueur de cupidité ne s'était allumée dans l'œil de mon vendeur.

Comme s'il avait lu dans mes pensées, Alan murmura :

- Ici, tout est à cinq soles. Rare ou non...

- À très bien... Bon alors, je le prends.

Le vendeur sortit le DVD de dessous le comptoir et me le tendit. Je pensais en moi-même qu'il était quand même étrange qu'un aussi vieux film existât en DVD et pas seulement en cassette VHS.

Je posais la question à Alan qui, face à moi, empochait les cinq soles. Il me répondit que les convertisseurs VHS - DVD existaient et étaient considérés comme une activité assez florissante au Pérou. "Dans tout Lima, vous pouvez convertir tous les formats que vous voulez sans problème", me confirma-t-il.

- Mais que vois-je, m'exclamai-je soudain en parcourant les pochettes vides qui se trouvaient sur le comptoir. Vous avez le "*Le voyage dans la Lune*", le film de Méliès !!

Je reconnaissais bien la pochette avec une grosse lune de carton-pâte dans l'œil de laquelle s'était fiché l'obus des intrépides voyageurs ; image classique et bien connue des cinéphiles.

- Señor, me répondit-il avec un peu de commisération dans la voix, ici, c'est "Films classiques et indépendants"...

Évidemment, j'aurais dû m'en douter. Si le gars mettait un point d'honneur à développer ce genre d'activité culturelle, ce n'était pas pour de l'argent, sinon, il aurait vendu la même chose que ses confrères des *Polvos*.

- Écoutez, je le prends aussi.

À peine rentré, je découvris un courrier de Pat, me demandant si mes recherches étaient fructueuses. Je répondis par l'affirmative en lui expliquant que j'avais aussi trouvé le Méliès.

Pat me suggéra de faire une liste de films improbables et de tester la capacité de mon vendeur à se les procurer. L'idée me paraissant bonne, je m'empressai de la mettre en pratique et commençai à fouiller sur le Net.

Au début, c'était comme une sorte de jeu sans conséquence, puis peu à peu, le sentiment confus d'un défi à jeter au vendeur s'infiltra dans mon esprit. Je me piquai à la tâche et me jurai de chercher les choses les plus tordues. On allait bien voir ce qu'on allait voir. Il faut dire qu'Alan m'avait un peu énervé avec sa désinvolture

Je me décidai à mettre d'abord sur ma liste des films sur Mozart. On allait commencer par quatre d'entre eux. Le vendeur m'ayant déjà épaté avec Beethoven, il fallait tester ses capacités sur un autre compositeur. “*La Mort de Mozart*” de Louis Feuillade de 1909 me parut une excellente idée.

Je cochai ensuite “*Die Kleine Nachtmusik*” de L. Hainisch de 1939 ; ça sentait évidemment un peu les années brunes, mais bon... J'avais toujours bien aimé la petite Musique de Nuit.

J'hésitai ensuite entre “*Nannerl, la sœur de Mozart*” de R. Féret de 2010, “*Whom the Gods love*” de B. Dean, de l'année 1940, “*Melodie Eterne*” de C. Gallone de 1940 et “*Mozart et Da Ponte*” de G. Friedel de 1955. Sur les quatre, j'en avais deux de 1940, peut être un de trop...

Celui de Féret était trop récent mais, par ailleurs, je n'avais pas gardé le souvenir de sa sortie. Avait-il eu du succès ? C'était ce que j'étais incapable de déterminer.

Finalement, je me décidai pour les films de Feuillade, Hainisch, Friedel et Dean, mais sans raison rationnelle, seulement, il fallait bien faire un choix. De plus, il était tard et mes recherches m'avaient pris plus de temps que prévu, aussi partis-je me coucher sans attendre...

Le lendemain, dès 10 h, je pris le téléphone et appelai Alan. À la deuxième sonnerie, le vendeur décrocha et m'adressa un "Allo" ensommeillé, puis il reconnut ma voix et m'adressa un chaleureux bonjour.

Je lui expliquai ma requête. S'il fut surpris, du moins n'en laissa-t-il rien paraître.

- "*La Mort de Mozart*" de 1909, "*Die Kleine Nachtmusik*" de 1939, "*Whom the Gods Love*" de 1940 et "*Mozart et Da Ponte*" de 1955, heu, oui, on peut essayer.

- Combien de temps vous faut-il ? Demandai-je incrédule.

- Je te rappelle cet après-midi, mais à mon avis, tu pourras passer vers quatre ou cinq heures.

Connaissant l'absence de notion du temps chez les Péruviens, je me dis que, si on pouvait avoir une réponse pour le surlendemain, ce serait déjà bien.

En fait, Alan m'appela effectivement à deux heures et vingt-cinq minutes de l'après-midi très exactement pour me dire qu'il avait les disques. Je restai interloqué mais repris mes esprits pour lui annoncer que je passerai dans la foulée les prendre.

Avant trois heures et demie, je me retrouvai devant la boutique que je commençais à bien connaître. Alan me tendit les quatre disques.

- Voilà, ça fait vingt soles.

En plus, les pochettes semblaient d'origine... Des photos vieillies, mais pleines de nostalgie avec des acteurs adoptant des poses figées. La pochette du film de Hainisch m'attira particulièrement. Il est vrai que, pour une partie du cinéma allemand de cette époque, c'étaient les grandes heures de l'expressionnisme avec son jeu si particulier.

Je me penchai en avant et à voix basse :

- Mais, entre nous, comment faites-vous ça ?

Il parut surpris :

- Faire quoi ?

- Dégoter ces films que je croyais introuvables.

- Mais, Amigo, ils le sont effectivement, introuvables, mais je te rappelle encore une fois que tu te trouves dans la boutique "Films classiques et indépendants"... C'est mon métier ajouta-t-il avec un soupçon de fierté dans la voix.

Il commençait à me fatiguer avec son refrain : "c'est mon métier et je cherche à satisfaire les clients, etc...".

- A d'autres, je veux bien que vous soyez un spécialiste mais quand même, il y a quelque chose que vous me cachez... Je ne vous demande pas vos secrets, bien sûr...

Il me coupa la parole :

- Señor, excuse-moi, mais il y a des choses dont il vaut mieux ne pas parler... Tu me comprends ?

Non, je ne comprenais pas ce qu'il voulait me dire et lui avouai.

Il émit un soupir :

- Si tu veux tout savoir, les *Polvos Azules* ont été construits sur un ancien site inca, le site de Quitapiltec. C'était un lieu sacré que les conquistadors ont pillé en 1546 pour construire des églises et des couvents avec les pierres sacrées.

- Très bien, mais je ne vois pas le rapport avec les DVD...

- Le site, reprit-il imperturbable était dédié à la Pachamama, dont je te rappelle qu'elle est la déesse mère qui donne les récoltes. La Pachamama appartient au monde des Apus ou Urkhupacha et au monde du dehors. Elle sert d'intermédiaire, si tu veux.

Je savais tout cela sur la Pachamama et tout le culte qui tournait autour, mais n'ayant pas d'autres informations plus pertinentes et surtout, ne percevant pas le rapport avec les DVD, je restais immobile en attente de ce qu'Alan allait me raconter.

- Eh bien, les prêtres du culte demandaient à la Pachamama qu'elle soit clémente; bien entendu, ils faisaient des échanges avec elle et ça marchait comme cela. Les offrandes qu'on appellait *pagos* ou *pagapus* consistaient en feuilles de coca, argent non travaillé, *chicha* et graines des montagnes qu'on nomme *huayruros* et qui possédaient des pouvoirs symboliques. Je pense qu'il est resté un peu de l'esprit de la Pachamama aux *Polvos Azules*.

Pendant un instant, je restai muet, ne sachant si Alan se moquait de moi, mais il paraissait sérieux.

- Donc, vous trouvez les disques que je vous demande grâce à l'esprit de la Pachamama ?

- Disons qu'elle répondait aux désirs de ceux qui la priaient. Toi, ton désir, c'est bien de te procurer ces disques, non ?

Je restai interloqué. En plein vingt et unième siècle, un marchand me racontait qu'il dénichait des DVD introuvables grâce à l'esprit d'une déesse qui continuait à roder cinq siècles après que les barbares espagnols eussent pillé les ruines.

Je savais qu'il y avait au Pérou un très fort syncrétisme ; la religion catholique avait été superposée sur les anciennes croyances et les missionnaires catholiques avaient tout de suite compris le parti qu'ils pouvaient tirer de cette superposition, bien plus efficace qu'une substitution forcée. Néanmoins, qu'une personne qui s'intéressait au cinéma comme Alan, me sorte une telle histoire, j'avais du mal à l'avaler.

Comme je n'avais de toute façon pas le temps d'approfondir la chose, je remerciai Alan de ses bons conseils et pris congé, mes DVD sous le bras.

Une fois arrivé à mon appartement, je m'empressai de mettre le film de Dean dans le lecteur; mes craintes s'évanouirent : il était de bonne qualité, sans les défauts qu'on trouve souvent dans les vieilles pellicules. Il est vrai que, jusque-là, je n'avais pas eu à me plaindre d'Alan. Celui-ci avait été réglo et le Beethoven ou le Méliès étaient également de bonne facture.

Je me mis à rire : La Pachamama était bonne fille... Elle connaissait bien les besoins de ses fidèles...

Comme j'avais un peu de temps, je me mis à la recherche d'informations sur le site de Quitapiltec. Les espagnols avaient effectivement récupéré beaucoup de pierres pour construire des églises dans d'autres endroits de Lima. Ils n'avaient pas non plus lésiné sur les exactions. Plusieurs prêtres du culte de l'Inca avaient été décapités, condamnation réservée aux gens d'un certain rang, d'autres avaient été tout simplement envoyés au bûcher.

Pour des raisons qui n'étaient pas expliquées, le site avait été rasé complètement, il n'était pourtant pas si près de l'ancien centre de la Ville des Rois, localisé sur les bords du fleuve Rimac. La forteresse de Pachacamac, en revanche, située à vingt-cinq kilomètres au sud de Lima, n'avait ainsi été que peu touchée et restait encore aujourd'hui un lieu qu'on pouvait visiter...

Etrange : qu'est-ce qui avait incité les Espagnols à être sélectifs dans leurs actions vis à vis des sites incas de Lima ? D'autre part, ils n'envoyaient au bûcher que pour des raisons religieuses.

Y-avait-il derrière leurs motivations à détruire Quitapiltec et à en exterminer les prêtres un motif de cette nature ? S'ils y avaient découvert des pratiques magiques, comme semblait le croire Alan, on pouvait effectivement supposer qu'ils avaient été tentés d'employer les grands moyens pour éradiquer le phénomène... Et, à l'époque, cela signifiait raser les monuments et brûler les hérétiques.

J'étais trop excité par les mille pensées qui se heurtaient dans mon crâne et composai le numéro d'Alan.

Il répondit à la troisième sonnerie :

- "Cinéma classique et indépendant", j'écoute.

- C'est votre acheteur, Alan... Je repensais à notre conversation et j'ai décidé de vous mettre à l'épreuve.

- Qu'est-ce que tu entends par là ? me demanda-t-il.

- Eh bien, je vais faire une liste de films que vous allez me procurer.

- A ta guise, mais je ne comprends pas que mon activité te paraisse si extraordinaire, amigo. Après tout, je ne fais que mon métier, aussi bien que je peux et je cherche seulement à satisfaire les clients.

- Justement, parlons-en de vos clients. À part moi, vous en avez beaucoup ? Je veux dire, qui vous demandent des choses un peu rares.

- Pas tellement. Il y a bien deux vieux excentriques de Miraflores qui viennent de temps en temps me commander des raretés ; je crois que tu es le troisième et que ça s'arrête là. En fait, les gens maintenant ne s'intéressent pas vraiment au cinéma d'antan ou au cinéma de qualité. Ils cherchent des effets spéciaux et les courses de voiture d'Hollywood. Plus c'est abrutissant et plus ils aiment... L'important, c'est de ne pas penser pour ne pas rester avec soi-même car ça fait peur parfois de rester avec soi-même. C'est pour cela qu'on voit autant de boutiques qui vendent toutes la même chose. Des films au kilomètre qui ne servent à rien et qui sont oubliés aussi vite que consommés.

Allons bon, Voilà que mon Alan se mettait à philosopher....

- Bon, vous avez raison, mais je maintiens que je vous mets au défi dès aujourd'hui de me trouver des films rares.

- Comme vous voudrez Señor, - tiens, il se mettait à me vouvoyer - je suis là pour satisfaire mes clients et c'est vous qui payez... Mais vous n'auriez pas dû chercher à comprendre comment ça marche ou à comprendre tout court; ça peut être dangereux et il faut accepter les évènements tels qu'ils se présentent. Je vous ai expliqué l'histoire du site et je n'aurai pas dû. C'était déjà trop... Au revoir, ajouta-t-il brusquement pour mettre fin à la conversation.

Après avoir raccroché, je me replongeai dans mes recherches sur Internet pour trouver de vraies raretés.

En flânant ici et là, je découvris différentes choses qui me parurent intéressantes; par exemple, un film de 1921 intitulé *"Camille"* avec Rudolph Valentino et Alla Nazimova. Cette œuvre narrait l'histoire de la Dame aux Camélias, mais dans une ambiance plus moderne que celle un peu datée du roman de Dumas.

Je le notai sur mon calepin.

Puis, je trouvai "*Musgrave Ritual*", film de 1912, le premier à retracer les aventures de Sherlock Holmes. Très intéressant aussi pour le mythe...

Je repensai à mes films sur Mozart, et, en particulier à "*La Petite Musique de Nuit*", ce qui m'amena logiquement à l'expressionnisme allemand d'avant-guerre et le nom du "*Nosferatu*" de F.W. Murnau de 1922 me vint naturellement à l'esprit. De plus, s'agissant d'une œuvre qui avait subi de nombreuses dégradations et même des interdictions à la suite du procès intenté par la veuve de Bram Stocker, je me disais qu'il serait intéressant de voir quelle version pourrait me sortir Alan ; je n'osai évidemment trop parier sur l'original de 1967 mètres.

Enfin, sans savoir trop pourquoi – certainement y-avait-il un peu de sadisme de ma part - je me dis qu'un film rare, non occidental, constituerait un bon test pour Alan. En cherchant dans les bases de données Internet, un candidat m'apparut, daté de 1951 en pleine époque Mao. Il s'agissait de "*La concubine du Prince Xi"*. Comble de chance, il ne semblait pas avoir connu de version occidentale, de sous-titrage ou de traduction. La pochette qui apparaissait sur l'écran ne portait que des idéogrammes chinois, sauf le titre en anglais. Mes choix faits, je me mis au lit me promettant bien d'être le lendemain dès la première heure devant la boutique d'Alan.

Aussi, dès neuf heures le lendemain, je repartis prendre mon bus jusqu'aux *Polvos Azules*. Arrivé sur place, je dus attendre un peu car le Centre n'ouvrait qu'à dix heures du matin. En m'approchant de la boutique, je vis mon Alan morose et peu d'humeur à discuter.

Il avait un air que je ne lui avais jamais vu ; il s'agissait d'un mélange de gêne et d'autre chose que je n'arrivai pas à définir : un peu d'hypocrisie ? Ou peut-être était-il simplement malade.

Je lui tendis la liste. Il y jeta un coup d'œil distrait puis me dit qu'il n'en aurait pas pour longtemps. Même le film chinois ne l'avait apparemment pas ému.

- Señor, allez prendre un café; je n'en aurai pas pour plus d'une heure. Il n'est pas utile que vous attendiez ici.

- Parfait, je vais aller faire un tour au Musée Métropolitain et je serai là vers onze heures.

Le Musée, que j'avais voulu voir depuis quelque temps, ne m'enchanta pas. Pour moi, les minutes passaient trop lentement et j'avais du mal à me concentrer sur ce que je voyais. Enfin, à onze heures, je repris le chemin des *Polvos Azules*.

Alan, sans une parole, me tendit les DVD. Les quatre disques étaient là avec leurs pochettes qui me narguaient. Le Murnau comprenait une inscription précisant qu'il s'agissait de l'édition originale de 1967 mètres ; je commençai à sentir le Monde vaciller autour de moi. Enfin, toute cette histoire n'avait aucun sens !! Dans cette boutique perdue, je pouvais demander n'importe quoi et mes vœux se réalisaient. Peut-être, seulement en matière cinématographique, corrigeai-je aussitôt, car si j'avais demandé le gros lot au tirage national, je pense que je l'aurais pas eu. Après tout, il s'agissait seulement de "Cinéma classique et Indépendant".

- Bon, je m'incline, Alan, vous êtes le plus fort. Ces films me paraissaient difficiles à dénicher, mais après tout comme vous dites si bien, c'est votre métier que de satisfaire les clients, non ?

- Oui, c'est mon métier et si vous êtes content, je le suis aussi.

- Bon, Eh bien, au revoir, alors.

- Au revoir, Señor.

Mais il n'y avait aucune chaleur dans sa voix.

En sortant, le soleil m'aveugla et la tête me tournait. J'avais besoin de respirer un bon coup pour m'éclaircir les idées, mais dans l'atmosphère empuantie par les gaz d'échappement, c'était peine perdue.

Je sentis la sueur couler dans mon dos, mouillant ma chemise. La chaleur était accablante. Le calme d'Alan, sa manière de trouver tout normal et les histoires de Quitapiltec me trottaient dans la tête. C'était peut-être ça qui m'énervait le plus chez lui... Le voir trouver tout parfaitement normal. Je me mis à rire en pensant à sa phrase favorite : "C'est mon métier que de satisfaire les clients". Je t'en foutrais, moi... C'est sûr qu'avec des pratiques pareilles et l'aide de la Pachamama, ils devaient être satisfaits les clients, tu parles... Pas moyen de dégotter un titre de film qu'il ne puisse pas se procurer.

Je repensai tout à coup à Pat de New York; j'avais fort envie de lui raconter les derniers évènements, mais par courrier électronique, pensai-je, c'était trop impersonnel. Mieux valait l'appeler directement... Il n'était même pas midi et je me dépêchai de rentrer à mon logement mais j'étais trop excité pour penser à manger.

Je composai le numéro du portable de mon New Yorkais et entendis la sonnerie. Rapidement, Pat décrocha.

- Pat Calloway à l'appareil.

- Ah, oui, c'est moi. Comment ça va ?

- Bien, merci et toi ?

J'ai du nouveau. Ici, il se passe des choses qui me paraissent à la limite de l'incompréhensible ou de l'irrationnel, comme tu voudras. Pour être plus précis, ce sont des évènements que j'ai du mal à expliquer par des raisonnements rationnels.

- C'est intéressant et à quoi fais-tu référence ?

- Tu te rappelles le DVD que je t'ai demandé de chercher à New York... Le film sur Beethoven et aussi, "*Le voyage dans le Lune*" de Méliès dont je t'ai parlé.

- Oui, bien sûr.

- Et aussi ta suggestion de tester les capacités de Alan - Il s'appelle Alan, je ne sais plus si je te l'avais dit - C'est incroyable mais j'ai fait exactement ce qu'on avait décidé et il trouve tout... Je l'ai mis à l'épreuve avec de vieux films sur Mozart... Il m'a tout déniché... J'ai encore essayé ce matin avec le *"Nosferatu"* de Murnau en version originale, *"Camille"*, un film introuvable de 1921 qui raconte l'histoire de *"La Dame aux Camélias"* et le comble, un film chinois, époque Mao, jamais paru en Occident... Tout en chinois. Pour le moment, il gagne sur toute la ligne et je n'ai pas encore réussi à le mettre en défaut. Un temps, puis... Il n'y a pas de film qu'il ne puisse trouver, c'est fou non ?

Un calme au bout de la ligne. À tel point que je me demandai si Pat était toujours là.

- Allo...

- Oui, je suis toujours là, mais je réfléchissais.

- Moi, aussi, j'ai essayé mais franchement, ça dépasse mes capacités...

Puis, je commençai à décrire à Pat la conversation que j'avais eue avec Alan sur Quitapiltec, la Pachamama et tout le tintouin... La destruction de la citadelle inca et les condamnations des prêtres. J'ajoutai aussi l'hypothèse que j'avais formulée sur le comportement des espagnols.

- Évidemment, en cas de magie, tu as raison, ils agissaient ainsi pour purifier le lieu et les pierres qui servaient ensuite à construire les églises. Tout ça me paraît évidemment très intéressant... Voilà ce que je te propose : ça fait un moment que je souhaitais venir au Pérou faire un peu de tourisme, et aussi étudier de plus près les civilisations pré-incas; en fait, je ne sais pas si tu es au courant, mais on n'en sait finalement pas beaucoup sur eux malgré ce qu'on raconte.

Les Incas, puis ensuite les Espagnols, se sont débrouillés pour effacer les traces de ces cultures. Et j'ai lu plusieurs ouvrages qui prétendent que les Incas n'ont fait que piller ce qui existait avant eux, et en ce qui concerne les pratiques magiques, il y a quand même des témoignages incroyables de chroniqueurs espagnols, entre autres... Je regarde les horaires de vol New York - Lima et je t'informe.

- OK ; je passerai te chercher à l'aéroport.

Le lendemain matin, un mail de Pat m'annonçait qu'il arrivait à six heures du soir le jour suivant. Il demandait aussi si ça me posait un problème particulier. Je répondis que non et lui affirmai que mon appartement lui était ouvert.

Le jour dit, un Pat, un peu vieilli par rapport à mes souvenirs, sortait par la porte des arrivées internationales de Jorge Chavez, l'aéroport de Lima. Nous nous saluâmes et, comme il n'avait pas beaucoup de bagages, je proposai de prendre le bus qui nous amènerait dans le centre. Il n'était pas question d'aller voir Alan, ce soir-là, aussi, remîmes-nous la chose au lendemain.

En attendant, je décidais de l'emmener à Miraflores, du côté de l'*Ovalo*, là où on trouve pas mal de restaurants passables, à prix raisonnables.

Nous passâmes la soirée en nous remémorant quelques souvenirs communs, face à deux *ceviches* bien servis, arrosés de quelques bières.

Le lendemain, nous prîmes le bus vers les *Polvos Azules*. J'interrogeai Pat :

- Alan va avoir une petite surprise, car, si je ne me trompe pas, tu t'y connais un peu dans ce genre de business ?

- Oui, bien sûr, les problèmes de vieux disques ou de vieux films, je connais. Mais, d'après ce que tu m'as dit, j'aurais trouvé mon maître

- On va voir, répondis-je en riant. En tout cas, le type est étonnant.

L'entrée des *Polvos Azules* parut surprendre Pat. Le centre ne correspondait évidemment pas à ceux auxquels il était habitué dans la Grosse Pomme.

Nous descendîmes au sous-sol que je commençai à bien connaître, mais, au fond de l'allée, il n'y avait rien qu'un magasin de fringue. Pas de trace de boutique de CD ou de DVD !!

Je reconnus alentour toutes les autres boutiques avec leurs étalages accrocheurs, mais de "Cinéma classique et Indépendant", rien, envolé, disparu !!! La tête me tournait ; quand on rêve, on ne se demande jamais si on rêve, or là, je me le demandais, ce qui suffisait à démontrer qu'on était en pleine réalité.

Pat fronça le sourcil et m'adressa un regard noir, comme s'il ne comprenait pas ce qui se passait, mais c'était pourtant clair tout d'un coup : il y a des choses dont il ne faut pas parler et Alan m'avait prévenu. La Pachamama se vengeait de mes empressements et me le faisait savoir.

Par acquis de conscience, j'interrogeai le vendeur qui occupait son emplacement.

- Mais, non, Señor, bien sûr que je suis là depuis longtemps. Plus de quatre ans... Pensez-vous si je connais tous les voisins, alors votre boutique de cinéma, désolé mais vous avez dû rêver.

Une statue aux talents cachés

À l'époque des colonies, lorsque n'existait pas encore la Vice-Royauté de la Plata, la ville de Lima était le centre économique et politique de la Nouvelle-Castille.

Galions et caravelles y accostaient en permanence en provenance de Panama, amenant les troupes fraîches, les fonctionnaires ou les nouveaux colons attirés par la possibilité de recommencer leur vie. Mais, il n'y avait pas que des passagers à bord ; il y avait aussi des marchandises et si l'argent et l'or s'enfuyaient transportés par les rapides caravelles vers la métropole, en revanche, les bijoux, les vêtements précieux, les meubles, les toiles et tissus s'entassaient dans les entrepôts avant d'alimenter les marchés de la ville.

Au milieu de cette opulence apparente et dont tout le monde ne profitait pas, vivait tout un petit monde de gens qui tiraient le diable par la queue, servantes, laquais, portefaix du port, lavandières et artisans.

Cette populace se rencontrait dans toutes les ruelles de la ville, s'amassant pour voir et écouter les bateleurs ou les dernières nouvelles d'Europe transmises par les crieurs publics.

Les foules rassemblées attiraient d'autres catégories de personnages parmi lesquels les plus notables étaient Messieurs les mendiants et Messieurs les tire-laine ou vide-gousset, comme on voudra. Les premiers ne se différenciaient des seconds que par une philosophie différente de la vie. Ceux-ci craignaient peu le guet et acceptaient l'idée que la vie était courte et pouvait se terminer sur la *Plaza Mayor*, par un garrot trop étroitement ajusté autour du cou. Ils pouvaient, sur une seule affaire, gagner beaucoup, mais rester ensuite plusieurs jours sans un quignon à se mettre sous la dent.

Les mendiants s'étaient rendus maitre dans une activité moins aléatoire : Ils préféraient une vie plus longue et des gains plus faibles, bien que réguliers, à l'incertitude générée par les *alguacils* du Vice-Roi. Ils dominaient à merveille l'art de la fausse bosse, de la cécité fallacieuse ou du bras amputé capable de réapparaître au bon moment pour saisir quelques *maravedis*.

C'était ce que se disaient un beau jour deux compères qui traînaient leurs guenilles dans la rue de Malambo.

Appelons-les Marco et Paco mais peu importe, l'histoire n'a pas retenu leurs noms. Ce n'étaient pas vraiment des larrons, encore qu'ils ne rechignassent point, à l'occasion, à soulager quelque commère des deniers qui encombraient sa bourse. Ils n'étaient pas non plus réellement mendiants bien qu'il leur arrivât, surtout quand le soleil dardait fort, de s'accroupir en tendant la sébile.

Ils appartenaient à l'honorable confrérie de ce qu'on appelait en ces temps-là, *picaros*, terme intraduisible en français. Non, ce qui les caractérisait avant tout, c'était une forte aversion pour le travail et un grand attrait pour les tavernes où ils dépensaient les maigres sommes que l'activité de la journée leur avait rapportées.

Mais, tout un chacun sait qu'en ce bas monde, l'argent ne tombe pas du ciel et que sacrifier à Bacchus nécessite *maravedis,* ducats ou réaux de bon aloi. Il arrivait donc certains jours que leur gosier était plus sec qu'un vieux morceau d'amadou, ce dont ils se plaignaient avec force tout en accusant le Ciel de leur disgrâce. Et ce n'était point leur état qui les empêchait d'aborder souvent de façon intelligente des questions de haute philosphie.

Or, ce jour, traînaillant sur un marché bien achalandé, c'est à dire fourmillant de commères en quête de la bonne affaire, Marco faisait remarquer à Paco la différence que nous venons de souligner entre mendiants et coupe-jarret, alors qu'ils observaient justement un des plus beaux spécimens de la confrérie des demandeurs d'aumône.

- Regarde, Paco, regarde donc... Celui-ci planté comme une outre puante dans sa crotte. Les pièces tombent dans son escarcelle comme pluie en Galice au printemps. Les plus jolies bourgeoises lui jettent une pièce en se signant. Crois-tu que ce soit juste ? Nous ne sommes pas plus mal faits qu'un autre, mais ce n'est pas à nous que ces dames confieraient leur argent, au moins volontairement.

- Tu as raison, Marco, mille fois raison, que dis-je, dix mille fois raison... Mais que veux-tu ? s'allonger toute la journée sans rien faire, il faut des dispositions à la paresse que, malgré tous nos efforts, nous ne possédons pas. Et, par ailleurs, la profession de brigand est trop dangereuse. Ces messieurs se font prendre un jour ou l'autre et alors...

C'est au milieu des réflexions désabusées de nos deux *picaros*, mais où l'on perçoit une certaine philosophie de la vie, que s'éleva soudain un tumulte dans la rue.

- Place, Place, racaille... Écartez-vous.

C'était une compagnie d'*alguacils* qui repoussaient gaillardement les badauds sur les côtés, au moyen du manche de leurs hallebardes.

Ils précédaient une vieille carriole qui brinquebalait sur les mauvais pavés. À l'intérieur, d'autres gardes se tenaient debout près des longerons et au milieu, accroupi, un homme barbu en chemise, l'air hagard. L'homme paraissait avoir dans les quarante-cinq ans. Le visage bruni par la vie au grand air et le bandeau sur un œil, ainsi que les traits rudes et marqués trahissaient un fier coquin. Il semblait fatigué et portait des traces de torture sur le visage et sur le haut du corps.

Il était clair pour tous que c'était quelque bandit qu'on menait à la *Plaza Mayor* en vue de son exécution.

La carriole avançait péniblement car la foule était dense à cette heure et les efforts des *alguacils* avaient surtout pour effet de provoquer le mécontentement populaire.

- Mais, je crois que cette trogne, je la connais, dit soudain Paco... Ne mettrais-tu pas un nom dessus ? Ce serait bien, ma foi, Diego le borgne

- Tu as raison compère ; c'est bien lui. Mais cela fait un bon moment que je ne l'avais pas vu. La dernière fois, il opérait avec une bande de malandrins au-delà du Rimac.

Lorsque la carriole passa à leur hauteur, l'homme en chemise blanche jeta un regard morne sur eux, sans paraitre les reconnaître.

- Bah, suivons le cortège, ça nous fera une distraction, conclut Marco.

- Bonne idée, dans une exécution, il y a toujours quelque chose d'inattendu qui se passe et qui donne du piment à la chose.

Les deux *picaros* se mirent donc à suivre le cortège au milieu d'autres liméniens à qui la même idée était venue. Enfin, après plusieurs détours, arrêts et redémarrages, les *alguacils*, la carriole et tous ceux qui les accompagnaient débouchèrent sur la *Plaza Mayor*.

Au milieu, était dressée une sorte d'estrade à laquelle on accédait par un petit escalier en bois. Et au centre de l'estrade, un mât auquel était accroché un anneau de fer d'où pendait une courroie de cuir épais.

À côté du mât, un colosse, le torse à moitié nu et la tête couverte d'un masque noir, laissait voir une musculature impressionnante. Il tenait les bras croisés sur la poitrine et les jambes écartées dans un geste d'apparent défi lancé aux spectateurs.

La *Plaza Mayor* était déjà bien garnie de monde. La carriole s'arrêta au pied de l'estrade et les gardes poussèrent le condamné sans ménagement. Celui-ci gravit les marches d'un pas lourd mais sans faiblesse. Il s'arrêta juste un bref instant sur l'avant-dernière marche pour jeter un coup d'œil circulaire.

Le brouhaha dominait la scène et l'officier qui commandait la section ordonna le silence le plus complet. Peu à peu, les murmures s'estompèrent. L'officier déroula alors un document qu'il se mit à lire.

- Par ordre de son excellence le *Corregidor*, représentant ici de sa Très Sainte Majesté Philippe, Roi de toutes les Espagne et de Nouvelle-Castille, Roi de Naples, roi du Portugal, Duc de Milan, Prince souverain des Pays Bas, Archiduc d'Autriche, Grand Commandeur de l'ordre de Saint Jacques, et, après un procès juste et équitable, le prévenu ici présent, Diego dit Le Borgne, a été condamné à mort comme châtiment de ses activités criminelles. Le condamné sera exécutée par garottage immédiatement en cette *Plaza Mayor*. Fait en la Ville des Rois en ce 5 décembre de l'an de grâce 1578.

Un prêtre, que l'on n'avait pas vu jusque-là, monta à son tour sur l'estrade ; arrivé devant le condamné, il lui présenta le crucifix et se pencha pour lui adresser quelques paroles de reonfort à voix basse.

De là où ils se trouvaient, il était impossible à Marco et Paco de percevoir quoi que ce fût du conciliabule qui d'ailleurs ne dura qu'une demi-minute. On vit alors Le Borgne relever la tête et cracher par terre.

Un grondement de réprobation parcourut la foule. Diego Le Borgne venait de refuser les secours de la religion... C'était pour l'heure une raison de plus de l'envoyer en Enfer, là où était sa place.

L'homme fut attaché au mât sans opposer de résistance ; on lui passa le cuir autour du cou puis le bourreau commença à donner un mouvement de rotation au bout de bois qui terminait la courroie.

Marco et Paco regardaient de tous leurs yeux le supplice, comme la foule rassemblée là. Les exécutions avaient un rôle d'exutoire et de catharsis et, en ces temps, la pitié n'avait pas la prépondérance qu'elle a acquise de nos jours ; les exécutions étaient publiques pour donner l'exemple et dissuader tout un chacun d'enfreindre la loi.

Marco se pencha vers Paco et lui murmura à voix basse :

- Bien vrai qu'il vaut mieux mendier, compère. Cela ne me dirait rien qui vaille de finir comme ce pauvre Diego.

- Je suis bien d'accord avec toi.

Lorsque tout fut terminé, les deux hommes cheminèrent autour de la *Plaza Mayor,* recherchant la fraîcheur des arbres. La place bruissait de discussions animées et encore excitées par le spectacle que le Vice-Roi venait, par l'intermédiaire de son appareil de justice, d'offrir à cette foule.

- Ce qu'il nous faut, dit tout d'un coup Marco, c'est une bonne idée pour sortir de cet état où nous végétons, cet état dans lequel nous ne savons pas ce que sera le lendemain.

- Oui, une idée qui ne comporte pas les risques du brigandage, ni l'ennui de la mendicité. Une idée qui puisse mettre nos talents à l'épreuve, renchérit Paco.

Peu à peu, sans qu'ils s'en rendissent compte, leurs pas les avaient menés devant le Couvent de Santo Domingo. Comme la grille n'était pas fermée, ils décidèrent d'entrer et de trouver, peut-être, une réponse à leurs questions.

Le couvent était sombre et frais, comme le sont la plupart des couvents. Le calme qui y régnait incitait à la méditation et c'est bien ainsi que nos deux *picaros*, malgré leur vie désordonnée, le ressentirent car il n'est point d'âme si basse qui n'expérimente un léger frisson en entrant dans un lieu sacré.

Le silence du lieu fut soudain troublé par ce qui leur parut un ronflement. Il n'y avait pas à s'y méprendre. C'était bien un ronflement qui se faisait plus précis à mesure qu'ils s'approchaient de l'individu qui en était l'émetteur.

Derrière un pilier, dormait du sommeil du juste le moine convers, son trousseau de clés pendu à sa bure. A côté, gisait une bouteille de vin vidée de son contenu.

- Ah, je comprends pourquoi la grille était ouverte. L'animal s'est laissé aller aux plaisirs du jus de la treille et il s'est endormi avant que de pouvoir fermer les lieux, commenta Paco. Décidément, les charmes de Bacchus ont bien des attraits.

- Gloire soit rendue au brave homme qui nous permet ainsi de trouver fraîcheur dans son couvent, ajouta Marco.

Mais il n'était pas dit que le sort allait s'en tenir là et ne leur offrir que cette modeste satisfaction.

Contre le mur opposé, de l'autre côté de l'allée, nos deux compères virent une statue qui avait échappé jusqu'alors à leur regard. Plongée dans l'ombre du pilier, elle ne se distinguait clairement que lorsqu'on s'approchait d'elle. Ce n'était qu'une simple statue de céramique qui représentait la Vierge Marie. D'une facture plutôt grossière, peinte de couleurs vives, bleue et blanche, elle n'offrait rien qui pût exciter l'imagination. Seul le regard, presqu'extatique de la Madone, attirait l'œil. L'artiste avait réussi à suggérer la vision du monde supraterrestre que la mère de Jésus contemplait.

Paco constata que son compagnon observait la statue sans bouger mais avec intensité. Il n'en comprenait pas très bien la raison : elle était tout à fait ordinaire, excepté le regard que l'artiste avait su capter. Il hésitait à demander à

Marco la raison de sa presque paralysie devant une œuvre somme toute banale. De plus, il n'était pas accoutumé à une sensibilité particulière de son compagnon face aux œuvres d'art.

Enfin, celui-ci sortit de son mutisme :

- Cette statue me suggère quelque chose... Attends que ma pensée se précise... Tu sais comment sont les dévotes de Lima, toujours prêtes à croire au premier miracle.

- Certes, je ne le sais que trop, répondit Paco.

- Alors, il nous faudrait créer un miracle et nos ennuis pécuniaires disparaîtraient.

- Créer un miracle mais comment ? Si c'était si facile, notre Sainte Mère l'Église ne s'en priverait pas, or les miracles sont encore plus rares que la décence en Papauté.

- Cette statue me donne une idée. As-tu remarqué le regard extatique de la Vierge ? Supposons qu'à certaines heures, elle se mette à pleurer...

- Ah, voilà qui serait bel et bon. Les bigotes afflueraient et en feraient la publicité... Mais, comment faire ?

- Je crois que l'on pourrait forer un trou dans l'arrière de la statue qui est creuse et y insérer un tuyau que nous raccorderions d'un côté aux yeux, et de l'autre côté, à une réserve d'eau. Cela ne devrait pas être trop difficile ; la céramique ne doit pas être de première qualité.

- Ah, compère, que voilà une bonne idée !!

- Dépêchons-nous de nous en emparer ; le frère convers pourrait bien se réveiller et dans ce cas...

En moins de temps qu'il n'en faut pour l'écrire, les deux *picaros* avaient saisi la statue et l'entraînaient en dehors du lieu sacré. L'un tenait la tête tandis que l'autre s'était saisi des pieds.

En franchissant la grille, Marco fut pris d'un remords :

- Pourvu que cela ne nous attire pas les ennuis du Ciel.

- Ne t'inquiète donc pas. Le Ciel est trop occupé des vrais désordres de ce bas monde pour s'intéresser à nos petites personnes. D'ailleurs, s'il s'en était soucié, serions-nous ainsi dans le besoin et aurait-il mené nos pas vers ce couvent ?, rétorqua Paco avec bon sens.

- Tu as raison, mais signons-nous quand même.

Il était dit que le Ciel était avec nos deux larrons car une heure de l'après-midi venait de sonner au clocher de San Blas et la chaleur du jour n'incitait pas les liméniens à déambuler dans les rues. Celles-ci étaient donc à peu près désertes, à l'exception d'une vieille à moitié idiote qui les croisa en marmonnant.

Nos deux larrons eurent donc tout le loisir de transporter la statue sans être importunés, mais comme ils dormaient plus souvent à la belle étoile que dans un vrai lit, il leur fallut trouver un endroit pour installer l'objet. Ils se rappelèrent à propos l'existence d'une bicoque branlante dont ils connaissaient l'occupante, fille de joie devant l'Eternel. Celle-ci, qui s'appelait Maria, fut donc mise dans le secret et force est de dire qu'elle se réjouit fort de l'astuce, trouvant l'idée plaisante et susceptible de provoquer une pluie de réaux qui seraient les bienvenus.

La statue fut donc placée devant un mur dans lequel on creusa un petit trou. On plaça le tuyau et la réserve d'eau comme il était convenu, puis Maria et nos deux *picaros* vérifièrent que tout fonctionnait bien. À un signal qu'on donnait sur le mur, Paco qui se trouvait derrière, actionnait une sorte de poire en vessie de porc. L'eau emplissait le tuyau, les fausses larmes parvenaient aux yeux et ruisselaient sur les joues de la Mère de Jésus.

- Magnifique, tout marche à merveille, s'écria Marco.

La fille battit des mains.

- Nous voilà riches.

- Ah, uniquement, si la Religion le veut bien. Pour cela, il nous faudra bien de temps en temps faire dire une messe, sinon ces messieurs du clergé pourraient s'opposer à nos desseins et refuser de reconnaître l'intervention divine.

- Qu'en avons-nous à faire ?, s'exclama la donzelle. S'il fallait que tous les miracles passent par Rome, on n'en sortirait pas. Non... La sagesse populaire les reconnaît et les bigotes font plus pour leurs gloires que tous les Pater et Ave Maria de la création. *Vox populi, vox Dei.*

- Tu as sûrement raison.

- Bien entendu que j'ai raison ; on mène les hommes par la bourse et les passions de la chair et les femmes par la superstition et l'amour. C'est bien connu.

- Te voilà bien philosophe aujourd'hui, Maria...

- J'ai une autre idée, intervint Marco. Il serait judicieux de faire pleurer notre statue vers les trois heures après le midi. C'est d'après l'Évangile, l'heure à laquelle Jésus rendit l'âme.

- Voilà qui est juste et bien venu. La mère de Dieu verserait des larmes au moment opportun. Ce serait tout à fait gracieux, répondit Paco.

- Mais tout ceci ne nous dit pas comment nos ouailles feront pour nous engraisser, demanda Maria.

- Nous demanderons une contribution à l'entrée ou, mieux, devant la statue.

Les préparatifs ainsi terminés et les détails réglés, Maria, Paco et Marco pensèrent qu'il était temps de procéder à la divulgation de l'existence de la statue miraculeuse. Pour cela, la fille leur affirma qu'il n'y avait point de difficultés insurmontables ; elle connaissait quelques vieilles dévotes qui vivaient dans le voisinage. Il suffirait, affirmait-elle, d'évoquer devant elles la présence de la relique et, au besoin, d'inventer une histoire sur sa provenance pour que la rumeur se répandît coome traînée de poudre.

- Parfait, conclut Paco. Mais que devons-nous faire, nous, pour le moment ?

- Juste vous cacher chez moi, dans une autre pièce, répondit Maria. Vous sortirez sans vous faire voir quand nous aurons nos premiers fidèles et vous gagnerez directement le réduit où se trouve la réserve d'eau. Pour ma part, je me fais fort de commencer à instruire mes dévotes.

Les deux *picaros* acquiescèrent à cette proposition qui leur parut judicieuse et sortirent de la pièce pour aller se cacher. Maria ne perdit pas une minute. Elle sortit à son tour et se dirigea vers la maison de sa voisine, la vieille Concepción. Il était dit que le Ciel était avec elle car la vieille n'était pas seule ; en effet, la visitaient deux bigotes parmi les plus enragées de Lima.

Les trois femmes prenaient le frais sur le pas de la porte.

- Ah, commères, je vous trouve à point, dit Maria. J'ai un reste de *Olla Podrida* dont je ne sais que faire et, ma foi, je pensais à vous le faire partager si le cœur vous en dit car, avec la chaleur qu'il fait, il y a peu de chance qu'elle se conserve jusqu'à demain.

- Ce n'est pas de refus, la belle, répondit Concepción. Ma bourse, comme celles de Juana et Elena, est sèche comme un vieux buisson au soleil et nous étions à nous lamenter de n'avoir croqué qu'un vieux bout de pain rassis depuis hier au soir.

- En ce cas, il n'y a pas à hésiter. Suivez-moi et, sans vouloir me vanter, je crois que mon *Olla Podrida* vaut la peine d'être consommée et, même un jour de carême, ce ne serait point péché.

Une fois attablées, et comme c'est toujours le cas lorsque des femmes, quel que soit leur âge, sont assemblées, la conversation ne faiblissait point. La *Olla Podrida* était effectivement succulente et les trois vieilles ne savaient comment remercier la jeune Maria. Elena en pleurait presque de reconnaissance ; quant à Juana, son attention se portait surtout sur le contenu de son plat, ce qui ne l'empêchait pas de remercier en hochant la tête d'un air entendu entre deux gorgées d'un vin de Ica que Maria avait eu la bonté de poser sur la table.

- Il faut croire que la vente de tes charmes te rapporte, ma toute belle, affirma péremptoirement Concepción. Ce n'est pas à notre âge et laides comme nous sommes que pourrions profiter des bourses de ces Messieurs. Il est vrai que la vie est mal faite et c'est quand on a le plus de besoins qu'on se retrouve sans un *maravedi,* conclut la vieille dans un soupir.

Juana enchaîna:

- C'est oublier bien vite la providence de Notre Seigneur. Regarde, nous n'avions presque rien mangé et il a placé sur notre route une âme charitable qui a pourvu à un repas tel que même, peut-être, l'Archevêque n'en consomme pas.

- C'est vrai. Remercions Le Très Haut pour ses bontés, ajouta Elena.

Et les trois vieilles se plongèrent dans une prière silencieuse et rapide car elles étaient pressées de reprendre leurs agapes.

Soudain, Elena montra le mur.

- Mais qu'est-ce que cela, Maria ? La dernière fois que je t'ai visitée, cette statue n'était pas là.

- Ah, c'est une bien étrange histoire. Allez... Figurez-vous qu'un marchand juif de passage me l'a vendue il n'y a pas deux jours, un de ceux qui vendent de tout et de rien et qui parcourent le pays en quête de clientèle. Il m'a assuré qu'il arrive à la statue de pleurer en souvenir de l'heure de la mort de Notre Seigneur.

- Ma bonne, vous êtes bénie par tous les saints du paradis. Pour ma part, je rêve d'être témoin d'un miracle et ma seule angoisse, est de trépasser sans qu'il me soit donnée cette joie, se plaignit Elena.

- Ne vous désespérez pas, il nous faut toujours croire à la bonté du Très-Haut et, si c'est son désir, votre vœu sera exaucé, s'exclama Maria, pénétrée d'une foi subite. Puis elle ajouta :

- Joignez vos prières aux miennes, peut-être alors le Ciel nous écoutera.

- Bonne idée, répondirent les trois bigotes.

Aussitôt dit, aussitôt fait. Les quatre femmes s'agenouillèrent et se mirent à prier. Pour trois d'entre elles, c'était bien entendu avec ferveur, pour la dernière, avec duplicité.

Deux minutes de recueillement s'écoulèrent, puis Maria pensa qu'il était temps d'avertir ses deux comparses de passer à l'action. Elle avait pris soin de s'agenouiller près du mur et n'eut aucune difficulté à taper discrètement sur la paroi. Paco et Marco ne se firent pas prier pour mettre leur dispositif en marche.

Bientôt, apparurent les larmes miraculeuses. Maria, qui guettait l'instant, se mit à sourire ;

les vieilles, pongées dans le recueillement, n'avaient encore rien vu.

- Commères, regardez, s'exclama soudain Maria. Le Ciel a exaucé nos prières. Voyez plutôt ces larmes et nous sommes au milieu de l'après-midi, comme annoncé par le juif.

- Jésus, Marie, Joseph, cria Juana. Nous serions assez heureuses pour voir cela. Ah... Oui, Dieu sait bien reconnaître ceux qui respectent ses commandements et à la fin, le juste est toujours récompensé et le méchant puni.

Elena pour sa part, ne pouvait parler, paralysée d'étonnement ; elle restait la bouche ouverte et se signait frénétiquement.

Quant à Maria, elle réprimait une forte envie de rire mais sut se contenir. Elle annonça avec grand calme qu'elle était la plus heureuse des créatures et que, dorénavant, elle consacrerait ce qui lui restait de vie à servir la gloire de Dieu. Les trois vieilles en conçurent une grande joie car elles connaissaient la vie mouvementée de leur hôtesse du jour et elles avaient peur qu'elle ne finisse en Enfer qui est la destination finale, comme chacun sait, de tous ceux qui ne respectent pas les préceptes sacrés.

Elena, Juana et Concepción étaient maintenant presque prosternées et marmonnaient des prières inaudibles. Maria faisait semblant d'être plongée dans une rêverie mystique.

Quant à Paco et Marco, ils étaient tordus de rire mais jugèrent soudain qu'il n'en fallait point trop faire ; ils arrêtèrent donc de pomper et petit à petit, les larmes séchèrent sur les joues de la Vierge.

Les trois vieilles sortirent de leur torpeur et virent que le miracle avait cessé ; elles se mirent toutes à jacasser en même temps, promettant de porter la nouvelle dans toute la ville. Maria se dit qu'elle n'aurait pas besoin de s'en faire, puisqu'on se proposait de remplir la tâche qui aurait pu lui incomber.

En moins de temps qu'il ne faut pour le dire, les dévotes se relevèrent et coururent dans la rue annoncer la grande nouvelle.

Maria rejoignit ses compagnons et tous trois se mirent à réfléchir sur ce qu'il convenait de faire. Très certainement, la foule allait affluer et il fallait se préparer à l'afflux des visiteurs.

Maria était d'avis de fixer le droit d'entrée à un réal d'argent. Ce n'était pas une petite somme et ce serait une bonne façon de tester la piété des curieux.

Environ, une heure après, les premiers visiteurs se montrèrent à la porte, amenés par Concepción, Juana et Elena. Maria les accueillit mais leur annonça qu'il était maintenant plus de quatre heures de l'après-midi et qu'il était peu probable que le miracle se reproduisît une seconde fois. Les femmes et quelques hommes ne voulurent rien entendre et affirmèrent qu'ils voulaient rentrer.

Chacun sortit sa bourse, donna un réal que la fille s'empressa de glisser sous ses jupes.

- Comme c'est curieux, commenta l'un des visiteurs à voix basse. Qu'a donc cette créature de plus que nous pour que La Sainte Vierge se manifeste ainsi ? Après tout, ce n'est qu'une catin. Ma femme et moi respectons tous les sacrements de notre Sainte Mère l'Eglise, nous donnons aux pauvres et à la paroisse de San Pablo, et jamais, au grand jamais, les saints ne se sont manifestés en notre faveur.

Bien qu'émise à voix basse, cette remarque n'échappa point à Maria qui lui rétorqua vertement :

- Tu oublies que Jésus a pardonné à la pécheresse Marie-Madeleine ; à quoi servent tes dons si tu ne les fais pas dans un esprit de charité véritable, mais plutôt pour réjouir ta vanité ?

Plantée les deux mains sur les hanches dans un geste de défi, elle était vraiment superbe et regardait son contradicteur de manière provocante.

L'homme baissa la tête et ne put que reconnaitre la justesse de l'intervention de Maria. Il s'excusa humblement d'avoir émis un avis aussi peu chrétien.

Les visiteurs, encore sur le pas de la porte, étaient pressés d'assister au miracle, aussi poussèrent-ils tous les curieux à l'intérieur. Il y avait à peine la place d'accommoder tout le monde, aussi chacun se plaça-t-il comme il put et les moins chanceux avaient un pied dedans, un pied dehors.

Maria commença par demander qu'on adressât une fervente prière à la Vierge. Les participants joignirent les mains et entamèrent un *Ave Maria*. Mais, malgré la piété et les manifestations de foi, les larmes ne coulèrent point, Maria et ses acolytes s'étaient en effet mis d'accord pour le miracle ne se produisît que vers trois heures de l'après-midi.

Les participants furent donc déçus mais ne parurent pas ébranlés dans leur conviction d'autant plus que les trois bigotes affirmaient qu'elles avaient vu le miracle de leurs propres yeux. Elles argumentèrent que la Vierge ne pouvait se manifester ainsi à la demande comme tout un chacun : il fallait bien préserver le mystère. Les participants convinrent donc de se retrouver le lendemain à l'heure la plus propice.

Le lendemain, la même assemblée était présente chez Maria. Mais, cette fois, au bout de moins de cinq minutes de recueillement, les larmes commencèrent à couler.

Ce fut de la folie dans l'assistance ; les uns se jetaient par terre en demandant aide et protection pour leur maison, d'autres, en transe, juraient qu'ils suivraient désormais toute leur vie les principes que la Vierge Marie voudrait bien leur communiquer. Bref, ce fut une furie, un déchainement de piété enthousiaste. Tous sortirent en courant, promettant de porter la nouvelle dans leur quartier.

Une fois tout le monde sorti, Maria, Paco et Marco se félicitèrent de leur entreprise.

- Ah, on peut dire que nous avons eu une riche idée, affirma Marco.

- Nous voilà bien et pour un bon moment, renchérit Paco.

- Tout cela est bel et bon, compères, mais il nous faut penser à la manière d'accueillir nos visiteurs demain. Comment allons-nous faire ? N'avez-vous pas vu qu'il n'y avait déjà plus de place ?, demanda Maria. Les choses risquent d'aller trop bien, en tout cas au delà de nos souhaits les plus extravagants.

Les deux hommes hochèrent la tête devant la justesse de la remarque.

- Bah, le Ciel y pourvoira, conclut Marco. Quand nous aurons amassé tant et tant de réaux, nous pourrons agrandir ton logement.

Il y eut encore plus de monde ce jour-là ; la queue de curieux s'étalait dans la ruelle et chacun essayait de voir en se haussant sur la pointe des pieds. Maria avait ramassé tellement de pièces qu'elle en sentait le poids qui pesait dans la poche de son tablier.

Encore une fois, le miracle se reproduisit ; le délire était à son comble. La moitié des assistants étaient à genoux ; quelques-uns baisaient les mains de Maria, la proclamant bienheureuse d'avoir sous son toit une statue miraculeuse.

Celles et ceux qui ne la connaissaient pas affirmaient qu'elle devait avoir mené une vie particulièrement pieuse depuis sa naissance pour être ainsi reconnue de la Vierge. Pour d'autres qui connaissaient ses activités, c'était une preuve supplémentaire que, décidément, les desseins de Dieu sont impénétrables.

Mais soudain, que se passa-t-il ? Mauvais geste ou inattention ? Toujours est-il qu'un maladroit, dans sa précipitation de toucher la statue pour que le fluide divin pénètrât dans sa chair, la bouscula. La statue, qui n'avait nulle raison de ne pas respecter les lois de la gravité, s'écrasa au sol pulvérisée.

Stupeur brutale dans l'assistance ; le temps sembla suspendu.

Le malheur voulut qu'un des assistants, peut-être moins perdu dans l'extase, peut-être moins pieux, remarquât le bout de tuyau qui dépassait et dont une des extrémités se raccordait au mur.

- Mais, regardez, vous autres ; les larmes, c'est de l'eau et cette eau arrive de l'arrière par ce tuyau qui traverse le mur. On se moque de nous.

Maria, qui était fine mouche, avait anticipé sur le moment de paralysie générale, ce qui fait qu'à l'instant où son contradicteur terminait sa phrase, elle avait déjà bondi vers la porte, averti ses complices et ouvert la grille arrière qui donnait sur une autre rue.

Maria, Paco et Marco se mirent à courir à toutes jambes ; les fidèles qui étaient dans la maison criaient aux autres restés près de la porte :

- Faux miracle, arrêtez les et qu'on nous rende nos réaux.

Mais cela n'était point si facile : le temps que tout le monde sorte et se mette à courir, nos trois larrons étaient déjà loin et il semble aux dernières nouvelles qu'ils courent toujours.

Les Rochers des Barracones

Le jour commence à se lever derrière les immeubles du front de mer et le ressac grisâtre bat la plage de Magdalena del Mar. Les falaises qui surplombent la côte, mélange de pierres et de sable ocre, sont encore dans l'ombre et une brise fraîche venue du large parcourt l'espace maritime.

Au fond de l'horizon, les nuages gris se confondent avec l'océan, dans cette teinte triste qui a valu au ciel de Lima l'appellation peu flatteuse de "Ventre d'âne".

L'écume sale d'une mer couleur de plomb avance et se brise, recouvrant et dévoilant le sable et les cailloux ; une légère brise iodée rafraîchit l'atmosphère, mais à cette heure, il n'y a pas encore de promeneurs, ni de joggers.

Les quelques papiers, les capsules et les bouteilles de bière vides qui traînent sur la plage témoignent du rassemblement que les surfeurs organisent à cet endroit chaque soir. Il y a aussi quelques seringues qu'il faut essayer d'éviter. Des bouts de bois et des sacs de plastique sont échoués là ; ils auraient, selon certains défenseurs de l'environnement, traversé l'océan en provenance de Chine.

Une forme se distingue maintenant, à moitié dissimulée par les vagues. En s'approchant, on voit qu'il s'agit d'un corps étendu sur le ventre et, plus précisément, d'un corps de femme. Il n'y a pas besoin d'être policier ou médecin pour se rendre compte que cette femme est plus que morte.

On distingue une robe à moitié déchirée qui laisse entrevoir une cuisse grasse et fripée. Le séjour dans l'eau salée a délavé le vêtement et les cheveux noirs emmêlés, qui pendent sur les épaules, encadrent un visage blême où deux yeux vides fixent le sol. L'absence de couleur de la scène est frappante : on a l'impression que le cadavre a été passé à l'eau de Javel.

Qui est cette femme et comment s'appelle-t-elle ? Pour le moment, on ne le sait pas... Et quel est son passé ? On ne le sait pas non plus. Enfin, y a-t-il, parmi les choses qui lui sont arrivées pendant les heures ayant précédé sa mort, un événement qui puisse expliquer ce destin tragique ?

Ce sont autant de questions que se pose le commissaire Gutierrez de la Police Criminelle de Lima en arpentant la plage. Le commissaire

Gutierrez dissimule, derrière ses yeux à demi fermés de faux lourdaud, une vive intelligence. Son visage cuivré d'indien ne laisse rien paraître de ses émotions et il lui plaît de cultiver cet aspect de pesanteur qui lui a valu de nombreux succès face aux malfrats qui ont eu le tort de le sous-estimer.

Le commissaire porte une chemise bleu clair et un pantalon crème qui a du mal à retenir un ventre qui déborde. Malgré l'heure matinale, des gouttes de sueur perlent sur son front et il s'essuie fréquemment avec un mouchoir qu'il sort de sa poche...

Il est sept heures et demi maintenant et il fait tout à fait jour.

Pour l'instant, Gutierrez s'est accroupi près du corps trouvé sur la plage et tente de reconstituer la scène. Une ambulance et deux voitures de police sont garées sur le sable. Gutierrez pense soudain que cela ne vaut vraiment rien aux voitures de l'État de rester dans ce milieu salé car l'administration va encore lui demander des comptes lorsqu'il exigera une nouvelle couche de peinture anticorrosion.

Pour le moment, à part ses réflexions sur l'accélération du vieillissement des véhicules par l'air marin, il se demande soudain quelle est l'andouille qui a appelé une ambulance. Les ambulances, c'est pour les blessés et, pour le coup, vu l'état de la victime, c'est un fourgon mortuaire qu'il vaudrait mieux faire venir.

En tout cas, les hommes de la Police Scientifique, équipés de combinaisons blanches, de masques et de gants, ne chôment pas. Ils photographient la scène sous tous les angles. Ils tentent aussi de relever des indices et mesurent chaque parcelle de terrain avec la précision d'arpenteurs névrosés.

Ils ont balisé, dès leur arrivée, l'endroit où le corps a été découvert. Une banderole jaune est tendue sur des piquets plus ou moins bien plantés dans le sable.

Le médecin légiste s'active aussi. En procédant aux formalités qui sont d'usage en pareil cas, il a déterminé que la femme porte une blessure à la nuque, visiblement occasionnée par une arme à feu. Il n'y a pas de présence de poudre mais compte tenu du séjour dans l'eau, cela ne veut probablement rien dire. Pourtant, la forme de la blessure fait bien penser que le coup a été tiré de près. Le médecin légiste pense aussi que le décès remonte à entre quarante et quarante-huit heures. Il fait part de ses conclusions au commissaire.

"C'est déjà un début", pense Gutierrez... Une arme à feu, et de près dans la nuque... Son expérience lui fait dire qu'il pourrait s'agir d'un 9 mm et de l'œuvre de trafiquants de drogue qui emploient généralement ce genre de méthodes, mais il faudra attendre l'autopsie pour émettre des conclusions définitives. De toute façon, une expertise balistique s'impose aussi car Gutierrez sait bien que des 9 mm, il y en a à la pelle dans Lima et avec un peu de chance, on pourrait connaître son propriétaire.

Un des policiers de la Police Scientifique s'approche :

- Commissaire, la femme avait quelque chose qu'on a récupéré dans sa main crispée ; on dirait comme deux cheveux noirs.

- Parfait pour l'examen ADN ; il y a peu de chances mais on ne sait jamais. Au fait, vous avez fini pour les photos ? Et est-ce que vous avez trouvé quelque chose sur elle : des papiers d'identité ou autre ?

- Non, commissaire. Rien. Elle ne portait que ses vêtements, et comme vous voyez, pas en très bon état.

- Je crois qu'on a tout, complète un des assistants.

- Il faut l'embarquer alors dans l'ambulance puisque ce p... de fourgon mortuaire n'arrive pas. Prévenez la morgue qu'on arrive. Et puis, j'aimerais une première évaluation ballsitique rapidement, c'est à dire cet après-midi par exemple. C'est possible ?

- Bien, Commissaire. On va se débrouiller.

Un peu à l'écart, se tient un homme qui, visiblement, préfèrerait être ailleurs. C'est lui, Antonio Vargas, qui a trouvé le cadavre par hasard. Comme il souffre d'insomnie, il en profite pour descendre de son immeuble voisin et se promener sur la plage au petit matin. L'air frais lui fait du bien et il pense que ce traitement lui permettra, avec le temps, de retrouver un meilleur sommeil.

Gutierrez s'approche de lui, d'un pas lourd.

- Commissaire Gutierrez de la Police Criminelle de Lima, bonjour. Excusez-moi car j'allais presque vous oublier. Quelqu'un vous a-t-il déjà interrogé ?

- On m'a juste demandé mes noms, prénoms, profession et adresse... C'est le petit là-bas qui a noté tout ça dans un calepin.

- Je vois. Je vais vous poser d'autres questions ? Vous n'y voyez pas d'inconvénient ?

Même si Antonio Vargas avait des arguments à opposer, ça ne changerait rien car Gutierrez est une machine et rien ne semble pouvoir arrêter cet autobus une fois lancé. Vargas le sent bien, aussi répond-il d'une voix atone :

- Faites votre travail, Commissaire.

- Vous avez l'habitude de marcher ici le matin ?

- Pas tous les jours mais ça m'arrive... Je souffre d'insomnie et ça me calme.

- Je vois. Il est évidemment inutile de vous demander si vous avez vu quelque chose de particulier avant ?

- Que voulez-vous dire par avant ?

- Eh bien, c'est facile. Vu le nombre de gens qui passent ici tous les jours, il est clair que le cadavre s'est échoué peu de temps avant d'être découvert, en tout cas pendant la nuit mais pas plus. Il est, depuis deux jours dans l'eau, à mon avis, et compte tenu de la température de celle-ci, il commence à flotter par génération de gaz. Donc, je vous demande si par hasard, vous ne l'auriez pas vu s'échouer... Vu que vos fenêtres donnent justement sur ce coin de plage et que vous souffrez d'insomnie.

- Non, pas du tout, répond Vargas.

- Bon, parfait. Tant pis. Vous restez à la disposition de la Police ; on aura probablement d'autres occasions de se revoir.

Vargas s'éloigne. Il maudit son insomnie qui l'a conduit sur cette plage.

- Nous y allons, commissaire ? demande Diaz, son assistant à visage de tortue.

- Oui, on y va. Montez avec moi, Docteur.

Les policiers et le médecin remontent dans les véhicules ; le cadavre a été installé dans l'ambulance et le convoi s'ébranle vers le circuit des plages puis en direction de la morgue.

Roméo est seul dans la petite pièce décrépite du quartier des Barracones du Callao. Cela fait trois jours que sa mère a disparu du logis sans laisser de messages. Elle était simplement sortie comme tous les jours et n'est pas rentrée le soir. Mais depuis deux heures, Roméo sait par Jorge qu'elle a été assassinée, cependant il ignore encore par qui. Jorge est venu spécialement le voir pour lui annoncer la très mauvaise nouvelle.

À l'annonce de la mort de sa mère, Roméo a poussé des cris et pleuré. Jorge est resté à le consoler pendant plus de vingt minutes, puis il est ressorti en disant qu'il reviendrait pour l'aider.

Jorge est un garçon plus âgé que Roméo ; peut-être parce que celui-ci n'a pas de père, Jorge l'a pris sous son aile de jeune trafiquant et lui confie de temps en temps de petites missions que Roméo a, jusqu'à présent, parfaitement remplies. Ils ont pris l'habitude de se retrouver sur les rochers des Barracones pour faire leurs affaires et être tranquilles.

Jorge fait partie de la bande des Désaxés, une organisation criminelle du Callao, aux multiples activités, qui vont de l'attaque de bureaux de change à la prostitution, en passant par le trafic de drogue. Dernièrement, le conseil de la bande s'est même posé la question d'intégrer le négoce lucratif des enlèvements ciblés et des attaques de banque, sans qu'une décision positive n'ait été prise. Ces opérations sont longues et compliquées à organiser et la bande ne se sent pas encore prête.

Jorge n'a pas encore vingt ans et n'est qu'un sous-fifre dans l'organisation mais il ne désespère pas de monter dans l'échelle sociale. Il n'est évidemment pas philanthrope pour un sou, pourtant, pour une raison indéterminée, il vient d'offrir un P38 à Roméo, en lui disant que ça pourrait bien lui servir prochainement.

Roméo voudrait bien, lui aussi, être accepté dans la bande et s'en est déjà ouvert à Jorge mais celui-ci lui a dit : "Grandis encore et surtout, exécute bien les petites missions qu'on te confie, c'est le seul moyen".

Roméo est docile. Aussi, quand on lui demande, il fait le guet ou transporte quelque marchandise d'un endroit à un autre, sans poser de questions. En échange, il reçoit un peu d'argent.

Roméo cogite sur ce qu'il doit faire. Depuis ce matin, il n'a vu que deux femmes avec leur seau en plastique qui allaient chercher de l'eau au robinet du coin de la rue, mais rien de plus. Il a un oncle du côté de sa mère, qu'il ne voit pratiquement jamais et qui, pourtant, n'habite pas très loin. Peut-il l'aider dans sa situation actuelle ? C'est peu probable car c'est un ivrogne fini ; sa sœur et lui se sont brouillés depuis plusieurs années.

Mais Jorge est de bon conseil et Roméo lui fait confiance. Il lui a promis qu'il va l'aider et il a dit qu'il reviendrait d'un moment à l'autre. Alors, il n' y a rien d'autre à faire qu'à attendre.

Dehors la ruelle de terre battue entre les baraques décrépites chauffe au soleil ; un jeune au volant d'une moto attend depuis une demi-heure. Roméo sait qu'il fait plus ou moins l'intermédiaire dans quelques transactions louches, mais pourquoi est-il là aujourd'hui ?

Roméo caresse l'arme qu'il tient dans la main. Avec ça, on se sent puissant et on peut faire plein de choses. On peut par exemple buter les bâtards qui ont assassiné sa mère. C'est une idée qui vient de germer dans son jeune crâne. Encore faudrait-il connaître ces ordures.

Roméo soupire car il a encore une connaissance très imparfaite des bandes du Callao et de leur façon d'opérer. Tout est si cloisonné...

La porte s'ouvre brutalement ; c'est Jorge qui entre.

- Salut, petit.

- Salut.

- J'ai bien réfléchi, Roméo. Je crois que je connais ceux qui ont tué ta mère.

- Qui ? Dis-moi.

- Gato Loco.

- Qui c'est celui-là ?

- Le chef des Internationaux...

- Il faut que je fasse la peau à ces fils de pute.

- Oui, tu veux te venger... Normal, avec le P38, c'est un jeu d'enfant, mais attends un peu... Patience. Tu peux pas les tuer tous ; celui qui compte, c'est Gato Loco. C'est lui qui donne les ordres. C'est pour ça qu'il faut préparer l'affaire sérieusement. Je sais que, ce soir, à dix heures, Loco sera seul avec sa copine au coin des avenues Argentina et Faucett. Il attendra la fille dans une voiture un quart d'heure avant ; à mon avis, tu peux en profiter pour lui faire la peau et te barrer rapidement vers la gare routière pour fuir Lima cette nuit. Il y a des bus qui peuvent t'emmener à Chiclayo. Là-bas, j'ai un cousin qui t'aidera... Il suffit que je l'appelle. Qu'est-ce que tu en dis ? Après, tu pourras revenir quand ça se sera tassé et tu auras ta place au sein des Désaxés.

- C'est un bon plan, mais pourquoi me dis-tu cela ? Pourquoi tu balances ? C'est dangereux aussi pour toi.

- Laisse tomber ; il y a des limites. Buter une mère, c'est bien dégueulasse. C'est tout et c'est ma seule motivation. Tu sais te servir de l'engin ?... Sinon, on va faire des essais au calme.

- Oui, je préfère. Il faut pas que je tremble.

Jorge et Roméo sortent et prennent la moto. Le jeune qui attendait tout à l'heure dans la rue a disparu.

Roméo sent un grand calme l'envahir et sa peine s'estompe légèrement. Il va venger sa mère et, pour lui, c'est la seule chose qui compte en ce moment.

La moto prend la route de Ventanilla, puis, rapidement quitte la *Panamericana Norte* pour suivre un chemin de terre qui sinue entre les cases de rotin, couvertes de plaques ondulées en plastique. La moto roule encore une demi-heure sur une trace de plus en plus bosselée en soulevant derrière elle un gros nuage de poussière

Sur les premières pentes des *cerros*, la moto s'arrête ; il n'y a plus rien que le sable et les pierres. Les premières maisons se voient au loin, indistinctes. Encore plus loin, Lima s'étale, blanche et brune, surplombée d'une chape grise, mélange de pollution et d'humidité. Il fait chaud et lourd et l'on distingue à peine dans la brume le front de mer et les gratte-ciels de San Isidro. C'est le parfait silence, à peine troublé par le vrombissement d'un monomoteur là-haut dans le ciel.

- Ici, on est bien. Regarde : il y a un chargeur entier. Tu armes et tu tires ; simple, non ?

Roméo prend le P38 et s'exerce. Il vise les pierres à cinquante mètres et, à chaque fois, fait mouche.

- T'es pas mauvais, commente Jorge. Pour un débutant, tu te débrouilles même bien, mais c'est pas la même chose de tirer sur quelqu'un.

Jorge s'est éloigné d'une vingtaine de mètres.

- Tire-moi dessus !

Roméo n'est pas sûr d'avoir bien entendu.

- Tire-moi dessus, je te dis, répète Jorge.

- T'es fou ? Pourquoi tu veux que je te tire dessus ?

- Discute pas... Connard. Tire, je te dis. C'est comme ça que t'apprendras à tirer sur quelqu'un.

Roméo lève le P38 à hauteur de l'œil et appuie sur la détente. Il vise un peu à côté de l'oreille de Jorge, mais celui-ci, avec une souplesse de chat, s'est jeté au sol dès qu'il a vu la gâchette s'enfoncer. La balle se perd au loin dans un miaulement aigu.

- Bien, Roméo. Bien.

- C'est dangereux ton truc.

- La vie, c'est dangereux et t'en fais pas : je sais ce que je fais.

Une heure après, les deux jeunes sont de retour aux Barracones. Il est déjà sept heures du soir et la nuit est tombée depuis un moment.

Le commissaire Gutierrez a les mains croisées derrière la tête et réfléchit. Il a déjeuné d'un *lomo saltado* d'acceptable facture et se sent reposé, presque prêt pour une bonne sieste, mais ce sera pour plus tard car on vient de lui porter le rapport d'identification de la victime. Il s'agit d'une certaine Belinda Huamán, à peine connue des services de police. La mort remonte à deux jours et est bien dûe à une balle de 9 mm, tirée par derrière à environ cinquante centimètres de distance. Il n'y a pas d'eau dans les poumons, ce qui confirme que le décès n'a pas été provoqué par noyade. "Pas mal, pas mal... ", pense Gutierrez, "Je ne suis pas complètement pourri, après tout... Quand je pense qu'ils m'ont proposé pour la retraite dans trois mois. Ah mais, je vais leur montrer, moi à ces connards !".

Diaz coupe Gutierrez dans ses pensées :

- Chef, cette Belinda élève seul un fils de quinze ans dans les quartiers chauds du Callao et son mari l'a quitté, il y a plus de dix ans pour s'enfuir avec une autre femme. Il y a un frère aussi mais c'est comme s'il n'était pas là. On connaît à Belinda Huamán une activité de vendeuse de *salchipapas* dans un coin de l'avenue Guardia Chalaca. Il y a quelques mois, elle a été contrôlée dans la rue avec quelques grammes de cocaïne. On suppose que c'était à destination de consommateurs de La Molina, mais on n'a pas eu de preuves. Comme elle est l'unique soutien de famille, on l'a mise en conditionnelle, sans plus.

Le commissaire sait dans ses tripes que l'assassinat est lié à la drogue mais comment le prouver de façon certaine et surtout, quel a été l'élément déclencheur ? Une ébauche de plan naît dans son crâne de gros flic retors.

Soudain, il se lève et appelle Diaz :

- Amène-toi ; on va faire un tour.

- Et où ça, patron ?

- Tu verras bien.

Sur ces fortes paroles, Gutierrez et Diaz sortent de l'immeuble de la Police Criminelle en plein centre de Lima, et montent dans une des voitures de service garées dans le parking intérieur.

Diaz conduit. C'est le privilège du chef que de pouvoir se reposer pendant que son assistant se tape les affres de la circulation liménienne.

Mais, Gutierrez n'a pas l'intention de dormir. Au prix de contorsions désespérées rendues difficiles par son tour de taille, il sort son téléphone portable et compose un numéro.

Diaz se garde bien de lui demander qui son chef appelle mais l'envie l'en démange manifestement.

- Allo, Gutierrez à l'appareil, écoute-moi bien, Jorge. J'ai quelques questions pour toi, mais j'aimerais qu'on puisse faire ça tranquillement... Qu'est-ce que tu proposes ?... Plaza San Miguel, au centre commercial devant le supermarché Wong... Parfait, dans trente minutes, c'est à dire à trois heures précises... Et sois à l'heure. Tu sais que les gens en retard me donnent des brûlures d'estomac.

Gutierrez range le portable et se tourne vers Diaz :

- Maintenant, je vais éclairer ta lanterne et t'expliquer ce qu'on va faire. Le mec que j'ai appelé s'appelle Jorge. Peu importe son nom de famille ; c'est un petit malfrat que tu ne connais pas encore, en fait pas très intéressant. Pour le moment, je le laisse courir, mais il sait que je le suis. Alors, ce con fait ce que je lui demande pour être tranquille avec ses petits trafics. C'est Pastor du Callao qui me l'a indiqué. Tu le connais Pastor ?... Je ne sais pas pourquoi, mais je pense qu'il est possible que notre Jorge sache quelque chose sur l'inconnue de la plage... Ah, j'oubliais : il fait partie de la bande des Désaxés mais n'est pas encore très haut dans la hiérarchie et, de plus, je ne le crois pas très courageux.

- Mais qu'est-ce qui-vous fait croire ça, Patron ? On n'a encore rien pu découvrir de plus que, l'identité de la victime, son adresse et son business de vendeuse de rue.

- Parce que tu ne fais pas marcher ta cervelle, Diaz. Avec les courants qu'il y a entre la Punta et Miraflores, un corps qu'on balance du Callao et, plus précisément, de la zone située juste au sud du port, arrive à Magdalena et, devine en combien de temps ?... En deux jours, qu'est-ce que tu en dis ? C'est connu.

- Donc, vous pensez qu'on l'a tuée sur les rochers des Barracones et qu'on a balancé le corps à l'eau ? Après quelques secondes de réflexion, Diaz ajoute :

- Mais il était plus simple de lester le corps qui disparaissait à jamais.

- Sauf si on voulait laisser un signal, comme un avertissement, si tu veux.

Décidément, pense Diaz, il n'est jamais pris au dépourvu, le vieux... Ça peut se tenir comme raisonnement.

La voiture banalisée se gare sur le parking du Centre Commercial, situé au carrefour des avenues Universitaria et La Marina. Ce complexe, gigantesque et récent, couvre plusieurs hectares qui, chose curieuse, appartiennent à l'Université La Católica, qui se trouve un peu plus loin.

On trouve un supermarché Wong et les boutiques de luxe de Saga Falabella dans ce quartier où les classes moyennes gagnent chaque jour un peu plus de terrain...

Diaz et Gutierrez descendent du véhicule et s'approchent de l'entrée du Wong. Le jeune Jorge n'est pas encore là et il est presque trois heures.

- Il a intérêt à ne pas nous faire attendre, ce con, prononce Gutierrez d'une voix rauque, mais déjà, à une cinquantaine de mètres, une moto a passé l'entrée et se range aux emplacements prévus pour les deux roues.

Jorge jette des regards furtifs à droite et à gauche, puis se dirige vers le grand magasin. Gutierrez fait les présentations :

- Tiens, mon gars, c'est l'inspecteur Diaz, un collègue. On va à un endroit plus tranquille... Je propose le bistrot au-dessus.

La théorie de Gutierrez et, jusque-là, rien n'est venu l'infirmer, est qu'on est toujours plus tranquille dans un endroit où il y a beaucoup de monde. Les deux flics et la petite frappe entrent dans le café, plutôt huppé. Manifestement, Jorge, qui fréquente plus volontiers des bouges, n'a pas l'habitude de ce genre d'établissement. Les deux policiers et leur victime s'assoient dans un coin, loin des autres convives.

Le garçon s'approche. Gutierrez commande trois expresso.

- Bon, parlons peu mais parlons bien, mon garçon. Je voudrais que tu me racontes ce que tu sais sur une femme qu'on a retrouvée dans l'eau, morte avec une balle dans la tête, sur la plage de Magdalena del Mar.

- Je ne sais rien, commissaire, coupe Jorge, je le jure.

Gutierrez tente le coup :

- Jure pas si vite. Elle a été abattue d'une balle dans la nuque à cinquante centimètres de distance avec un 9 mm et on a balancé le corps dans l'océan des rochers des Barracones. Vrai, ça ne te dit rien ?

Avant d'avoir fini sa phrase, Gutierrez sait qu'il a fait mouche. Jorge n'a pu s'empêcher d'avaler de façon un peu trop brutale sa salive et cela n'a pas échappé à ce fin matois de commissaire.

Gutierrez sirote son café en fixant son interlocuteur dans les yeux. Jorge n'a pas encore touché au sien.

Diaz observe le manège des deux hommes, fasciné par ce jeu psychologique, toujours le même et, pourtant, toujours nouveau. Il a aussi perçu la réaction, oh certes minime de Jorge. Intéressant, pense-t-il de voir comment ce petit con va s'en sortir, s'il s'en sort...

- Si tu continues à me prendre pour un imbécile, tu vas te retrouver à Lurigancho, mon gars, lui balance Gutierrez. Aussi, je te conseille de me raconter ce que tu sais de cette histoire.

Jorge n'a pas encore l'expérience des vrais truands. Il pense à Lurigancho où il a déjà passé six mois et ce n'est pas vraiment l'endroit où l'on souhaite prendre ses quartiers d'hiver si on peut faire autrement.

Il soupèse ses chances de s'en sortir sans en révéler trop mais le commissaire ne lui dit rien qui vaille. La dernière fois qu'ils se sont parlé, l'autre a réussi à le piéger, l'air de ne pas y toucher, juste par de petites phrases, mais qui font mouche à chaque fois. Difficile de ne pas devenir indic dans sa situation.

- J'attends, prononce Gutierrez d'une voix creuse et placide.

- Eh bien...

- J'aime pas quand on commence une phrase par : "Eh bien...", et qu'on s'arrête, énonce Gutierrez. On a l'impression que tu cherches quel mensonge tu vas pouvoir me débiter... C'est une simple confession, mon gars, et le plus facile, c'est de dire les choses comme elles viennent et comme elles sont. Pense à Lurigancho et aux potes que tu as laissés là-bas.

Jorge sent une goutte de sueur couler dans son dos. C'est vrai... Il l'avait presque oublié mais il y a là-bas deux individus, deux malades que Jorge préfèrerait ne plus voir en face si c'est possible. Comme s'il lisait dans ses pensées, Gutierrez ajoute :

- La Police est là pour te protéger, Jorge. On ne te veut pas de mal... D'abord, pourquoi voulait-on zigouiller la Carola ?

- Mais, elle ne....

Jorge s'arrête soudain : il vient de comprendre que Gutierrez l'a piégé.

- Continue ta phrase, ou, si tu préfères, je vais le faire pour toi. Tu allais dire : "Mais, elle ne s'appelle pas Carola". Pas vrai ?

- Elle s'appelle Belinda et vous le savez aussi bien que moi, avoue enfin Jorge. Pourquoi est-ce que vous me faites chier, à la fin ?

- Reste poli, petit con. Comme tu dis, elle s'appelle Belinda et même Belinda Huamán. Qu'est-ce qui lui est arrivé à cette Belinda ?

Jorge comprend qu'il ne s'en sortira pas comme ça. L'autre est accroché comme une huître à son rocher et il ne lâchera pas prise.

- Je vais vous dire ce que je sais, mais c'est pas grand-chose.

- Sois pas modeste. On dit tous ça et, en réalité, on en sait toujours plus que l'on ne croit. Et puis, c'est moi qui décide si c'est important ou non.

- Elle faisait des petites livraisons pour les Internationaux... Des livraisons de pâte de cocaïne.

- Et alors ?

- Alors, je sais pas. Ou plutôt, j'ai entendu dire que les Internationaux l'avaient chopée dans la rue et fait monter dans une voiture. C'est Manu qui me l'a dit.

- Qui est Manu ?

- Un type qui fait comme moi chez les Désaxés.

- Les Internationaux, complète Gutierrez, comme s'il se parlait à lui-même, est un gang plus structuré que les Désaxés, car plus ancien, dirigé depuis peu par un type dénommé Gato Loco... Celui-là, Diaz, je te le dis me fait bien chier et ça commence à trop durer. Dans cette bande, on y trouve au moins deux qui ne sont pas péruviens, d'où leur nom. .. Je me trompe, Jorge ?

Absence de réponse de Jorge qui déglutit péniblement, donc acquiescement.

- Continue ton histoire, c'est passionnant, reprend le commissaire.

- Après, on ne l'a plus revue. Quand je suis passé hier dans l'avenue Guardia Chalaca, il n'y avait pas sa charrette.

Gutierrez ferme les yeux et recompose l'histoire dans sa tête. Belinda a fait sa livraison, mais cette conne a gardé l'argent pour tout ou partie. Pourtant, elle devait bien se douter que ça énerverait les autres. A moins qu'elle n'ait eu un autre plan.

Jorge a commencé à boire son café, preuve peut-être qu'il commence à se détendre.

- Dis-moi ! Elle n'avait pas des projets de partir, demande Gutierrez ?

- J'en sais rien. Elle ne m'a rien dit la dernière fois que je l'ai vue, mais pourquoi vous pensez ça ?

- Les questions, c'est nous qui les posons. Qu'est-ce que tu as fait alors, coupe Gutierrez ?

- Mais rien. Qu'est-ce que vous vouliez que je fasse ?

- Tu la connaissais bien ?

- Un peu, comme ça... C'est plutôt son fils que je connais. Il s'appelle Roméo.

- Parlons-en du fils. Qu'est-ce qu'il fait ? Et le père ?

- Il n'y a plus de père...

- Et le fils, je t'ai demandé ce qu'il fait et s'il aime sa mère ?

- Oui, il en est fou... En fait, il ne fait rien autrement ; il ne va pas à l'école, si c'est ça la question.

- Autrement dit, il est mûr pour plonger dans vos conneries et vos trafics quand le moment sera venu.... Et est-ce que vous avez des points de rencontre ?

Jorge ne répond rien.

Gutierrez continue :

- Vous avez quels points de rencontre avec le fils ?

- Sur les rochers, on se voit des fois pour être tranquilles.

- Donc, le fils adore sa mère et comment réagit-il à sa disparition ?

- Il est complètement maboul. Il veut la venger.

- Voilà un garçon méritant !!, ironise Gutierrez. Je vais te raconter une petite histoire que je viens d'inventer. Il était une fois un jeune délinquant qui voulait monter en grade dans la bande à laquelle il appartenait. Malheureusement, sa jeunesse constituait un frein et l'organisation où il militait ne lui faisait pas encore totalement confiance. Aussi, ce jeune délinquant eut-il l'idée, un jour, de tenter d'éliminer le chef de la bande rivale.

Mais comment faire ça sans risque ? Il eut donc l'idée de convaincre un plus jeune que lui, complètement détruit par un deuil récent causé par le chef de la bande rivale, de le faire à sa place.

Du coup, ce jeune, tout à sa vengeance, se foutrait bien des risques... Il suffirait ensuite à notre jeune héros de faire croire qu'il n'y avait qu'un seul assassin, lui-même, et de faire intégrer le petit dans la bande pour prix de son silence et le tour serait joué. Qu'est-ce que tu penses de mon histoire ?

Pendant que le commissaire parle, Diaz boit son café à petites gorgées tout en regardant son chef. Il commence à comprendre le plan élaboré par celui-ci.

- Vous voulez que je persuade Roméo d'abattre Gato Loco ?

- Tu comprends vite. C'est très agréable de travailler avec toi !!

- Et pourquoi, vous le faites pas vous-mêmes ?

- T'es demeuré ou quoi ? Tu sais bien qu'avec les juges laxistes qu'on a, pour les tueurs et les bousilleurs de vie, c'est un peu de tôle et puis, dehors... En revanche, si c'est un flic qui bute un voyou, c'est toute sa vie qui est foutue en l'air... Ah, ces juges, c'est le malheur de ce pays, infestés par les droits de l'hommisme, qu'ils sont et corrompus !!... Et encore, bienheureux sommes nous, quand les trafics ne continuent pas dans la prison sous le nez des gardiens !! Alors, il y a parfois des solutions, disons plus radicales, mais la Police ne peut pas y être mêlée. De toute façon, cette discussion est entre nous, tu l'as bien compris. C'est ta parole contre la nôtre. Alors, c'est ta seule issue pour qu'on te foute la paix, sinon, crois-moi, on va te pourrir la vie... On n'a qu'un geste à faire et demain, tu couches à Lurigancho.

Jorge reste silencieux et pèse le pour et le contre. C'est vrai que la proposition du gros fic est tentante et pratiquement sans risques. Il réfléchit rapidement et le plan lui paraît jouable.

- C'est maintenant que tu te décides. On va pas y passer la journée, précise Gutierrez.

- Je n'ai pas le choix de toutes façons... J'accepte, mais après, vous me foutez la paix.

- Une paix royale fils, promis... Bien, alors, voilà comment on va procéder...

Diaz et Gutierrez sont dans la voiture, coincés dans les embouteillages de Lima.

- Tu mettras deux gars à sa surveillance, ordonne Gutierrez. On sait très bien où il traîne la moitié du temps mais j'ai moyennement confiance dans cette anguille.

- OK Patron.

- T'as bien compris qu'on se débarrasse de Gato Loco et que notre petit secret obligera notre ami Jorge à nous manger dans la main.

Roméo est accroupi près du carrefour des avenues Faucett et Argentina. Il a eu l'idée, qu'il trouve géniale, de se procurer, grâce à un peu d'argent que Jorge lui a donné, un assortiment de bonbons, de cacahuètes salées et de barres chocolatées qu'il propose aux passants comme des milliers d'enfants à Lima. Aussi, personne ne prête attention à ce jeune qui se fond dans le paysage comme nombre de ses semblables. Parfois même, quelqu'un s'arrête et lui achète pour un sol de marchandise.

Roméo sent le froid métal du P38 sur sa poitrine. L'arme est à peine dissimulée par la chemise et Roméo craint que l'on ne devine le renflement qu'il tente de cacher, mais la nuit est totale et une légère brume s'est installée. Les passants sont pressés et chacun vaque à ses affaires. Il n' y a aucun policier à l'horizon, donc aucun danger de se faire repérer.

Une voiture vient d'arriver, une Mercedes 300 neuve dont l'acier brille. La voiture se gare dans l'avenue Argentina. Un peu plus loin, on distingue les silos de l'entreprise Alicorp.

Roméo se lève et s'approche comme n'importe quel jeune désireux de vendre ses bonbons. Il y a quelqu'un au volant : El Loco. Roméo le reconnaît grâce à une photo que lui a remise Jorge. En une seconde, il fait le tour de l'habitacle et distingue le pantalon d'importation, la chemise noire, largement ouverte sur la poitrine et les cheveux gominés.

Loco n'a pas plus de vingt-sept ans mais il en fait dix de plus et a déjà un bide de bouvreuil qu'il entretient à force d'avaler des *parrilladas* et des bières en compagnie de ses lieutenants.

Une chaîne en or complète ce déguisement de jeune frappe.

- Chocolats, Bonbons, cinquante centimes l'unité, psalmodie Roméo en arrivant au niveau de la fenêtre ouverte. "Ce connard attend sa copine...", pense-t-il.

Loco tourne à peine la tête. Il devrait connaître Roméo car il employait sa mère et, en général, les bandes se renseignent sur les familles, mais aucune réaction ne trahit qu'il aurait reconnu le fils de Belinda en ce jeune qui se tient sur le trottoir avec ses paniers, ou alors il pense à son rendez-vous.

Roméo a sorti d'un geste brusque le P38 et laissé tomber ses friandises. Il tire deux balles et le temps se dilate extraordinairement. Il voit presque la première balle pénétrer dans l'œil, faisant jaillir une sanie blanche et rouge. Il voit aussi presque la seconde qui détruit la mâchoire, laissant un trou béant d'où jaillit un geyser de sang. La tête de Loco, ou ce qu'il en reste est partie en arrière sans que son propriétaire puisse esquisser un geste de défense ; l'attaque a été trop rapide.

"Il est évidemment mort", se persuade Roméo en courant de toutes ses forces dans Argentina.

Mais pourquoi se presser autant ? Il n' y a presque pas eu de bruit, en tout cas, il a été couvert par la circulation et les klaxons incessants. C'est ce qu'il se répète en courant alors que les passants ne lui jettent pas un regard. Roméo ralentit un peu sa course. Effectivement, personne ne semble faire attention à celui qui se dirige vers le sud de l'avenue, vers le Callao qu'il connaît.

C'est là que Jorge lui a donné rendez-vous, une fois sa tâche accomplie, pour lui donner un billet aller simple qui le conduira à Chiclayo. Il est dix heures moins cinq et Roméo aura largement le temps d'attraper ce bus qui ne part qu'à minuit et demi.

Roméo saute dans un *micro* qui passe; il veut malgré tout gagner du temps pour arriver au rendez-vous de Jorge sur les rochers. Il est pressé de lui raconter car il se sent invincible. Le meurtre de Loco l'a projeté dans une sorte d'euphorie. Il voudrait éliminer d'autres crapules de la bande mais c'est trop difficile pour le moment. Il respire profondément et a l'impression qu'il pourrait conquérir le monde mais il n'a encore que quinze ans...

Gutierrez et Diaz sont dans leur voiture banalisée tapie dans l'ombre. Il y a tout juste plus loin un poteau d'éclairage public qui projette une lumière blafarde sur les rochers des Barracones.

La voiture est à moins de trente mètres, stationnée sur l'unique plaque de ciment de l'endroit mais elle est invisible.

On entend, tout proche, l'océan mugir et les vagues battre les rochers noirs.

- Je ne veux rien laisser au hasard, explique Gutierrez à Diaz. Tu comprends, si Jorge veut monter dans la hiérarchie de la bande, il doit se faire passer pour l'assassin de Loco. Oh, bien sûr, il y a des risques, mais quand t'élimines le chef de tes rivaux, tout le monde te protège, au moins pendant quelques mois. Après, tu te démerdes... Ou tu t'exiles pour te faire oublier, à Trujillo par exemple. Je suis un peu inquiet parce que le petit est quand même le seul qui sache la vérité ; des fois qu'il viendrait de mauvaises idées à Jorge, mais quand même, je ne peux pas y croire... Il est dix heures et demie. Il ne devrait plus tarder.

Quant au rendez-vous, facile, il y en a deux qui le suivent depuis tout à l'heure et ils m'ont confirmé il y a un quart d'heure qu'il se dirigeait par ici. Or, pourquoi, viendrait-il s'il n'avait pas rendez-vous avec le gamin ?

Les deux hommes s'extirpent du véhicule et s'avancent dans l'ombre du mur. Ils se postent à son extrémité et restent parfaitement immobiles.

A dix heures et quarante minutes, Gutierrez et Diaz voient une silhouette emprunter le passage de terre battue et s'avancer jusqu'aux rochers. Là, la silhouette s'arrête et s'assoit.

- C'est Jorge, murmure Diaz.

- Oui, c'est lui.

A peine cinq minutes se sont-elles écoulées qu'une seconde silhouette s'avance à son tour. Jorge se retourne. Roméo est là.

Les deux hommes ont un peu de mal à écouter le dialogue mais ils comprennent que l'âme de Loco, s'il en a une, a rejoint les enfers.

Soudainement, les deux policiers voient Jorge porter une main à sa poche ; une lueur fugace éclaire la nuit et quasi-instantanément, le bruit de la détonation roule sur l'océan.

- Va rejoindre ta mère !! crie Jorge.

Le corps de Roméo s'est affaissé lentement sans un cri et sans un bruit. L'acte a été si rapide que les deux policiers n'ont pas eu le temps d'esquisser un geste.

- Arrête-toi et surtout, ne bouge pas hurle Diaz.

Gutierrez et Diaz sont sortis de l'ombre, pistolet au poing. Jorge reste immobile car Diaz le tient en respect à quatre mètres.

Gutierrez s'est penché sur la forme étendue à terre :

"Encore un drame près de l'océan", pense-t-il. "Pas le premier, pas le dernier".

Il tâte la carotide, mais rien... Il est furieux de ne pas avoir pu empêcher ça. Pourtant, c'était limpide : un jeune voyou arriviste qui voulait progresser et un jeune pas encore totalement perverti.... Une rage aveugle monte en lui.

- C'est fini. Il est mort. Quant à toi, connard, t'as de la chance qu'on respecte la loi car, crois-moi, j'ai une sacrée envie de coller deux balles dans ta carcasse pourrie. Il n'y a personne à cette heure et ça passerait pour un règlement de compte entre vous, les rebuts de la société... Tu vas t'y retrouver à Lurigancho, toi qui ne voulais plus y aller et pour un bon moment. Diaz, appelle Pastor, c'est son secteur.

Dix minutes après, les voitures de police arrivent et embarquent Jorge, menottes

aux poignets. Une ambulance charge le corps inerte du fils de Belinda.

Diaz et Gutierrez restent seuls sur les rochers ; une brise fraîche s'est levée et un bout de ciel laisse voir quelques étoiles entre les nuages.

- Tu vois, Diaz, je crois que je vais demander ma retraite... J'en ai marre... J'ai vu des salopards dans ma carrière, des moins que rien qui vendaient leur mère pour cinquante soles, mais là, tu vois, ce meurtre de sang-froid d'un gosse de quinze ans, ça me reste là... Tout ça parce que je me suis cru trop malin ; tout ça parce que j'ai mal évalué cette ordure... Tout ça parce qu'il était fondamentalement lâche !! Rentrons.

Les exploits de San Martin

En reconnaissance à Ricardo Palma

La liste des saints et des saintes du Pérou n'est peut-être pas aussi longue que celle d'autres terres, comme l'Italie ou l'Espagne mais elle recèle d'intéressantes histoires, édifiantes tant par leur forme que par leur enseignement. C'est le cas de San Martin de Porres qui naquit à Lima un beau jour de 1579. Son père était un certain Juan de Porres de l'Ordre de Alcantara et sa mère était une mulâtresse de Panama dont le nom était Ana Velasquez.

Dès son plus jeune âge, Martin manifesta les plus grandes dispositions pour les choses de la religion. À l'âge où d'autres jouent aux billes, il entra dans l'Ordre de San Domingo de Guzman.

De toutes les vertus qu'il possédait, la plus remarquable était sans conteste l'humilité. De plus, il était d'une grande frugalité et ne dormait que quelques heures par nuit pour consacrer la majeure partie de son temps à la prière.

Une fois, il demanda qu'on le vendît comme esclave pour couvrir les dettes de son couvent. On voit à cette occasion que le futur saint avait quelque prédisposition à un certain masochisme.

San Martin de Porres fut le premier saint noir et on le représente souvent avec un balai, autre signe d'humilité. Enfin, il y a une dernière caractéristique qui n'est pas très courante chez les saints : il exerça la profession de barbier, ce qui à l'époque, correspondait aux trois emplois de coiffeur, de chirurgien et de dentiste.

Parmi les multiples spécialités qu'il domainait, l'une d'elles lui attira plus particulièrement une grande renommée. Il faisait des miracles comme tout un chacun change de chemise et presque sans s'en rendre compte, innocemment pourraait-on dire.

Entre autres exemples, le supérieur qu'on appelait frère Pedro l'envoya une fois acheter un pain de sucre pour les besoins de la confrérie. Don Pedro avait bien précisé que le pain de sucre devait être du blanc le plus pur.

Martin, pour une raison que nous ignorons, rentra avec un pain de sucre non raffiné, brun et grossier. Le supérieur s'en émut et se demanda comment élaborer les desserts fins que le couvent vendait aux riches dames du voisinage. Très certainement, il n'était pas question d'employer un sucre aussi vulgaire.

Martin affirma qu'il ne fallait point s'inquiéter et que Dieu allait apporter la solution. Il demanda une bassine d'eau et se mit à laver le pain qui, oh miracle, resta parfaitement entier, sans se dissoudre. Martin se mit à frotter le sucre qui, en peu de temps, devint d'une blancheur virginale.

Tous les frères restèrent cois, ne pouvant en croire leurs yeux. Seul Martin, ne semblait pas étonné ; il considéra la chose comme toute naturelle. Comme de bien entendu, on raconta par la suite cette histoire dans tout le voisinage, en la déformant et en l'enjolivant même au besoin.

La renommée de Martin attira un grand nombre de curieux au couvent, ce qui n'était pas pour déplaire aux bons frères qui virent croître leurs ventes d'oublies et de tourons.

Martin, qui n'était pas rassasié des miracles, en réalisa un autre un jour qu'il se promenait dans la rue. Un maçon, qui se trouvait sur un échafaudage de cinquante pieds de haut, tomba soudain dans le vide.

Martin cria d'une voix forte :

- Arrête-toi dans ta chute, malheureux car ton âme n'est pas prête à comparaître devant Dieu.

À ces mots, instantanément, le maçon resta suspendu en l'air. La foule s'amassa, curieuse et ne pouvant en croire ses yeux, puis une rumeur, moitié de frayeur, moitié d'ébahissement, courut parmi les spectateurs.

- Tu pourras redescendre une fois qu'un matelas aura été installé pour te recevoir, rajouta Martin. La reddition de ton âme au Ciel n'est pas pour maintenant car ta contrition serait trop longue.

C'est là qu'on voit que certains saints recherchent la complication car, à qui sait dicter sa loi à la gravitation universelle, il ne doit pas être difficile de faire atterrir quelqu'un en douceur.

Deux jeunes garçons coururent vers la boutique la plus voisine et ramenèrent une montagne de coussins à défaut du matelas qui était demandé. Dès que les coussins eurent été mis en place, le maçon reprit sa chute et s'enfonça mollement sans se faire aucun mal, tandis que la foule rassemblée poussait un grand cri et se signait désespérément.

Devant ces manifestations divines, la réputation de Martin grandit encore dans toute la ville et on ne le croisait plus qu'en le saluant avec le plus extrême respect, celui qui l'on doit aux hauts personnages ; certains s'approchaient timides et baisaient le bas de la bure mais Martin les relevait d'un bon sourire. Toute renommée a sa contrepartie ; il lui fallut recevoir les malades, les infirmes et les nécessiteux, bref tous ceux que la vie malmenait. Il alla au-devant des lépreux et des paralysés, des incurables et des femmes de mauvaise vie. On le consultait pour un oracle, voire une simple parole de réconfort.

Un jour, un homme lui offrit un ânon en remerciement de la guérison de son fils unique. Martin conduisit la bête au couvent où on l'accueillit avec joie. A cette époque, au couvent, tout animal de trait supplémentaire était reçu avec plaisir ; il permettait d'augmenter le rythme des livraisons des délices sucrées fabriquées par les bons moines.

Martin s'était pris d'affection pour la bête et ne perdait pas une occasion de lui parler. L'âne aux bons yeux intelligents paraissait comprendre ce que notre saint lui racontait. Un jour, Don Pedro demanda aux deux compères d'aller chercher du sable, des tuiles et des briques dans un atelier qui était en dehors du périmètre du Lima de l'époque. Le couvent en avait un urgent besoin pour quelques réparations qui restaient à faire.

Martin chargea l'animal de deux sacs vides et d'une pelle puis partit avec lui à travers les rues ; les femmes et les hommes qu'il croisait se signaient sur son passage. Il y avait assez loin jusqu'à l'atelier et le soleil commençait à darder fort ses rayons, aussi Martin et son ânon cheminaient-ils à petits pas.

Le chemin montait lentement en s'éloignant de la mer. Bientôt, Martin eut dépassé l'enceinte de la ville, puis les dernières masures misérables et se trouva seul au milieu des dunes sableuses. Il s'arrêta un moment pour reprendre son souffle car on a beau être un futur saint, on a besoin d'oxygène comme tout un chacun. Il essuya avec un mouchoir les gouttes de sueur qui perlaient sur son front.

Mais lorsqu'il voulut repartir, l'âne ne bougea pas d'un pouce. Martin étonné tira plus fort sur la courroie de cuir mais rien à faire : Maître Aliboron restait fixé au sol comme vissé par une force supérieure.

Martin soupira ; il était très ennuyé, puis se dit que le Seigneur ne pourrait ignorer son serviteur et qu'une prière était la chose la plus appropriée du moment.

- Seigneur, je ne sais ce que désire cet animal; pourtant, nous avons un urgent besoin des matières que je vais chercher. Je vous en prie, faites entendre raison à cette bête, que nous puissions reprendre notre chemin.

Pour toute réponse, l'ânon regarda le frère Martin de son œil humide et intelligent puis se mit à braire, mais d'une telle manière qu'il semblait vouloir indiquer quelque chose. On avait même l'impression que toute l'affaire le faisait rire, ce qui, bien entendu, venant d'un animal, même aussi doué ne pouvait être qu'une exagération anthropomorphique.

Martin, bien que préoccupé, comprit qu'il se passait un évènement singulier. L'ânon avança de quelques mètres et se mit à frapper le sol de son sabot. Les petits cailloux volaient sous les coups et, alors Martin comprit qu'il s'agissait de la réponse à sa question. Il s'approcha et vit, qu'en grattant, l'animal avait creusé un petit trou d'une dizaine de centimètres de profondeur environ.

Dieu lui indiquait-il, par l'intermédiaire de cette simple bête, qu'il lui fallait creuser à cet endroit précis ?

Martin se saisit de la pelle, poussa l'ânon et commença à bêcher. Avec le soleil, l'entreprise devint vite fatigante, mais comme notre moine était assez vigoureux, il poursuivit sa besogne sans rechigner. Il suait à grosses gouttes et devait de temps en temps s'arrêter pour s'éponger le front.

Les pelletées de terre et de sable s'amoncelaient sur les côtés. Enfin, le trou s'agrandit et Martin vit apparaître la poignée ouvragée d'un coffre qui lui parut constitué de cuir épais renforcé par des lattes de cuivre. Il creusa plus énergiquement à tel point que le coffre fut bientôt déterré. Bien que n'ayant que des connaissances rudimentaires de ce genre d'objet, Martin se rendit compte qu'il s'agissait d'une pièce magnifique, d'une belle facture, parfaitement travaillée qui ne semblait pas avoir souffert de son séjour souterrain. Puis Martin remarqua que les ferrures n'étaient pas fermées.

Il comprit alors que le Seigneur avait retenu les pas de la bête pour que, lui Martin, découvrît ce coffre, mais quel était le but divin ?

Martin dégagea le coffre et rabattit le couvercle. A son grand ébahissement, jaillirent brutalement les mille feux des bijoux qui y étaient contenus. C'était une profusion de rubis, de lapis-lazuli, de perles et d'émeraudes, tout un tas de pierres précieuses, les unes isolées, les autres montées sur des pendentifs ou des chaînes qui semblaient d'or pur. Le coffre contenait aussi des pièces d'or et d'argent en quantité, des doublons et des écus espagnols qui paraissaient du meilleur aloi. Il y avait aussi des objets d'orfèvrerie, des bagues, des bracelets, deux chandeliers et des ciboires. Bref, un mélange de pièces profanes et sacrées.

Martin resta un instant les bras ballants, ne sachant que faire. Sa vie passée ne l'avait pas préparé à prendre d'initiatives, aussi, au bout de quelques minutes de réflexion, se dit-il que le mieux était d'emporter tout cela au couvent. Don Pedro saurait mieux que lui quoi faire de ce présent inespéré.

Martin chargea donc à pleines mains les sacs qui pendaient sur les flancs de l'ânon. Les pièces roulaient à terre ; il ne se baissait même pas pour les ramasser. Enfin, les sacs furent remplis, Martin attrapa la courroie de cuir. Cette fois, l'animal se laissa faire et suivit docilement son maître ; tous deux reprirent ainsi le chemin du retour.

Tout en cheminant, Martin était perdu dans ses pensées ; il se demandait le sens de tout cela. Peu à peu, il se mit à réfléchir. Est-ce que le supérieur ferait le meilleur usage de cette fortune ? Cela n'était pas certain... Le trésor, une fois remis aux autorités ecclésiastiques disparaîtrait comme dans un puits sans fond. Où irait-il ?

Probablement pas qu'aux pauvres en tout cas... Une partie risquait d'aller à Rome, l'autre en Espagne... Et dans quel but ? Pour enrichir les cardinaux de la Papauté ou le clergé de Séville ? Une telle destinée pour un trésor dont l'origine était si évidemment divine était difficile à accepter.

Ces réflexions, au début fugaces et informes, prirent peu à peu de la consistance. Elles commencèrent à former l'amorce d'un plan et d'une décision. En réalité, le Diable avait commencé à s'insinuer dans son esprit mais notre moine ne le savait pas encore.

Tout en cheminant, Martin se dit que prélever un petit peu du coffre ne serait pas un grand péché. Nul n'en saurait rien, après tout. Au début, ce n'étaient que quelques pièces ou bijoux que notre frère pensait conserver mais, plus il marchait et plus il envisageait d'augmenter sa part relative. Si Dieu n'avait pas voulu qu'il trouvât le coffre, alors, il ne fallait pas le mettre sur son chemin. Le prélèvement d'une dime personnelle ne lui semblait plus quelque chose d'insensé. Au contraire, cela lui apparaissait maintenant dans l'ordre des choses. Le prétexte d'aider les pauves de Lima n'était pas étranger à ce qui devenait une décision impérieuse.

Martin arrêta l'âne, ouvrit un des sacs, préleva ce qu'il estima être son dû et cacha sous sa bure le maximum de pièces et de bijoux qu'il put. Il regretta même de ne pas avoir de poches plus grandes.

Lorsqu'il repartit, il sentait bien un très léger malaise, se demandant s'il agissait vraiment au mieux mais, par ailleurs, il était la proie d'une certaine allégresse et avait presque envie de chanter, pensant qu'au moins l'argent qu'il avait prélevé pourrait être remis aux pauvres.

Arrivés au couvent, Martin et son âne se dirigèrent vers la cellule de Don Pedro. A l'injonction impérieuse de notre voyageur, le frère qui se tenait près de la porte comprit qu'il se passait quelque chose d'important ; il s'empressa d'aller chercher le supérieur.

Martin confia son chargement au saint homme en expliquant les circonstances de sa découverte. Don Pedro se dit que décidément, le Ciel avait de grands égards pour son couvent. C'était véritablement une chance extraordinaire d'avoir sous ses ordres quelqu'un qui, non seulement faisait des miracles, mais encore découvrait des trésors dans le désert.

Il promit à Martin que cette manne serait bien employée. Il y avait, selon ses dires, de quoi combler les besoins de tous les miséreux de Lima et peut-être d'ailleurs.

Martin voulait bien le croire mais revenu dans sa cellule, il sentait le poids de l'or et de l'argent qui gonflaient ses poches. Il commençait à se demander s'il avait bien fait, puis tout à coup, se souvint qu'il devait aller confesser une dame de la bonne société en l'église de La Merced où il avait ses entrées.

Il était même un peu en retard ; sans hésiter, il se releva et sortit du couvent. Il y avait quelques centaines de mètres à parcourir que Martin connaissait par cœur. Mais ce jour-là, les choses ne se passèrent pas comme à l'accoutumée ; son œil fut soudain attiré par la devanture d'une rôtisserie qu'il n'avait jamais remarquée auparavant. D'habitude, il allait à La Merced, plongé dans ses pensées et ses prières, mais aujourd'hui il rêvassait d'une autre manière ; il se sentait plongé dans le monde matériel et n'avait pas marmonné la moindre oraison depuis son départ du couvent. Les quelques passants qui le reconnaissaient se découvraient respectueusement comme à l'accoutumée; Martin leur répondait sur un ton plaisant, il se sentait le cœur léger, plus que depuis bien longtemps.

Chose qui n'était jamais arrivée, Martin arrêta ses pas devant la devanture de la boutique. Il regarda avec envie les délices amoncelées derrière la vitrine. C'étaient pâtés en croute, rôts, viandes farcies et succulentes saucisses, desserts sucrés tels les soupirs liméniens les *picarones* ou des oublies à damner le bon Dieu.

Notre moine qui avait l'eau à la bouche opta pour entrer. Une accorte servante le vit avec étonnement pousser la porte. En effet, c'était bien la première fois depuis des années que Frère Martin, bien connu dans le quartier, poussait la porte de sa boutique.

Les autres clients reculèrent stupéfaits ; oui, c'était bien ce moine qui avait une réputation de saint. Il n' y avait pas à s'y tromper avec sa peau noire, reconnaissable entre mille. Mais que venait-il donc faire dans ce lieu où l'on ne pouvait trouver que des nourritures terrestres. Il avait pourtant une réputation d'ascète... "Voilà qui était bien extraordinaire", pensèrent les gourmands rassemblés là.

- Ma sœur, mettez-moi ce pâté qui m'a l'air délicieux et ces petits gâteaux que je vois là... Est-ce tout ?... Non, ajoutez-y une fouace.

Martin sortit quelques pièces qu'il avait récupérées du coffre et les posa sur le comptoir.

Les clients muets contemplaient la scène. Enfin, on emballa les achats, puis Martin sortit de la boutique et se dirigea vers La Merced. Il ne put résister à l'envie de goûter un morceau de la fouace qui était excellente ; le morceau fut bientôt accompagné d'un second. Alors, Martin pensa que Dieu était prévenant et aux petits soins pour ses créatures. Il bénit aussi le pâtissier qui savait préparer de telles merveilles.

En s'en retournant de la confession de la dame, Martin aperçut le rôtisseur sur le pas de sa porte qui le regardait arriver de loin.

En s'approchant, il constata que le bonhomme semblait ennuyé.

- Mon brave, que vous arrive-t-il ? N'auriez-vous pas digéré de vos excellents gâteaux ?

- Ah, si ce n'était que cela, mon frère… Non, je me trouve dans une étrange situation.

- Contez-moi vos embarras et peut-être qu'avec l'aide du Très-Haut, je pourrais vous aider.

- Eh bien… Je ne sais comment commencer. C'est tellement… inhabituel.

- Par le commencement, c'est encore le plus simple.

- Tout à l'heure, vous êtes venu dans ma boutique.

- Cela est vrai.

- Je ne sais comment cela se fit mais la drôlesse qui reçoit l'argent me montra tout à l'heure ce que vous lui avez donné et que je tiens dans ma main.

En disant cela, notre homme ouvrit la paume de la main dans laquelle se voyaient quelques petits cailloux bien ronds.

Martin ouvrit de grands yeux.

- Par ma foi, mon frère, c'étaient de beaux et bons ducats que j'ai laissés sur votre comptoir. Je ne comprends pas.

- Vous comprenez que je suis ennuyé. Votre réputation est au-dessus de tout soupçon...

- Mon frère, serait-ce œuvre du Démon ? Je me rappelle fort bien avoir déposé des pièces en échange de vos excellents gâteaux.

- Je veux bien vous croire, Frère Martin mais si c'est l'œuvre du démon, il nous faut à tout prix dire des messes ou faire pénitence.

Martin sentit tout à coup que ce qui venait de se passer était un avertissement. Il reprit la parole.

- Je crois que je comprends... Laissez-moi un jour pour régler quelque chose et vous aurez votre argent.

- Je veux bien, parce que c'est vous et que je connais votre grande réputation de sainteté.

Martin reprit son chemin pensif. Il décida de tenter une expérience : un mendiant, qu'il n'avait jamais vu auparavant, était accroupi le long d'un mur noirâtre. Cela le surprit car il pensait connaître tous les misérables des environs.

Le pauvre diable, pieds nus et en haillons, montrait des jambes enflées marquées de plaies purulentes. Martin s'approcha et sortit toutes les pièces qui lui restaient. Il les donna au mendiant interdit par cette pluie miraculeuse et inespérée.

L'homme bafouilla des remerciements. Martin resta avec le mendiant, le réconforta et lui parla de Dieu et des soulagements que l'on peut obtenir en s'en remettant à lui.

Le mendiant écoutait de toutes ses oreilles ; c'était la première fois que quelqu'un s'intéressait à son sort et il en éprouvait une vive reconnaissance même s'il ne saisissait pas les subtilités des merveilles célestes qu'on lui présentait.

Martin regardait les pièces que le mendiant gardait dans sa sébile ; toutes brillaient au soleil comme neuves. Elles paraissaient habitées d'une vie propre et notre saint avait l'impression qu'une sorte de vibration les parcourait. En tout cas, elles ne se changeaient pas en cailloux, elles, mais continuaient leur destinée de monnaie, telles qu'elles avaient été créées.

Au bout d'une heure, Martin était fixé et la preuve était faite. Il se releva et s'éloigna. Le message était clair : il avait donné l'obole au pauvre et les pièces étaient restées des pièces.

Elles assureraient la subsistance du pauvre hère pendant de nombreux mois.

Martin retourna au couvent et demanda à se confesser auprès de Don Pedro. Celui-ci accéda à sa demande, étonné qu'un frère aussi parfait sentît soudain le besoin de la confession. Dans l'obscurité du confessionnal, Martin expliqua de nouveau la découverte du trésor mais, cette fois, il avoua le désir qui l'avait saisi en le lieu désolé qui l'abritait et comment il avait gardé une partie des ducats et doublons pour son usage personnel. Le supérieur ouvrit de grands yeux... Non, décidément, même le plus saint des hommes est encore un grand pêcheur potentiel. C'était véritablement œuvre du Diable, le Malin entre tous, capable de tenter même Frère Martin.

Notre saint expliqua ensuite comment la vitrine du rôtisseur l'avait séduit et comment il avait acheté fouace, pâté et gâteaux, lui qui était l'exemple et le symbole de la frugalité.

Il raconta ensuite comment les pièces s'étaient changées en cailloux et comment le rôtisseur s'était trouvé bien embarrassé, ne pouvant évidemment accuser Martin de vol.

Martin termina son récit avec le don fait au mendiant. L'aumône faite, avec un cœur purifié, remplissait sa fonction qui était de soulager les misères. Les pièces d'or et d'argent étaient restées des pièces d'or et d'argent. Don Pedro pesait le pour et le contre ; il y avait ce repentir sincère ; de plus, la leçon semblait avoir porté ses fruits. Il parla en ces termes :

- Frère Martin, en vérité, votre péché est pardonnable. Quel homme n'en aurait pas fait autant dans de telles circonstances ? Vous vous êtes contenté de prendre quelques monnaies quand d'autres auraient gardé tout. Allez, je vous donne de quoi payer votre rôtisseur, puisque vous n'avez plus un réal. Cet argent est prélevé sur les dons faits par les fidèles au couvent. Aussi, y-a-t-il peu de chances qu'il se transforme en pierres.

Pour votre pénitence, ce soir, dans votre cellule, vous réciterez dix Pater et dix Ave Maria. De plus, un jeûne de deux jours, que vous pourriez commencer dès ce soir, serait le bienvenu afin de vous faire pardonner votre péché de gourmandise.

Martin promit tout ce que le supérieur lui ordonnait et s'engagea pour l'avenir à faire montre d'un peu plus de circonspection et à reconnaître les pièges du Malin.

Il prit les pièces et sortit le cœur léger. Le soleil continuait à briller et au loin, un oiseau se mit à chanter.

El Curandero

Il n'est pas étonnant que l'histoire de Lima soit remplie d'anecdotes évoquant le spiritisme et les pratiques magiques. Venues des zones amazoniennes ou des régions du Nord imprégnées d'antiques pratiques africaines, des croyances multiples se sont imposées dans la Ville des Rois depuis l'époque coloniale. Au sein d'une population dominée par le système d'exploitation des mines et qui n'avait pas accès à une véritable éducation, les pratiques magiques agissaient comme un exutoire et une façon d'exister face au Pouvoir espagnol et aux représentants de l'Église.

Celle-ci crut bon de combattre ces pratiques jusqu'à ce qu'elle ait compris que le mélange de ces rites avec le catholicisme pouvait produire un syncrétisme d'autant plus apprécié qu'il permettrait de fidéliser et de contrôler la population autour d'un certain nombre de valeurs et de traditions.

C'est dans ce contexte qu'a pu prospérer, entre les deux guerres mondiales, un personnage connu comme le *Curandero* de l'Avenue Abancay.

Avant d'entrer plus en matière, peut-être faut-il préciser ce qu'est un *Curandero*. Il s'agit en fait, ni plus ni moins, d'un guérisseur mais d'un guérisseur d'un genre un peu spécial et qui ne craint pas, outre le soulagement physique de ses malades, de s'intéresser aussi à leur vie morale, à leurs amours, à leur fortune... Bref, le *Curandero* viserait à un bien-être intégral de le personne humaine et pourrait presque être qualifié de bienfaiteur, si malheureusement, ses tarifs élevés ne le classaient plutôt dans la catégorie des gens bassement occupés de choses matérielles.

Donc, dans les années vingt, un personnage du nom de Dionisio s'était établi à Lima dans cette avenue Abancay, artère importante de la ville des Rois. Quelle était son origine ? Ma foi, peu de personnes pouvaient se vanter de la connaître et encore, l'eussent-elles suppputée que la crainte qu'un sort malin leur fût jeté leur aurait, sans aucun doute, cloué le bec.

Ce Dionisio venait en réalité de Piura, ville du Nord, connue pour ses pratiques magiques. Il avait abandonné sa patrie d'origine pour des raisons obscures ; en tous cas, il ne s'était jamais épanché sur celles-ci et tous les bavardages des ménagères du quartier à ce sujet n'étaient que pures conjectures. Dionisio était illettré et, pour les besoins de son commerce, louait les services d'une vieille mégère orpheline, qui avait appris à lire dans son adolescence, grâce aux soins d'un père Oratorien qui l'avait prise sous sa protection.

La mégère s'appelait Juana mais son nom importe peu dans le déroulement de l'histoire et quand bien même, elle se serait appelée Concepción, les choses se seraient déroulées de manière identique.

L'homme recevait dans son cabinet une clientèle aisée et on aurait tort de croire que seuls les désespérés ou les malheureux venaient le consulter. Non, des bourgeoises s'y inséraient en cachette, celles dont les maris avaient fait, sinon fortune, du moins avaient acquis une belle aisance financière dans le développement des mines et du commerce international. Peut-être même y venait-on de plus haut encore mais là, les documents manquent pour l'affirmer. Néanmoins, certains affirment que des politiciens frappaient discrètement à la porte et se laissaient mener à travers le noir boyau qui menait vers l'escalier fatigué conduisant aux étages où opérait Dionisio.

Que venait donc chercher cette clientèle en ce lieu insolite ? Des choses fort variées en réalité. Les politiciens, si vraiment il était avéré qu'ils fréquentassent l'endroit, recherchaient l'appui d'un conseil qu'ils n'obtenaient pas de la part de leurs conseillers.

Les bourgeoises, indécises sur l'avenir de leurs enfants, voulaient qu'on les rassurât. Bien des mariages entre gens de bonnes familles se conclurent ainsi sur les avis rémunérés de Dionisio.

Dionisio, notre *Curandero*, reçut un jour une lettre qui le surprit fort. La missive en belles cursives anglaises et sur un papier de qualité, lui demandait un rendez-vous pour un cas urgent que l'auteur s'attachait à décrire comme désespéré. L'auteur de la lettre ajoutait aussi que les dépenses importaient peu et que Dionisio n'obligerait pas un ingrat s'il voulait bien s'occuper de son affaire. Dionisio resta incrédule car c'était la première fois qu'on le sollicitait ainsi. Il fit donc répéter à Juana les termes précis du message comme s'il avait du mal à croire qu'on souhaitait le consulter de façon aussi urgente. Il était aussi légèrement vexé car il était habitué à fixer ses conditions et là, en l'occurence, son interlocuteur lui avait ravi ce rôle.

La vieille, probablement vexée qu'on mît en doute ses compétences de lecture, commença à crier et menaça même de rendre son tablier. Dionisio parvint à la calmer en lui expliquant qu'il préférait se faire désirer et qu'il avait l'habitude de fixer le rythme de ses consultations.

- Enfin, en résumé, que dit cette lettre, vieille sorcière ? Pas d'autre précision ? Juste qu'on veut me voir de toute urgence...

- Monsieur, oui... C'est ce qui est écrit et on dit qu'on payera bien... Si vous voulez mon avis, c'est un Monsieur qui a écrit ça, un vrai Monsieur avec des moyens et de l'éducation car il y a bien deux ou trois mots que je ne comprends pas bien, mais avec le sens général...

- Assez avec ton Monsieur ! Mon cabinet est plein pour les quatre jours qui viennent et je ne vois pas... Non, je ne vois pas comment on pourrait donner satisfaction à cet homme rapidement, j'entends.

- Vous n'avez qu'à décommander Mme Vasquez demain matin... Elle continuera à venir de toute façon. Vous savez bien que c'est plutôt pour parler qu'elle vous paye, pour parler parce que, chez elle, malgré ses domestiques, elle ne peut pas tout simplement. De plus, elle n'est pas plus malade que moi et n'a pas besoin, à son âge, de se chercher un godelureau. Vous êtes bien d'accord ? J'en conclus qu'elle n'a donc pas vraiment besoin de vos services alors que cet homme, là qui nous envoie cette lettre, semble au bord du désespoir.

- Mais oui, tu as raison... On va la décommander et mettre notre inconnu à sa place. Fais un courrier et je demanderai ensuite au jeune Pablo de le porter... L'adresse est sur Cieneguilla.

La vieille Juana, si elle lisait passablement, avait plus de difficultés avec la chose écrite et ce n'est pas sans quelques fautes et approximations grammaticales que la réponse fût finalement rédigée, mise sous enveloppe et confiée au petit Pablo qui recevait quelques pesos pour les menues commissions qu'il réalisait.

Le jour suivant, vers dix heures du matin, un homme et une femme, vêtus de manière élégante, se présentaient au cabinet de

Dionisio. Ils étaient descendus d'une élégante Duesenberg que conduisait un chauffeur.

L'homme était corpulent et de haute taille. Une moustache drue barrait un visage creusé de rides d'homme sanguin habitué à commander. Les cheveux tirés en arrière et bien lustrés témoignaient que le personnage cherchait à soigner son image. Deux yeux noirs petits, mais vifs et mobiles, témoignaient d'une vive intelligence toujours aux aguets, mais on ne pouvait manquer de percevoir aussi dans cette figure, où se déchiffrait la bataille des ans, une inquiétude latente et une tristesse ancrées probablement depuis de nombreuses années.

La femme attirait encore plus l'attention car si sa taille était mince et son allure libre et dégagée, on ne pouvait que s'interroger sur les raisons qu'elle avait de porter un voile impénétrable sur la tête. Rien ne permettait d'apercevoir son regard et cette absence provoquait chez les passants qui observaient le couple ce matin-là une inquiétude vague, un sentiment d'étrangeté qui mettait mal à l'aise ; la femme portait une robe de prix qui descendait légèrement sous le genou, dévoilant des mollets admirables.

Malgré ce témoignage de réalité charnelle, elle donnait l'impression de n'être qu'une statue hautaine et froide qui se serait promenée dans la rue, détachée des passions humaines. Le spectateur, même le plus inattentif, n'aurait pu qu'être frappé du contraste avec l'homme qui affichait au contraire la vitalité pragmatique de celui qui réussit dans les affaires.

Dionisio ouvrit lui-même la porte. Imbu de son importance, il ne pouvait laisser le soin à la vieille Juana d'ouvrir à des visiteurs qu'il devinait importants. Il conduisit l'homme et la femme à son cabinet, leur offrit un siège et leur proposa des cigarettes que l'homme refusa.

- Eh bien, Madame, eh bien Monsieur, que désirez-vous ? Mes modestes services sont à votre disposition et si je puis vous être utile, ce sera une grande joie. J'ai compris par votre message, Don Rodrigo de Alcantara, car c'est bien votre nom, n'est-ce pas ?... que vous étiez dans la plus grande hâte de me rencontrer.

- En effet. Peu importe comment j'ai entendu parler des services que vous offrez mais notre cas est si désespéré que nous ne savions plus vers qui nous tourner. Le désespoir est dans notre maison depuis si longtemps car les services de la médecine sont incapables de nous soulager. C'est pourquoi nous venons ici, bien qu'il m'en coûte pour vous parler franchement. Je serais plutôt du genre rationaliste et, Dieu m'en est témoin, c'est la première fois que je viens consulter quelqu'un comme vous.

Si Dionisio fut légèrement dépité qu'on ne fit appel à lui qu'en dernier espoir, il n'en laissa rien paraître. Il manifestait un orgueil suffisant pour penser qu'il valait mieux que cela. Il hocha modestement la tête en direction de son visiteur pour l'inviter à poursuivre.

- Donc, notre cas étant désespéré comme je viens de vous le dire, nous venons comme des naufragés qui se raccrochent au fétu qu'ils rencontrent sur l'océan.

- Très bien. Si vous le voulez, nous allons rentrer dans le vif du sujet. Mon temps, et probablement le vôtre, sont comptés, j'imagine...

- Pardonnez-moi, mais il va sans dire comme je vous l'ai écrit dans la lettre, que l'argent ne compte pas et que j'y mettrai ma fortune s'il le faut. Aussi, pour couper court à vos arguments, et s'il faut multiplier les séances, quitte à annuler certains de vos rendez-vous, vous serez très largement dédommagé.

- Je comprends mais voyons le problème, si cela ne vous dérange pas.

- La personne qui m'accompagne est ma fille Diana. Personne très fine et délicate, le seul trésor qui me reste depuis le décès de mon épouse. Or cette fille, qui fait ma joie, est affligée d'une infirmité atroce qui m'enlève le sommeil. Si vous voulez bien, elle va retirer son voile et vous pourrez constater par vous-même l'infortune qui nous afflige tous deux.

La femme, qui n'avait jusque-là pas ouvert la bouche, commença à lever lentement le voile qui la couvrait. Peu à peu, se dévoila, aux yeux ébahis de Dionisio qui avait pourtant vu nombre de cas étonnants dans sa vie, un spectacle de mort. Le visage de l'inconnue était celui d'un cadavre ; aucune chair ne couvrait les os apparents et seule une peau jaunâtre et translucide, comme celle d'un vieux parchemin plissé, couvrait le modelé du crâne. Les orbites enfoncées étaient encore plus effrayantes car il y avait des yeux au fond de ses orbites, des yeux avides de vie et palpitants d'intelligence.

L'affreux spectacle, encore plus épouvantable par le contraste qu'il offrait avec le reste de la personne toute de grâce et de légèreté, figea Dionisio de stupeur. Il reprit néanmoins ses esprits et se tournant vers le père, il ne put s'empêcher de s'exclamer :

- Mais, pourquoi ? Grand Dieux, pourquoi ?

- Personne ne le sait et encore moins ces incapables de la médecine officielle. Oh, j'ai consulté à Londres, à Paris et à Vienne. On n'en sait pas plus là-bas qu'ici... Personne ne comprend rien à cette maladie qui ne s'est jamais vue, disent-ils. Les grands spécialistes que j'ai consultés, m'ont promis le secret. Le plus dur, est que ma fille est adorable. Son esprit est des plus fins ; elle joue admirablement du piano, parle plusieurs langues et son intelligence est remarquable. Vous pouvez aussi apprécier sa taille et son port magnifiques.

En d'autres termes, c'est la femme parfaite, ne serait-ce ce terrible secret qui nous détruit. Comment voulez-vous la marier dans ces conditions? Et pourtant, elle le souhaiterait aussi et quelques partis très acceptables, que je connais dans le monde des affaires, pourraient avantageusement se présenter.

- Mais enfin, racontez-moi les raisons possibles de cette affection si étrange. S'est-il passé quelque chose dans sa vie ou est-elle ainsi de naissance ?

- Non, ce n'est pas de naissance. C'était au contraire un bébé magnifique, puis une petite fille qui faisait nos délices. A l'adolescence, elle commença à se transformer comme font toutes les jeunes filles. Son corps s'affirma normalement mais ce qu'elle gagnait en poitrine et en assurance paraissait pris ailleurs, c'est-à-dire disparaître du visage, à notre grand désespoir. Peu à peu, ses joues et ses orbites se creusèrent. Sa mâchoire s'accentua et les dents ressortirent, puis la peau se parchemina et jaunit jusqu'à atteindre cette couleur mortelle que vous voyez. Mon épouse en est morte de désespoir, vous savez... Aujourd'hui, Diana a vingt-cinq ans et c'est une épouvantable épreuve pour elle comme pour moi... Pouvez-vous faire quelque chose ? Je vous en prie : dites-moi la vérité. Je la préfère à tout autre chose.

Dionisio réfléchit quelques instants. Le cas était extraordinaire et tout à fait nouveau ; il flattait son orgueil de *Curandero*. S'occuper d'un tel problème et le résoudre, quelle gloire et quelle clientèle en perspective !! Sans compter les bénéfices financiers et la satisfaction d'avoir obligé un homme manifestement très riche et qui avait certainement de nombreuses relations.

- Je pense pouvoir faire quelque chose pour vous, dit-il après quelques instants de réflexion... Oui, je pense pourvoir faire quelque chose, répéta-t-il les yeux dans le vague.

Un vague souvenir flottait à la limite de sa conscience, un souvenir presque oublié et inconsistant mais qui lui faisait penser qu'il y avait peut-être un remède. Il soupira d'agacement de ne pourvoir préciser sa pensée, puis soudain, les choses s'éclaircirent... Il y avait bien des années, à Piura, sa terre natale, une vieille lui avait parlé de coutumes magiques anciennes. Maintenant, il s'en souvenait... Une vieille qui venait d'Afrique et qui connaissait bien les pratiques de ces peuples en usage dans les contrées bordant le Golfe de Guinée. Et la vieille lui avait parlé de cas incroyables, de gens qui perdaient la chair du visage et qu'on parvenait à guérir au moyen de pratiques codifiées depuis la nuit des temps. On pouvait les soigner mais le procédé n'était pas sans danger et sans douleur.

Il esquissa un sourire. Don Rodrigo de Alcantara s'en aperçut et pressa Dionisio :

- Eh bien, qu'en pensez-vous ? Vous êtes sûr que vous pouvez faire quelque chose pour nous. Je vous en prie ; ne nous bercez pas de faux espoirs.

- Non, je pense qu'il y a une solution mais ce sera douloureux et dangereux.

- Ma chérie, entends-tu ?

- Oui, Père, j'ai compris mais je suis prête à tout pour échapper à ce sort funeste. Peu importe le danger d'ailleurs puisque de toute façon, être comme je suis, c'est être presque morte...

C'était la première fois que Dionisio entendait la voix de l'inconnue, la voix d'un ange. Comme cette voix pure et fraîche s'accommodait mal à cette figure ravagée. Lorsqu'elle avait soulevé son voile, Dionisio avait pu voir que la gorge était parfaite, sans défaut aucun et ne le cédait en rien à la taille. En vérité, sans cet horrible visage, la fille de Don Rodrigo de Alcantara aurait été la plus parfaite des jeunes personnes de Lima, tant pour son physique que pour son intelligence et probablement, pour le charme de sa conversation.

- Ma fille, tant mieux ; nous nous en remettons donc aux pouvoirs de Dionisio, intervint Don Rodrigo. Mais dites-moi, comment procéderez-vous, s'enquit-il soudain en se tournant vers le *Curandero* ?

- Je ne peux rien vous dire mais ce que je vous demande, c'est un peu de temps ; il y a, je pense, une magie très ancienne et peu connue qui a traité des cas comme celui-ci. Il me faut la retrouver, ce qui ne sera pas immédiat mais dès que j'aurai du nouveau, je vous ferai prévenir.

- Ma foi, nous ne pouvons rien faire qu'attendre. Nous nous en remettons à vous et nous vous remercions de nous avoir écoutés.

Dionisio répondit que rien n'était plus normal. Diana remit son voile, puis sortit du bureau au bras de son père. Dionisio pensif les accompagna à la porte en leur promettant de les recontacter le plus vite possible, mais lorsqu'il eut refermé l'huis et qu'il se fut retourné, il vit la Juana qui l'observait à la dérobée. La vieille ne se laissa pas démonter d'avoir été surprise ; au contraire, elle prit les devants :

- Monsieur, si vous m'en croyez, ne vous occupez pas de cette affaire. Cette fille ne peut pas être guérie et vous y perdrez votre réputation et peut-être plus... Cette affaire là sent le Démon à plein nez.

- Que fais-tu là ? Tu nous espionnais ?

- Monsieur, ne me parlez pas comme cela. La curiosité m'a poussée et je voulais savoir qui étaient ces gens. Veuillez me pardonner.

- C'est la dernière fois, m'entends-tu ? La dernière fois... Ne te mêle pas de mes affaires et, de plus, je n'ai pas besoin de tes conseils... Je sais qu'il est possible de leur proposer une magie qui guérira la fille et m'attirera la gratitude du père pour l'éternité.

- Faites comme vous voulez. Je ne m'en mêlerai plus.

Sur ces mots, Juana repartit à ses tâches ménagères mais non sans grommeler. entre ses dents des paroles incompréhensibles.

Dans l'hacienda de Don Rodrigo de Alcantara, située dans les environs de Cieneguilla, les jours suivants s'écoulèrent mornes et sans nouvelles. Le père se rongeait les sangs tandis que Diana prenait son mal en patience.

Presque tous les jours, les tonalités du piano, sur lequel sa fille passait ses journées, lui parvenaient du salon, assourdies mais rassurantes. Pour le moins, Diana continuait une pratique dans laquelle elle s'était montré de première force dès son enfance.

"Enfin, quelle torture, ruminait le maître des lieux, que d'avoir entendu des mots d'espérance et de devoir attendre comme cela une hypothétique réponse de ce mage !!".

Tout en se rongeant les sangs, il finissait par se demander s'il avait eu raison de s'adresser à

Dionisio. Lui, Don Rodrigo de Alcantara, maître maçon de la Grande Loge du Pérou, rationaliste et anticlérical. Que surtout, pas un mot de toute cette histoire ne parvienne aux oreilles toujours ouvertes de la confrérie ! Il en allait, non seulement de sa réputation, mais aussi de la certitude d'une exclusion définitive avec tous les inconvénients qui y seraient attachés.

"Fallait-il réellement en arriver à cette extrémité ?", continuait-il à penser. "Oui, trois fois oui, se rassurait-il dès qu'il reprenait ses esprits...".

Quand on a tout essayé dans l'ordre du rationnel, il ne reste plus qu'à s'adresser aux forces occultes et il n'aurait pas fallu le pousser beaucoup pour qu'il en appelât à Lucifer lui-même, à Lucifer ou à un de ces assistants, quel qu'il soit.

Il pensait en ces moments d'abattement qu'il aurait volontiers vendu son âme, non pour une quelconque gratification personnelle terrestre, mais pour son enfant, sa fille unique et irremplaçable. Non comme un nouveau Faust pour retrouver sa jeunesse, mais comme une figure altruiste prête à tout sacrifier.

C'était Diana qui avait fait preuve de réticence à consulter un sorcier et il avait fallu tout le pouvoir de persuasion de Don Rodrigo de Alcantara pour qu'elle finisse par y consentir. Le père et la fille avaient échangé arguments et contre-arguments mais Don Rodrigo n'avait pas cédé ; c'était Diana, qui peut être de guerre lasse, avait accepté la prise de rendez-vous.

Puis un matin, où le soleil brillait avec quelque force, apparut le jeune Pablo, monté sur un âne et porteur du message tant espéré. Le billet fixait la première séance au lendemain dans la matinée. Il précisait que les ingrédients nécessaires avaient pu être rassemblés, malgré quelques difficultés d'ordre pratique que Dionisio s'était fait fort d'aplanir.

- Diana, annonça Don Rodrigo à sa fille, les nouvelles sont aussi bonnes que nous pouvions l'espérer. Notre mage nous informe que tout va apparemment bien et qu'il est prêt pour demain. Je crois qu'il serait bon que nous partions cet après-midi. Nul ne sait ce que les aléas des voyages peuvent nous réserver et il serait trop bête que nous arrivions en retard pour un pneu crevé. Nous descendrons à notre maison de Miraflores.

- Comme vous voudrez, Père, nous partirons quand il vous plaira.

- Je vais ordonner à Gonzalvo de préparer la voiture et à Anna de nous faire le déjeuner à midi et demi. Ainsi, nous devrions arriver à Lima vers trois heures et demi.

Quand Don Rodrigo et sa fille pénétrèrent dans le cabinet de Dionisio, ils sentirent que quelque chose d'étrange se préparait. L'atmosphère y avait changé par rapport à la semaine précédente, sans qu'ils fussent capables d'expliquer de manière consciente les subtiles variations d'ambiance.

Dionisio les accueillit l'air grave puis, silencieusement, leur montra un petit escalier dérobé qu'ils n'avaient pas remarqué jusque-là et qui s'enfonçait dans les entrailles du sol. Il les y précéda avec, dans la main, une grande bougie noire allumée qui portait une croix blanche inversée. A cette vue, Don Rodrigo et Diana ne purent s'empêcher de frémir, mais il était maintenant trop tard pour reculer, aussi adressèrent-ils tous les deux une muette prière au Ciel, en lui demandant de leur pardonner l'extravagante idée qui les avait menés là.

Au pied de l'escalier, à vingt mètres sous terre, s'étendait une pièce faiblement éclairée par d'autres bougies blanches, plantées dans une sorte de plaque d'acier hérissée de pointes métalliques et fixée sur quatre pieds également d'acier. Un lit grossier et une simple chaise composaient seuls l'ameublement de la pièce dont les murs, formés de grosses pierres de style inca sans ciment mais aux jointures parfaites, ne se distinguaient que faiblement.

Le sol, pour sa part, semblait de terre battue mélangée à ce sable qui est la caractéristique de la plaine de Lima.

Dionisio enfonça sa bougie sur une des pointes d'acier, puis désigna le lit d'un index autoritaire :

- Asseyez-vous ici sur le bord du lit, dit-il en se tournant vers la jeune fille... Vous pouvez bien entendu rester, ajouta-t-il, en se tournant vers le père... A condition que vous n'interveniez pas.

Dionisio avait acquis une nouvelle dimension depuis qu'ils étaient arrivés dans la cave ou ce qui en tenait lieu. Il se tenait plus droit et son regard profond et plus sérieux, en résumé son allure toute entière pénétrée d'importance, contrastaient avec les traits du personnage qu'ils avaient rencontré la première fois.

Leurs yeux s'habituant peu à peu à la lumière, Don Rodrigo et sa fille constatèrent que d'autres objets étaient présents : il y avait, par exemple, une sorte de brûlot posé sur un trépied dans lequel se trouvaient encore quelques cendres refroidies, ainsi qu'une boîte de verre terni posée au sol et divers autres objets aux fonctions indéfinissables. Une sorte de machine trônait en arrière-plan, dont l'utilité n'était pas évidente.

Diana s'assit sur le lit non sans jeter un regard interrogatif vers son père. Celui-ci, d'un imperceptible mouvement de paupière, la rassura. Elle savait que son père avait amené un Colt en cas d'imprévu et qu'il n'hésiterait pas à s'en servir si les choses tournaient mal.

Dionisio, occupé à ses préparatifs, n'accordait aucune attention à ses visiteurs. Il paraissait au contraire concentré à l'extrême et une mélopée indéfinissable et entêtante s'échappait de ses lèvres. Il commença par allumer le brûlot, au moyen d'un vieux briquet, en versant un peu d'alcool sur un bout d'étoupe. Lorsque la flamme se fut élevée claire et brillante, il puisa dans un sac de jute, gisant au sol, une poignée d'herbes presque noires qu'il jeta dans le foyer. Rapidement, une odeur étrange se répandit dans la pièce, une odeur indéfinissable, qui ne ressemblait à rien de connu. Don Rodrigo et Diana se mirent à imaginer que cette fumée se rapportait à des temps très anciens, des temps antérieurs à l'âge de la rationalité, mais peut-être que les principes actifs de ces herbes commençaient à exercer subrepticement une action imprévue sur leur esprit.

La fumée, en se tordant dans l'air confiné de la pièce, semblait développer un principe premier et disposer d'une sorte de personnalité, s'il est possible appliquer ce terme à quelque chose d'aussi ténu.

Leurs pensées furent interrompues par Dionisio qui ordonna à la jeune fille de retirer son voile, puis de pencher la tête pendant qu'il rapprochait le brûlot. L'odeur se fit plus forte et obsédante, mais quelque chose la rendait aussi encore plus attirante. Dionisio plaça la tête de Diana au-dessus du foyer puis rabattit le voile de façon à former une sorte de voûte autour du crâne décharné.

- Respirez maintenant, ordonna-t-il. Calmement et à fond... Cette herbe vient de loin, continua-t-il, d'Afrique plus précisément, et je crois qu'on n'a jamais pu la trouver en Amérique du Sud mais il est vrai que nous sommes loin de connaître tous les secrets de l'Amazonie ; même les indiens qui y vivent en ignorent la plus grande partie.

Pendant que la jeune fille respirait profondément, Dionisio entonna de nouveau sa mélopée, à l'air lancinant, mais plus fort que précédemment. Bien que les paroles en fussent complètement incompréhensibles, il en émanait un charme particulier. "Un très vieil air", pensa Don Rodrigo en observant toute la scène très attentivement, un air d'avant la science et le progrès.

Puis, Dionisio s'approcha de Diana et entama une série de mouvements des mains autour de la tête de sa patiente. Les yeux fermés, il semblait chercher l'inspiration tout en poursuivant des massages aériens, lents et majestueux. C'est du moins ainsi qu'ils apparurent à Don Rodrigo de Alcantara, lents et majestueux, comme le ressac de la mer.

Dionisio s'approcha alors de la boîte de verre terni et souleva le couvercle avec précaution. Don Rodrigo, qui s'était approché par curiosité, vit avec dégoût, qu'elle était remplie de crapauds verdâtres qui grouillaient les uns sur autres, tel un affreux sabbat de visqueuses créatures. Après quelques secondes, il distingua aussi d'autres vermines qui se débattaient dans une orgie putride et qu'il ne put identifier.

Dionisio saisit un crapaud et une des bêtes inconnues, qu'il introduisit dans la partie cylindrique de la machine située à l'écart. Il referma prestement le piston puis commença à tourner une sorte de manivelle tout en pressant fortement le levier qui actionnait le piston. En quelques secondes, une sanie commença à dégoutter de la partie inférieure, accompagnée d'une sorte de gelée rouge sang.

- Mais que faites-vous, s'écria Don Rodrigo ?

- Je tente de guérir votre fille, Monsieur.

- C'est écœurant; Vous broyez ce crapaud et cette autre bête comme ça ! Vous êtes complètement fou !

- Je sais ce que je fais, répondit Dionisio avec colère. Ne raisonnez pas comme vous en avez l'habitude. Ici, tout vous échappe ; les règles que vous connaissez ne s'appliquent pas en ces lieux.

Don Rodrigo blêmit et serra plus fort la crosse de son Colt. Son esprit se partageait entre l'horreur et la fascination pour ce spectacle qu'il ne comprenait pas, mais il résolut de laisser une chance au *Curandero*.

Finalement, Dionisio termina l'horrible besogne et ayant récupéré la masse sanguinolente dans une bassine, il entreprit de la filtrer sur une grande tasse, à travers un tissu de linge, à mailles larges, dont le blanc immaculé tranchait fortement avec la grisaille de la salle où se déroulaient ces évènements.

Dionisio se pencha vers Don Rodrigo et lui dit à voix basse:

- Maintenant, il va falloir qu'elle boive ceci.

- Vous n'y pensez pas... Du jus de crapaud et de je ne sais quoi encore !

- Oui, comme vous dites, mais des animaux qui ont jeûné et qui sont parfaitement sains, je vous assure. L'autre animal que vous ne connaissez pas est l'antique axolotl mexicain.

- Peu m'importe. Nous allons sortir d'ici. Vous n'êtes qu'un charlatan...

Pendant tout ce temps, Diana impassible avait continué de respirer la fumée du brasero mais, aux dernières paroles, elle releva la tête et fermement, s'adressa à son père :

- Père, laissez. Je suis prête à tout et s'il fallait passer par des épreuves encore pires que celle-ci, je le ferais. Tout vaut mieux que ce que j'endure. Dionisio, donnez-moi à boire votre potion, s'il vous plaît.

Don Rodrigo se tourna vers elle, soudain surpris qu'elle manifestât une telle résolution puis après quelques secondes de silence, il rétorqua :

- Ma fille, si c'est vraiment là ton désir, n'en parlons plus et respectons-le. Je me suis emporté ; pardonne-moi... Après tout, il est vrai que c'est à toi de décider.

Dionisio ne put s'empêcher de laisser un furtif sourire glisser sur son visage. Il tendit la tasse à la jeune fille en lui disant :

- C'est un remède souverain pour régénérer les tissus. D'après les anciennes croyances, le crapaud a le secret de la jeunesse et l'axolotl celui de remplacer ses membres amputés. Vous retrouverez un visage et même un beau visage car il sera encore plus jeune, croyez-moi, ma jeune dame.

Diana ferma les yeux, puis lentement, but le breuvage sans respirer et sans que rien ne trahisse le dégoût qui devait sans aucun doute s'emparer d'elle. Lorsque la dernière goutte fut avalée, elle reposa la tasse sur le lit sans dire un seul mot.

Dionisio reprit alors la bougie qu'il avait amenée, jeta un peu d'eau sur les herbes qui continuaient à se consumer, puis fit signe à ses visiteurs qu'il était l'heure de remonter vers la lumière.

Arrivés dans le cabinet, il les fit asseoir dans les meilleurs sièges qu'il put trouver, puis leur donna quelques ultimes conseils :

- Votre fille, Monsieur, va se sentir épuisée pendant quelques jours. C'est normal et il ne faudra pas vous inquiéter. C'est la réaction classique face à un traitement qu'on peut qualifier de - euh, brutal - Néanmoins, il vous faut éviter au maximum les fatigues... Vous reviendrez la semaine prochaine et encore la semaine d'après, pour deux autres séances, aux mêmes heures s'il vous plaît. Ensuite, nous verrons ce qu'il y a lieu de faire.

- Je vous préviens que je ne vous payerai que si nous voyons un effet quelconque. Autrement, je vous dénoncerai à la police.

- Monsieur, des gens importants et puissants ont défilé dans ce cabinet et se sont assis à l'endroit même où vous êtes. Croyez-vous que j'exercerais encore si j'avais eu des échecs ?

Evidemment, l'argumentation de Dionisio semblait logique ; néanmoins, Don Rodrigo avait du mal à croire que les tours de passe-passe, auxquels il venait d'assister, pouvaient avoir le moindre effet. Il croisa le regard de sa fille qui lui sourit et cela suffit pour lui ôter toute envie de polémiquer avec le *Curandero*.

Diana semblait tellement déterminée et confiante que cela aurait été un péché que de lui enlever ses espérances.

- Ma chère demoiselle, n'hésitez pas à vous regarder dans le miroir, même si l'envie vous en est passée. Vous verrez peu à peu les progrès de mon traitement, précisa Dionisio.

Une fois dehors, le père et la fille convinrent qu'il serait plus convenable de demeurer à Lima pendant la durée des cures. Eviter les fatigues, avait dit Dionisio, était nécessaire et il était évident pour Don Rodrigo et Diana qu'il convenait de suivre les conseils du mage...

Ils s'établirent en conséquence dans leur résidence de Miraflores et firent prévenir par Pablo l'hacienda afin que quelques serviteurs se mettent en marche en vue de faciliter leur vie quotidienne.

La semaine suivante puis celle d'après, les mêmes séances se répétèrent mais déjà Diana avait perçu une modification de son visage. En se regardant après deux semaines dans le miroir, ce qu'elle n'avait plus jamais fait depuis son enfance, elle vit que la peau se transformait et qu'elle paraissait plus claire et surtout, moins fripée. De plus, effet de son imagination ou pas, il semblait y avoir un léger remodelage de la face, des joues moins cadavériques et des dents moins saillantes. Le traitement faisait-il de l'effet ?

Dès ce moment, elle pria régulièrement, matin et soir, Notre Seigneur et la Vierge Marie, bien qu'elle eût souvent des angoisses au sujet de ce qui était en train de se produire car elle pressentait que, peut-être, l'œuvre en marche provenait de la face cachée et obscure d'un au-delà qu'elle souhaitait écrater de son esprit.

En tous cas, elle s'ouvrit à son père des modifications qu'elle avait perçues ; Don Rodrigo confirma le changement, un changement qui s'amplifia au fur et à mesure que passaient les jours. Bien entendu, la transformation s'accompagnait de souffrances intenses, les tissus se retendaient et contractaient les nerfs mais le jour ou Diana retrouverait son vrai visage approchait et le seul fait d'y penser redonnait à la jeune fille le courage d'affronter des souffrances encore pires.

Quand les souffrances étaient trop intenses, Diana s'abimait dans les oraisons et demandait à la Mère de Dieu le courage de les supporter.

C'est ainsi que pleins d'espoir et de reconnaissance envers Dionisio, Don Rodrigo et sa fille franchirent la porte de l'avenue Abancay un beau jour de juin. La jeune fille était maintenant presque complètement guérie. Encore un peu de patience et tout ne serait plus qu'un mauvais souvenir. Le mage observa ce jour les avancées de son traitement en hochant la tête. Il affirma au père que, désormais, Diana était hors de danger. Il ajouta que l'avenir s'ouvrait de nouveau devant elle, prometteur comme il aurait dû toujours l'être.

Don Rodrigo et Diana ne savaient comment remercier Dionisio mais Don Rodrigo n'avait qu'une parole, aussi tint-il ses promesses et récompensa généreusement le *Curandero*. Dionisio, qui n'avait jamais vu tant d'argent à la fois, sentait la tête lui tourner un peu devant ce qu'il considérait presque comme la fortune. Mais l'argent n'est pas tout et Don Rodrigo avait ce jour-là une autre nouvelle à annoncer au *Curandero* ; il voulait lui faire part des fiançailles de Diana avec un jeune avocat brillant et prometteur qui avait déjà fait parler de lui dans quelques affaires récentes. Le jeune homme venait d'un fort bon milieu et les deux familles voyaient cette union sous le jour le plus favorable.

Bien entendu, Dionisio serait invité, ainsi qu'aux noces censées avoir lieu deux mois plus tard. Don Rodrigo lui promit qu'il serait mis à l'honneur comme il convenait ; il s'en portait garant même s'il fallait trouver un prétexte pour justifier sa présence parmi les invités.

Dionisio remercia largement, avouant qu'il n'avait fait que son devoir et pratiqué les dons que la Nature avait mis à sa disposition. Néanmoins, il y avait quelque chose de réservé et de singulier dans son attitude, qui n'échappa pas à Don Rodrigo. Qu'est-ce qui pouvait l'empêcher d'être complètement, sinon heureux, du moins satisfait du bonheur des autres ? Don Rodrigo ne le savait pas et ne se sentait pas le droit de le lui demander. Après tout, il pouvait avoir des ennuis personnels et la discrétion s'avérait la meilleure et la plus courtoise des postures.

Le jour des noces arriva dans une profusion de luxe. Les jeunes fiancés étaient resplendissants ; Diana portait une robe d´organdi blanc qui la mettait en valeur et en faisait la plus belle et la plus désirable des femmes présentes, tandis que son fiancé se montrait au comble de l'élégance dans un smoking noir.

La messe célébrée dans la cathédrale de Lima par l'archevêque en personne attira une foule qui se pressait là à la fois par curiosité mais aussi peut être par intérêt car, une fois l'office achevé, Don Rodrigo et les parents du jeune marié ne se firent pas prier pour distribuer largement l'aumône aux plus démunis amoncelés sur les marches.

Le cortège se dirigea ensuite vers les voitures garées sur la *Plaza de Armas* ; il y avait beaucoup de monde dehors pour admirer tout ce spectacle, car dans la Lima de l'époque, les voitures étaient encore rares et réservées à quelques privilégiés.

La fête devait se poursuivre dans l'hacienda de Don Rodrigo à Cieneguilla. Aussi, les invités une fois tous montés à bord, les chauffeurs démarrèrent-ils majestueusement pour rejoindre les abords de Monterrico et de là, emprunter la piste terreuse qui les mènerait au village.

Il a été décidé que le voyage de noces de Diana et de son époux se déroulerait en Italie. L'agence a proposé un programme alléchant qui a été accepté, avec en point d'orgue, les villes de Sienne, Pise, Venise et Florence. Pour le jeune couple, c'est bien entendu un rêve qui se réalise car aucun d'eux n'a encore quitté le continent américain. Aussi, font-ils surenchère d'excitation réciproque, s'imaginant déjà à bord des godoles de l'ancienne République de Venise ou sur les terrasses du Pincio pour admirer les splendeurs romaines au soleil couchant.

Enfin, le jour tant attendu arrive et les deux jeunes mariés se trouvent sur le quai du port du Callao, attendant d'embarquer pour l'Europe. Leurs familles sont venues leur dire au revoir et leur souhaiter bon voyage. C'est si loin encore à cette époque d'aller vers le Vieux Continent car il y en a pour une douzaine de jours en passant par le canal de Panama.

Le port est un va-et-vient incessant de marchandises de toutes tailles, de caisses portant les signes des pays lointains dont elles proviennent, de grues qui chargent et déchargent les bateaux à la hâte. Tout se fait dans le vacarme et la cohue et il n'existe pas de véritable séparation entre les zones réservées au fret et celle réservées aux passagers.

Le steamer est à quai, crachant déjà des torrents de fumée noire. Diana et son mari sont sur l'échelle de coupée et agitent la main. Pour

Don Rodrigo, c'est une séparation comme il n'en a pas encore connue mais il est heureux car Diana est superbe ; les traits du visage sont parfaits, la peau magnifique et il est presque impossible de croire à une telle transformation en trois mois.

L'unique enfant de Don Diego de Alcantara s'en va au loin et sans lui pour visiter la vieille Europe, mais il se console en se disant qu'elle reviendra, joyeuse et la tête pleine de souvenirs. Elle emporte un appareil photographique offert par son père et se promet bien d'en faire le plus large usage possible.

A son tour, Don Diego agite son mouchoir et essuie discrètement une larme qu'il n'a pu empêcher de couler. Les parents du marié ont également sorti leurs mouchoirs qu'ils agitent avec force, puis la sirène retentit ; c'est maintenant l'heure du départ. Les marins ferment le passage, remontent la passerelle, délovent les câbles puis le navire s'éloigne très lentement du quai, pendant que la cheminée crache un panache de fumée encore plus noire et plus fournie.

Diana et son mari continuent d'agiter la main tout en criant : "Au Revoir", mais leurs voix se perdent avec la distance. Maintenant, le navire est à une centaine de mètres et s'éloigne plus rapidement. La sirène fait encore entendre son appel strident auquel répondent quelques mouettes piailleuses. Peu à peu ; la silhouette du paquebot s'estompe dans la brume. C'est fini ; il n'y a plus pour les familles qu'à repartir car le retour des tourtereaux n'est prévu que dans un mois et demi.

Don Rodrigo de Alcantara est seul maintenant dans sa grande maison de Miraflores, seul avec ses domestiques. Quelque chose qu'il ne sait définir l'empêche d'être complètement heureux. Bien sûr, sa fille lui manque mais ce n'est pas seulement cela... Le recours à la magie l'obsède et il se demande s'il n'y aura pas un prix à payer un jour pour y avoir fait appel. Mais rapidement, il se raisonne et note à la hâte quelques lignes pour le câble qu'il compte prochainement envoyer aux jeunes époux.

Les jours passent trop lentement à son goût et il attend impatiemment des nouvelles que les deux jeunes mariés ont promis de donner par télégramme depuis le bateau, ou au pire dès qu'ils auront touché terre.

Enfin, au bout de quelques jours, un télégramme arrive que Don Rodrigo s'empresse d'ouvrir d'une main fiévreuse. Mais, au lieu de combler son attente, ce qu'il y lit lui glace le cœur et le sang. Son visage blêmit brutalement. Il titube malgré

sa force de caractère et doit se retenir au bord de la table pour ne pas tomber : Sa fille bien aimée est morte à bord... et morte d'une manière épouvantable.

"Monsieur,

J'ai le terrible devoir de vous informer du décès à bord de mon navire le *"City of Birmingham"* de Diane de Alcantara. Je dois aussi vous annoncer le très regrettable suicide de son époux.

Comment les choses se sont passées en détail en cette funeste soirée, je suis incapable de vous le dire. Seul le malheureux mari était témoin mais il n'est plus de ce monde... Aussi, toute la vérité sur cette épouvantable tragédie restera-t-elle probablement ignorée pour toujours.

Je ne puis vous raconter que ce que mes hommes et moi avons vu et constaté après le drame : le diner venait de se terminer, environ vers neuf heures du soir, ce 12 juillet - jour que rien ne pourra effacer de ma mémoire - et certains passagers avaient décidé de se rendre au salon pour prendre un cognac ou jouer au bridge.

Votre fille s'était plainte avant le repas de nausées et de violents maux de tête ; elle avait préféré, pour cette raison, ne pas se rendre à la salle à manger. Son époux avait dîné de bon appétit et semblait parfaitement à l'aise, engagé dans une vive discussion avec ses voisins de table. Prétextant la fatigue, il avait rejoint sa cabine assez tôt et ne s'était pas mêlé aux joueurs de bridge.

Une demi-heure s'était peut être écoulée que nous fûmes arrachés à nos jeux par des hurlements épouvantables qui provenaient justement de la cabine des deux jeunes époux. Nous courûmes en toute hâte mais les hurlements firent bientôt place à des râles, puis au silence. Heureusement, il n'y avait pas loin du salon jusqu'à cette maudite cabine et nous fûmes rapidement sur place.

Le steward qui tenait tous les doubles des clefs, et que j'avais fait mander, nous rejoignit presqu'à l'instant. Sur mon ordre, il ouvrit la porte et là, que Dieu me pardonne, votre gendre se tenait debout blême, prostré et aux trois quarts dévêtu, une canne d'ébène à la main encore ensanglantée, mais le plus terrible fut de découvrir sur le lit une épouvantable masse de chair en décomposition pendant qu'une affreuse odeur méphitique nous sautait à la gorge. Vous décrire l'effet et l'impression que nous fit cette scène est impossible et seuls ceux qui l'ont vécue savent de quoi je veux parler.

De la masse de chair, émergeait, détail grotesque et inexplicable, une énorme tête d'amphibien aux yeux globuleux. Des vêtements en lambeaux pendaient, entourant le corps, déchirés sans doute par la dilatation brutale de la masse de chair.

Mes hommes restèrent interdits à ce spectacle. Certains s'enfuirent, d'autres se mirent à vomir. La confusion était à son comble lorsque, peut être réveillé de son état cataleptique par notre arrivée, votre gendre nous bouscula et s'enfuit par la coursive. Deux de mes hommes se mirent à sa poursuite mais, lui plus rapide, bondit sur le pont et se jeta à la mer. Il faisait nuit noire et il nous fallut bien une minute pour amener un projecteur qui nous permît d'éclairer la scène. Entre temps, j'avais donné l'ordre de faire machine arrière mais on n'arrête pas comme ça un paquebot... Nous balayâmes le lieu du drame avec le faisceau mais rien, rien de rien, aussi ordonnai-je de mettre un canot à l'eau, mais il fallut se rendre à l'évidence après de longues minutes de recherche : il n'y avait plus trace de votre gendre.

Je vous raconte cela comme si les choses s'étaient passées de manière successive ou consécutive, mais il n'en est rien. En réalité, tout se déroula simultanément, ou plutôt, je ne sais plus...

Le médecin, qui avait fini par arriver, et quelques passagers attirés par le bruit s'étaient groupés à la porte de la cabine malgré l'odeur épouvantable qui en émanait. Nous discutâmes avec mon second et le docteur sur ce qu'il convenait de faire mais le péril était trop grand de voir une épidémie se répandre à bord, aussi, devant un cas aussi extraordinaire, prîmes-nous la décision de confier le corps à l'Océan. Le plus horrible était que nous reconnûmes que le corps avachi sur le lit portait les vêtements de votre fille...

L'aumônier pratiqua une rapide cérémonie religieuse alors que nous avions commencé à évoquer une œuvre démoniaque, puisque personne n'était capable de comprendre comment une jeune femme charmante avait pu se transformer ainsi. La cérémonie terminée, le corps fut enveloppé dans un linceul blanc, porté sur le pont et confié aux flots.

J'espère que vous comprendrez les raisons de notre décision. Ce n'était pas de gaieté de cœur mais il nous était impossible d'agir autrement et je crois sincèrement que, si vous aviez été avec nous, vous n'auriez pu qu'approuver notre action.

J'ai confié les détails de cette affaire dans le carnet de bord du navire mais ma compagnie veut évidemment garder le secret le plus absolu.

Les quelques passagers présents ont été largement récompensés financièrement en échange de leur silence. Pour les autres, nous avons fait tout ce que nous pouvions pour les empêcher de connaître l'affreuse vérité. Pour ceux qui s'inquiétaient de ne plus voir votre fille et son mari aux repas, nous avons inventé une histoire, prétextant qu'elle était indisposée et prenait ses repas en cabine, ainsi que son époux.

J'ose espérer qu'aucune révélation éventuelle ne surgira dans le monde avant bien des années et en tout cas, pas avant que tout cela ait été oublié.

Aussi, vous demanderai-je également de respecter le silence qui s'impose. Dans quelques jours, ma compagnie vous contactera pour les formalités d'usage, en particulier les clauses d'assurance qui s'appliquent en droit maritime.

J'ai bien l'honneur, Monsieur, de vous saluer et de vous prier d'agréer l'expression de mes plus sincères condoléances".

Capitaine John Morris,

À bord du *"City of Birmingham"*, en ce 13 juillet 1935.

Un dimanche tout simple

Epifania Sanchez se rend tous les dimanches au supermarché de la religion, sur l'avenue Arequipa de la capitale péruvienne. Elle a bien du mérite car elle vient de Villa El Salvador et il faut bien une heure en bus, même le dimanche matin.

Elle entraîne dans ce lieu ses filles, Rébecca l'aînée et Raquel la cadette, qui évidement, préféreraient regarder une série télévisée mais Epifania est inflexible : il faut tout faire pour protéger la jeunesse, et surtout ses enfants, des périls de Lima et les périls de Lima, Epifania les connaît ou prétend les connaître. Et pour éviter cela, rien de mieux qu'un sermon musclé de pasteur...

Epifania travaille comme employée de maison dans diverses résidences des quartiers huppés de la capitale péruvienne. Ses horaires ne lui permettent pas toujours de savoir ce que font ses filles en dehors des heures de classe et elle en ressent parfois une certaine inquiétude mais, dès que le doute la travaille, la pensée que Dieu agit toujours pour le meilleur apaise ses craintes, et elle s'en remet à l'Être Suprême pour prendre soin de sa progéniture.

Epifania et sa famille appartiennent à la classe socio-économique C, ni riche, ni pauvre. Ils se sont endettés, comme beaucoup d'autres, pour être propriétaires de leur maison de Villa El Salvador. Si le Seigneur veut bien les aider, ils viendront à bout de leur emprunt et seront, toutes proportions gardées, comme les autres, ceux chez qui Epifania sert d'employée.

Epifania est une femme qui, par nature, se comporte de manière purement émotionnelle dans le cours de sa vie. Elle a fait peu d'études et repousse, comme le lui a conseillé le pasteur, la réflexion intellectuelle qui éloigne de Dieu. Elle lit seulement les œuvres recommandées par le Temple et se méfie des journaux féminins si prisés par certaines de ses connaissances. C'est le meilleur moyen pour ne pas se perdre, lui a-t-on expliqué.

Pour tout résumer en une phrase, Epifania fait partie de ces gens qui ont l'optimiste chevillé au corps, cet optimiste inébranlable des niais. Pour elle, rien n'est à craindre et tout est à espérer dans un monde où le Bien finira par gagner.

Le Temple, où elle se rend, est un ensemble de deux vastes bâtiments blancs, situé aux environs de la *cuadra* 23 de l'avenue Arequipa et clos par une grille métallique. Un gardien se tient à l'entrée, attentif aux entrées et sorties ; on a beau être protégé par le Ciel, l'irruption d'un fou n'est pas à exclure. Le complexe tient du supermarché moderne et du cinéma Multiplex sur cinq étages. Toutes les deux heures, on y célèbre le culte depuis six heures du matin jusqu'à huit heures du soir, sept jours sur sept.

Ceux qui entrent croisent ceux qui sortent dans un ballet incessant de pensées secrètes, de désirs cachés et de vagues craintes d'un châtiment divin toujours possible. Le souhait de rencontrer ses semblables et de briser la solitude n'est évidemment pas absent chez certains fidèles. D'ailleurs, une grande cafétéria est ouverte au rez-de-chaussée et permet de prendre entre amis, un café et un gâteau en attendant l'office. Ce rituel permet de discuter de choses et d'autres, mais surtout de l'éducation des gosses et de comment leur éviter les périls d'une vie sans Dieu.

Une amie d'Epifania lui avait avoué sa surprise de voir cette cafétéria, arguant que le Christ avait jeté les marchands du Temple à coups de fouet. Epifania, n'ayant su que répondre sur l'instant, avait consulté le pasteur ; celui-ci avait répondu immédiatement que la cafétéria et les lieux de culte étaient dans deux bâtiments séparés...

Maintenant, Epifania, Raquel et Rebecca sont à l'intérieur. Sur une scène en arc de cercle, un orchestre joue un hard-rock édulcoré pendant que quelques choristes chantent des louanges en agitant des palmes. Beaucoup de chaises sont occupées.

La musique s'estompe. Maintenant, c'est au pasteur orateur d'agir et de jouer sur les émotions. Il se met à marcher de long en large en agitant les bras et en scandant des paroles d'accusation.

Epifania et ses filles écoutent de toutes leurs oreilles les interprétations qu'il fait de la Bible :

- ....On leur mettra la marque sur le front ou dans la paume de la main et ils se serviront de la marque pour payer et pour vendre. Toute leur vie s'organisera pour honorer la marque du Malin et ceux qui refuseront, on les tuera ou on les soumettra à la torture pour qu'ils acceptent la marque... Apocalypse de Jean, mes frères...

Personne ne pourra plus se soigner, personne ne pourra plus manger sans la marque, telle est la prédiction qui s'accomplit, mes frères, dès aujourd'hui... Alors, il viendra l'Antéchrist, celui qui dominera le monde et tous seront soumis à sa loi...

Le silence retombe sur les visages fatigués. Plus d'un fidèle a les yeux creux et vides de ceux pour qui la vie est dure; tous courbent la tête et voudraient bien, par cette attitude de soumission, se mettre en règle pour le jour du Jugement.

Le pasteur continue ses allers et venues à un rythme rapide :

- Déjà, nous voyons l'esprit du Mal à l'œuvre partout. Les catastrophes nous frappent et il n'y eut jamais dans le passé tant de tremblements de terre et d'inondations.

Un silence, puis il reprend :

- Regardez les Américains frappés par les tornades parce qu'ils ont délaissé Dieu, parce qu'ils l'ont abandonné et parce qu'ils ne respectent pas sa parole. Pire, ils sont les promoteurs de la marque et leur président musulman a ordonné une loi pour que tous les américains portent une puce d'identification sous la peau dès avril 2013. Cette puce, ce sera le signe nécessaire pour se soigner et pour survivre mais il sera trop tard car il est écrit que, quand la marque s'imposera à tous, c'est que le Gouvernement mondial sera prêt à faire régner sa paix artificielle, car la seule paix, mes frères, viendra du Christ, notre sauveur. Alors, nous verrons des évènements terribles puis ce sera le règne de notre Seigneur qui emmènera les élus dans son saint paradis.

Les filles d'Epifania s'ennuient un peu. Elles voudraient bien vérifier à la dérobée si leurs amies leur ont envoyé des SMS mais elles n'osent pas car le mandat maternel est trop fort. Elles entendent la suite du sermon confusément ; le pasteur accélère le pas et gesticule de plus en plus fort. Sa voix monte sans cesse, puis il se met à hurler :

- Il m'est apparu alors que j'étais perdu dans la drogue et le péché. Il m'est apparu et m'a sauvé. Alléluia. Gloire à Dieu... Repens-toi, toi qui viens ici. Tu dois mériter la miséricorde du Christ, mort pour te sauver. Tu dois aussi donner à ton Église le dixième de ce que tu gagnes comme il est écrit dans la Bible. Ce n'est que comme cela que tu te sauveras... Amen... Gloire à Dieu... Alléluia.

La moitié des fidèles se met à gueuler : "Gloire à Dieu" et l'ivresse s'empare d'eux.

Les filles d'Epifania n'ont plus envie de consulter leur portable. Elles jettent des regards dérobés vers les nombreux fidèles qui semblent en transe. Beaucoup en effet tremblent, ouvrant les mains, roulant les yeux vers le plafond. De temps en temps, une femme se met à crier : " Loué soit le seigneur."

Enfin, un grand silence s'abat dans le temple, les transes se calment peu à peu et les chants reprennent.

L'office fini, Epifania sort du temple avec ses filles et se dirige vers l'arrêt des bus. Là, elle leur demande ce qu'elles ont retenu. L'aînée se balance d'un pied sur l'autre manifestement peu désireuse de partager ses pensées. La cadette fait une moue qu'on pourrait attribuer à de la perplexité.

Mais la mère ne se démonte pas ; il lui en faudrait plus pour cela :

- Ça veut dire que les prédictions sont en train de s'accomplir. La marque de la bête va s'imposer au monde et les catastrophes naturelles vont s'aggraver comme il est écrit. Jésus va revenir mais auparavant, nous connaîtrons le gouvernement mondial de l'Antéchrist

Le bus arrive enfin presque vide mais la foule qui est là devant le temple a tôt fait de le remplir. Un sol et demi pour aller à Villa El Salvador, tel est le prix que payent Rebecca et Raquel.

- Avancez au fond, il y a de la place, s'égosille celui qui vend les tickets. Les voyageurs, habitués à la difficulté des transports liméniens, n'y prêtent qu'une oreille distraite. Il n'y a pas plus de place devant qu'au fond, mais peu importe... Dans le bus, il fait chaud et humide.

A un arrêt, monte un homme qui s'adresse aussitôt aux voyageurs.

- Vous voudrez bien m'excuser de déranger la tranquillité de votre voyage. Je ne le fais pas de gaieté de cœur mais je suis père de famille et j'ai quatre petits enfants à nourrir. On a emmené ma femme à l'hôpital et je n'ai pas de quoi payer les médicaments. Voler n'est pas une solution car on va en prison. Je vous demanderai une petite participation mais je ne veux pas mendier; aussi, je vous demanderais de participer à l'achat d'excellents produits, pour m'aider dans ma vie quotidienne. Il y a dans cette boîte d'excellents chocolats à cinquante centimes l'unité et des bonbons à vingt centimes l'unité, cinq pour un sol. Que Dieu vous bénisse !!

L'homme passe dans les rangées. De manière automatique, quelques voyageurs lui achètent des friandises. Epifania ne peut s'empêcher de faire remarquer à ses filles que c'est une honte, que de voir un homme dans la force de l'âge qui devrait chercher un travail. Les rues sont pleines d'annonces de petits boulots... D'accord, c'est sûrement mal payé mais quand on veut travailler, on prend ce qui se présente. Les filles acquiescent plus par amour filial que par réelle approbation.

Enfin, le bus arrive à l'endroit où Epifania, a l'habitude de descendre, au croisement des avenues Angamos et Aviacion. Elle doit prendre un autre transport pour aller à Chacarilla faire le ménage chez de riches parvenus, même le dimanche.

Avant de quitter ses filles, elle s'adresse à l'ainée :

- Prépare le repas de ton père et de ta sœur moi, je mangerai les restes chez la señora De La Torre ; je ne reviendrai pas avant cinq heures ce soir.

Les deux filles restent seules dans le bus, silencieuses, puis Rebecca se lance :

- J'aime pas trop cette église; il me fait peur, ce pasteur avec ses cris et ses accusations. Et toi ?

La cadette joue avec son portable et ne répond que par un grognement.

- Oh, je te parle. Tu pourrais me répondre...

- Ouais, ouais, tu as raison. A moi aussi, ça ne paraît pas normal ces délires, mais tu sais comment est Maman !!! Si ça lui fait du bien...

- Avant, on allait à l'église et il ne parlait pas comme ça pour faire peur aux gens, le curé. Je préférais avant, hein ?

- Moi aussi.

Le bus défile devant les façades mornes. Une maison sur deux abrite un restaurant ou, au moins, un local sombre où on peut manger des sandwichs et avaler un jus de fruit.

Il est d'ailleurs étonnant, pour le voyageur novice, de voir comment l'économie de Lima ne semble tourner qu'autour des taxis, des casinos et des restaurants. Pourtant, ceux-ci ont toujours des clients malgré la forte concurrence. Comment font-ils ? Mystère...

- Jusqu'à Manuel Villaran, il y en a vingt-sept du côté droit, dit Raquel.

- De quoi tu parles ? demande sa sœur.

- Des restaurants... Vingt-sept entre Angamos et Villaran sur un peu plus d'un kilomètre.

Le bus tourne autour du Rond-Point de Higuereta, puis continue sa route, secouant les passagers. Le ciment de l'avenue Marzano est défoncé et la Municipalité ne semble pas s'en préoccuper ; de nouvelles fissures semblent naître chaque nuit dans les plaques fatiguées et les trous s'agrandissent presque à vue d'œil.

A l'arrêt de Villa El Salvador, les deux filles descendent. Elles n'ont que trois cents mètres à faire pour arriver chez elles par un trottoir en mauvais état. Il est un peu plus de onze heures du matin ; le soleil commence à cogner fort et l'on voit au loin, dans une légère brume, mélange d'humidité et de pollution, les collines de Nueva Esperanza.

La maison occupe un angle sur l'avenue. Elle est comme toutes les autres du quartier et comme la plupart de celles qu'on voit dans la périphérie de Lima. Des cubes de ciment aux arêtes vives. Les couleurs vont de l'ocre au bleu et au vert pâle, de ces teintes qu'on distingue souvent sur certains palais fatigués d'Europe Centrale.

Le premier étage surplombe légèrement le rez-de-chaussée ; c'est une manière de payer moins d'impôts sur la surface au sol. L'habitation comporte une cuisine, deux chambres, les toilettes plus la douche, le tout sur un étage. On accède par un escalier extérieur à la terrasse plate, d'où dépassent les armatures d'acier en vue de travaux futurs. En tout cas, faute d'argent, les choses en sont restées là...

Lorsqu'il pleut et c'est de plus en plus souvent à Lima que tombe presqu'une vraie pluie et non plus la *garua* d'antan, l'eau s'infiltre et abîme les plafonds. Les plus vieilles des voisines disent que ce n'était pas comme ça autrefois et que ce doit être dû au réchauffement climatique. Face aux sceptiques qui les contredisent, elles prétendent qu'elles ont entendu l'argument à la télévision.

Les filles montent souvent sur la terrasse; on y voit bien l'hôtel qui est juste à côté. Du dernier étage, où le patron les a déjà autorisées à se rendre plusieurs fois, on distingue au loin le *Morro Solar* avec ses antennes de télévision, un petit bout d'océan et le Christ du Pacifique, énorme statue aux bras écartés, vague réminiscence de celui de Rio de Janeiro.

Don Alfredo, le père n'est pas là. Il est sûrement encore avec ses copains à taper le carton dans un café proche, pensent ses filles. C'est son habitude depuis plusieurs années de fréquenter ces endroits avec quelques individus qui ne valent pas mieux que lui selon sa femme.

À peine les filles sont-elles entrées que Rebecca allume la télévision. Elle trouve rapidement la série télévisée dont elle regrettait l'absence tout à l'heure, puis toutes deux commencent à préparer le repas pour elles et pour leur père, tout en jetant de temps en temps un œil distrait vers le poste.

Elles savent que Don Alfredo aime bien l'*aji de gallina*. Aussi, commencent-elles par chauffer l'huile avec l'oignon, le piment et l'ail. Heureusement qu'il y a déjà le jus de cuisson et la chair de poulet effilochée dans le réfrigérateur parce que c'est quand même ça le plus pénible à faire.

Elles trempent à part la mie de pain dans un peu de lait puis l'ajoutent dans la poêle avec la chair de poulet et le jus de cuisson. Encore quelques minutes et on pourra y mettre les cacahuètes broyées.

- Raquel, trouve-moi les cacahuètes. Et passe-les au mixeur.

Raquel, en bonne cadette, s'exécute. Les cacahuètes sont en haut de l'armoire et il lui faut monter sur une chaise pour les atteindre.

Tout à coup, on sonne à la porte. C'est la voisine qui est là avec un mioche, d'environ six ans, la morve au nez.

- Rebecca, peux-tu me garder Manuelito ? J'ai, depuis hier soir, une grosse douleur au ventre et il faut que j'aille chez le docteur Arias et tu sais comme est Manuelito, ce petit ange... Il ne reste pas en place. Et en plus, mon mari est sorti et je ne veux pas laisser Manuelito seul... Et puis, le docteur, il était pas libre la semaine et comme on se connaît, il a accepté de me recevoir même le dimanche.

Garder ce sale gamin n'enchante pas Rebecca mais leur mère leur a toujours appris qu'il faut rendre service aux autres car c'est faire preuve d'esprit chrétien, et puis la voisine leur offre parfois des *picarones*, sortes de doughnut à la patate douce arrosé de sirop d'*algarrobina*, et puis la grand-mère du mioche est partie à Ayacucho pour une semaine, alors...

Elle soupire discrètement.

- Pas de problème, Madame Quispe, il peut rester ici.

- Merci, je me dépêche.

Madame Quispe claque un baiser rapide sur la joue de Manuelito et s'échappe.

Le gosse, une fois sa mère partie, s'assoit dans la cuisine, le menton dans les mains. Contrairement à son habitude, il a l'air amorphe et le regard vague.

- Manuelito, tu veux une *mazamora* ?, demande Raquel.

Pas de réponse. La fille d'Epifania interprète ça comme un acquiescement et sort du réfrigérateur une coupelle de *mazamora*.

Le dénommé Manuel ne se fait pas prier pour engloutir le dessert.

Le téléviseur continue à ronronner doucement : une fille y accuse un bellâtre gominé et moustachu d'avoir une maîtresse. Lui, se défend mais le ton monte jusqu'à ce que le patriarche de la famille entre pour calmer tout son monde, juste avant que la fille n'arrache les yeux du supposé infidèle.

Raquel et Rebecca regardent fascinées. Même Manuel consent à lever les yeux vers le poste, tout en se rognant un ongle récalcitrant.

Il est un peu plus de midi et l'*aji de gallina* est prêt. Il faut maintenant attendre Don Alfredo. A quelle heure arrivera-t-il ? C'est là tout le mystère.

Tout soudain, Manuel, qui n'avait pas ouvert la bouche depuis son arrivée, demande s'il y a de l'*Inca Kola*. Raquel répond affirmativement et lui sert un verre. Sans un remerciement, Manuel, l'air toujours absent, avale d'un trait sa boisson gazeuse.

La série télévisée se termine avec la suite au prochain numéro. La chaîne s'empresse d'annoncer les programmes de l'après-midi, puis les publicités arrivent : une société immobilière dévoile ses projets en direct. Pour un apport ridicule de 6.500 soles, la nouvelle péruvienne ou le nouveau péruvien peut s'acheter un des duplex modernes qui se construisent vers San Miguel, non loin de l'océan. Il n'est évidemment pas fait mention des prêts usuraires qui accompagnent ce genre de promotion, ni de l'hypothèque qu'il faudra consentir.

Puis, une nouvelle série commence, manifestement nord-américaine, sous-titrée en espagnol, avec rires automatiques préenregistrés. Les deux adolescentes et le gamin, n'ayant rien à faire, continuent à regarder l'écran.

Manuel redemande de l'*Inca Kola* mais Raquel lui répond que ça suffit car il n'y en aura plus pour elle et sa sœur. Le gosse commence à s'agiter, manifestement mécontent.

Il est maintenant une heure et les deux filles commencent à s'impatienter... Elles voudraient bien savoir ce que fait leur père et aussi que Madame Quispe vienne récupérer son rejeton. Que faire sinon attendre ? Mais, soudain, on frappe à la porte.

Rebecca se précipite et ouvre. C'est justement Madame Quispe.

- Il a été sage ?, demande celle-ci.

- Pas de problème, Madame.

Le docteur pense que j'ai du diabète. Il veut que je fasse des examens au centre de Santé... Il faudrait que je mange moins de riz.

Raquel et Rebecca n'ont qu'une vague idée de ce qu'est le diabète, mais l'annonce de cette maladie n'a pas l'air d'affecter trop Madame Quispe.

- Ah... Et bien au revoir.

- Au revoir, Rebecca, au revoir Raquel. Et le bonjour à Epifania.

Madame Quispe attrape son mioche par la main et sort de la maison. Les deux filles sont maintenant seules et commencent à déguster l'*aji*.

- Il est bon l'*aji*, dit Raquel.

- Oui, il est bon mais Maman le fait mieux que moi.

Une fois le repas terminé, elles se mettent à laver la vaisselle. C'est une chose sur laquelle Epifania n'a jamais transigé. Les filles travaillent à la maison et on n'en demande pas trop aux garçons. C'est comme ça... c'est dans la nature des choses.

- Bon, maintenant, qu'est-ce qu'on fait ?, dit Raquel. Tu as une idée ?

- On pourrait regarder la quatrième chaîne. Il y a des films.

- OK. Change.

Le programme est comme souvent racoleur, coupé de publicités pour des couches-culottes qu'une grande partie des péruviens n'a pas les moyens d'acheter ; ce sont des blondes de la haute société, aux traits nord-américains, qui expliquent comment avec la couche Trucmuche, on peut vraiment se simplifier la vie parce que le cher petit n'a plus de fuites qui lui irritent les fesses.

Un type en costume cravate, de type européen, explique ensuite qu'avec trois fois rien, on peut devenir propriétaire d'un appartement dans un des nouveaux quartiers qui poussent comme des champignons et qu'il faudrait vraiment être stupide pour laisser passer l'occasion...

Le temps passe et la torpeur s'installe. Il fait de plus en plus chaud et l'humidité a monté depuis la matinée. Rien à faire, si ce n'est attendre...

À cinq heures et demie, la porte s'ouvre : c'est Epifania qui entre avec un sac à la main :

- La señora De La Torre m'a donné un reste de gâteau; c'était hier l'anniversaire des quinze ans de sa fille.

Rebecca et Raquel lèvent la tête :

- Cool ; il doit être meilleur que ceux de la boutique du coin.

- Mais où est votre père, s'inquiète soudain Epifania.

- On ne sait pas. Quand on est arrivées, il n'était pas là.

- Ce n'est pas normal. Je vais demander à Madame Quispe si elle l'a vu ce matin.

Epifania sort en trombe pendant que ses filles restent interdites. Raquel se lance :

- On devrait peut-être aller avec elle ?

- Oui, t'as raison, répond sa sœur.

Les deux filles claquent la porte et se dirigent vers la maison des Quispe. La porte de leurs voisins est restée ouverte et elles voient par l'entrebâillement leur mère discuter avec la propriétaire des lieux. Au même moment, arrive le mari de Madame Quispe. Il apporte à sa femme un sac de pain.

Le ménage Quispe, contrairement à la grande majorité des péruviens, n'est plus croyant. La foi les a quittés après qu'ils aient perdu un enfant en bas âge. Pendant des mois, Madame Quispe a demandé des comptes à Dieu dans les églises et les temples. Faute de réponse, elle a fini par abandonner les pasteurs et les curés, aucun d'eux ne pouvant expliquer à la mère effondrée pourquoi un enfant doit mourir à quatre ans.

Epifania, pourtant, ne désespère pas de ramener Madame Quispe dans, ce qu'elle appelle, le droit chemin. Pour cela, elle multiplie les invitations aux réunions chrétiennes. Peine perdue pour le moment... Elle pense que Dieu agit à son heure et, pour cela, s'en remet à sa volonté.

Pour l'instant, ses préoccupations sont toutes autres. Elle veut savoir si quelqu'un sait où est son mari.

- Non, on ne l'a pas vu, affirme Monsieur Quispe.

Sa femme ajoute qu'elle lui trouvait l'air bizarre ces derniers jours.

- Peut-être que Don Manuel sait quelque chose.

- Allons le voir, rebondit Epifania.

- Et le portable, s'enquiert Madame Quispe ?

- Pas de portable... il n'a pas de portable, répond évasivement Epifania.

Ni Don Manuel, ni sa femme ne savent ce qu'est devenu Don Alfredo. Tout à coup, Elias, le mioche des voisins de Don Manuel, intervient brusquement :

- Moi, je l'ai vu.

- Et où donc ? s'impatiente Epifania. Parle !!

- Il est parti vers l'arrêt de bus.

- Quand ?

Elias n'a qu'une idée confuse des heures.

- Je sais pas.

- Mon Dieu, qu'est-il allé faire ?

Personne ne peut répondre à la question. Aussi, Epifania finit-elle par retourner chez elle, accompagnée de Raquel et Rebecca. En rentrant, elle s'adresse à celles-ci :

- Voyez-vous, c'est sûrement pour quelque chose que votre père n'est pas rentré. Rien ne se fait sans raison supérieure dans ce monde et je m'en remets à la volonté divine.

Les deux filles sont dubitatives. Quelle raison de se réjouir peut-on trouver à l'absence de celui qui devrait être là ?, mais elles gardent leurs réflexions pour elles.

Epifania a beau dire, l'absence de son époux la taraude. Elle décide d'appeler ses deux frères et sa sœur, au cas où... Mais, non, personne n'a vu Don Alfredo ce dimanche. La sœur d'Epifania finit par avouer qu'elle l'a aperçu deux jours auparavant dans la rue et qu'il avait l'air bizarre, mais à part ça, rien.

Don Alfredo est affalé dans un divan fatigué chez Rosa, une mère célibataire qu'il a rencontrée il y a trois jours. Rosa est ce qu'on appelle une *charapa* et est originaire d'Iquitos.

Pour le moment, Don Alfredo reste assis sans parler, le regard un peu vague. Rosa vient de lui offrir un maté d'herbes de la forêt amazonienne. Cela fait trois jours qu'elle lui offre cette infusion au goût un peu étrange, mais à laquelle on s'habitue. Il ressent une certaine torpeur, pas désagréable mais il a du mal parfois à rassembler ses idées. "C'est l'âge", lui répond Rosa.

Jusqu'à présent, il a toujours réussi à s'échapper de son domicile sans qu'on le voie. Ce dimanche, c'était plus fort que lui et l'appel, auquel il n'a pas su résister, l'a conduit ici, pendant que sa femme et ses filles étaient au culte. Au fond, il ressent un sentiment de gêne, mais ce sentiment reste diffus et ne remonte pas à la surface, là où se décident les actions et où se manifeste la volonté consciente.

- Tu as ta carte de Ripley ? demande Rosa. J'aimerais que tu m'offres un soutien-gorge, mais un beau d'importation. Pour accentuer sa demande, elle se coule contre lui, caressante

- On peut y aller maintenant, répond Don Alfredo, la voix un peu atone.

- Parfait, en route, donc...

Le grand magasin est, comme chaque dimanche, bourré de monde. Il est vrai que l'ouverture le jour du Seigneur est indispensable pour attirer tous ceux qui travaillent sans interruption du lundi au samedi, et ils sont nombreux. De plus, les facilités de crédit accordées presque sans vérification de l'état de solvabilité encouragent fortement la consommation des ménages.

Les deux amoureux se dirigent vers le rayon de lingerie. Là, Rosa regarde et tâte les tissus. Il y a de tout : des slips et des soutiens-gorge à profusion, des robes, des jupes et des ensembles de toutes les formes et de toutes les couleurs. Le paradis pour femme adepte du shopping.

"Quelle transformation en dix ans", pense Rosa. "Quelle transformation du pays après Fujimori...".

Don Alfredo traîne un peu les pieds mais suit Rosa comme un toutou docile. En fait, il préfère le football mais n'ose pas le dire. Il observe d'un œil torve Rosa qui semble posséder ce sixième sens qui permet de détecter dans les milliers d'articles proposés celui qui remplira tous les critères.

Finalement, la femme se décide pour un soutien-gorge, un chemisier de soie rose saumon et une jupe assortie.

- Avec ça, je n'aurai pas honte de me montrer dans les réunions, annonce-t-elle. Qu'en penses-tu ?

Don Alfredo émet un grognement qu'on peut prendre pour une approbation. Il traîne toujours les pieds.

Puis, Rosa et Don Alfredo sortent dans la torpeur de la nuit qui tombe. Au loin, des milliers de lumières s'allument sur les collines qui entourent la ville. Ces collines pelées la plupart du temps sauf quand une brève pluie vient les verdir, sont recouvertes de *pueblos jovenes*, constructions souvent illégales qui ont fini par bénéficier de l'état de fait.

Il y a des années, l'exode rural avait amené des centaines de milliers d'habitants de la montagne et de la forêt vers Lima, en quête d'un travail. Cette force sans chef, mais au flux irrésistible, a généré le phénomène des invasions vers les terrains encore non occupés, sur les pentes des *cerros*.

Rosa et Don Alfredo ne perdent pas de temps à observer le crépuscule et rentrent directement. Dans le bus, Rosa pense qu'il serait temps qu'Alfredo lui offre une voiture.

Epifania sermonne ses filles :

- Le jour est proche et les signes se multiplient. Le pasteur nous l'a encore dit... Arrêtez avec vos portables quand je vous parle. Le Seigneur revient et nous devons nous préparer à la fin du monde. Vous croyez que vous aurez besoin de votre téléphone le jour de l'Apocalypse ?

Raquel et Rebecca ont déjà entendu cent fois ce discours et il ne les surprend plus. Elles restent muettes puis Raquel plus dégourdie ose une suggestion :

- On devrait peut-être appeler la police ?

- A cette heure un dimanche ?, lui répond sa mère. Tu parles qu'ils pensent surtout à boire leur bière au chaud, ces sans honte, et pas à chercher les disparus ou courir après les délinquants.

La porte étant restée ouverte, les voisines envahissent la maison

- Il n'est pas rentré ton mari, Epifania ? demande l'une d'elles.

- Non, pas encore... avoue-t-elle à bout de nerfs.

- Je te fais une tisane d'anis, Epifania ? demande Madame Quispe.

- Je veux bien.

- Il faut faire quelque chose, dit la señora Torres.

- Oui, et quoi, demande Madame Quispe ? La police ou les hôpitaux ?

- C'est idiot, il va surement revenir, lui répond une autre voix.

- Pour le moment, on ne peut rien faire, sinon prier, finit par conclure Epifania.

Cette suggestion résonne secrètement dans le cœur de presque toutes ces femmes, aussi, se mettent-elles autour d'Epifania et commencent-elles à improviser une prière. Madame Quispe reste seule à l'écart en buvant sa tisane, l'œil vaguement désapprobateur. Puis, l'oraison terminée, les femmes rentrent chez elles. Il est six heures et demie du soir et la nuit est presque tombée.

Epifania reste avec ses pensées pendant que les heures passent. Ses filles ont fini par aller se coucher. Epifania ne trouve pas le sommeil; elle se retourne dans son lit sans espoir en ruminant questions et réponses. Enfin, vers trois heures du matin, épuisée, elle finit par plonger dans une nuit sans rêve.

Le lundi matin, Don Alfredo n'est toujours pas là. Cette fois, Epifania décide d'aller au poste de police de Villa El Salvador.

Ses filles sont déjà parties pour le collège mais en prenant leur petit déjeuner, elles ont fait promettre à leur mère qu'elle irait au commissariat. Et puis, Epifania a bien vu que Raquel essuyait discrètement quelques larmes.

Epifania attend sagement dans le commissariat aux couleurs fatiguées. La peinture des murs s'écaille et deux fils électriques courent sur les murs pour aboutir à une prise de courant à moitié arrachée. Une mauvaise ampoule éclaire ces scènes des petites misères quotidiennes. Dans un coin de cellule, est affalé un individu patibulaire.

Cela fait une demi-heure qu'Epifania est là, assise sur une mauvaise chaise de bois, pendant que deux autres personnes attendent que le policier de garde prenne leur déposition.

Le flic est en train d'écouter un commerçant dont la boutique a été attaquée par deux malfrats qui portaient une arme de poing. Le policier se fait préciser les faits mais personne n'est dupe. Il est bien rare qu'on retrouve les auteurs de ces méfaits, mais la déposition est une habitude dans ce genre de cas, elle fait office de thérapie, elle libère la parole et coûte moins cher qu'une séance de psychanalyse.

Finalement, après une heure, le policier s'occupe d'Epifania.

- Bonjour Madame.

- Bonjour, je viens parce que mon mari n'est pas rentré hier.

Le flic hausse à peine les sourcils. Des histoires de maris qui découchent, il en a entendu des centaines, mais il garde ses réflexions pour lui.

- C'est à dire, vous pouvez préciser ?

- Eh bien, hier matin, quand je suis partie au temple, il était à la maison et quand je suis rentrée avec mes filles, il n'était plus là.

- C'est déjà arrivé avant ?

- Souvent, il va jouer aux cartes, mais il est toujours là vers midi, midi et demi.

- Bon, donnez-moi d'abord vos noms, prénoms, date de naissance, domicile et numéro de carte d'identité. Donnez-moi aussi les mêmes informations pour votre mari.

Epifania s'exécute. Le policier tape lentement avec un doigt; il a du mal avec l'écriture qui n'est manifestement pas son point fort. Epifania a toujours été habituée aux lourdeurs de l'administration, aussi attend-elle patiemment.

- Où est-ce que votre mari va jouer aux cartes ?

- Au café à cinq cents mètres de la maison: je crois que ça s'appelle *Fuente de soda Wendy*.

- Ah, oui, je connais.

"Pas étonnant", pense Epifania, "tous ces flics sont des bons à rien. Encore heureux quand ils ne sont pas corrompus et quand ils n'aident pas les délinquants à vous racketter..."

- Bon, Madame, on va voir et, pour commencer l'enquête, je vais aller chez *Wendy* et je vous informe... Donnez-moi votre téléphone... Voilà, c'est bon. Au revoir.

- Au revoir, dit Epifania d'une voix mal assurée.

Elle pensait que tout le commissariat allait laisser ses occupations et s'occuper de son histoire, mais le policier classe les quelques papiers où il a pris les notes et passe manifestement à autre chose.

- Vous pensez m'appeler dans combien de temps ? hasarde Epifania.

- Pas d'inquiétude, Madame. On vous recontacte.

Epifania repart d'un pas lourd. Elle se souvient brusquement qu'elle doit aller à San Isidro faire des ménages; on est aujourd'hui lundi et la Señora l'attend normalement à neuf heures trente ; elle a juste le temps d'arriver.

Elle retourne rapidement au commissariat pour informer l'agent de ne pas l'appeler chez elle mais chez la Señora. Surement que celle-ci n'y verra pas d'inconvénient, pense Epifania et puis elle lui expliquera la situation et la Señora comprendra.

Puis, elle rentre aussi vite que possible à la maison et griffonne quelques lignes à l'attention de ses deux filles pour leur expliquer le résultat de son entrevue avec le policier. Cela fait, elle sort et court jusqu'à l'arrêt de bus...

Mais là, elle pense soudain qu'un avis du pasteur ne serait pas de trop. Elle décide de faire un crochet par le Temple de l'avenue Arequipa. Par chance, le détour n'est pas bien grand et, au pire, elle prendra un taxi pour arriver à San Isidro.

Le pasteur est assis devant l'entrée du Temple. Décidément, Dieu lui facilite les choses.

- Qu'est-ce qui vous amène, Sœur ? commence le pasteur.

- Frère, mon mari a disparu depuis hier et personne ne sait où il est.

- C'est une épreuve que le Seigneur vous envoie pour tester votre foi. Il reviendra bientôt, plus fidèle que vous ne pensez...

"Pourquoi dit-il ça ?", pense Epifania, "plus fidèle que vous ne pensez", mais elle garde ses réflexions pour elle.

- Je le crois, Frère, comme je crois que rien n'arrive par hasard et qu'un bien sortira de ce qui semble un mal.

- Eh oui, faites confiance à celui qui voit tout, qui sait tout et qui peut tout. L'épreuve vous retrouvera régénérée et plus proche de votre mari comme lui sera aussi plus proche de vous.

Epifania, réconfortée par les paroles du pasteur qu'elle ne comprend pas bien, monte dans le premier taxi venu et lui donne l'adresse. "Tant pis pour la dépense", songe-t-elle. Pendant le trajet, elle se remémore les paroles de sagesse et pense, que oui, au fond, il y a une raison à ces évènements, le problème est de la découvrir.

Arrivée à San Isidro, elle entre dans le hall décoré de marbre et de deux plantes vertes dans leurs pots, puis passe devant le gardien-concierge qui la reconnaît et s'engouffre dans l'ascenseur. La Señora lui ouvre la porte.

- Que se passe-t-il Epifania, lui demande-t-elle, vous paraissez toute agitée et, de plus, vous êtes en retard... Ce n'est pas votre habitude.

- Ah Señora, c'est que mon mari a disparu depuis hier matin. On ne sait pas où il est ; je suis allée voir la Police à huit heures ce matin et j'attends des nouvelles. Ils m'ont dit qu'ils allaient s'occuper de mon cas.

- Si vous voulez, je peux appeler le commandant général de la Police que nous connaissons bien avec mon mari ; ça accélérera les choses. Vous savez comment ils sont dans ces commissariats de quartier... Tous des fainéants qui ne pensent qu'à boire et à jouer aux cartes...

Le téléphone sonne.

- Ah, ça doit être pour moi, s'excuse Epifania. J'aurais dû vous dire mais j'ai donné votre numéro aux policiers car..., enfin, je venais ici et ils n'allaient pas m'appeler chez moi... Cela n'aurait servi à rien.

- Calmez-vous, lui répond la Señora ; je comprends. Ne vous en faites pas et répondez simplement.

- Allo... Ah oui... Non, rien, rien chez *Wendy*. Ils ne l'ont pas vu hier, dites-vous...Pas de trace dans les hôpitaux et les cliniques... Merci Monsieur l'agent. Au revoir.

Epifania raccroche le combiné. Cette fois, elle commence à s'inquiéter et les paroles de sa sœur lui reviennent en mémoire. Elle aurait vu

Don Alfredo dans la rue avant-hier ou encore le jour d'avant, elle ne sait plus très bien, et il avait l'air bizarre...

Rosa et Don Alfredo se promènent dans la rue main dans la main. Rosa se veut tendre et susurre quelques phrases coquines à l'oreille de Don Alfredo. Celui-ci esquisse un sourire et hoche la tête.

Ce matin, Rosa lui a donné une tisane au goût différent de celle qu'elle lui sert d'habitude. Il se sent sûr de lui et en forme, pas comme les derniers jours, où il avait plutôt l'impression d'être apathique sans savoir pourquoi.

Don Alfredo et Rosa s'approchent d'une agence de BBVA Continental puis poussent la porte. Le garde à l'entrée s'efface pour les laisser passer. A l'intérieur, il faut faire la queue en prenant auparavant un ticket.

- Donc, c'est bien d'accord, demande Rosa ?

- Mais oui, mon amour répond Don Alfredo.

Un sourire s'ébauche sur les traits cuivrés de Rosa.

"La vie a du bon, quand même", pense-t-elle.

Enfin, leur tour arrive et Don Alfredo s'adresse à l'employé :

- Je voudrais sortir l'argent que je possède sur le compte d'épargne et le mettre au nom de Madame.

L'employé tapote sur son ordinateur et annonce :

- La totalité, soit 35.650 soles ?

- Oui, la totalité, répond Don Alfredo d'une voix ferme qui le surprend lui-même.

- Bien, il faut que Madame ouvre un compte.

Rosa sort son Document National d'Identité qu'elle tend à l'employé ; celui-ci se lève pour faire une copie et revient à sa place.

Après environ cinq minutes, le compte est ouvert au nom de Rosa et l'argent transféré.

L'employé ose une dernière question :

- Faut-il fermer définitivement le compte ou le laisse-t-on vivre ? Je vous informe que le maintien d'un compte vide coûte environ quatorze soles par mois. Il faut donc clôturer régulièrement cette dette, faute de voir les intérêts s'accumuler ou, ce qui est plus simple, y verser dès demain un minimum de cinquante soles... Cela vous évitera des ennuis.

- Vous pouvez le fermer.

Les opérations terminées, Rosa et Don Alfredo sortent et Rosa annonce :

- Je t'invite à déjeuner, qu'en penses-tu ?

- Rien ne me ferait plus plaisir.

- Allons dans un restaurant que je connais, qui fait de la vraie cuisine amazonienne, pas celle qu'on sert aux touristes et qu'ils font semblant d'aimer.

Effectivement, à la descente du taxi, Don Alfredo découvre un établissement qu'il ne connait pas ; la décoration est soignée. Un faux toit de paille donne l'illusion d'être sur les bords du Marañon.

Le serveur leur apporte de généreuses portions de *juane* et de *tacacho con cecina* pour deux. Deux bières permettent d'étancher une soif qui se fait intense avec la chaleur qui règne en cette fin décembre.

Don Alfredo et Rosa sortent du restaurant, satisfaits... La vie est belle et la *cecina* délicieuse...

Soudain, Rosa saisit Don Alfredo par le bras :

- Je viens de me souvenir que j'ai quelque chose d'important à faire cet après-midi et je suis déjà en retard. Je file. Ne m'attends pas et passe ce soir chez moi, mais pas avant huit heures... Tu me promets... J'aurai une surprise pour toi, continue-t-elle espiègle.

Don Alfredo promet tout ce qu'on veut : le repas l'a mis dans une douce euphorie et il pense que la surprise annoncée vaut bien de flâner dans les rues.

Rosa fait signe de la main à un bus, y monte et le bus démarre pendant que Don Alfredo reste sur le trottoir.

Epifania est angoissée et, ne peut plus résister. Elle s'adresse à sa patronne :

- Ecoutez, Señora, si cela ne vous dérange pas, pourriez-vous appeler votre ami de la Police ? Je commence à m'inquiéter car la police de Villa El Salvador n'a pas trouvé trace chez *Wendy* et ni ma sœur, ni mes frères ne savent où il est. Personne ne l'a aperçu hier, sauf le gamin des voisins qui l'aurait vu sortir mais il ne se rappelle pas l'heure.

- Pas de problème. Je comprends parfaitement.

La Señora décroche le téléphone. Après deux sonneries, on décroche. La tonalité est suffisamment forte ou la voix de l'interlocuteur invisible suffisamment puissante, pour que la pauvre Epifania entende sans prêter l'oreille.

- Oui, cher ami, c'est quelqu'un qui travaille pour moi... Son mari a disparu depuis hier. Oui, j'attends... Il est allé voir un de ses sous-fifres, annonce la Señora à voix basse à Epifania. À mon avis, ils vont se remuer.

- Oui,... Bien sûr... Une seconde.

- Ses noms, prénoms, âge et profession chuchote la Señora à Epifania.

- Euh... Alfredo Jose Rios Salazar, né le 8 août 1967 à Huaura. Profession plombier, répond machinalement Epifania.

- Vous nous tenez au courant... Bien entendu... Il faudra que vous veniez dîner un soir avec votre épouse... Oui, on essaiera de trouver une date.

La Señora raccroche, l'air satisfait. Epifania pense que sa patronne se donne bonne conscience d'avoir fait quelque chose pour son employée mais le résultat lui importe-t-elle ?

- Merci beaucoup pour ce que vous faites, Señora.

- Mais pensez donc, c'est normal.

Sur ces paroles, Epifania vaque à son ménage mais les pensées se bousculent de nouveau dans sa tête. Pourquoi le pasteur a-t-il mentionné l'infidélité possible ou est-ce un hasard ? Pourquoi a-t-il dit, et elle se remémore exactement les paroles, "il reviendra plus proche de vous et vous de lui" ? Par ailleurs, le chef de la Police va-t-il vraiment pouvoir ou vouloir faire quelque chose ?

Elle décide de s'en ouvrir à la Señora. Après tout, cette dernière connaît le monde et a l'expérience de la vie. Elle aura peut-être une idée.

- Señora, si je peux encore vous déranger ?

- Mais oui, Epifania, que voulez-vous ?

- Ce matin, je suis arrivée en retard parce que je suis allée voir le pasteur et il m'a dit quelque chose qui m'a troublée.

- Ah et quoi donc ?

- Que mon mari me reviendrait bientôt, plus fidèle qu'avant, ou quelque chose comme ça...

Vous croyez que ça veut dire qu'il a une maîtresse ?

- Mais, non, qu'allez-vous chercher ? Il dit ça comme il aurait dit autre chose.

- Pourtant, c'est un homme qui voit ce qui se passe et qui fait des prédictions. Il y a eu des témoignages.

La Señora hausse les épaules sans rien dire, mais on comprend qu'elle n'accorde que peu de foi à ces "on dit" qu'on se passe de bouche à oreille.

- Encore une fois, Epifania. Je suis sûre que votre mari va bientôt revenir et qu'il aura une bonne raison pour s'être absenté. Vous verrez. Pour le moment, occupez-vous plutôt de vos brosses car j'ai l'impression qu'il y a de la poussière sur le bureau de mon mari.

Epifania retourne à ses balais et à ses occupations.

"Mais pourquoi n'appelle-t-il pas ?", pense-t-elle. Il y a des téléphones publics à chaque coin de rue.

À huit heures et quart, Don Alfredo est devant la porte de Rosa. Il frappe trois coups, d'abord deux rapides et le troisième séparé : c'est le code convenu entre eux.

Seul le silence répond, une radio fonctionne au loin et diffuse un air de salsa. Don Alfredo frappe de nouveau... Toujours rien.

Il colle l'oreille à la porte : pas un bruit à l'intérieur. Il se baisse ; il n'y a pas non plus de rai de lumière sous la porte. Mais il n'a pas le temps de réfléchir davantage car, sur le palier, une porte s'ouvre ; c'est la voisine qu'il a déjà vue une fois :

- C'est pas la peine de frapper, Monsieur. Elle n'est pas là.

- Comment ? Mais elle m'a dit de passer à partir de huit heures du soir.

- Oui, mais elle n'est pas là. Elle est partie. Je l'ai vue emmener ses meubles cet après-midi avec une camionnette de déménagement.

La stupeur cloue Don Alfredo.

- Vous êtes sûre ? Enfin, je veux dire, vous l'avez vue ?

- Oui, Ah mais, vous êtes le monsieur qui est déjà venu ?

- Répondez à mes questions. Vers quelle heure l'avez-vous vue partir ?

- Il devait être entre trois heures et quatre heures et demie. Deux hommes qui conduisaient la camionnette l'ont aidée. Sinon, elle n'aurait pas pu toute seule. Il y avait le lit, pensez donc... Et l'armoire. À part ça, elle avait l'air joyeux et chantonnait même une chanson...

Chaque phrase de la voisine est comme un coup de poignard pour Don Alfredo qui doit s'appuyer au mur pour ne pas tomber.

- Vous vous sentez mal, Monsieur, questionne la voisine ?

Une nouvelle nuit s'annonce pour Epifania et ses filles et toujours aucunes nouvelles du mari et du père. L'angoisse est si forte qu'Epifania et ses filles s'agenouillent pour prier. Certaines des voisines entrent aussi et se joignent au groupe. Elles ont apporté de quoi manger car Epifania n'avait pas la force de préparer quoi que ce soit.

La prière finie, chacun prend congé. Epifania et ses filles se couchent mais pour la mère, c'est une deuxième nuit sans fermer l'œil. Dans l'obscurité, elle se tourne et se retourne dans le lit, et s'adresse au Créateur pour comprendre mais celui-ci est aux abonnés absents et nulle réponse ne vient adoucir les craintes d'Epifania.

"Pourquoi cette épreuve, Mon Dieu ?", murmure-t-elle. Puis la fatigue finit par l'emporter et elle sombre dans un sommeil lourd.

Le lendemain matin, elle est réveillée par le téléphone. Elle bondit hors du lit et décroche le combiné.

- Allo, Madame Rios Salazar ?

- Oui.

- C'est la Police, Madame, commissaire Zavallos de la Criminelle de Lima. Nous avons une très mauvaise nouvelle à vous annoncer, Madame. Votre mari s'est jeté ou on l'a poussé cette nuit d'un pont de la *Via Expresa*. Il est mort sur le coup, accroché par un camion qui passait à ce moment.

Le choc a paralysé Epifania. Elle ne peut plus articuler un mot.

- Vous m'entendez, Madame, l'enquête est en cours, poursuit Zavallos, pour déterminer les causes de l'accident ou du meurtre. Vous serez tenue au courant et on vous demandera de venir reconnaître le corps en fin de matinée. Les services de la Police resteront en contact avec vous pour les formalités. Pour le moment, le corps a été transporté à la Morgue Centrale. Je suis désolé. Au revoir, Madame.

On était le matin du 21 décembre 2012 et, pour Epifania, c'était la fin du Monde ou plutôt la fin d'un Monde.

Les Colons

Le distingué baron Cosme Damian Freiherr Schultz Von Holzhausen, noble héritier d'une vieille famille fortunée d'Allemagne, profitait de son temps libre de jeune oisif qu'il était, pour lire les récits d'aventure qui concernaient les terres nouvellement explorées, tant en Amérique, qu'en Asie ou en Afrique.

À la lecture de telles péripéties, la tête lui avait un peu tourné et, tel un nouveau Don Quichotte, il s'était mis dans la tête l'idée d'introduire des colons européens au Pérou. Cette pensée lui était venue, entre autres, à la lecture des récits d'Alexandre Von Humboldt relatant ses voyages en Amérique du Sud. Le célèbre géographe et explorateur avait en effet, sans le vouloir, mis en ébullition le cerveau du baron. Celui-ci n'eut pas besoin de consulter l'ensemble de l'ouvrage "*Le Voyage aux régions équinoxiales du Nouveau Continent*", pas plus que "*l'Examen critique de l'histoire de la géographie du Nouveau Continent*", pour sentir tout le potentiel et la puissance de ces terres encore très largement inconnues.

Mais, si pour le savant, l'intérêt résidait dans la connaissance pure et l'apport de nouveaux savoirs à l'humanité, il n'en était pas de même pour le baron qui, homme pratique, voyait plutôt le côté économique des choses et, accessoirement, son intérêt personnel.

Si tout ce que racontait son compatriote était vrai et même si seulement la moitié l'était, c'était une montagne de richesses qui s'offrait à celui qui saurait les voir et les exploiter. Oh, il ne s'agissait pas pour l'homme du Monde qu'était le baron d'agir comme les conquistadors qui n'avaient comme motif que la convoitise immédiate et comme action que le pillage brutal et sans nuance ; il s'agissait plutôt d'une exploitation raisonnée et à long terme du potentiel des terres et des fleuves, une exploitation qui permettrait le développement planifiée des zones à découvrir. Il se justifiait de cette ambition en se persuadant que ceux qui viendraient exploiter les nouvelles contrées bénéficieraient tout autant que lui des richesses ainsi créées.

Von Humboldt décrivait bien les faune et flore nouvelles qu'il avait découvertes ; il montrait la variété des sols et des climats. Il rappelait comment le café, le cacao, le manioc, la canne à sucre et la patate douce s'implantaient sans difficultés sous ces climats où le gel était inconnu.

Il suffirait donc seulement d'un peu d'imagination, de volonté et d'organisation pour qu'un homme d'envergure fasse, sinon fortune, du moins, s'assure des revenus confortables pour le restant de ses jours.

C'est avec ces pensées en tête, qu'il ruminait chaque jour que Dieu faisait, que le baron se trouvait en cette fin mai 1853 à Lima dans l'antichambre du Palais du Gouvernement, en attente d'être reçu par Don Manuel Tirado, Ministre des Affaires Etrangères du Pérou qui représentait pour l'occasion le Président Général Rufino Echenique. Il s'agissait d'exposer, lors de cette première entrevue, les perspectives que l'on pouvait attendre d'une colonisation de la forêt vierge avec l'objectif d'unir, par l'avancée de la civilisation, les côtes du Pacifique et de l'Atlantique.

Le baron avait longtemps réfléchi à ce projet et il n'y voyait pas de failles ; il y aurait bien sûr des incidences sur les communautés natives et on ne pouvait prévoir complètement les problèmes d'intégration de colons blancs dans des zones où sévissaient les tribus Ashininkas et Yaneshas.

Enfin, perdu dans ses rêveries, le baron mit deux secondes avant de s'apercevoir que l'huissier lui faisait signe d'entrer dans le bureau de Don Manuel Tirado. Le baron était un homme du monde et était à son aise partout. Il savait comment parler et convaincre. Sa fréquentation de l'Amérique du Sud lui avait, de plus, permis d'acquérir une excellente maîtrise de l'espagnol, ce qui, il en était convaincu, était tout à fait indispensable dans ce genre d'affaires. Se passer d'interprète était le meilleur sésame.

Le Ministre des Affaires Etrangères lui serra la main et l'invita à s'asseoir. Des tasses à café et une cafetière en porcelaine se trouvaient sur une desserte voisine. Sur un signe du Ministre, un domestique servit les deux hommes puis se retira et la conversation commença :

- Vous avez demandé à me voir, Monsieur le Baron, dit le Ministre.

- Certes, Monsieur le Ministre. Comme vous le savez probablement par le rapport que je vous ai envoyé, je pense que la colonisation de la forêt vierge, là où les frontières sont floues avec le Brésil, est tout à fait possible. Je dirais même qu'elle est tout à fait souhaitable... En effet, nous y trouvons quantités d'endroits adaptés à l'implantation humaine. Il y coule de nombreux fleuves et la terre y est fertile...

- Je le sais bien, Monsieur le baron... Je le sais bien, mais l'entreprise est compliquée. Vous savez peut-être que le gouvernement, et je ne parle pas seulement de l'actuel, y a déjà réfléchi sans aboutir à aucune conclusion pratique. Nous souhaiterions bien entendu incorporer la lointaine Amazonie à l'économie nationale... Vous avez parlé du Brésil et nous craignons qu'un jour, notre puissant voisin ne se mette en tête d'avancer vers l'Ouest, nous laissant devant le fait accompli.

- C'est pour cela, Monsieur le Ministre que j'ai un plan dont je souhaiterais vous expliquer les détails puisque vous en avez eu un aperçu à la lecture du premier document.

Le Ministre se pencha légèrement en avant, ce qui dénotait chez lui un intérêt soudain. Après tout, pensa-t-il, ce baron n'était pas un quelconque aventurier. Il venait d'une très honorable famille de nobles allemands, et si les services du Renseignement Péruvien avaient bien mené leur enquête, il s'agissait d'une personnalité des plus honorables qu'il serait au minimum bien venu d'écouter.

- Je vous écoute. Parlez... Rien ne filtrera de notre conversation hors de ce bureau.

- Eh bien ma conviction est que le Gouvernement n'arrivera à rien avec les *criollos* si vous me passez l'expression... Permettez-moi d'exprimer complètement ma pensée. Il vous faut, pour cette œuvre, des gens travailleurs, solides et de saine éducation... Tout ce qu'on ne rencontre pas dans ces populations mélangées de la côte... Je vous dis les choses comme je les vois... Veuillez me pardonner si je vous ai choqué.

- Oh, ne vous excusez pas. Je connais mieux que vous tous les problèmes de ces... *criollos* comme vous dites... et les latifundistes font régulièrement la queue devant le bureau de mon collègue en charge de l'économie pour se plaindre de leur main d'œuvre et exiger des lois plus sévères. De plus, nous pensons avec mes collègues que l'immigration asiatique ne doit plus être encouragée. Sinon, bientôt, nous serons une colonie chinoise après avoir été une colonie espagnole.

Que voulez-vous ? Nous avons hérité, grâce à la lutte pour l'indépendance, d'un pays qui a connu le terrible système de l'exploitation coloniale espagnole - le système des *encomiendas* - et tout ceci a laissé des traces.

Les incas, qui ne connaissaient pratiquement pas le crime ou le vol, se sont transformés en bandits de grand chemin dès la Vice-Royauté établie, assassinant et volant les voyageurs. Après tout, ils n'ont fait qu'imiter ce qu'ils voyaient... car il y eut des décennies de désorganisation profonde où ce qui se passait à Lima n'avait absolument aucune influence sur les provinces.

- C'est pour cela, Monsieur le Ministre, que je vous recommande ces colons européens, blancs, de bonne race, travailleurs et surtout catholiques.

Le baron vit qu'en évoquant la religion il avait touché un point sensible, Don Manuel Tirado semblant particulièrement intéressé par cette qualité. Aussi décida-t-il décida de pousser son avantage.

- Ce sont des gens simples qui vivent dans les provinces du Tyrol, dans le Royaume de Bavière ou dans la Rhénanie. Leur foi leur interdit le jeu et ils sont mariés à une seule femme pour le meilleur et pour le pire. Les enfants sont éduqués comme il faut, croyez-moi. Ces gens feront plus en un an pour le Pérou que tous ces *criollos* n'en ont jamais fait depuis qu'ils sont nés.

- Pourquoi pensez-vous qu'ils voudraient abandonner leur vie et leurs terres pour courir des risques peut-être inutiles ?, demanda le Ministre

- Oh, si vous saviez, mais dans l'Empire des Habsbourg et ailleurs, on lève des impôts exorbitants et beaucoup de paysans ne rêvent que d'une chose, s'évader... mais ce qui leur manque, c'est l'occasion. Ils ont tous les jours les fonctionnaires du Gouvernement sur le dos ou leurs employés agricoles qui dorment au lieu de travailler. De plus, beaucoup d'entre eux ont des dettes et ne savent pas comment s'en sortir. Non, croyez-moi, l'entreprise est sûre...

- J'ai lu de toute façon votre rapport comme je vous l'ai dit et j'avais pratiquement décidé avant cette entrevue de vous proposer un contrat. Si vous voulez bien revenir dans une semaine, nous pourrons le signer... Il est actuellement en préparation par mes services.

Le baron resta une seconde stupéfait. Alors, les choses allaient encore plus vite qu'espéré... il n'aurait pas besoin de plaider sa cause plus que cela. Voilà qui était inattendu et si on lui proposait ce contrat, il serait à l'abri du besoin jusqu'à la fin de ses jours...

- Monsieur le baron, si cette solution vous convient, nous nous reverrons le 4 juin... Permettez-moi de me retirer.

- Monsieur le Ministre, votre proposition est bien ce que j'espérais. Nous allons pouvoir faire de grandes choses ensemble.

Une semaine plus tard, le baron entrait de nouveau au Palais, sûr de lui et certain qu'on allait lui proposer des avantages fort intéressants. On l'introduisit plus rapidement que la première fois dans le bureau du Ministre, mais celui-ci n'était pas seul ; il était accompagné de deux hommes qu'il présenta au baron comme avocats et juristes mandés par le gouvernement péruvien pour préparer le contrat et veiller aux détails pratiques de l'opération.

- Bien, Messieurs, je crois que nous pouvons commencer. Comme je vous l'ai dit, ces messieurs - et il désigna ses deux voisins - ont préparé un projet de contrat. Si vous voulez bien en prendre connaissance.

Le baron prit le document et commença à le parcourir. On y parlait d'introduire, en l'espace de six ans, treize mille colons dans la région de la basse Amazone. Le baron calcula rapidement que cela faisait environ deux mille colons par an, chiffre qui lui parut tout à fait raisonnable. En outre, ces gens devaient être de bonnes mœurs, catholiques, robustes et utiles pour les tâches qui les attendraient.

Le contrat prévoyait aussi - et cela intéressait particulièrement le baron - que le Gouvernement paierait trente pesos par colon. Cela ferait quatre cent mille pesos en l'espace de six ans, une belle somme d'argent en perspective.

Le baron assura ses hôtes que tout lui paraissait conforme à ses vœux et annonça qu'il était prêt à signer. Un secrétaire apporta sur un plateau d'argent encre et plumes d'oie. Le Ministre tendit lui-même une plume au baron qui s'empressa d'apposer son paraphe sur les documents. Le Ministre signa à son tour les deux exemplaires, puis chacun se salua, souhaitant la meilleure réussite possible au projet.

Les deux avocats restèrent pour discuter des détails pratiques de l'opération avec le baron après que le ministre se fut retiré.

Une heure plus tard, Cosme Damian Freiherr Schultz Von Holzhausen était dans les rues de Lima et s'apprêtait à commencer les démarches pour inciter les colons à émigrer loin de leurs terres natales, car faut-il le préciser, tout n'avait été jusque-là que du vent et des paroles, aucune démarche n'ayant été entreprise dans les villages du Tyrol ou d'Allemagne, ni dans les services consulaires concernés.

Deux ans et trois mois ont passé. Nul colon ne s'est présenté malgré les efforts du baron qui s'est rendu en Europe pour témoigner de l'intérêt que les terres sud-américaines offriraient aux aventuriers désireux de s'y bâtir une nouvelle vie. Dans son malheur, et alors qu'il était prêt à se laisser aller au découragement, le baron apprit, lors d'un séjour en Allemagne, une nouvelle qui l'étonna : le Gouvernement Péruvien avait changé et ce n'était plus cette vieille bique de Etchenique qui était au pouvoir mais un militaire plein d'allant, le Maréchal Ramon Castilla qui avait déjà exercé cette charge jusqu'en 1851. Le contrat établi en 1853 devenait-il donc caduc et fallait-il d'urgence en préparer un autre.

Un avocat, qu'il avait consulté, lui avait en effet annoncé que le contrat n'engageait pas l'Etat, mais le Gouvernement, ce qui était tout à fait autre chose, et cette clause, le baron l'avait négligée.

À cette fin, le baron décida donc d'embarquer sur le premier vapeur en partance pour le Pérou. Dès son arrivée à Lima, il prit contact avec le Gouvernement et finit par signer un nouveau contrat le 6 décembre 1855 avec l'administration péruvienne. Mais, cette fois, il avait décidé de s'entourer de davantage de garanties et, pour cela, avait souscrit aux bons services d'un avocat qui l'accompagna au Palais Gouvernemental.

Chaque ligne du contrat fut discutée et la conversation s'éternisa. On convint tout d'abord que l'engagement de l'Etat était nécessaire puis on tomba d'accord pour abandonner le projet de la basse Amazone, trop éloignée des zones de contrôle et on se rabattit sur la région de Pozuzo beaucoup plus proche de Lima et qui bénéficiait d'un climat mixte entre la montagne et la forêt. En fin de compte, le Gouvernement proposa un texte dont les clauses principales comprenaient les points suivants :

- On diminuerait le nombre de colons à dix mille, sur une période de six ans.

- Le baron s'engageait à réunir les colons, à assurer leur voyage au Pérou et à planifier avec eux l'exploitation de leurs nouveaux domaines, aux endroits indiqués par le Gouvernement.

- L'arrivée des premiers colons devait se réaliser dans l'année 1856.

- Les droits du baron tomberaient si, dans l'espace de deux ans, nulle colonie ne s'était établie dans les zones définies.

- Le Gouvernement paierait le transport des colons jusqu'au port du Callao, et faciliterait leur voyage jusqu'à Pozuzo par la construction d'une route depuis Cerro de Pasco.

- Le Gouvernement s'engageait aussi à fournir des semences pour démarrer l'exploitation des propriétés agricoles.

- Le Gouvernement s'engageait aussi à construire des centres de santé, des écoles et des églises, tout en exonérant de taxes les nouveaux arrivants pendant six mois.

L'avocat assura le baron que le contrat était bénéfique aux deux parties mais Cosme Damian Freiherr Schultz Von Holzhausen n'était pas convaincu ; il lui semblait que le premier contrat lui octroyait plus de droits et moins de devoirs. En particulier, la rémunération qu'on lui proposait, de deux mille quatre cent pesos par an lui parut tout à fait en dessous d'exigences qu'il considérait comme légitimes.

- Croyez-moi, baron, si vous refusez cette offre, c'est tout qui s'écroule, lui affirmait l'avocat. Le temps joue pour vous... prenez patience... vous aurez sûrement l'occasion de profiter financièrement de la situation mais, à mon sens, il faut signer... car nul ne peut prédire l'avenir.

Finalement, le baron se laissa persuader et les deux parties signèrent.

Le baron sortit du Palais, accompagné par l'avocat et les deux hommes se dirigèrent vers la *Plaza de Armas*.

- Monsieur le baron, c'est un assez bon contrat, je vous assure. Le précédent document dont vous m'avez parlé m'a toujours paru trop ambitieux ou pas assez pratique, si vous voulez.

- Peut-être, mais pour le moment, je suis le seul à mettre la main à la poche. Tous les voyages que j'effectue en Allemagne ou ici sont à ma charge. Cela me fait penser que je dois retourner bientôt en Europe pour recruter nos colons.

- C'est un investissement, voyez-le comme cela... un investissement !!

Et l'avocat se faisait pressant. Il continua de sa voix de miel à faire miroiter tous les bénéfices possibles. Bien évidemment, dans cette argumentation, sa participation n'était pas désintéressée puisqu'il était censé toucher une part des bénéfices.

- Vous en avez de bonnes, réplique le baron ; un investissement !... on voit que ce n'est pas votre argent. D'ailleurs, à propos d'argent, deux mille quatre cent pesos par an, c'est une misère... vous vous rendez compte ? A moi, le baron Von Holzhausen...

- Oui, j'en conviens mais là n'est pas l'important. Vous deviendrez le chef des colons pour leur avoir fourni une vie meilleure et, surtout, vous en profiterez pour vous approprier les bonnes terres de Pozuzo. Vous verrez qu'en quelques années, vous serez à la tête d'un domaine important et vous ne regretterez pas l'argent que vous aurez investi.

- C'est possible, émit le baron sur un ton rêveur. En tous cas, je dois vous laisser...un télégramme à envoyer à Ulm... et j'ajoute que nous ne nous reverrons pas avant un bon moment car je compte passer toute l'année 1856 en Allemagne et en Autriche. J'estime qu'il faut au moins cela pour que tout se déroule selon mes plans.

- Pour ma part, je tenterai de vous informer du mieux que je pourrais des évènements qui pourraient se produire ici. J'essayerai aussi d'agir au mieux de vos intérêts bien entendu.

- Bien entendu et merci encore une fois cher Maître et à une de ces fois, si Dieu le veut.

- Oh, il le voudra. A bientôt, Monsieur le baron, et bon voyage.

Cosme Damian Freiherr Schultz Von Holzhausen s'éloigna lentement dans la pénombre qui tombait peu à peu sur la ville des Rois. L'avocat le regarda un petit moment avant de s'engager à son tour par un chemin opposé vers les rives du Rimac.

Ce 25 juillet 1857, un navire se présentait dans la rade du Callao ; il était encore tôt et la capitainerie, pour une raison inconnue, était fermée. Ce navire, c'était le *Norton,* un bâtiment de mille tonneaux environ qui avait appareillé du port d'Anvers le 29 mars 1857 avec à son bord deux cents colons autrichiens des bourgs tyroliens de Silz et de Wald et cent deux colons allemands, ou plus exactement rhénans. Le voyage avait été éprouvant et sept personnes étaient mortes, dont cinq enfants, dans ce qui n'était pourtant que le début des terribles épreuves qui attendaient les voyageurs.

Le passage du Cap Horn, particulièrement exposé en cette période de l'année, n'avait pas laissé de bons souvenirs et plus d'un commençait déjà à regretter, qui ses Alpes natales, qui ses plaines grasses du Rhin.

Les courageux voyageurs avaient quitté leurs provinces en laissant tout derrière eux, leurs dettes, leurs champs, leurs maisons et leurs parents qui les avaient pleurés au moment des adieux. Ils étaient accompagnés des pères Joseph Egg et Joseph Uberlinger qui s'étaient enthousiasmés pour le projet du baron et s'étaient proposés pour apporter le secours de la religion aux colons déracinés.

Les deux hommes d'église avaient d'ailleurs, au cours de plusieurs sermons enflammés, vanté l'entreprise. Les âmes crédules, qui fréquentaient les lieux de culte, n'étaient que trop contentes de se reposer sur leurs directeurs de conscience de toute décision d'importance concernant leur destinée. Ils mirent une confiance aveugle dans leurs prêtres et ne cherchèrent pas plus à discuter leurs avis qu'à se demander pourquoi la Terre tourne autour du Soleil.

Dans leur foi naïve, les choses étaient comme ça et cela valait mieux pour tout le monde. Si les deux pères étaient convaincus que le voyage constituait un bien pour la communauté, alors, il fallait l'entreprendre.

Ce n'était évidemment pas le cas de toutes les personnes et il y eut de nombreuses disputes dans certaines familles qui se voyaient coupées en deux, certains membres voulant émigrer et d'autres ne discernant que malheurs et infortunes dans un projet qu'ils considéraient comme ridicule. De nombreux journaux, tant allemands qu'autrichiens, avaient tourné en satire cette volonté de déplacer de bons chrétiens jusqu'à ces contrées lointaines et sauvages. Le respecté *Allgemeine Zeitung* publia un avis montrant l'obstination des volontaires et leur méconnaissance des dangers encourus mais, concluait le journaliste, c'était peine perdue que de tenter de convaincre ces obstinés car, premièrement ils ne lisaient pas ce qu'on disait d'eux - quand ils savaient lire - et d'autre part, ils ne voulaient rien entendre quand on leur expliquait de vive voix les tenants et les aboutissants de l'affaire.

Le journal utilisa un autre angle d'attaque : il rappela les efforts tentés par le baron en 1854 pour recruter des volontaires, efforts non couronnés de succès à l'époque et qui devraient servir de leçon. Il émit même quelques sous-entendus sur l'honnêteté du personnage et sur les buts réellement visés. Le baron était trop occupé pour répondre à ses médisances et décida de laisser courir les bruits, pensant que la publicité, même négative, lui ferait plus de bien que de mal.

Les deux prêtres, dans leurs sermons, ne répondirent à ces avertissements que par des paroles d'enthousiasme. Ils décrivirent comment la terre en Amérique se trouvait libre et disponible et comment la vie étriquée des colons sur le vieux continent ne leur laissait aucun espoir d'améliorer leur condition, comment les percepteurs les accablaient de taxes injustes. Ils expliquèrent à leurs ouailles qu'ils avaient enfin l'occasion de se libérer de leurs difficultés et que cette occasion, il ne fallait pas la laisser passer. Enfin, ils rappelaient les préceptes de la Bible selon lesquels il fallait prospérer, croître et ne pas laisser dormir ses talents.

C'est avec ces pensées en tête que le père Joseph Egg contemplait les côtes péruviennes et l'étendue de sable désertique qui s'offrait à sa vue. Quelle différence avec les verdoyantes prairies autrichiennes ! Au loin, il distinguait les premiers contreforts des Andes dans la brume légère du matin. Là-bas derrière, se trouvait Pozuzo et les forêts promises, mais il était difficile d'imaginer qu'il fallait d'abord traverser ce désert.

A quelque distance du port, le père Egg pouvait voir la ville de Lima avec la cathédrale et ses deux tours mais l'ensemble était flou et gris. La température basse et le temps humide.

Le père Egg se rappela les mariages qu'il avait célébrés au cours de la traversée : vingt-trois au total. C'était une promesse de réussite que ces jeunes couples qui se lançaient dans une nouvelle vie avec cette foi inébranlable en l'avenir.

Joseph Egg se mit à songer qu'il était peut être une sorte de nouveau Moïse qui menait ses brebis vers la Terre Promise, mais rapidement, l'humilité de sa fonction reprit ses droits ; il n'était pas sur les bords du Jourdain, mais à l'embouchure du Rimac et il lui restait encore la rude tâche de mener tous ces gens à bon port à travers des terres encore largement méconnues.

En aurait-il la force ? En tous cas, il priait Dieu de la lui donner.

Un des hommes s'approcha de lui et lui demanda :

- Monsieur le curé, est-il vrai que le baron Von Holzhausen nous attend sur le port ?

- Oui, mon brave Hans. Le baron a été prévenu de notre arrivée. Il a quitté l'Europe avant nous quand il fut certain que l'entreprise était sur de bons rails. Il s'est engagé à nous faciliter les choses et, comme tu le sais peut être, le Gouvernement a construit une nouvelle route de Cerro de Pasco à Pozuzo pour nous permettre d'arriver sans encombres. Non, crois-moi, tout va bien et avec l'aide de Dieu, tout se passera bien et le voyage éprouvant que nous avons connu ne sera bientôt plus qu'un mauvais souvenir ...

- Dieu vous entende, mon père, répondit Hans.

Deux heures s'écoulèrent pendant que le bateau se balançait mollement au large attendant qu'un pilote vînt assurer les manœuvres d'approche. Au bout de ce laps de temps, les passagers détectèrent une certaine agitation sur les quais. La Capitainerie était maintenant ouverte. Enfin, une barque se détacha du rivage et s'approcha rapidement du

Norton. Trois personnes étaient à bord, dont un officier et deux mariniers qui souquaient ferme.

- Je suppose qu'il s'agit du pilote chargé de nous faire accoster, émit Joseph Uberlinger.

- Cela n'y ressemble pas vraiment en tout cas, répondit le père Egg, pris par un mauvais pressentiment... non, cela n'y ressemble pas vraiment, il y a un militaire à bord.

La barque aborda le navire. Un des marins lança une corde qu'on s'empressa de nouer autour d'une bitte du bastingage. Puis les hommes du *Norton* déroulèrent l'échelle.

Les deux marins restèrent à bord de la barque pendant que le troisième personnage en costume d'officier montait à bord.

- Lieutenant de marine Gutierrez... Où est le capitaine, s'exclama-t-il de la voix d'un homme habitué à commander ?

Un homme s'approcha, le pas pesant.

- Il se repose encore mais je suis le second, dit l'homme avec un fort accent anglais.

- Allez chercher votre capitaine. C'est avec lui que je dois traiter.

- Bien, lieutenant.

L'homme s'éloigna, toujours d'un pas pesant, et se dirigea vers le gaillard d'avant. Il frappa à une porte de bois et attendit jusqu'à ce que la figure ébouriffée d'un homme à la barbe rousse et au teint rubicond, se montre dans l'embrasure de la porte.

- Quoi, qu'est ce qui se passe, demanda le nouveau venu. J'avais demandé qu'on ne me dérange pas.

- Capitaine, c'est un officier de la capitainerie qui veut vous parler... j'ai pensé en les voyant arriver qu'il s'agissait du pilote mais, non...

- Ah, c'est autre chose. Dites-leur que j'arrive.

Le second revint vers l'officier péruvien et lui annonça que le capitaine allait le rejoindre dans quelques secondes. Le lieutenant eut du mal à cacher son impatience mais se contint.

Enfin, le capitaine s'approcha, la casquette légèrement de travers. Il le faisait exprès chaque fois qu'il arrivait dans un pays qu'il qualifiait de "sauvages" pour bien montrer sa différence d'homme blanc civilisé.

- Bonjour Capitaine, lieutenant de marine Gutierrez. Je viens voir l'état du navire et, en particulier, l'état sanitaire des passagers.

- L'état sanitaire des passagers mais il est bon l'état sanitaire des passagers, je vous assure.

- Peut-être, mais nous allons tout de même le vérifier. En tout premier lieu, je vous serais reconnaissant de me montrer les papiers du bâtiment.

Le capitaine soupira puis chercha les documents requis dans la doublure de sa veste.

- Les voici... Vous n'ignorez pas qu'il s'agit d'une affaire un peu spéciale puisque ces gens que j'ai transportés jusqu'ici sont des colons, acceptés, que dis-je acceptés, encouragés par votre Gouvernement, à venir au Pérou pour développer des zones sauvages si j'ai bien compris. C'est pourquoi, je pensais que nous serions accueillis par un officiel quelconque, du Gouvernement par exemple.

- Pour nous, capitainerie du port du Callao, il s'agit d'un transport de voyageurs comme un autre et j'ignore ce à quoi vous faites allusion.

- Bon, de toute façon, je dois ramener une cargaison de guano en Europe et mon armateur ne me donne que deux jours d'escale. Le temps de débarquer et de charger... j'espère que nous ne serons pas en retard.

- Ne vous en faites pas. Si tout est en règle, vous débarquerez dans deux heures au grand maximum.

Le lieutenant Gutierrez se mit à parcourir les papiers puis il demanda à voir le médecin de bord et les documents de santé du voyage. Le médecin apporta les pièces demandées.

Le lieutenant Gutierrez les parcourut puis s'adressa au médecin

- Je vois que vous avez eu des décès, sept au total pour une traversée comme cela... cela fait beaucoup. Et puis, ici, vous mentionnez des cas de diarrhées importantes... oh mais que vois-je, du typhus !! Vous soupçonnez des cas de typhus ?

- C'est que je n'en suis pas sûr, répondit le médecin, mais les symptômes semblaient correspondre. Des maux de tête violents, des douleurs musculaires, jusqu'à des délires et des éruptions cutanées... bien sûr, il aurait fallu faire plus d'analyses que je n'avais pas les moyens de mener à bien. Vous comprenez ?

- Mais vous attribuez certains décès à du typhus. Ce n'est pas anodin.

Le capitaine lança un regard noir au médecin. Quel âne d'avoir tout noté... seuls les imbéciles écrivaient tout lors des voyages, sinon, c'était la fin du commerce et des voyages.

- Non, ce n'est pas anodin, j'en conviens. Certains décès ne sont pas attribuables au typhus, enfin à ce que je crois être du typhus.

- Donc, vous voulez dire que, pour certains décès, vous n'êtes pas sûr et que, pour d'autres, ça pourrait être le typhus ? Bon, vous ne bougez pas, je retourne au port. Capitaine, vous prenez les mesures pour que tout le monde reste à bord, s'il vous plaît jusqu'à nouvel ordre, n'est-ce-pas ?

- Comme vous voudrez, répondit le capitaine d'une voix sourde.

Le lieutenant Gutierrez sortit par l'échelle de coupée et descendit jusqu'à la barque. Celle-ci, mue par quatre bras vigoureux, s'éloigna rapidement.

Une femme, un enfant dans les bras, s'approcha du père Egg.

- Mon père, que se passe-t-il ?

- Je crois qu'il vérifie si tout va bien à bord.

Le père Egg n'avait qu'une connaissance fragmentaire de l'espagnol ; il pratiquait un peu mieux l'anglais, aussi se tourna-t-il vers le capitaine pour lui demander ce qui se passait.

Plusieurs femmes, la tête serrée dans des fichus de couleur vive, et quelques hommes s'approchèrent et firent cercle autour des deux hommes en tentant de capter quelque chose de la conversation en une langue qu'ils ignoraient.

Le capitaine répondit que le lieutenant avait demandé l'état sanitaire du navire et avait paru préoccupé par ce que lui avait répondu le médecin. Il garda bien entendu pour lui ses réflexions, mais si l'Administration pensait qu'il y avait eu des cas de typhus à bord, c'était le début des ennuis. Il se tourna vers le médecin et en aparté lui dit :

- Vous n'aviez pas toute votre tête ou quoi ? Noter noir sur blanc ce qui vous tracassait. Vous vous rendez compte dans quel pétrin vous nous mettez tous, l'équipage et les passagers... Eux, ce n'est pas le plus grave, ils sont habitués à la dure, mais ma cargaison de guano... à notre retour, vous vous expliquerez avec l'armateur... Et moi, comme une buse, qui n'ai pas vérifié votre carnet comme j'aurais dû le faire.

Le médecin bredouilla des excuses, assurant qu'il était désolé des tracas occasionnés. Bien entendu, il aurait dû réfléchir avant.

Pendant ce temps, le père Egg expliquait la situation aux hommes et aux femmes qui l'entouraient. Il tenta de minimiser le problème en assurant ses fidèles qu'il s'agissait de l'affaire de quelques heures au plus, mais pour cette population fatiguée par un long voyage en mer avec des marmots qui criaient et pleuraient, c'étaient quelques heures de trop.

Les passagers, ne sachant que faire, s'étaient rassemblés autour des deux prêtres et le capitaine était retourné dans sa cabine. Puisqu'il n'y avait aucune occupation possible, sinon attendre, le père Uberlinger proposa que l'on priât. Tous s'empressèrent de se réunir autour des deux religieux et les prières et les chants commencèrent à monter dans le ciel liménien.

A midi, le second qui scrutait le port et les quais au moyen d'une longue-vue, aperçut un drapeau monter sur une hampe. Le signe était sans équivoque. Il s'agissait du drapeau de quarantaine.

Le second courut aussitôt jusqu'à la cabine du capitaine.

- Capitaine, nous sommes en quarantaine.

- C'est bien ce que je craignais. Dieu, combien de temps cela va-t-il durer ? On en a pour des jours et des jours... j'ai entendu dire que l'administration est d'une terrible lenteur ici. Que Dieu nous vienne en aide !!

Le seul maître à bord après Dieu décida alors de rester sur le pont : il fallait pouvoir aviser en cas de modification de la situation.

Le jour s'écoula lentement sans apporter aucune nouvelle. Les autres bateaux avaient consigne de ne pas s'approcher du *Norton* ; on les voyait passer non loin puis accoster et être pris en charge par les services portuaires. Aussi, les passagers commencèrent-ils à ressentir une certaine colère après n'avoir éprouvé que de la lassitude. Des groupes d'hommes se formèrent et demandèrent à parler au capitaine. Ils exigeaient que l'on mît des chaloupes à la mer et que l'on débarquât au moins les femmes et les enfants.

Le père Egg et le capitaine eurent toutes les peines du monde à les en dissuader. Le seul maître à bord après Dieu leur expliqua que le plus convenable était pour le moment de se conformer aux exigences de l'administration péruvienne même si elles semblaient injustes et disproportionnées par rapport aux quelques problèmes de santé qui s'étaient manifestés à bord pendant la traversée. Après tout, ce médecin s'était montré stupide. Quelle idée d'exposer la perplexité qui le travaillait dans son journal !! Le capitaine n'arrivait plus à penser à autre chose qu'à l'inconséquence du médecin. L'idée tournait dans son cerveau et virait à l'obsession. Il espérait que, de retour en Angleterre, on signifierait son congé à cet inconséquent.

Après tout, ceux qui étaient décédés étaient âgés et déjà affaiblis par le voyage terrestre jusqu'à Anvers, ou alors il s'agissait d'enfants en bas âge qui avaient contacté des fièvres qu'on n'avait pas pu soigner, mais de toute façon, le médecin s'était bien gardé de lui faire part de ses interrogations.

Un autre problème le préoccupait ; les réserves de vivres avaient été très largement entamées par ce voyage de trois mois et il ne resterait pas à bord de quoi nourrir tout le monde si la quarantaine devait se prolonger au-delà d'une semaine.

Peu à peu, le soleil s'abaissa sur l'élément liquide ; l'obscurité s'empara des êtres et des choses. Les femmes et leurs enfants s'étaient peu à peu résignés et descendirent pour manger un morceau de pain et boire un peu d'eau, malgré l'angoisse qui leur serrait la gorge. Plusieurs hommes restèrent sur le pont et refusèrent de regagner l'entresol malgré les demandes du capitaine. Celui-ci finit par se résigner à les laisser là où ils se trouvaient. Après tout, qu'est-ce que cela pouvait bien faire ?

La nuit vint tout à fait mais les étoiles restaient invisibles, cachées par l'épaisse couche de nuages qui couvrait le ciel de Lima à cette période de l'année. Une légère *garua* se mit à mouiller le navire et les passagers restés sur le pont.

Les heures s'écoulèrent, indistinctes, mais les hommes qui étaient restés sur le pont discutaient. L'un d'eux, Joseph Windstatter expliqua qu'on ne gagnerait rien à rester ainsi et qu'il fallait aller à terre s'expliquer et recevoir la part que le Gouvernement s'était engagé à verser. Il fallait vérifier si toutes les promesses étaient respectées. Il ajouta :

- Nous n'allons pas rester sur cette coque de noix à pourrir ; on nous a promis une nouvelle vie, des semences et une route jusqu'à Pozuzo. Il faut voir si tout cela existe ou non... Qu'en pensez-vous ? Après tout, cela n'est peut-être que mensonges et le fameux baron peut avoir profité de la naïveté des pères qui nous accompagnent.

Les autres approuvèrent, largement d'accord avec ce raisonnement simple mais pétri de bon sens. Ils étaient prêts à enfreindre les ordres du capitaine, quitte à mettre quelques marins dans la confidence lorsqu'ils entendirent que quelqu'un les hélait dans l'obscurité.

Ils s'approchèrent du bastingage d'où semblaient venir les appels et aperçurent une barque qui se balançait mollement sous la légère houle du Pacifique.

Deux hommes étaient à bord et tentaient de se faire comprendre. Ils apportaient de l'eau et des vivres en quantité et souhaitaient manifestement les vendre aux infortunés voyageurs mais aucun d'entre eux ne parlait espagnol. Seuls deux ou trois connaissaient quelques mots appris pendant la traversée grâce aux efforts du père Egg qui pensait qu'il convenait d'enseigner à ces hommes et à ces femmes les rudiments de ce qui deviendrait au fil des années leur nouvelle langue. Finalement, on put se mettre d'accord pour acheter des pommes de terre, du maïs et des fruits.

Etait-ce le bruit des transactions ou autre chose ? Toujours est-il que le capitaine réapparut sur le pont. Il s'approcha du groupe et n'eut pas l'air surpris de ce qui se passait. Durant sa carrière, il en avait vu d'autres. Il s'adressa aux hommes de la barque :

- Maestros, je voudrais vous demander un service ; nous devons rencontrer à Callao le baron Cosme Damian Freiherr Schultz Von Holzhausen qui nous attend. Nous ne pouvons pas débarquer comme vous le savez peut-être à cause de cette maudite quarantaine et nous n'avons aucun moyen de lui faire part de nos problèmes. S'il sait ce qui se passe, il pourra peut-être nous aider. Je vous demande de l'informer de ce qui nous arrive...

Les deux hommes promirent de faire la commission. Il ne devait pas être impossible de trouver un allemand dans un port, endroits où comme chacun sait et quelles que soient les mers du globe, les nouvelles volent plus vite que le vent. Le capitaine ajouta cet argument qu'il pensait décisif :

- Le baron vous récompensera, n'ayez crainte.

Les hommes de la barque promirent de faire tout ce qu'on leur demandait et repartirent en ramant le plus discrètement possible. Ils promirent également de revenir la nuit prochaine pour donner des nouvelles.

Le lendemain, commença une nouvelle journée d'épreuves. Le soleil se leva péniblement puis très vite, disparut derrière les nuages épais. Une grisaille uniforme s'abattait de nouveau sur le port et l'océan. Les femmes avaient le plus grand mal à calmer leurs enfants. Les plus jeunes criaient ou se bagarraient malgré les efforts des adultes pour les séparer. La vie cloisonnée à bord n'était évidemment pas propice au calme et au recueillement. Chacun sentait ses nerfs à fleur de peau, se demandant jusqu'à quand il pourrait contrôler ses émotions. Il n'était pas jusqu'aux deux pères qui, malgré leur sacerdoce, ne laissaient échapper des soupirs d'agacement devant cette situation injuste et insupportable.

Le médecin, dont tout le monde avait fini par connaître le rôle dans l'affaire de la quarantaine, se cachait de tous. Il restait dans sa cabine ou une bonne âme lui apportait de quoi manger.

Enfin, la nuit revint et, avec elle, l'espoir d'avoir des nouvelles si les deux péruviens revenaient avec leur barque.

À onze heures du soir, les deux hommes étaient là dans leur barque, près de l'échelle de coupée. Le capitaine n'était pas peu surpris qu'ils aient respecté leur parole ; ses nombreux voyages lui avaient en effet appris qu'il ne fallait pas trop compter sur les promesses de ceux qu'il appelait, dans sa dignité d'anglais sûr de sa supériorité, les "sauvages"... mais ce qui étonna encore plus les passagers fut de voir que les deux hommes n'étaient pas seuls et qu'ils avaient un passager et ce passager n'était autre que le baron Cosme Damian Freiherr Schultz Von Holzhausen. La nouvelle courut comme une traînée de poudre par tout le navire et ceux qui étaient sur le pont réveillèrent ceux qui étaient déjà couchés. Bientôt, une grappe humaine se forma près de l'échelle et c'est avec grand peine que le baron put se hisser sur le pont, aidé par les deux prêtres et le capitaine.

Le baron, très homme du monde, épousseta son habit et salua l'assemblée. Il se tourna alors vers le capitaine et, dans un fort bon anglais, lui expliqua que les choses étaient plus compliquées qu'il n'y paraissait.

- Capitaine, commença-t-il, je ne dois rien vous cacher. Je suis ici depuis une semaine environ et, ma foi, le Gouvernement répond de manière évasive à mes questions. J'ai expliqué que l'arrivée du *Norton* n'était qu'une affaire de jours et qu'il convenait de préparer l'arrivée des colons. On m'a répondu que les choses se faisaient mais lentement, qu'il fallait prendre patience, que tout cela nécessitait du temps. J'ai répondu à mes interlocuteurs que du temps, ils en avaient eu, puisque le contrat date de plus d'un an et demi maintenant... bref, la route de Pozuzo n'est pas construite...

Un silence s'établit que le capitaine s'empressa de rompre.

- Et les autres termes du contrat ?

- Oh, pour ça, je pense que les semences seront fournies par le Gouvernement. Quant aux impôts, ils auront le temps de voir.

Le père Egg se tourna vers tous les malheureux qui ne comprenaient pas les paroles qui décidaient de leur sort. Il traduisit laborieusement en disant qu'une nouvelle épreuve les attendait mais qu'il fallait faire confiance à la volonté divine.

Les passagers, personnes humbles, acceptèrent résignés la nouvelle qu'ils venaient d'apprendre. Le Ciel les récompenserait, pensaient-ils, de leurs souffrances. Et les terres de Pozuzo seraient encore plus fertiles que ce qu'on leur avait promis.

Le capitaine se tourna alors vers le baron :

- Tout ça est bel et bon mais moi, je dois retourner en Angleterre avec une cargaison de guano. Vous êtes bien au courant qu'ils nous ont mis en quarantaine, quand même ?

- Bien entendu. Mais je sais comment arranger cela. Il faut graisser la patte de quelques fonctionnaires mal payés et la quarantaine sera levée. Évidemment, il faut savoir à qui s'adresser... et éviter dans ce genre d'affaires, de proposer une "aide" au seul imbécile honnête de toute la bande qui n'aura d'autre idée que de se précipiter pour vous dénoncer. J'ai eu le temps de faire mon enquête sur les fonctionnaires du port ; ne vous en faites pas car ce n'est que l'affaire de quelques jours...

- Quelques jours, mais chaque jour que Dieu fait, Sapristi, mon armateur perd dix mille livres si la marchandise n'arrive pas.

- Que voulez-vous que j'y fasse, mon cher ? Croyez-moi, j'essaie de faire avancer les choses aussi vite que je puis et si je n'interviens pas, ce ne sont pas trois ou quatre jours, mais un mois que vous resterez ici coincé sur votre bateau.

Le capitaine sentit le léger énervement qui commençait à poindre dans les paroles du baron et balbutia quelques paroles d'excuse.

Le baron reprit la parole :

- Ce qui m'inquiète plus, ce n'est pas cette quarantaine, phénomène après tout déplaisant mais sans plus. Non, je suis plus inquiet pour le voyage à travers les montagnes. Jusqu'au Cerro de Pasco, il y a une piste en mauvais état, mais après, c'est la pampa, comme on dit en Amérique du Sud... je pense qu'avec des enfants et des femmes, il y en aura beaucoup qui n'arriveront pas, mais qui pouvons-nous ? Les dés sont jetés ou, comme disent les Français, quand le vin est tiré, il faut le boire...

Le capitaine ne trouva rien à redire. Il lui fallait de toute façon, débarquer ses passagers quelle que soit l'aventure dans laquelle ceux-ci seraient jetés. Aussi, le mieux était-il de cacher la vérité pour le moment. Le baron jeta un regard en coin et vit que le capitaine avait parfaitement analysé la situation. Pour lui aussi, cette affaire, c'étaient des milliers de pesos à récupérer.

Le capitaine se tourna vers les passagers et leur expliqua la situation :

- Dieu a pitié de vous... après bien des épreuves, il semble que l'horizon s'éclaircisse. Nous pourrons débarquer dans quelques jours, le temps de nous mettre d'accord avec les autorités et la quarantaine sera levée. Vous débarquerez et là, vous pourrez commencer votre voyage vers les terres qui vous sont promises.

En entendant ces paroles, traduites à grand peine par le père Egg, quelques hommes et femmes applaudirent, mais la majorité resta silencieuse.

Le baron finit par remonter dans la barque qui s'éloigna du navire. Le capitaine la regarda s'éloigner, perdu dans ses pensées.

Le 30 juillet, les colons débarquaient enfin du *Norton.* Ils s'attendaient à partir sur le champ vers Pozuzo mais des officiers du port leur expliquèrent qu'il leur fallait gagner le port de Huacho, qui leur épargnerait de la route.

Sur le quai, on les conduisit donc à l'*Inca,* un vapeur qui crachait déjà depuis deux heures une épaisse fumée noire. Tous montèrent à bord puis le navire rompit les amarres.

Les colons, puisque maintenant c'est de ce nom qu'il faut les appeler, virent peu à peu les contours de Lima s'estomper dans la brume. Ils n'avaient rien vu de la ville ; ils ne connaissaient rien du Pérou et il leur faudrait encore deux jours pour arriver à Huacho mais, dans leur âme simple, la certitude d'être au bout des difficultés leur rendit le sourire.

Ils ne le savaient pas encore mais une épreuve de deux ans les attendait et ce ne seront que cent soixante-dix colons maigres et à bout de force qui arriveront, le jour de San Jacobo à Pozuzo où ils fondèrent une colonie qui prospère encore de nos jours.

Fin d'année

Si l'on veut se rendre de Lima en province, le moins coûteux est de prendre un de ces innombrables bus qui sillonnent le Pérou. Bien sûr, il existe l'avion pour de nombreuses destinations intérieures difficiles d'accès, mais ce moyen de transport est plus cher et l'utilisation du bus reste fondamentalement ancrée dans le génotype péruvien.

Il existe pour satisfaire la forte demande une grande quantité de compagnies de toutes les tailles et de tous les prix ; certaines offrent les mêmes prestations que les compagnies aériennes, telles que le repas à bord, les petits déjeuners, des films et de la musique que chacun peut apprécier au moyen d'écouteurs individuels et parfois d'écrans personnalisés.

D'autres entreprises, en revanche, qui se battent sur des créneaux bas de gamme, se contentent d'assurer le transport des passagers d'un point à un autre et s'arrêtent au bord des routes dans des gargottes avec lesquelles elles ont établi des relations commerciales.

Les compagnies qui recherchent les voyageurs les plus aisés sont aussi celles qui assurent la meilleure sécurité car il est malheureusement assez fréquent, et tous les voyageurs l'ont constaté, de voir au cours d'un voyage des bus dans le fossé, quand ce n'est pas au fond d'un ravin.

Où se trouvent ces sociétés de transport ? Un peu partout en réalité, mais on peut noter qu'elles ont tendance à se regrouper autour de certains points stratégiques de la capitale, comme dans la partie ancienne et mal famée qui se trouve à l'est de la place Grau.

Pour leur part, les compagnies qui tentent de présenter un meilleur profil commercial ont souvent leurs locaux sur l'avenue Javier Prado, cet axe majeur qui traverse Lima d'est en ouest, et c'est justement là que se situe notre histoire.

Eugenio est un jeune étudiant de vingt et un ans de l'université San Marcos de Lima. Bien que la San Marcos, comme on dit dans la Ville des Rois, soit un foyer politique actif et ait été, de nombreuses fois, au centre des préoccupations des gouvernements, voire comme certains le disent, un incubateur du terrorisme du Sentier Lumineux, Eugenio n'est pas politisé et ne souhaite pas l'être. Il vient d'une famille modeste de San Juan de

Miraflores mais il a eu la chance d'avoir eu quelques bons professeurs qui lui ont permis d'échapper au naufrage des collèges d'enseignement public et à une destinée médiocre tracée d'avance.

Grâce à son travail et son intelligence, il a pu réussir le concours d'entrée à l'université et se destine à une carrière d'ingénieur industriel. Le problème principal dans sa vie, est le temps qu'il passe dans les bus. Plus de deux heures avec un changement pour aller de San Juan à la San Marcos. Néanmoins, ce temps n'est pas complètement perdu ; il lit, travaille ou s'occupe à observer ses compagnons de voyage matin et soir afin de tenter de deviner leurs activités. Quels sont-ils ? Quel est leur boulot ? Et qu'est-ce qu'ils pensent pendant ces trajets interminables au milieu des embouteillages ?

À force de pratiquer ce petit jeu, Eugenio est devenu assez fort. Tiens, celle-là, se dit-il, c'est une secrétaire médicale et celui-là, avec sa cravate, un jeune qui étudie le droit. Seul un ou deux indices l'ont mis sur la piste. Lire les documents que les gens parcourent fait aussi partie de sa méthode. "Les signes sociaux sont visibles pour celui qui sait les lire", pense-t-il souvent.

Parfois, il se dit qu'il aurait pu faire des études de psychologue, mais la raison reprend le dessus ; il pense qu'il y a bien assez de sociologues, de psychologues, d'ethnologues ou d'anthropologues qui pantouflent dans les universités d'Etat. Ce dont le pays a besoin, c'est d'ingénieurs, mais des vrais, de ceux qui innovent et font avancer les choses, pas de ceux qui passent leurs journées à mettre des tampons sur des papiers ou à signer des autorisations dont tout le monde se contrefiche.

Ce soir-là, Eugenio se présente devant la façade flambant neuf de l'entreprise *Transportes Reunidos* sur l'avenue Javier Prado ; il va acheter un billet pour Cajamarca où résident ses grands-parents paternels à qui il a promis sa visite pour passer les fêtes de fin d'année ensemble. Il compte bien profiter des vacances scolaires qui viennent de commencer et se réjouit de revoir sa grand-mère qui sait si bien préparer le *picante de papa con cuy frito* ou la soupe de tête d'agneau. Ses parents travaillent encore mais rejoindront la famille dans deux jours.

L'entreprise *Transportes Reunidos* fait bien les choses. Des hôtesses en uniforme bleu roi orientent les voyageurs, les écrans indiquent les heures de départ et d'arrivée probable à destination. Tout est informatisé ; on peut aussi réserver par Internet mais Eugenio se méfie un peu et s'est simplement assuré qu'il y avait de la place dans son bus sans vouloir payer en ligne ; il s'est seulement promis d'arriver suffisamment en avance pour éviter toute mauvaise surprise.

L'entreprise *Transportes Reunidos* occupe une cinquantaine de mètres de façade sur l'avenue. On distingue aussi, fermée par une forte grille, une vaste cour où huit bus modernes attendent d'emmener leurs passagers vers les destinations exotiques de Cuzco, Chiclayo ou Tarapoto. Des moteurs tournent déjà pendant que des familles embarquent dans l'un d'eux, les gosses dans les jambes, criant et se chamaillant. On enfonce, au petit bonheur la chance, des ballots dans les entrailles de la machine sous les ordres et les cris des gardes et des employés de la compagnie.

Pourquoi faire tourner ces moteurs autant à l'avance ? pense Eugenio ; ça pollue et il fait chaud fin décembre, et puis la contamination de l'air à Lima, ce n'est pas une légende... Si c'est pour réchauffer les moteurs, on n'est pas en hiver et quand bien même, serait-on en hiver, la température ne descend jamais bien bas.

Après avoir acheté son billet, Eugenio s'est assis sur un des sièges de plastique rouge de la salle d'attente, à côté d'un vieillard dont la tête se balance dans un mouvement incontrôlé. De l'autre côté, une très jeune femme occupe un siège, un bébé emmailloté dans les bras. La jeune femme et le vieillard sont parfaitement silencieux et leurs visages impassibles ne laissent paraître aucune émotion. Impossible de savoir ce que pensent ces faces cuivrées qui rentrent au pays, se dit Eugenio qui ne peut se retenir d'éprouver la légère supériorité de celui qui habite à Lima et qui fait des études. Peut-être, se considère-t-il déjà dans la catégorie B de la population.

Malgré sa relative tolérance et ouverture aux autres, le *cholo* reste, pour lui, le *cholo* et le *criollo*, l'individu mélangé, souvent mal éduqué et vulgaire.

Tous les voyageurs semblent fatigués. Certains arrivent directement du travail et parfois, leur journée a commencé à six heures du matin, peut-être plus tôt. Des considérations sur l'expression faciale de ses voisins, Eugenio passe à des réflexions sur les problèmes de pollution. C'est le spectacle de l'avenue Javier Prado, très illuminée à cette heure et bourrée de véhicules en tout genre qui klaxonnent, freinent et accélèrent dans un ballet étourdissant, qui l'amène à cette association d'idées.

Il faudrait doubler l'avenue avec un métro, comme ils l'ont fait sur l'avenue Aviación, pour désengorger tout ça, pense le futur ingénieur. Mais si le projet doit durer vingt-huit ans comme la première fois, on n'a pas fini de respirer du monoxyde de carbone, ni de se racler la gorge quand on est pris dans les embouteillages.

Pendant qu'Eugenio s'adonne à ses pensées, une jeune femme s'approche, une casquette sur la tête, chargée d'un présentoir où s'agglutinent les paquets de chips, les sachets de cacahouètes ou de tranches de bananes frites. Eugenio achète un sachet de bananes frites. C'est son péché mignon, les bananes frites, bien que sa mère lui ait cent fois répété que :... "C'est pas forcément bon pour la santé, vu qu'on ne sait pas avec quelle huile c'est fait, je l'ai entendu à la télé...".

La femme fait le tour des voyageurs en annonçant à haute voix :

- Cacahouètes sucrées, cacahouètes salées, bananes frites, chips, *camote frito*,...

Le spectacle est tellement courant dans les rues de Lima que peu de gens y font attention.

Certains cloués sur leur siège, le regard baissé, semblent plongés dans un demi-sommeil ; d'autres relèvent la tête sans manifester de réaction. Tous semblent s'ennuyer ferme, mais attendent avec résignation l'annonce de l'embarquement.

Eugenio jette un regard à l'extérieur et aperçoit à travers la vitre la façade illuminée de la clinique Ricardo Palma. Il croit entrevoir le ballet incessant des infirmières et des médecins derrière les fenêtres qui projettent des tâches de lumière sur l'avenue. C'est l'heure de pointe pour recevoir les patients aisés après leur journée de travail, et même le personnel qui n'est pas de garde va bosser jusqu'à au moins onze heures.

Après la femme, apparaît un autre vendeur à la sauvette, qui, pour sa part, propose des *tamales* :

- Délicieux *tamales*, *tamales* à deux soles...

Deux femmes, le ventre proéminent, l'alpaguent et lui achètent chacune deux *tamales*. Il est maintenant huit heures du soir et la nuit est tombée depuis une heure et demie, mais Eugenio prend son mal en patience ; son bus ne part que dans une heure. Il se lève et se dirige vers l'appareil de boissons gazeuses.

Pour deux soles et cinquante centimes, on a droit à une petite bouteille de Coca-Cola en plastique.

"Pas donné le Coca, mais, de toute façon, dans ces terminaux de bus et, encore pire dans les aéroports, les prix sont plus élevés qu'ailleurs", songe-t-il un peu désabusé. Ses pensées l'amènent à considérer, en le regrettant, le problème des quantités de sacs plastiques qu'utilisent ses compatriotes. Dans Lima et tout le Pérou, on n'est pas avare des emballages qui sont jetés souvent n'importe où.

Dans les supermarchés, pense Eugenio, les caissières vous regardent avec un drôle d'œil quand vous leur dites que vous n'avez pas besoin de sac. À quand les paniers personnels ou la généralisation des sacs papier ? Pas pour tout de suite sans doute.

Eugenio pense que ce serait une belle tâche pour un ingénieur que de résoudre cette question de la contamination occasionnée par les sacs plastiques. On pourrait peut-être organiser un tri et un recyclage à grande échelle. C'est en tant que futur ingénieur qu'il se met à rêver au problème et à sa possible solution. Mais pour cela, il faudrait l'appui des municipalités et ça, ce n'est pas gagné d'avance. Quant au tri des déchets à la base, même pas la peine d'y penser.

Eugenio retourne s'asseoir avec un soupir... Huit heures et demi... On appelle pour Cuzco. Un tiers des voyageurs sont des *gringos* avec des sacs à dos, chargés comme des mules. Normal, l'ancienne capitale de l'Empire exerce une fascination sur les étrangers...Le Macchu-Picchu, Sacsahuyaman, Ollataytambo, etc... Grand bien leur fasse, pense Eugenio.

L'hôtesse coupe les billets en deux et en garde une moitié. La file peu à peu se réduit. Enfin, on ferme la porte ; il est neuf heures moins le quart, heure théorique du départ du bus de Cuzco. Finalement, pense Eugenio, le Pérou change. Maintenant, les retardataires qui parient sur le retard des transports, en sont pour leurs frais. Dans les aéroports aussi, les avions partent à l'heure, mondialisation oblige.

Il est neuf heures moins dix et aucun appel pour Cajamarca n'a encore résonné. Une femme à moitié endormie, habillée d'un uniforme vert et portant un masque sur le nez, pousse nonchalamment de son balai quelques gobelets de plastique et des emballages vides qui traînent au sol.

La température n'est pas très forte. Probablement que *Transportes Reunidos* a mis la climatisation à fond… Idéal pour attraper un chaud et froid.

La lumière de la salle fatigue les yeux d'Eugenio ; cette lumière pauvre et froide n'exerce pas cette qualité d'ambiance qu'on peut apprécier dans quelques aéroports, pense le jeune étudiant. Eugenio tourne la tête pour inspecter la salle d'attente. Finalement, celle-ci est pleine. Il n'y a pas un siège de vide mais le silence qui y règne laissait à penser qu'il y avait beaucoup moins de monde.

Le jeune étudiant commence à se demander ce que fabrique l'entreprise *Transportes Reunidos*.

Soudain, une hôtesse arrive en courant et manque de tomber à cause de ses hauts talons ; elle se rattrape à une rampe à l'ultime minute, agrippe le micro qui se trouve sur le pupitre d'embarquement et annonce d'une voix hésitante :

- Mesdames et Messieurs les passagers du bus 341 à destination de Cajamarca, votre attention, s'il vous plaît. En raison d'un incident, l'embarquement est différé. Pour le moment, nous ne savons pas à quelle heure le bus pourra partir mais nous vous tiendrons au courant.

L'annonce a réveillé les plus endormis. Les gens commencent à s'agiter sur leur siège. Une femme se lève et commence à invectiver l'employée :

- C'est anormal ; on a payé et il faut que je sois à Cajamarca pour les fêtes de fin d'année. Vous êtes responsables de transporter les gens correctement.

L'employé est peut être d'accord mais, en ce moment précis, elle ne peut pas apporter d'aide particulière aux voyageurs. Elle se contente de hocher la tête.

Eugenio s'approche à son tour du comptoir et demande :

- On ne sait pas de quel incident il s'agit ? Connaître la nature du problème peut nous donner une idée du délai.

- Monsieur, il semble que ce soit dû à des manifestations sur la route, des gens qui protestent contre un projet d'extension minière.

- Ah, dans ce cas, ça risque de durer un moment...

Quelques voyageurs ont entendu la réponse et un murmure circule dans l'assemblée.

Un autre passager se lève à son tour et demande :

- Comment comptez-vous résoudre le problème ? On attend que la compagnie nous propose une solution, en passant par une autre route par exemple.

- Monsieur, c'est impossible. Les chauffeurs sont programmés pour un certain nombre d'heures de conduite et on ne peut pas passer ailleurs, ce qui augmenterait la durée du trajet.

- Dites plutôt que ça vous coûterait plus cher en carburant !! C'est bien la première fois que j'entends dire qu'une entreprise de transport veut respecter les réglementations.

Les gens se sont mis debout et commencent à discuter à voix haute entre eux.

- Marre de leurs histoires... L'année dernière, au moment de Noël, ils avaient doublé les prix, affirme une grosse femme.

- Ah, oui, on peut dire que quand il s'agit de récupérer du fric, ils sont à l'heure. Là, il n'y a pas de problème de manifestants.

- Ça, c'est bien vrai ! affirme un autre.

Parmi les personnes présentes, Eugenio s'amuse à deviner ceux qui vont faire le plus de bruit. Il repère un groupe de quelques hommes et femmes qui font monter la température.

- De toute façon, affirme l'un d'entre eux, on ne bougera pas d'ici tant que vous n'aurez pas résolu le problème.

- Ça va durer un moment, alors, répond un autre. Comment voulez-vous qu'ils aient une influence sur les manifestants ? Et tant qu'il y a protestation, ils ne pourront rien faire... Les manifestations contre les mines, ça dure des fois plusieurs jours avant que la police n'intervienne.

- Rien à fiche. C'est une question de principe.

Plusieurs personnes se sont maintenant regroupées autour du comptoir et harcèlent la pauvre hôtesse. Celle-ci sent la nervosité la gagner car la foule semble hostile ce soir.

- Et pourquoi vous n'appelez pas un responsable, demande un homme ?

- Désolé, mais ils ne sont pas là. Nous sommes vendredi et ils sont rentrés chez eux.

- Parfait ! Alors, on est coincés ici et personne ne peut nous aider...

Une femme s'approche alors du comptoir et se met à crier :

- Maintenant, tu vas faire partir le bus. Je m'en fous qu'il y ait des manifestants. On les écrasera s'il le faut.

Deux ou trois personnes étouffent un petit rire. Néanmoins, l'atmosphère devient plus lourde et Eugenio voit bien que le ton monte et qu'il n'en faudrait pas beaucoup pour que les choses se gâtent.

Il est neuf heures dix minutes. Certains sortent des provisions et commencent à manger. Deux femmes ont extrait des *papas rellenas* d'un sac et s'assoient par terre avec un geste de défi. Elles commencent à les déguster au moyen de fourchettes jetables en plastique. Un de leurs voisins se penche et complimente :

- Elles ont l'air bien. Bon appétit.

D'autres, encouragés, sortent à leur tour des *causas* ou des *papas à la huancaína*. Au bout de quelques minutes, les manifestations de mauvaise humeur ont laissé place à un calme apparent, seulement troublé par les bruits de mastication et les conversations.

Un homme affirme à son voisin:

- C'est la faute du gouvernement. Il n'a qu'à les mettre en prison, tous ces emmerdeurs de gauchistes. Qu'est-ce qu'ils croient ? Avec leurs manifestations, ils vont faire fuir les investisseurs, ces fainéants. Le Pérou a besoin de compagnies minières qui viennent travailler ici, sinon, c'est au Chili qu'elles vont s'installer...

- Pour faire marcher le pays, il faudrait des gens qui prennent des risques, rétorque un autre. C'est bien gentil le boulot de cireur de chaussures dans la rue, mais ce n'est pas un métier et ça ne s'exporte pas.

- Ah, oui, mais qu'est-ce que vous voulez ? Les ONG font ce qu'elles veulent ici. Elles s'activent dans les provinces, excitent les populations qui sont quand même, assez... incultes et impressionnables, faut bien le dire. On leur parle du droit à l'eau... ah là, là... le droit à l'eau, mais ils en ont à ne pas savoir quoi en faire, de l'eau... c'est pas comme à Lima.

- C'est vrai. Lima est la deuxième capitale la plus désertique de monde et personne ne se plaint, reprend un troisième.

Une femme se mêle à la conversation :

- Les écolos, ils en avaient en Amérique et maintenant, ils les envoient ici... Comme si on avait besoin de ça. On est un pays en voie de développement, alors, on n'a pas les moyens de se payer des écolos.

- Il n'y a pas que les écolos. Il y a ces connards d'extrême-gauche qui ne pensent qu'à foutre le bordel... ça les embête que l'argent rentre et que le nombre de miséreux diminue. L'intégration sociale, c'est une réalité, même si les choses ne vont pas assez vite.

D'autres personnes se rapprochent et décident de se joindre à la conversation. Eugenio écoute ce qui se dit mais ne sent pas l'envie d'exposer ses opinions. Quel intérêt après tout que de déballer des phrases lues au hasard dans les journaux ?

Un homme vêtu d'une chemise à carreaux et coiffé d'un chapeau de feutre noir intervient violemment. Les gens se retournent vers le visage violemment couperosé de l'individu habitué aux hauts plateaux :

- Les compagnies minières polluent aussi ; on ne peut pas le nier. Elles versent du fric aux présidents de province et au Ministère des Mines pour être tranquilles. Quand vous voyez les rejets d'eaux polluées, vous comprenez que c'est un danger pour la consommation humaine. Il y a des lois pour traiter les déchets mais elles ne sont pas appliquées.

- C'est vrai, reprennent deux jeunes aux cheveux longs qu'Eugenio n'avait pas vus jusque-là. Avec les capitalistes, c'est toujours le bordel... Tout le monde sait qu'il y a plus d'incidences de cancer dans les zones affectées et ne parlons pas des retards de développement chez les enfants !! Il y a plein d'études là-dessus...

Des femmes, plus compatissantes et peut être soucieuses du sort réservé aux enfants andins, approuvent à mi-voix lorsque le premier intervenant reprend :

- Heureusement qu'on les a les capitalistes pour avoir un peu de quoi bouffer !! Allez bosser au lieu d'étudier des conneries, car si vous croyez que vous allez résoudre les problèmes de l'humanité avec vos théories fumeuses, vous vous trompez, les gars. De toute façon, c'est les gens comme vous qui ont permis l'implantation du Sentier lumineux dans le pays. Je parie que vous soutenez le Movadef et toute cette bande de bons à rien.

- C'est bon, Papa, faut pas s'énerver. On n'est pas des sympathisants des maoïstes mais faut reconnaitre qu'il y a de l'abus.

- Retournez à la San Marcos. C'est ce que vous avez de mieux à faire.

- On n'est pas de la San Marcos, on est à l'Université Nationale d'Ingénierie.

- On est dans de beaux draps, alors. De futurs ingénieurs qui raisonnent comme ça !! Si c'est pour intégrer l'Administration, alors on est bien... Quand on voit comment raisonne le Ministère de la Production. Si on a des questions sur l'activité économique du pays, ce n'est pas la peine de s'adresser à eux. On a l'impression qu'ils sont les derniers informés de ce qui se passe. En revanche, très forts pour se passer des papiers à signer et mettre des tampons partout.

Pendant ce temps, un groupe reste scotché au comptoir et continue à harceler l'hôtesse. Celle-ci n'est plus seule car des collègues se sont joints à elle. Tout ce beau monde fait un vacarme qui a au moins pour avantage de faire ouvrir un œil au garde endormi qui stationnait devant la porte d'embarquement.

Le garde, voulant probablement justifier sa présence et son maigre salaire, s'approche des plus bruyants et commence à leur demander de baisser le ton. La demande ne plaît pas à la majorité des énervés qui ne se privent pas de le lui faire savoir.

L'hôtesse, enhardie par l'intervention du garde et par la présence de ses collègues, monte à son tour la voix :

- De toute façon, l'agence ferme à dix heures et il faudra bien que vous sortiez. Il n'en faut pas plus pour relancer l'ire des malheureux voyageurs prisonniers de *Transportes Reunidos*. Les revendications reprennent alors de plus belle :

- Comment qu'on va sortir ? Donc, ça veut dire que vous savez que le problème ne va pas se résoudre rapidement. Pourquoi vous ne l'avez pas dit plus tôt ? On est là parce qu'on a payé et on n'a rien en échange de notre fric. Même pas une explication ou un début d'amabilité commerciale.

- Moi, je reste de toute façon, affirme un homme rondouillard ; s'il faut dormir ici, ça ne me gêne pas, j'ai connu pire et je dormirai ici !

- Nous aussi, on dormira ici. Et d'abord, on n'a presque rien mangé... Vous auriez au moins pu nous apporter des sandwichs pour nous faire patienter.

Sur ces paroles, réapparaissent comme par magie, la vendeuse de chips et de cacahouètes, ainsi que le vendeur de *tamales* qui reprennent leur litanie. Les affamés se jettent sur eux et, contre force soles, font main basse sur les marchandises.

L'hôtesse affiche un air résigné et, faute de mieux, commence à se remaquiller.

Il est maintenant neuf heures quarante-cinq et Eugenio se demande quelle position adopter. Il aurait bien envie pour le principe de rester dormir là, mais quelle incommodité ! Les sièges sont trop petits et inconfortables, et quant à dormir par terre, la femme au balai a peut-être de grandes qualités mais elle ne peut pas faire grand-chose contre toutes les saletés ramassées par les semelles des voyageurs dans tout Lima.

Le garde fait maintenant preuve d'initiative. D'un ton martial, il annonce à la ronde qu'il faut dégager le terrain. De toute manière, conclut-il, la police sera là d'un moment à l'autre si personne n'obtempère ; il se fait fort de les appeler pour faire évacuer.

Les prisonniers de *Transportes Reunidos* le sifflent. Certains annoncent même qu'il suffira de donner quelques pièces aux policiers pour qu'ils ferment les yeux.

Les collègues de l'hôtesse, au nombre de trois, en profitent pour reprendre la parole et tentent un ultime geste commercial :

- Nous allons prendre toutes les réclamations et la compagnie vous dédommagera... S'il vous plaît, veuillez-vous mettre en rang.

- C'est quoi, votre dédommagement ? questionne une femme à talons hauts.

- La compagnie vous offrira une réduction sur un prochain voyage et vous offrira un petit cadeau de consolation.

- C'est pas dans trois mois que j'ai besoin d'aller à Cajamarca, affirme un homme d'un ton péremptoire, c'est maintenant. Alors, votre consolation, vous pouvez la garder.

Un homme reprend le dernier intervenant :

- Ne lui criez pas dessus ; la pauvre n'y est pour rien. Alors, pourquoi être agressif ?

- Ça me défoule, mon pote.

Sur ces entrefaites, la porte s'ouvre et cinq policiers entrent, vêtus de leur uniforme vert olive et coiffés de casquettes noircies par les particules expulsées par les véhicules qui empruntent Javier Prado.

- Mesdames et Messieurs, il va falloir sortir, annonce celui qui a l'air d'être le chef.

Tout le monde se met à rire ou à siffler.

- Une petite bière, patron, persifle un joyeux drille qui tient ostensiblement une bouteille de Pilsen Callao dans chaque main.

- Vous, fermez la ! Si vous continuez à faire le malin, vous allez dormir au poste.

L'arrivée des forces de police a momentanément ramené un peu le calme, mais aucune personne ne se dirige encore vers la porte. L'hôtesse reprend le micro et annonce qu'elle a pu contacter le directeur de l'agence pour lui expliquer le problème. Celui-ci, dans sa grande bienveillance, autorise l'ouverture jusqu'à onze heures, les passagers pouvant bien entendu rester là. Le directeur parie sur une reprise du dialogue entre les autorités et les manifestants, mais la chance que la route soit débloquée dans la soirée est bien mince.

L'annonce suscite des applaudissements de la part des voyageurs, qui se tournent vers les policiers d'un air narquois. Ceux-ci rajoutent simplement qu'ils vont rester jusqu'à l'heure de fermeture pour assurer l'ordre.

Le calme étant un peu revenu, chacun reprend ses occupations qui consistent essentiellement, pour le moment, à se sustenter. Pour une femme, c'est l'heure de donner la tétée à son mioche ; elle le fait très naturellement, sans pudeur et déballe un sein veiné dont le nourrisson se saisit avec empressement.

Eugenio se demande quoi faire. Retourner à San Juan, c'est un peu loin et, à cette heure, ça peut être dangereux. Finalement, il se décide à rester. Il compte sur sa bonne étoile pour qu'une solution soit trouvée.

L'heure s'écoule lentement ; par rapport au bruit de tout à l'heure, l'ambiance est plus calme. Mais inexorablement, les aiguilles tournent et le moment fatidique approche.

L'hôtesse, derrière son comptoir, feint d'être occupée en tapant sur le clavier de son ordinateur. Eugenio se demande si elle envoie des courriels à cette heure-là ; il y a peu de chance, il est plus probable qu'elle révise l'état des départs et arrivées de la soirée ou quelque chose comme ça.

Pendant qu'Eugenio se pose ces questions, la tension recommence à monter au fur et à mesure que l'heure avance. Des gens se mettent à regarder les policiers d'un air provocant. Une fille passe devant eux en se dandinant, puis elle retrouve ses copines qui étouffent un éclat de rire.

Le chef des policiers consulte sa montre tout en tapotant sa matraque. Eugenio se dit que cet homme au visage mafflu et crevassé a manifestement envie d'en découdre. On lit dans ses yeux porcins le désir de mettre au pas toute cette racaille. Les autres policiers sont jeunes, apparemment timides et restent sans bouger, le visage impassible.

À onze heures moins dix, l'hôtesse reprend le micro et annonce d'une voix impersonnelle :

- Mesdames et Messieurs les passagers de Cajamarca, j'ai le déplaisir de vous annoncer que la route est toujours bloquée par les manifestants et, qu'en conséquence, nous ne pourrons pas partir ce soir...

- Ni demain, interrompt une voix dans l'assemblée.

- Je vais vous demander de vous retirer dans le calme ; la compagnie *Transportes Reunidos* est sincèrement désolée de ce retard et vous prie d'accepter ses excuses. Nous nous tenons prêts à recevoir vos réclamations en vue d'un dédommagement.

La foule se met à siffler pendant que les agents se placent en rang pour faire évacuer. Quelques personnes commencent à se diriger vers la porte mais la majorité ne bouge pas d'un pouce.

Le chef des policiers prend alors la parole :

- S'il vous plaît, avancez ! On n'a pas toute la nuit.

- Va te faire foutre, gros porc, lui lance un passager excédé.

- Injure à policier, rétorque le pandore. Embarquez-moi celui-là, ordonne-t-il à ses subordonnés.

Ceux-ci s'approchent de l'homme mais celui-ci se réfugie derrière le comptoir, tandis que sa femme commence à crier et à insulter les policiers. Le chef pousse ses hommes ; il sent que la tension monte et il est pressé d'évacuer le perturbateur.

Au moment où les forces de l'ordre vont se saisir de lui, la femme s'agrippe à l'un des policiers et décoche au hasard des coups de poing maladroits qui n'atteignent que faiblement leur but. Le mari, saisi par des mains brutales, lance un coup de pied au policier qui le presse. L'autre sort sa matraque et commence à frapper. C'est l'élément déclenchant : d'autres passagers se jettent dans la mêlée en tentant de pousser les policiers de côté ou en essayant de les projeter au sol.

Un des policiers a réussi à sortir son téléphone pour appeler du renfort. L'appareil saute de ses mains sous les coups d'un gaillard furieux et tombe au sol. Une femme plus rapide que les autres, ramasse l'engin et l'enfouit d'un geste preste sous ses jupes.

Eugenio est bien entendu hors de l'action mais il ne sait quelle attitude adopter. Les coups de matraque commencent à pleuvoir. Aussi, les insurgés se saisissent-ils de ce qui leur tombe sous la main, qu'ils balancent sur les forces de l'ordre tout en insultant celles-ci sous les noms de vendus et corrompus.

"Comment se fait-il, se demande Eugenio, que les renforts n'arrivent pas ?" Après tout, on est en plein centre de Lima, sur une avenue où passent des centaines de milliers de véhicules par jour et non dans une des zones périphériques des Cono Sur ou Cono Norte où la police s'aventure avec parcimonie.

Certains enragés commencent à démonter les sièges à coups de pied et lancent les débris à la tête des policiers. Les femmes ne sont pas les moins virulentes. Ce sont de véritables furies qui agressent les agents ; rien ne les arrête, ni les coups de matraque, ni les gifles. Sous les coups, elles restent une seconde étourdies, puis repartent à l'assaut, telles des buffles aveuglés.

Le sang commence à couler car plusieurs personnes portent des plaies à la tête. Les policiers aussi, sont touchés et deux d'entre eux ont, l'un un hématome à l'œil, l'autre une belle griffure qui lui traverse la face. Mais au lieu de se calmer, la fureur grimpe encore d'un cran. La vue du sang excite encore plus les uns et les autres et les instincts primaires ressurgissent.

Un homme se rue sur un des policiers et Eugenio voit clairement une lame luire à son poing.

Sans réfléchir et par pur réflexe, le jeune homme se précipite mais il est trop tard, l'homme a déjà frappé. Le policier, atteint en plein ventre, émet un curieux petit râle, titube et s'affaisse au ralenti, pendant qu'un flot de sang jaillit de la blessure.

La stupeur frappe la foule qui s'arrête brusquement, pendant qu'un silence total s'abat sur les participants à la scène.

Eugenio, dans son élan, est arrivé sur l'homme au couteau, prêt à le ceinturer mais un des policiers a déjà sorti son revolver et fait feu. La balle touche le jeune homme en plein cœur. Il tombe comme une masse, sans un cri, tué sur le coup.

L'hôtesse hurle, tout en se bouchant les oreilles.

Le policier recule, blanc, menaçant les passagers de son arme tandis que ses collègues forment rempart autour de lui. Il est clair que, si ce n'était la menace de l'arme, le flic serait bon pour un lynchage en règle.

La porte s'ouvre avec fracas, livrant passage à des forces anti-émeutes, équipées de protections, boucliers et casques et lourdement armées. Elles se positionnent aux quatre coins de la salle, tout en mettant en joue les insurgés.

Un murmure de désapprobation se propage dans la foule, mais personne ne bouge, puis peu à peu arrivent les secours qui évacuent les victimes : deux morts, diagnostique le médecin. Le policier, atteint à l'abdomen, a râlé faiblement cinq minutes, puis son souffle s'est arrêté.

En cette fin d'année, la grand-mère d'Eugenio ne pourra pas régaler son petit-fils de *picante de papa con cuy frito* ou de sa fameuse soupe de tête d'agneau.

Les petits désordres d'une jeune fille de bonne famille

- Claudia, tu pourrais te lever, il est presque midi.

- Fiche-moi la paix, je suis fatiguée.

Claudia restait enfouie au fond de son lit alors que sa mère venait de passer la tête par l'entrebâillement de la porte.

- Bon, fais comme tu veux, mais n'oublie pas qu'on a les Rivas pour déjeuner. J'aimerais que tu sois là...

Un grognement et ce fut tout, mais dès que la porte se fut refermée, Claudia se redressa, attrapa la tablette tactile qui se trouvait sur la petite table de nuit. Ses doigts commencèrent à courir sur l'écran comme des araignées numériques, effaçant des signes, revenant à un point invisible, élargissant ou rétrécissant des applications.

"Qu'est-ce que raconte le Daniel sur Face..", se demanda la jeune fille. "Voyons voir... Ah, il propose d'aller au Jockey Plaza cet après-midi... Bonne idée ; ça m'évitera de voir les Rivas.

L'enfoiré, non mais, après le plan qu'il m'a fait hier... Enfin, ça fera une occasion pour s'expliquer".

Elle répondit rapidement à Daniel en mettant Adriana et Virginia en copie ; elle leur proposa un rendez-vous un peu plus tôt afin de pouvoir manger un morceau à la *cevicheria* du Jockey. Elle envoya le message puis soupira, étira les bras vers le plafond, bailla et décida qu'il était temps de prendre sa douche.

Elle posa les pieds au sol, se leva et se dirigea vers sa salle de bains. Pendant que l'eau ruisselait, elle se rappelait avec un demi-sourire la soirée de la veille : qu'est-ce qu'elles avaient pu se marrer avec ses copines Adriana et Virginia !!... Le plus drôle, c'est quand elles avaient dragué à tour de rôle le petit type à lunettes, avec sa tête chafouine et ses épaules tombantes. Le pauvre n'en revenait pas, ça ne devait pas lui arriver tous les jours que des belles filles comme elles s'intéressent à un tel nabot.

Il est juste de reconnaître que le type semblait brillant ; il suivait des cours de business et d'administration des entreprises à l'*Universidad del Pacifico*. Son père lui avait promis qu'il l'enverrait aux Etats-Unis faire un MBA si son dossier était accepté.

Enfin, c'était quand même curieux que Daniel ait invité ce garçon car il ne le connaissait pas particulièrement - il l'avait même reconnu lui-même - Mystère... De toute façon, ça avait été une bonne rigolade, surtout quand cette sans-gêne de Virginia s'était collée à lui pendant que la plupart des invités dansaient. Adriana avait enfoui sa tête dans l'épaule de Claudia tant elle était écroulée de rire.

Et puis, surtout, la manière dont elle l'avait regardé, avec des yeux enamourés et des battements de paupière rapides, comme une gourde qui boit les paroles de l'homme qui lui fait face.

Ensuite, c'était Adriana qui avait pris le relais. Elle avait procédé d'une manière plus intellectuelle, écoutant sans rire ce que le type lui racontait, sûrement des bonniments sur la finance internationale, et effleurant parfois, comme sans le faire exprès la main ou la jambe de son interlocuteur.

Bref, la soirée avait été marrante : il y avait tout ce qu'il fallait pour s'amuser. Daniel avait bien fait les choses : à boire d'abord avec des whiskies, un Pisco Sour d'enfer, du vin et des bières ; à manger aussi avec des pizzas et une montagne de sandwichs. Il n'avait pas non plus oublié la marijuana, une marijuana qui venait directement de Colombie. La plupart des invités, qui se trouvaient dans la grande maison des parents de Daniel, s'étaient retrouvés à moitié saouls dès minuit. Beaucoup restaient affalés sur les divans mais d'autres avaient passé une bonne partie du temps à danser sur des rythmes de rap et de techno péruviens.

Au bout d'un certain temps, Claudia avait senti diminuer son intérêt pour les manœuvres de ses copines avec le type à mine chafouine. Elle avait senti des bouffées de chaleur et avait cherché Daniel dans l'assistance. Elle avait fini par le dénicher alors qu'il sortait de la cuisine.

Elle avait voulu l'entraîner dans une chambre à l'étage pour qu'il lui fasse l'amour mais le problème était que Daniel était déjà trop allumé pour réagir comme elle le désirait. Il avait bredouillé des phrases sans suite et, surtout, il puait l'alcool... Une horreur. Claudia voulait qu'il la prenne rapidement et elle avait eu beau lui susurrer quelques phrases salées, l'autre avait à peine levé un œil vide sur elle.

"Dans la cuisine, si tu veux, en fermant la porte, puisque l'étage, c'est trop haut pour toi...", lui avait-elle dit. Mais l'autre n'avait répondu que par un vague borborygme.

D'énervement, elle l'avait plantée là... En plus, il n'y avait pas un autre type qui l'attirât vraiment dans l'assistance. Pas de quoi se consoler et faire crever l'autre de jalousie. Elle était retournée s'asseoir dépitée à côté de ses copines et leur avait expliqué la situation.

- Complètement bourré, le Daniel... Merde, déclara-t-elle à Virginia et Adriana pour résumer.

- T'en fous, prends un autre... Tiens, essaie avec le Lapin.

- J'ai pas envie de rire, Adriana ; vas-y toi... puisque t'es si maligne.

- Attends, tu vas voir : il m'a donné son téléphone et son mail... Je lui ai promis que je lui écrirai... Un tweet, c'est pas méchant. Vous comprenez, c'est un romantique dans son genre, je lui ai fait comprendre que je ne couchais pas le premier soir. Il suait et bredouillait, vous auriez vu ça... trop marrant.

En racontant la scène, Adriana esquissait les mimiques, adoptait l'attitude de la fille sage qui ne veut pas livrer ses charmes trop vite et qui tente de mettre quelques barrières, même si elles ne sont que de pure forme.

En dépit de sa déception, Claudia ne put résister et se mit à rire à la description de son amie. Il faut dire que cette Adriana savait être drôle... Très forte pour imiter les gens, on ne pouvait pas lui nier ce talent-là.

Finalement, vers trois heures du matin, les trois filles s'étaient décidées à quitter la fête, certains de leurs meilleurs amis ayant déjà déserté. Claudia avait raccompagné ses deux copines à leur domicile et était rentrée directement, au volant de sa décapotable rouge, à la grande propriété que ses parents occupaient à La Molina.

Claudia tourna le robinet de la douche, attrapa la confortable serviette brodée qui était accrochée au mur et sortit de la salle de bains en se séchant. Devant la penderie, elle resta pensive, ne sachant trop quoi se mettre avant de sortir. Finalement, elle se décida pour un ensemble avec pantalon noir ajusté qu'elle s'était procuré un mois auparavant chez Saga Falabella.

Le maquillage ne lui prit que quelques minutes ; elle n'aimait pas rester trop longtemps devant la glace, ce qui constituait un signe distinctif par rapport à ses copines qui n'hésitaient pas à rester des heures à s'observer. Elle saisit un flacon de parfum français coûteux, s'en mit quelques touches discrètes et termina de s'ajuster, puis elle consulta sa montre : midi et demi. Il était temps d'y aller.

La maison luxueuse occupait cinq cent mètres carrés dans un quartier cossu de La Molina. Le jardin de trois mille mètres carrés, clôturé par un mur d'enceinte de trois mètres de haut, avec toutes les mesures de sécurité nécessaires, avait ce caractère de luxuriance naturelle que l'on trouve sous les tropiques. Il avait pourtant été soigneusement dessiné et comprenait toutes sortes d'espèces : des bougainvilliers exubérants, des ficus, quelques cactus soigneusement choisis, nombre de fleurs, parmi lesquelles, géranium, mimosas, magnolias, *galan de noche* et autres adoucissaient son aspect sauvage. Les *jacarandas* et les palmiers projetaient leur ombre, ajoutant une touche de fraîcheur lors de la saison chaude.

Au milieu, une piscine en forme de haricot, bordée d'un côté par des haies de bambou, donnait vaguement l'impression d'une oasis. On y accédait depuis la maison par un sentier dallé d'une propreté parfaite.

Claudia travaillait comme avocate dans un grand cabinet de San Isidro et gagnait bien sa vie mais préférait habiter chez ses parents; Il y avait les bonniches et sa mère pour s'occuper de tout, ce qui rendait la vie calme et paisible.

Après son travail, elle pouvait paresser comme une chatte capricieuse, en regardant ses séries télévisées favorites. Elle avait vingt-huit ans comme Daniel. Ils se fréquentaient depuis trois ans mais n'étaient pas pressés de régulariser leur situation. En fait, cette espèce de statu quo satisfaisait tout le monde, les mères parce qu'elles ne voyaient pas partir leur progéniture et les enfants parce que c'était plus confortable. Quant aux pères, on ne les entendait pas s'exprimer sur ce sujet. Cela faisait partie des choses dont on ne parle pas.

Le père de Claudia était patron d'une assez grosse affaire de mécanique et possédait des rizières dans le Nord et des champs de coton. Sa mère venait d'une famille assez fortunée.

Lors d'un héritage, lui étaient revenues d'assez grosses parcelles de vigne dans la région de Chincha.

Il y avait un frère un peu plus jeune qu'elle, qui faisait des études à L'Université *La Catolica* en Politiques Publiques et avec lequel elle n'entretenait que des rapports de pure forme.

En bas de l'escalier, Claudia se heurta presqu'avec une des employées de maison, une indienne de Huancavelica.

- Tu ne peux pas faire attention, maladroite ?

- Pardon, Señorita, pardon, je ne l'ai pas fait exprès.

- Encore heureux que tu ne l'aies pas fait exprès. Retourne dans ton village, si tu ne sais pas te conduire à Lima.

Claudia détestait cette face plate, sans expression. Les pommettes cuivrées, le front bas la heurtaient, tout comme cette sorte de résignation molle dans laquelle se complaisaient ceux de sa race.

L'indienne était sa bête noire ; elle s'amusait à la tourner en bourrique et à se moquer d'elle. Parfois, elle faisait exprès d'employer des termes compliqués que l'autre ne pouvait entendre. Elle haussait alors les épaules, plantant la pauvre qui restait à se gratter le crâne en se demandant ce qu'on avait bien pu lui signifier.

Rageuse, Claudia tourna les talons et se dirigea vers le centre de la salle à manger. Elle s'assit à la grande table d'acajou qu'on avait recouvert d'une jolie dentelle à l'ancienne et attendit... Sûrement qu'une des employées viendrait s'enquérir de ce qu'elle voulait, mais c'était plus drôle d'attendre sans rien dire...

Justement, l'autre, celle qui venait de Puno, s'approchait.

- Apporte-moi un jus de papaye, deux pains et un demi avocat.

- Tout de suite, Señorita

- Dépêche-toi, paresseuse, je suis pressée.

L'indienne s'éclipsa sans bruit, comme en glissant sur le parquet ciré.

Elle ne valait pas mieux celle-là, avec les cheveux qui lui mangeaient le front, progressant depuis le haut du crâne et depuis les côtés jusqu'à ne laisser qu'une étroite bande glabre. "Où pouvait donc se nicher un cerveau dans une tête pareille ?". se demandait la jeune fille.

Tout en attendant son en-cas, Claudia entendait le bourdonnement de voix qui provenait du salon ; probablement que les Rivas étaient arrivés. Pour se distraire, elle tendit l'oreille... Les sons commençaient à faire des phrases et les phrases à faire du sens, enfin si on peut appeler cela comme ça, pensait-elle.

Les orateurs se coupaient la parole, sans gêne. Le jacassement venait de toutes les bouches en même temps. L'un ou l'une se dépêchait de finir sa phrase de peur d'être coupé. L'autre n'attendait même pas le moment opportun pour placer sa réplique. A écouter la précipitation des intervenants, on avait l'impression qu'une seule seconde de silence allait amener mort d'homme, des catastrophes ou une angoisse. C'était une vivacité artificielle et automatique, typique de ceux qui n'ont pas l'habitude de penser.

Heureusement, pensa-t-elle qu'il n'était pas dans ses plans de rester au déjeuner. Quelle barbe que les Rivas...

La fille de Puno apporta le plateau qu'elle posa sur la table. Mais, malchance ou volonté délibérée, en servant, elle renversa un peu de jus de papaye sur le chemisier de Saga Falabella.

- Fais attention, espèce d'idiote. Regarde ce que tu as fait.

- Je suis désolé, Señorita, je vais essuyer.

- C'est encore pire, Fiche-moi la paix.

Claudia furieuse, remonta l'escalier quatre à quatre. L'indienne restait plantée là, sans trop savoir quoi faire.

Une fois, Daniel lui avait dit qu'il faut se méfier avec les indiens. On ne peut jamais savoir ce qu'ils pensent car des siècles de domination espagnole leur ont appris à dissimuler. Ils peuvent passer des années à ruminer une vengeance. Une fois, lui avait raconté Daniel, des gens qu'il connaissait s'étaient fait voler une somme d'argent importante par leur gardien qui les servait depuis des années... Ce n'est pas qu'ils le traitaient particulièrement mal mais, un jour, pour une raison inconnue, il avait embarqué le magot et on ne l'avait plus revu.

De plus, avait ajouté Daniel pour parfaire sa démonstration, le type savait depuis deux ans où était l'argent ; on le pensait donc parfaitement honnête mais, allez savoir quelle mouche pique ces animaux là... Un jour, ça les prend et personne ne sait pourquoi : une broutille, une remarque qui, d'un coup, passe mal.

Claudia avait ri de l'histoire et conclu que, de toute façon, ce n'était pas très malin de la part des maîtres de maison de laisser traîner l'argent. Tout le monde sait que l'argent, on le met à la banque, point final...

Claudia restait pensive devant sa penderie : que mettre maintenant que cette imbécile lui avait gâché son chemisier ? Finalement, elle se décida pour un tailleur qu'elle aimait bien.

Elle repensa à Daniel ; il était probable qu'il aurait honte de son attitude de la nuit précédente mais il entrait dans les plans de Claudia de la lui faire payer. Si on ne pouvait pas mener les mecs par le bout du nez, quel intérêt ?

Elle redescendit l'escalier et retourna vers la table. Elle but rapidement le jus de papaye et avala un pain avec un bout d'avocat, puis elle remonta se laver les dents. Presqu'une heure... Il était plus que temps de partir.

Au volant de sa décapotable rouge, cadeau de son père pour l'obtention de son diplôme, elle se sentait libre plus qu'en aucune autre circonstance. Elle s'inséra adroitement dans la circulation dense de l'avenue *Los Inkas*, tourna au rond-point de l'Université de Lima pour prendre la grande avenue Javier Prado. Le soleil avait fait une timide apparition entre les nuages gris ; cela suffisait à réchauffer l'atmosphère. L'humidité de l'air était montée aussi, collant les vêtements à la peau.

L'avenue Javier Prado était bien chargée comme tous les jours mais heureusement, il n'y avait pas très loin pour aller au Jockey.

Au premier feu, un jeune acrobate jonglait avec des boules de plastique. Il ne semblait pas d'une extrême dextérité, en effet, en quelques secondes de jonglage, deux boules étaient tombées à terre.

La jeune fille l'observa sans réel intérêt, juste parce que le type était là et qu'elle attendait le feu vert. "C'était à tous les carrefours qu'on en voyait maintenant des comme ça", pensa la jeune fille.

Claudia tourna la tête : une gamine de sept à huit ans peut-être, remontait la file de voitures en portant un sac de plastique rempli de bonbons tout en geignant. Elle arriva à la hauteur de la vitre.

- S'il vous plaît, collaborez pour soutenir ma famille.

Claudia soupira et fit un geste de la main pour éloigner l'enfant ; elle était violemment opposée à cette habitude qui voulait que les gosses soient envoyés, dès le matin par les parents, dans tout Lima pour vendre leur camelote. Ce n'était pas ainsi qu'ils apprendraient quelque chose à l'école, pensa la jeune fille.

Arrivée au grand centre commercial, elle se gara et se dirigea vers la *cevicheria*. Adriana et Virginia étaient déjà là. Elles se levèrent quand Claudia s'approcha.

- Super cet ensemble, Claudia, il te va vraiment bien.

- Merci, Adriana... Merci, mais toi aussi, tu es superbe... comme d'habitude.

Les filles se firent la bise.

- Bon, qu'est-ce que vous racontez les copines ?

- Depuis hier soir, tu veux dire ? Eh, bien, rien de particulier... il y avait peu de chance qu'on tombe sur le Prince charmant après qu'on se soit quittées, non ? répondit Virginia.

Adriana intervint :

- Et Daniel, il vient ?

- Il a promis en tout cas.

Un serveur s'approcha et prit la commande : deux *ceviches*, un *chicharron* de poisson et une cruche de *chicha morrada*.

- Tu ne devrais pas prendre le *chicharron*, Claudia, c'est trop gras, commenta Virginia .

La jeune fille soupira.

- Je sais, mais j'aime ça... Qu'est-ce que tu veux. Bah, j'en suis réduite à faire régime le reste de la semaine, mais changeons de sujet. Vous êtes, entre guillemets, célibataires depuis un petit moment ; ça ne vous tente pas un beau mâle ? Peut-être que je peux vous trouver ça dans mes profils de Facebook.

- Peuh, sympa, mais pour le moment, ça ne me tente pas. Ma dernière expérience avec Juan,... merci, répondit Virginia.

- Mais non, ma chérie, je te parle d'un beau mec. Je ne te parle pas de Juan.

- Ah, très drôle… un étranger tu veux dire , un gringo ?

Les trois amies se mirent à rire.

Adriana intervint.

- Oui, mais, c'est de ta faute ; tout le monde sait que Juan, ce n'est pas une affaire. Qu'avais-tu besoin de rester collée à lui six mois ?

- L'ennui, peut-être.

- Le mieux, c'est de continuer à aller dans des fêtes ; on peut y faire des rencontres intéressantes, conclut Claudia.

- En général t'as raison, sauf hier soir. Au niveau gibier, c'était plutôt moyen.

- C'est juste, mais au fait et ton lapin d'hier, tu lui as téléphoné ?

Adriana pouffa.

- Non, mais je vais le faire, rien que pour vous embêter.

Les trois filles rirent.

Daniel les surprit dans cet état de bonne humeur.

- J'arrive au bon moment ; c'est de moi que vous riez ?

- Ne te crois pas le centre du monde, mon petit, coupa Virginia.

Daniel embrassa les filles, s'approcha de Claudia mais celle-ci détourna la tête, juste ce qu'il fallait pour que la bouche du jeune homme se posât sur la joue.

- Tu m'en veux pour hier soir ? ; s'enquit-il à voix basse.

Claudia ne répondit pas et se rassit, l'air absent.

Daniel soupira.

- Je me suis mal conduit, mais ça peut arriver à tout le monde. Pardonne-moi, , conclut-il avec un demi-sourire gêné.

Le garçon apporta les plats.

- Pour Monsieur, ce sera ?

- Heu... escabèche de poisson.

- Et pour boire ?

- Une Cristal... Glacée.

Pensive, Claudia regardait ses ongles. Avait-elle raison de lui battre froid ? Après tout, une cuite, ça peut arriver à tout le monde. Mais quand même, trancha-t-elle, ça ne lui ferait pas de mal de mariner un peu. Il se la pétait un peu trop.

Daniel avait récupéré tout son aplomb de jeune coq ; il souriait à Adriana. Virginia et Claudia échangèrent un regard. Claudia savait que son amie n'appréciait que moyennement Daniel ; elle lui trouvait l'air un peu trop sûr de lui, en héritier habitué à la facilité de la vie. En effet, Daniel travaillait dans le business de son père où il s'occupait d'import-export mais ses compétences étaient limitées. Il avait eu du mal à avoir son diplôme malgré les complaisances de l'Université privée d'où il sortait.

Adriana alluma une cigarette et, pour relancer la conversation, demanda au jeune homme :

- Et le boulot, ça va, Daniel ?

- Pas à se plaindre pour le moment, souriait-il. On a pas mal de travail avec les chinois, en particulier.

- Et t'apprends le chinois ?

- Trop compliqué. On fait nos deals en anglais.

- En ce moment, le chinois mandarin, c'est à la mode. Vous avez vu les centres de langues qui le proposent ? Ils poussent comme des champignons, fit remarquer Virginia.

- J'en connais qui suivent des cours mais c'est terrible,... l'accent je veux dire. Il parait que deux mots complètement différents se prononcent presque pareil... Imaginez les contre-sens, reprit Claudia.

- C'est vrai... Et puis de toute façon, on n'est même pas capable d'apprendre l'anglais correctement dans ce pays... Alors, le chinois..., conclut Daniel.

- Ah, l'éducation, tout un système à revoir.

Le garçon apporta l'escabèche et la bière qu'il déposa sur la table devant le jeune homme.

- Eh bien, bon appétit, comme tu vois, nous, on a déjà commencé.

Daniel entama son escabèche.

- Vous avez remarqué, j'ai l'impression qu'il y a plus de gosses qu'avant qui vendent leur camelote aux carrefours, confia-t-il entre deux bouchées. Si ça n'est pas malheureux.

- Tu as remarqué aussi ? Oui, je crois bien que c'est vrai, renchérit Virginia

- Mais que font les parents à laisser leur progéniture trainer comme ça ?, ajouta Adriana.

Claudia prit la parole de manière péremptoire.

- Avec le gouvernement qu'on a, il est impossible de régler les problèmes sociaux, ni d'ailleurs les autres. Alors les pauvres... ils envoient leur marmaille dans les rues du matin au soir.

- Vrai que le militaire, ça n'est pas un cadeau ; il faut dire que ce n'était quand même pas le premier de sa promo, plutôt même l'un des derniers, commenta Adriana.

- Non seulement, militaire de deuxième rang mais indien en plus, compléta Claudia.

- Ah, ça... c'est bien le problème, reprit Daniel.

- Et sa bonne femme, elle croit que c'est elle qui a été élue ou quoi ?, demanda Adriana.

Claudia décida de se lancer dans une diatribe serrée.

- Avec des types comme ça et toute la bande de nuls du Gouvernement, on n'est pas près de remonter dans les classements internationaux, tant en santé qu'en éducation... Et puis, après tout, peut-être que ça arrange bien tout le monde que ça se passe comme ça. Ne dites pas le contraire... On sait bien que le pays ne marche que parce qu'il y a des pauvres. Ici, tant qu'on a de l'argent, tout roule... Nous, par exemple, la vie, c'est cool et nos parents font partie de ceux qui ont intérêt à ce que des médiocres soient présidents... Si, si, bandes d'hypocrites... Ne niez pas. Vous voudriez vraiment que les choses changent ?

La jeune fille avait haussé le ton et quelques convives de la *cevicheria* tournèrent la tête. Virginia eut l'air gênée ; Adriana étouffa un petit rire.

- Claudia, tu ne tournes quand même pas communiste... Pas avec les parents que tu as, rassure-moi.

Daniel crut mettre tout le monde d'accord en disant :

- Oh, là, là, si on parle politique, moi, je m'en vais... Bon, changeons plutôt de sujet... Vous avez vu le dernier épisode de "*Jusqu'à ce que l'argent nous sépare*" ?

Les filles s'esclaffèrent.

- Ah oui, très bien. Moi, ce qui m'a plu, c'est la tête du vieux plein de fric quand Lisa lui annonce qu'elle le quitte pour partir avec Anthony, commenta Claudia

- Vrai que c'est assez marrant, ce passage... Mais le moment où Anthony accuse Mariana de le tromper est pas mal non plus, rétorqua Virginia.

Comme Daniel ne voulait pas être en reste, il reprit la parole :

- Si ça vous intéresse, essayez de trouver les enregistrements de séries d'autrefois des années 80, vous verrez... c'est pas mal... par exemple, *"Les riches pleurent aussi"* ou *"Marie de nulle part"*. Moi, je trouve que ça fait plus de sens que les *telenovelas* d'aujourd'hui. Et puis, de toute façon, ce qu'on voit maintenant, c'est des trucs inventés à l'époque. Les situations se répètent, c'est tout.

- Mais attendez, s'écria tout à coup Virginia, on est bien le 30 ?

- Oui, samedi 30.

- Il faut que je règle ma carte de crédit Ripley aujourd'hui... Dernier délai. Vous savez comment ils sont. Un jour de retard et c'est 50 soles de pénalité.

- On t'accompagne si tu veux, proposa Claudia.

- Ce n'est pas de refus. Bon, je finis mon *ceviche* et on part.

- Daniel, tu viens avec nous ?, proposa Adriana.

- Franchement, les grands magasins un samedi après-midi, très peu pour moi.

- Comme tu veux... On se voit à la Discothèque ce soir ?, demanda Claudia

- Absolument... À ce soir les filles.

Les trois filles sortirent du restaurant. Claudia proposa de les emmener en voiture mais Adriana et Virginia, qui étaient venues ensemble préférèrent récupérer leur véhicule. Ce n'étaient pas les places de parking qui manquaient dans le sous-sol du grand magasin.

La discothèque se trouvait dans un quartier huppé de Miraflores. Claudia arriva vers dix heures et quart. On entendait vaguement la musique assourdie par l'épaisseur de la porte blindée. Le portier, un noir d'allure imposante, connaissait bien Claudia ; il s'effaça pour la laisser passer. La jeune fille descendit une volée de marches, laissa son sac à main au vestiaire et s'avança dans la pénombre qui baignait les banquettes et les tables. La discothèque était vaste et on en distinguait mal le fond, peu éclairé. Quelques couples enlacés occupaient les fauteuils mais il n'y avait encore que peu de monde. Néanmoins, certains s'agitaient déjà sur la piste, violemment éclairée par les spots rotatifs et les flash de lumière syncopée.

Claudia vit Daniel accoudé au bar, un verre de Pisco Sour à la main. Le serveur, la tête déjà fatiguée, la regarda s'approcher d'un air morne.

- Coucou, Daniel

- Ah, te voilà. Salut...

Il lui prit la main qu'elle lui abandonna avec une nonchalance étudiée, puis chercha ses lèvres, mais elle se déroba au dernier moment. Le jeune homme eut l'air dépité.

Claudia s'écarta tout en gardant la main de Daniel dans la sienne.

- Tu as loupé le coche, hier soir, espèce d'idiot.

- J'étais cuit ; et puis après tout, qu'est-ce que tu veux que je te dise ? J'avais besoin de décompresser... À cause du boulot. C'est pour ça que je me suis cuité.

- Pauvre chou. C'est attendrissant... À cause de tes pauvres chinois. De toute façon, ce qui est fait est fait, mais c'est trop bête ; on avait une bonne occasion avec une baraque à nous et personne pour nous casser les pieds. Maintenant, il faudra attendre la prochaine fois.

Il hésita puis se lança.

- On pourrait aller à l'hôtel de temps en temps.

- Dans des hôtels à 20 soles, comme les gamins des *pueblos*... Je vais croire que tu as des entrées là-dedans... Très peu pour moi, je te l'ai déjà dit.

- Alors, un peu plus tard dans les toilettes de la boite ? ça ne t'excite pas ?, lança-t-il avec un regard un peu salace.

- Pas davantage... dans les toilettes... tu te crois encore au lycée ma parole.

Daniel fit une moue de dépit mais n'eut pas le temps de répondre car Adriana et Virginia venaient d'arriver et se juchaient chacune sur un tabouret du bar.

- Qu'est-ce que vous prenez, les filles ?, demanda Daniel. C'est ma tournée.

- Ah, bon, je commençais à me demander quand tu allais m'offrir à boire, commenta Claudia

Le jeune homme haussa les épaules. Elle avait vraiment décidé de l'exaspérer ce soir. Il soupira bruyamment. Les deux nouvelles arrivantes comprirent que la tension avec Claudia n'était pas retombée.

- Qu'est-ce que tu as pris ? Un Pisco Sour ?, demanda Virginia.

- Oui.

- Alors, je me laisse tenter par un cocktail d'*Algarrobina*... J'adore ça.

- Et toi ?, demanda Daniel à Adriana.

Claudia comprit qu'il faisait exprès de prendre d'abord la commande de ses copines. "Ridicule", pensa-t-elle. "Petite vengeance qui ne me touche pas. Enfin, si ça lui fait plaisir".

Il se tourna finalement vers Claudia :

- Et toi ?

- Pareil, cocktail d'*Algarrobina*.

Le serveur nota soigneusement sur son carnet les commandes et commença à agiter son shaker à cocktails.

- On va danser ?, proposa Adriana.

Daniel acquiesça d'un coup.

- Avec plaisir.

Claudia et Virginia regardèrent le couple s'éloigner vers la piste.

- Garde ton calme ; il fait ça pour t'embêter, commenta Virginia.

- Je sais, je sais, mais s'il croit que ça m'énerve, il se trompe, l'animal.

Sur la piste, Adriana et Daniel se déhanchaient sur un rythme de salsa. Claudia, en dépit de ce qu'elle venait de dire, ressentait une légère irritation. Il aurait pu attendre un peu, ce mufle, se faire désirer, au lieu de se jeter sur l'invitation aussi vite... Décidément, il jouait avec ses nerfs et accumulait les points négatifs.

Le serveur déposa les boissons. Claudia but une gorgée qui lui brûla la gorge. Le cocktail n'était pas aussi bon que dans ses souvenirs. Elle faillit le signaler au serveur mais se retint au dernier moment. A quoi bon ?

- On y va aussi, proposa Virginia.

- Bonne idée.

Il y avait maintenant beaucoup de monde sur la piste et l'ambiance gagnait en intensité. Les deux filles firent exprès de s'approcher du couple et se mirent à danser en exagérant leurs mouvements.

Daniel jeta un coup d'œil vers Claudia et un demi-sourire s'ébaucha sur son visage.

"C'est vrai qu'il est assez beau, le salaud, le problème, c'est qu'il le sait", pensa Claudia.

Mais Daniel ne semblait plus faire attention à elle ; il se prêtait complètement au jeu que lui proposait Adriana. Celle-ci, lascive, se collait au jeune homme, comme de manière fortuite. Elle lui présentait l'épaule en tournant à moitié la tête vers son partenaire.

Claudia les regarda puis croisa le regard de Virginia. Celle-ci, dans un geste muet, lui signifia : "Laisse tomber, si cela les amuse".

Elle avait raison après tout... Pourquoi s'en faire ? Elle regarda autour d'elle. Il y avait plus de filles que de garçons et chacun d'eux semblait accompagné. Dommage... Elle se sentait prête pour jouer les garces et draguer le premier type convenable.

Claudia se rapprocha de Virginia et les deux filles se mirent à danser ensemble. Elles dansaient très bien ; peu à peu, ceux qui étaient présents sur la piste s'arrêtèrent de se trémousser. Ils regardèrent le spectacle qui leur était offert et se mirent à frapper en cadence dans leurs mains.

Claudia et Virginia, enivrées par leur soudain succès, se concentrèrent et, bientôt, le monde extérieur n'exista plus. Elles tournaient sur elles même, faisant vibrer leurs épaules, comme seules savent le faire les femmes des contrées chaudes.

À chaque mouvement nouveau, les spectateurs s'enhardirent ; ils se mirent à les encourager à haute voix en claquant dans leurs mains. La discothèque s'était transformée en spectacle vivant. À la salsa, avait succédé un *merengue* plus rapide.

Dans un coin, d'autres fêtards célébraient un anniversaire, ce qui ajoutait à l'ambiance électrique.

Les deux jeunes filles continuèrent, soutenues par le public ; elles devaient maintenant soutenir ce rythme plus saccadé du *merengue* qui demande un effort physique certain. Après environ dix minutes, elles commencèrent à sentir la fatigue et la sueur mouiller leur front mais, emportées par l'ambiance, elles continuèrent leur folle danse.

Un type, excité à son tour, s'inséra dans le cercle et commença à se mouvoir en rythme. Il sourit aux deux jeunes filles qui lui jetèrent un clin d'œil complice. Les spectateurs continuaient leurs encouragements en frappant dans leurs mains et en criant de plus en plus fort.

Finalement, le *merengue* s'arrêta et une valse prit la relève. Manifestement, l'homme qui les avait accompagnées voulait continuer sur ce rythme différent et langoureux. Il leur fit une invite muette qu'elles déclinèrent. Elles se sentaient lasses, avaient soif et se rapprochèrent du bar.

Tout à coup, Virginia dit :

- Mais où sont Daniel et Adriana ? Je ne les vois plus.

- Mais c'est vrai. On dansait tellement qu'on les a oubliés.

Elles jetèrent un œil dans la discothèque, mais personne. Ni sur les banquettes du fond, ni sur les côtés. Bizarre... Où pouvaient-ils être ?

Claudia se leva et s'approcha des différentes tables... En vain ; Daniel et Adriana semblaient s'être volatilisés. Elle revint à sa place au bar, maintenant bien chargé de monde. Le serveur ne savait plus où donner de la tête et un deuxième barman était venu le seconder.

- Ils ont dû sortir prendre l'air, affirma Virginia.

- Tu as raison… Ils doivent être dehors à fumer. Je vais me rafraîchir aux toilettes. J'ai trop chaud.

. OK, je garde les places et j'irai après toi.

Claudia descendit les quelques marches qui conduisaient au sous-sol. Les toilettes luisaient de propreté, avec des faïences blanches sur les murs et des lavabos en imitation marbre qui se reflétaient dans des miroirs de qualité.

La lumière crue et violente, par rapport à la pénombre relative qui régnait en haut, aveugla la jeune fille. Elle s'approcha lentement du premier lavabo à sa gauche lorsqu'elle entendit un bruit inédit derrière la porte d'une des toilettes, comme un gémissement.

Elle se raidit soudain, ayant peur de comprendre ; elle n'eut pas longtemps à attendre car la suite était limpide, puis la porte s'ouvrit soudain sur Adriana, la figure rouge et légèrement décoiffée. La surprise cloua cette dernière sur le seuil de la porte. Claudia bondit.

- Salope, qu'est-ce que tu faisais là-dedans ? Et toi, montre-toi un peu, espèce d'ordure.

Elle arracha la porte des mains d'Adriana qui resta pétrifiée. Daniel était en train de se rajuster précipitamment.

Elle se retourna brusquement et voulut gifler Adriana mais Daniel s'interposa et lui saisit le bras.

- Du calme, ce n'est pas ce que tu crois

- Ah, oui et qu'est-ce que je crois, mon bonhomme ?, que vous jouiez aux billes ?

Daniel haussa les épaules.

Claudia se mit à le frapper sur la poitrine mais, dans son exapération, ses coups manquaient de précision ; elle cria :

- Tu es vraiment un sale type, un moins que rien, un salaud... Tu étais peut être le seul garçon pour lequel j'ai éprouvé un certain sentiment.

Daniel était gêné car malgré la musique, on pouvait les entendre depuis le haut de l'escalier, et puis quelqu'un pouvait venir. Il hésita, ne sachant pas comment calmer Claudia. Puis, il se lança tout en lui tenant le bras.

- Allons, du calme. Après tout, tu l'as cherché. Tu me bats froid depuis le début de la soirée. Alors, je ne sais pas ce qui m'a pris...

- Moi, je le sais ; c'est cette salope d'Adriana qui t'a proposé la botte. Et toi, faible et lâche comme tous les hommes, tu t'es laissé faire... Bien sûr, pauvre chéri, tu ne peux pas te contrôler : la première qui passe et Monsieur se prend pour Casanova.

Elle sembla se calmer un peu. Daniel la lâcha.

- Je suis désolé... Un moment d'égarement.

- Un moment d'égarement. Pauvre con...

Puis, soudain, elle partit en pleurs, recommença à lui labourer la poitrine à coups de poing.

- Salaud... Salaud.

Puis soudain, peut-être épuisée par la tension nerveuse, elle glissa sur le carrelage en continuant à sangloter. Et là, secouée par les larmes, elle se prit la face à deux mains et se recroquevilla au pied du lavabo.

Daniel prit la main d'Adriana.

- Viens, de toute façon, elle finira bien par se calmer.

En remontant l'escalier, Adriana jeta, par-dessus son épaule, un regard légèrement méprisant vers celle qui venait de cesser d'être son amie.

Claudia resta prostrée quelques minutes puis se releva ; elle se regarda dans la glace, son maquillage avait coulé. Quelle barbe, elle n'avait pas son sac à main qu'elle avait déposé au vestiaire.

"Quelle conne, non mais, quelle conne... Avec cette pouf d'Adriana en plus. Moi.qui la prenait pour une amie et, lui, l'ordure... qui ne peut résister. Ah, non, c'est trop con", ne put s'empêcher de penser Claudia entre deux reniflements.

Elle nettoya son visage, sur lequel se voyaient les traces de larmes séchées, comme elle put avec une serviette en papier, essuya son rouge à lèvres qui avait souffert, puis remonta l'escalier.

La tête lui tournait ; elle avait mal au cœur et tout lui semblait vain. Comme la vie était bizarre : quelques minutes auparavant, les choses étaient normales. Sans surprise et avec l'agrément, que procure l'argent, elle passait son existence de jeune liménienne insouciante, et brusquement, tout avait basculé.

Elle ne pensait pas qu'elle tenait tant à Daniel mais c'était plutôt son orgueil blessé qui lui avait dicté sa réaction. Se faire souffler son mec par Adriana, elle n'aurait jamais pensé cela possible. Le larguer, oui sans problème, mais à condition que personne n'en profite, du moins dans le cercle de ses connaissances.

C'etait cela en fait : que personne n'en profite et elle était bien obligée d'admettre, en son for intérieur, que cette démarche égoïste était celle qui réellement la faisait jouir.

Elle s'approcha du bar ; Virginia ouvrit de grands yeux en la voyant.

- Qu'est-ce qui t'arrives ? Tu as l'air bizarre.

- Je vais te raconter, mais dis-moi : as-tu vu Daniel et Adriana ?

- Non.

- Ils ont filé par l'autre côté.

Et elle eut un rire nerveux.

- Quoi ? Filé, tu es sûre ?

- Aussi sûre que je te vois. Figure qu'ils étaient en train de bien faire quand je suis arrivée.

- Tu veux dire ?...

- Oui, c'est bien ça... En descendant, j'ai entendu, et malgré la musique, des gémissements en provenance d'une des toilettes. J'ai cru avoir mal entendu mais, peu après, Adriana sortait, mal rafistolée et ensuite le Daniel... J'ai piqué une crise...

- C'est incroyable. Dans les toilettes... Mais tu avais eu des doutes... avant ou pas ?

- Non, à mon avis, ça leur a pris comme ça... d'un coup... Daniel n'était pas content de ce que je lui ai dit sur son attitude d'hier soir et il a cherché à se venger, c'est tout... Il ne faut pas chercher de grandes explications philosophiques. Il a dû lui proposer la botte pendant qu'ils dansaient, ou alors elle... Peu importe... En tout cas, c'est bien fini avec cet abruti. Qu'il reste avec l'autre poufiasse si ça lui chante !!

- Je te plains, Claudia, sincèrement.

- Laisse, Virginia... ça n'en vaut pas la peine... Oh et puis, je crois que je vais rentrer... Je n'ai plus le cœur à m'amuser.

- Tu vois que ça t'affecte plus que ce que tu veux bien dire. T'as beau faire la fortiche qui avale tout presque sans rien dire mais tu ne peux pas me tromper, moi.

- Peut-être que tu as raison...Tu restes ?

-.Oui

- Alors, bonne continuation. Amuse-toi, si tu peux.

Claudia embrassa Virginia et se dirigea vers le vestiaire où elle avait laissé son sac à main. Elle sortit dans la nuit froide ; il tombait une très fine pluie et elle n'avait pas de parapluie. Elle attendit devant l'entrée de la discothèque que le voiturier lui avance sa décapotable puis lui donna un billet de dix soles et démarra. Elle conduisit vite, d'abord pour se clamer les nerfs et, ensuite, parce que les avenues étaient presque vides à cette heure de la nuit.

L'air frais et la pluie fine lui firent du bien. Après tout, il fallait relativiser, se dit-elle. Ce Daniel était un rien du tout avec une jolie gueule, d'accord, mais pour le reste... Sans son père, qu'est-ce qu'il aurait fait le pauvre chéri ? Il avait eu son diplôme - on se demande comment - et ensuite directement dans la boite de papa, à un poste qui ne correspondait ni à ses compétences, ni à son âge.

Tandis qu'elle, son diplôme d'avocate, elle était allée le chercher avec les dents. Son père n'était pas intervenu pour lui faciliter les choses. Il avait simplement payé les études, ce qui était déjà beaucoup, mais rien de plus.

Elle brûla un feu rouge presque sans s'en rendre compte, perdue qu'elle était dans ses pensée, mais à cette heure, il y avait bien peu de chances de tomber sur un policier...

- Et puis, merde, pensa-t-elle. Il y en a d'autres, sûrement plus intéressants.

Elle s'engagea dans la rue où se trouvait la propriété de ses parents ; elle se gara, éteignit les phares et la radio, puis mit le pied à terre.

Puis soudain, tout devint noir.

La douleur la réveilla, une douleur intense qui lui couvrait tout l'arrière du crâne et lui brûlait les yeux. De surcroît, depuis qu'elle commençait à reprendre conscience, un martèlement sourd frappait ses tempes de l'intérieur. Le martèlement lui fit penser au halètement du petit train du Parc de l'Amitié à Surco. Bizarre comme association d'idées, pensa-t-elle.

Elle tenta de rassembler ses souvenirs, mais, insidieusement, ils s'échappaient, comme du mercure, au moment où elle croyait les saisir. C'était frustrant au possible, cette sensation de ne plus contrôler son cerveau... Quel jour était-on ? Impossible de s'en rappeler. Un mardi, non, elle ne croyait pas... Un jeudi, c'était possible, vu qu'elle avait eu un travail à remettre à son patron, justement le jeudi. Mais alors, c'était hier et, donc on était vendredi. Mais était-ce hier qu'elle avait remis ce travail ?

Le martèlement et la douleur continuaient et lui brouillaient la réflexion.

Soudain, elle vit dans un demi-brouillard, un homme debout qui la regardait. Un homme du plus pur type *cholo*.

Sa vision s'affermit et elle constata qu'elle se trouvait sur une sorte de plate-forme terreuse ; de plus, elle était allongée au sol et ne pouvait bouger ni les mains ni les pieds. Il lui fallut quelques secondes pour s'apercevoir qu'elle était attachée.

Elle ne comprenait pas pourquoi elle ne voyait qu'une plate-forme de quelques dizaines de mètres de diamètre tout autour d'elle et rien d'autre vers le haut, que le ciel qui commençait à s'éclaircir. Elle avait l'impression de se trouver sur un minuscule astéroïde, au bord de l'horizon, prête à tomber dans l'espace. Du moins, c'est l'impression qu'on devait avoir en étant sur un astéroïde, pensa-t-elle.

"Pourquoi ces ridicules associations d'idées me viennent-elles en tête ? Je débloque complètement", songea-t-elle.

Puis sa vision se raffermit et se précisa. Le brouillard s'estompa et elle distinguait maintenant parfaitement bien les traits du *cholo* qu'elle n'avait jamais vu auparavant.

L'homme s'approcha, puis un deuxième individu entra dans son champ de vision. Lui aussi était un *cholo de la sierra*. Ils pouvaient venir d'Ayacucho, de Puno ou d'ailleurs, peu importait ; elle n'avait jamais su reconnaître les différents types issus de l'antique race inca.

Soudain, elle vit à leur côté l'indienne qui servait chez ses parents, celle de Puno. Qu'est-ce qu'elle faisait là avec ces inconnus ? Impossible que ce soit elle, et pourtant si, il n'y avait pas à s'y tromper. Qu'est-ce que tout cela signifiait ?

Maintenant qu'elle avait repris ses sens, elle sentit la douleur dans ses poignets ; les liens lui mordaient la chair et, pour en diminuer l'effet, elle tenta de se tortiller et d'adopter une position moins inconfortable ; sur l'instant elle sentait un très bref soulagement, puis la morsure recommençait. Elle se demanda aussi ce que lui voulaient ces deux hommes et pourquoi ils étaient debout à la regarder sans parler.

À présent, les souvenirs revenaient en foule et se bousculaient dans sa tête : la soirée à la discothèque, l'histoire entre Daniel et Adriana, son départ... Après, ça devenait plus cotonneux... Elle avait plus de mal à faire la part du fantasme et de la réalité. Elle se revoyait en voiture dans Javier Prado. Au fait, où était la voiture ? Pas sur cette plate-forme étroite...

Les deux hommes se tenaient à présent à deux mètres d'elle, la toisant d'un œil méprisant. Elle remarqua qu'ils tenaient chacun un fouet à la main, un de ces fouets qu'on emploie dans les élevages andins contre les animaux rétifs.

Enfin, le premier ouvrit la bouche et sa voix était rauque et comme voilée :

- Tu t'es trop longtemps moquée de notre sœur Huayna... On ne se moque pas de notre sœur Huayna. Tes veines de blanche ne charrient que du sang d'espagnol, du sang impur... Ce sang n'a pas assez coulé, alors que celui de notre peuple, lui a coulé à flots... Il a coulé à flots pour que vous puissiez vous enrichir avec les mines, le guano et le coton, les antiques richesses de nos pères.

Il se tut. Elle le regarda interdite... Qu'est-ce que cela voulait dire ? Des revendications indigènes... Le groupe Tupac Amaru ou ce qu'il en restait ou alors des restes du MRTA... Et qui était cette Huayna ? La fille qui les accompagnait et qu'elle connaîssait commme employée ne s'appelait pas Huayna.

L'homme poursuivit comme s'il avait lu dans ses pensées :

- Huayna, car c'est son véritable nom inca, travaille chez toi et elle n'est pas heureuse. Bien sûr, tu n'es pas responsable de ce qu'on fait tes ancêtres, mais tu es responsable de ce qui se passe chez toi... Cela prouve bien que vous les blancs, vous êtes pervertis et que quelque chose de cette perversion fait partie de vous. Pour tenter de te l'enlever, nous allons t'appliquer le traitement qu'on réserve aux animaux dans nos terres. Dix coups de fouet chacun pour que tu mesures tes paroles et tes actes à l'avenir.

Claudia sentit la terre tourner sous elle. C'était un mauvais rêve. Impossible que quelqu'un tienne ce genre de discours au XXIème siècle... Ou alors, un fou...

Le premier coup tomba ; elle poussa un cri...

"Surtout ne pas montrer à ces brutes... Ne pas leur donner ce plaisir".

Le deuxième coup, venant du second homme, s'abattit ; elle ne put retenir un gémissement. Le premier coup l'avait surprise ; elle s'attendait davantage au second, mais néanmoins, elle ne put se contenir. Elle se mordit les lèvres de rage et d'impuissance mêlées.

Maintenant, les coups de fouet s'enchainaient avec régularité. Elle vit la peau de son bras se marquer d'un trait rouge d'où perla le sang. Une douleur aiguë lui vrilla les nerfs...

Elle avait voulu compter puis, bientôt, abandonna. La sueur commença à emperler son front, collant et emmêlant ses cheveux, puis elle retomba au sol, la face dans la poussière. Les larmes commencèrent à couler et les sifflements secs du fouet accompagnaient cet aiguillon qui lui pénétrait la chair. À chaque coup, son corps sursautait comme frappé d'une décharge électrique. Le temps s'étirait interminable et le châtiment paraissait ne devoir jamais finir.

Après une éternité de souffrance, la torture cessa aussi brutalement qu'elle avait commencé. L'air vibrait encore des sifflements du fouet ; ses tempes battaient furieusement et la douleur incrustée dans tout son être était à la limite du supportable. Quant à ses vêtements, ils étaient lacérés, mais cela c'était le moindre mal.

Les deux hommes la regardèrent une dernière fois sans rien dire, puis défirent ses liens et tournèrent les talons.

Claudia resta allongée, sans forces, incapable de se soulever, puis mûe par une volonté farouche, elle se mit à ramper sur les mains vers le bord de l'horizon. Quelques secondes plus tard, elle entendit démarrer une voiture et vit un nuage de poussière s'élever au-dessus de l'horizon. C'était sa voiture ; il n'y avait pas à s'y tromper, elle reconnaissait parfaitement le bruit du moteur.

Elle continua à s'approcher du bord ; chaque mouvement lui arrachait une plainte, fouillant les nerfs, détruisant les muscles. Elle vit la décapotable rouge déjà loin cahoter dans un nuage de poussière sur la piste défoncée. Claudia comprit soudain où elle se trouvait : elle était au sommet d'un des *cerros* à l'est de Lima. Devant elle, au loin, s'étendait la ville, baignée dans une brume diffuse. Il faisait froid et humide et on ne distinguait pas l'Océan.

En regardant plus attentivement, elle reconnut le grand bâtiment marron du Ministère de l'Intérieur. Elle devait donc se trouver sur les hauteurs d'Ate Vitarte.

Son regard tourna de quelques degrés vers la droite et elle vit en dessous, assez loin, un entassement de ces cubes miséreux qui rongeaient les pentes.

Là vivaient des populations qui avaient déserté leurs champs des hauteurs de la sierra au moment de la réforme agraire et, de ces cubes, venaient chaque jour les gamins qui vendaient leur camelote au carrefour et les employés qui travaillaent dans les luxueuses villas.

Elle se mit debout péniblement ; la tête lui tournait mais elle commença à marcher en titubant. Elle commença à descendre la piste poussiéreuse quand les paroles de Daniel lui revinrent en mémoire :

"Il faut se méfier avec les indiens. On ne peut jamais savoir ce qu'ils pensent car des siècles de domination espagnole leur ont appris à dissimuler. Ils peuvent passer des années à ruminer une vengeance".

C'est avec ces paroles en tête qu'elle se dirigea vers les premières cases au loin. Elle était obligée de s'avouer qu'elle aurait aujourd'hui besoin de l'aide des indiens.

La Mort de Pizarre

Ce jour de fin juin 1541, un des domestiques de François Pizarre nommé Barbaran enterrait, avec l'aide de sa femme, le Marquis des Atavillos et Gouverneur de Nouvelle Castille dans un enclos jouxtant la cathédrale de Lima et dont le nom était *Patio de los Naranjos*. Quelques heures auparavant, la dépouille avait été traînée à cet endroit par quelques esclaves nègres après l'assassinat du conquistador par Juan de Rada et sa troupe. Les esclaves l'avaient lavé et vêtu de l'habit de Santiago. On ne retrouva pas les éperons d'or qui avaient appartenu au fondateur de la ville de Lima.

La nouvelle du meurtre s'était répandue comme une traînée de poudre dans toute la ville et avait provoqué, en un moment, un renversement prodigieux des supposées alliances entre conquistadors.

Aucune des personnes de quelque considération que ce soit n'osa plus se compromettre envers le défunt ou envers sa famille et les convertis du jour à la cause almagriste se comptèrent bientôt par centaines.

Le corps de l'homme, qui avait été considéré presqu'à l'égal d'un roi et qu'on traînait dans la nuit comme celui d'un malfaiteur, n'inspirait plus que l'horreur. Chacun se remémora bien opportunément les forfaits commis par l'ancien gardien de porcs de Trujillo, fils illégitime de Gonzalo Pizarro, militaire et de Francisca Gonzalez et la façon dont il avait successivement ordonné les exécutions d'Atahualpa et d'Almagro.

La fin de Don François Pizarre, à l'âge de soixante-cinq ans, frappa donc les imaginations. Cet homme qui n'avait reculé devant aucune trahison était tombé à son tour et plus d'un liménien se rappela les paroles de l'Évangile : "Celui qui se sert de l'épée périra par l'épée".

Ces évènements, qui secouèrent le Pérou, étaient à mettre sur le compte d'une situation incertaine et périlleuse causée par l'absence de contrôle par la métropole des affaires coloniales. Charles Quint, aveuglé par les promesses et les cadeaux de Pizarre lui avait laissé la bride sur le cou, mais l'aventurier s'était bientôt avéré d'une convoitise qui dépassait l'imagination. Tout était bon pour amasser et encore amasser l'or péruvien arraché des roches andines au prix de la mort de dizaines de milliers d'hommes.

Il fallait aussi éviter toute allusion à l'illettrisme de François Pizarre, ce que les malheureux, qui s'y étaient risqués, apprenaient à leurs dépens.

Mais pourquoi tant de hâte à cacher la dépouille après cette tragique journée du 26 juin 1541 ?

Tout simplement parce que Barbaran avait entendu dire le jour précédent, mais sans y croire, que les conjurés voulaient couper la tête de son maître et l'exposer aux vautours sur un gibet en plein centre-ville. Pour le domestique dévoué, il n'en était évidemment pas question et c'est pourquoi il fit tout ce qui était en son pouvoir pour soustraire le corps aux forcenés.

On a dit aussi que cet enterrement à la hâte était dû au fait qu'il n'y avait pas de quoi payer les frais de sépulture. En réalité, le palais fut mis à sac par les soudards après l'assassinat et tous les objets de valeur furent dérobés par une foule en furie. Ironique retour des choses pour des trésors qui avaient été arrachés aux indiens et qui changeaient une nouvelle fois de propriétaires.

Une fois le trou fait dans le sol, le dévoué serviteur et sa femme y déposèrent les corps de Pizarre et d'Alcantara tué avec lui, puis ils ramenèrent la terre fraîche par-dessus les cadavres. Leur besogne achevée, les deux époux s'empressèrent de récupérer leurs maigres possessions et s'enfuirent de Lima pour n'y plus revenir. Ils pressentaient bien qu'il ne fallait évidemment pas compter sur la mansuétude des vainqueurs du jour.

Mais les malheurs du cadavre ne cessèrent pas cette nuit-là. Quelque temps après, quelques partisans d'Almagro le Jeune déterrèrent le corps et lui coupèrent la tête. On peut mesurer à ce geste le degré de haine qui s'était emparé des conquistadors. Ceux qui avaient pu s'unir pour mettre à bas l'empire du *Sapa Inca* se cherchaient de nouveaux ennemis. Faute d'en détecter dans une population désormais soumise, il leur fallait trouver l'exutoire au sein même de leur confrérie. Que firent ces enragés de la tête de leur ancien chef ? Ils la mirent dans un coffre de plomb avec une inscription au poinçon qui disait : "Ici, se trouve la tête de Don Francisco Pizarro, Marquis et Gouverneur qui découvrit le Pérou et l'offrit à la Couronne de Castille".

Le soir du 5 juin 1541, douze conquistadors, mélange d'aventuriers et de gens de petite noblesse se trouvaient dans une maison de Lima et ruminaient un plan pour abattre celui qui avait vaincu leur ancien chef à la bataille de Las Salinas. Ces hommes avaient cherché comme tant d'autres l'Eldorado. Alors qu'ils l'avaient touché, vu et senti, une ordonnance portant le nom de *Real Cedula* et venant de l'Empereur lui-même, avait divisé les territoires conquis en Nouvelle Castille assignée à Pizarre et Nouvelle Tolède donnée à Diego de Almagro. Luque, ancien compagnon ne pouvait plus rien exiger car il était mort depuis plusieurs années.

La division était peu claire entre les territoires et l'imprécision des cartes faisait que toutes les prétentions pouvaient se justifier.

La Nouvelle Tolède commençait à deux cent lieues au sud du fleuve Santiago et correspondait plus ou moins au Chili actuel. Nul ne connaissait bien les trésors qui pouvaient s'y cacher. Par rapport au Pérou et aux fantastiques quantités d'or, d'argent et de pierres précieuses apportées pour libérer Atahualpa, le Chili était encore un domaine inconnu, mais Almagro se fit fort de l'explorer et de le conquérir pour son compte. Seules quelques populations de sauvages l'habitaient ;

en tous cas, il n'était pas question d'empire ou de civilisation. Une question pourtant continuait de hanter Almagro : la ville de Cusco, ancienne capitale des incas et qui regorgeait de richesses, appartenait-elle à la Nouvelle Castille ou à la Nouvelle Tolède ? C'était là un point extrèmenent important, on en conviendra, puisque le centre de l'Empire était justement cette ville de Cusco.

Un ecclésiastique qui connaissait un peu d'astronomie et de géographie avait bien proposé que l'on mesurât le parallèle du fleuve Santiago et qu'on en fît de même à Cusco mais sa parole se perdit dans les frénésies et les convoitises.

Almagro, en vieux baroudeur, gardait en son cœur depuis quelques années une rancune tenace envers François Pizarre à qui tout réussissait et ce n'était évidemment pas cette incertitude sur la position de Cusco qui pouvait l'atténuer. Il n'avait jamais accepté les conditions que l'Empereur avait accordées à Pizarre et il restait convaincu que celui-ci avait profité de son entrevue avec le Souverain pour violer l'accord de Panama. N'avait-il pas connu, comme François, les mêmes dangers, les mêmes souffrances ? N'avait-il pas eu, comme son compagnon, ces moments de découragement lorsque tout s'écroule, lorsque les rêves d'or s'envolent et qu'on se dit que c'est trop dur ? N'étaient-ils pas frères, sinon de sang, du moins d'aventures ? Puisque c'était le cas, le traitement qui lui était réservé était injuste et humiliant.

Or, il ne lui était resté que la portion congrue, le gouvernement de cette bourgade de Tumbes, endormie dans la torpeur de la côte et qui représentait peu de chose. C'était évidemment insuffisant pour une telle entreprise.

À l'époque du voyage en Espagne de Pizarre, Almagro s'était proposé pour rester en terre indienne. Il avait fait confiance à son associé pour convaincre l'Empereur de leur accorder plus d'hommes et d'armes. Pour maintenir la conquête vivante, il avait accepté d'assumer les risques d'un pays inconnu ; il pensait en effet et à juste titre que Pizarre saurait mieux plaider leur cause devant la cour que lui.

En effet, c'est bien ce qui se passa et Pizarre réussit au-delà de ses espérances.

L'aventurier jeta l'ancre au début de l'été 1528 dans la vase du port de Séville après un voyage sans histoire. Il passa quelque temps en prison pour dettes non payées mais une ordonnance impériale lui permit de retrouver la liberté, sitôt qu'on eut connaissance de sa situation ; il put alors prendre la route de Tolède et pénétrer à la cour de Charles Quint, accompagné par les présents qu'il avait pris la précaution d'apporter.

Le palais de l'Alcazar lui parut d'un luxe effréné, lui qui avait pataugé dans la boue de la jungle, souffert de la faim et de la soif dans les montagnes et vu beaucoup de ses compagnons d'armes mourir de dysenterie ou de fièvres inconnues.

Il pensa brièvement que tous ces nobles et ce clergé inutiles profitaient trop bien des malheurs et des souffrances de quelques aventuriers et, cela, sans le moindre effort.

Il songea que toutes ces souffrances ne se pouvaient assez récompenser et c'est plein d'espoir en son étoile qu'il pénétra ce jour dans le Palais Impérial.

C'était le bon moment pour convaincre Charles Quint dont la carrière suivait une courbe ascendante. En Europe, son grand ennemi François Ier avait été vaincu à Pavie et fait prisonnier. Nul ne pouvait plus entraver les plans des Habsbourg sur le vieux continent. De plus, Cortez avait ouvert la voie du Nouveau Monde et les richesses qu'il avait amassées au Mexique et ramenées en Espagne démontraient que la conquête de ces nouveaux espaces de l'Ouest était une cause à laquelle on ne pouvait se soustraire.

Or, Charles Quint avait entendu parler des richesses du Pérou ; elles semblaient encore plus incroyables et irréelles que celles bien tangibles ramenées par Cortez.

L'Empereur, vêtu de noir comme à son habitude, reçut Pizarre au milieu des officiers, dignitaires et hauts fonctionnaires. La salle était vaste et les murs couverts de superbes tapisseries des Flandres. Des fenêtres situées en hauteur laissaient passer la lumière du jour mais de façon insuffisante et il avait fallu recourir à de multiples chandeliers d'argent pour assurer un éclairage suffisant malgré la brûlante lumière de l'été.

Le trône en chêne massif occupait la partie Est. Charles Quint y était assis pensif, le menton dans la main gauche. Il écouta avec attention le récit de l'aventurier qui se tenait devant lui. Celui-ci décrivit avec verve le second voyage. Il fit sentir avec passion les frayeurs qui saisissaient ces hommes pourtant habitués au pire, puis les triomphes et la joie, lorsqu'après des souffrances indicibles, ils avaient pu découvrir Tumbes et les côtes du Sud.

Quand l'Empereur vit les cadeaux apportés par Pizarre, son attention se réveilla et il posa des questions sur les mœurs des habitants, leurs croyances. Il s'extasia devant les plats d'or et d'argent travaillés avec art par ces hommes à la peau cuivrée que Pizarre décrivait avec conviction. Charles Quint se dit que Dieu avait donné une âme, même à ces hommes du bout de la terre, pour qu'ils parvinssent à réaliser de tels objets.

Pizarre ne cherchait pas à savoir si les assistants croyaient tout ce qu'il disait. La seule chose importante était que l'Empereur le croie.

Les lamas, au nombre de trois, suscitèrent l'étonnement de toute la cour. Charles Quint, intrigué, dit soudainement dans un espagnol un peu incertain marqué par un fort accent des Flandres :

- François Pizarre, ne trouvez-vous pas que ces animaux ont une ressemblance avec ces bêtes qu'on nomme dromadaires, que l'on voit en

Orient et dont on nous a fait parvenir des gravures ?

- Certainement votre Majesté, répondait Pizarre, prêt à tout pour complaire au Trône, mais, comme vous le constatez, ils ne portent pas de bosses.

- Je crois... et vous Monsieur le Conseiller de la Cour, entendez-moi bien, je crois qu'il faut poursuivre cette exploration. Nous ne pouvons laisser ce pays dont tout nous annonce que les richesses y sont fabuleuses à d'autres royaumes. Ni le roi de France, ni l'Angleterre ne doivent savoir ce qui se cache en ces terres. Que le Conseil des Indes émette son avis !!

Pizarre avait du mal à cacher son allégresse. Si le souverain se déclarait ainsi, il devenait évident que le Conseil ne pourrait aller contre. Bien sûr, il y avait bien deux ou trois vieux conseillers qui rechigneraient à engager de nouvelles dépenses mais on saurait les forcer à donner le bon conseil.

"Mais quand donc, ces incapables se rendront compte qu'il y a là-bas au Pays de l'Eldorado plus de trésors qu'ils n'ont jamais pu l'imaginer dans leurs rêves les plus fous et quelles preuves leur faut-il de plus ?", pensait Pizarre, mais il se ressaisissait aussitôt, de peur que son visage ne trahît ses sentiments. Pour l'instant, le mieux était de faire profil bas et de ne se brouiller avec personne car l'aide de chacun de ceux qui étaient présents à l'Alcazar pouvait à tout moment s'avérer précieuse.

- Et, dîtes moi, Pizarre, ces indigènes, à quoi croient-ils ? Quels sont leurs dieux ?

- Votre Majesté, ce sont des idolâtres. Leur Dieu sur terre est l'Inca dont j'ai entendu parler mais que je n'ai jamais vu. Il prétend descendre du Soleil et rien ne se fait qu'il n'ait levé le petit doigt. Autrement, ils vénèrent les éléments comme le soleil, la pluie, le vent,...

- Alors, il y a une tâche d'évangélisation de ces contrées sauvages pour nos dominicains.

L'Empereur se leva et dit à François Pizarre qu'il veillerait personnellement à le récompenser pour les bénéfices dont on ne pouvait percevoir encore qu'une infime partie.

Pizarre sortit de l'Alcazar ivre de puissance. Son discours convaincant et les présents apportés du Pérou avaient parfaitement fonctionné. En déambulant le long des rues en pente de Tolède, il pensait avec orgueil à sa vie passée et aux difficultés qu'il avait surmontées.

Tout en cheminant ainsi, il remarqua une auberge, assez proche du Palais, qui lui parut convenable pour s'établir en vue d'attendre la convocation qui ne manquerait pas d'arriver.

En effet, le 26 juillet, soit plus d'un an après avoir accosté à Séville, on le convoquait de nouveau à la Cour. Le Conseil était réuni en son entier et son président, après avoir invité le conquistador à s'assoir lui fit part des décisions prises :

- François Pizarre, par ordre de sa Majesté Charles Quint, Souverain du Saint Empire Germanique, Roi de Castille et d'Aragon, de Léon et de Galice, Souverain de Tanger et de Grenade, Grand-Duc d'Autriche, Duc de Milan et Roi des Deux Siciles, Souverain du Brabant et des Pays Bas, Roi de la Nouvelle Castille et de la Nouvelle Espagne, nous vous octroyons possession de tous territoires situés au nord d'une limite que nous fixons à deux cents lieues au sud du fleuve Santiago. Vous recevrez en outre les dignités de Gouverneur, d'*Adelantado* et d'*Alguacil General*. Ces titres ne sauraient suffire pour assurer votre train de vie, non plus que la charge des fonctionnaires et l'escorte militaire à laquelle vous aurez désormais droit. Aussi, aurez-vous une rente de sept cent mille *maravedis* que vous tirerez sur les terres qui vous sont confiées. Il est de plus admis qu'en tant que Gouverneur, vous devez assurer la défense de la nouvelle colonie. Il vous faudra donc construire des forteresses aux points que vous jugerez convenables, y établir des garnisons et, bien sûr, favoriser l'œuvre des missionnaires et la propagation de la vraie foi.

Soudain, Pizarre pensa à Almagro et à leur traité de Panama où les trois hommes avec De Luque s'étaient engagés à partager en trois parts égales toutes les richesses tirées de l'Eldorado... Que cet accord paraissait loin à présent !!

- Votre Grâce, nous avions un pacte avec Almagro et De Luque.

- Laissez cela... L'Empereur y a pensé dans son infinie sagesse. Almagro sera commandant de la Forteresse de Tumbes et De Luque puisqu'il est mort ne peut plus revendiquer d'être évêque de cette même ville. Nous aviserons sur ce point le moment venu.

- Mais, pensa Pizarre, quelle dérision, ils n'avaient même pas vu Tumbes, ces grands personnages qui décidaient. Tumbes n'était qu'un village de maisons en torchis ; il n'y avait pas encore d'église digne de ce nom !! Le partage n'était pas équitable et il devenait évident que les dissensions allaient empoisonner les espoirs de conquête.

Mais Pizarre était trop enivré de la gloire fraîchement acquise et des trésors à venir, qu'il écarta le remords. Il serait bien temps de s'en occuper plus tard.

Ce soir-là, dans son auberge, il ne put résister à l'envie de faire partager son ivresse aux gens qui avaient trouvé là un hébergement et les invita tous à dîner pour leur faire part de la grande nouvelle. C'était aussi certainement un bon moyen pour recruter les nouvelles troupes dont il aurait bien besoin pour ses nouvelles équipées.

Lorsque la nuit fut tombée, tous les hommes, présents dans l'auberge, se rassemblèrent autour de la table massive placée au milieu de la salle, tout en chantant les louanges d'un si généreux donateur. Ils ne connaissaient pas celui qui faisait montre de tant de prodigalité mais étaient prêts à suivre jusqu'en enfer un si généreux donateur.

Une grande poutre traversait la salle de long en large et se terminait au-dessus de la cheminée noircie par les milliers de pièces de viande qu'on y avait fait rôtir. La cheminée massive occupait tout un pan de mur ; elle semblait cet antre mystérieux capable d'avaler, tel un Baal insatiable, des pièces entières de victuailles et dont, seul, le maître-queux connaissait les secrets pour lui faire rendre gorge.

En attendant que Pizarre prenne la parole, les participants se mirent à leur l'aise, déplaçant les tabourets, frottant avec bruit les lourds bancs sur les dalles de terre cuite tout en échangeant force quolibets et grasses plaisanteries.

Pizarre fit commander des jarres de vin pour la vingtaine d'invités ; l'aubergiste les apporta ainsi que les gobelets d'étain. La servante chargea un demi-mouton dégoulinant de graisse qui sortait de la cheminée et le déposa sur la table sans plus de façons. Des centaines d'oublies, plusieurs fouaces de bonne taille et des plats de *tortilla* complétèrent l'ordinaire de ce soir-là.

Les libations commencèrent dès l'arrivée de Pizarre et l'atmosphère commença à se réchauffer. Il y avait rassemblés là, gens de sac et de corde dont les trognes luisaient à la lueur des trois bougies qui se trouvaient sur la table. C'était un de ces temps et de ces lieux où l'on trouve mélangée la lie des aventuriers et des coquins qui vont de ports en ports emmenés au hasard des bateaux.

Lorsque Pizarre eut jugé que les cœurs étaient suffisamment échauffés par la touffeur de la pièce et par l'alcool généreusement versé, il se mit debout, demanda le silence et éleva son verre :

- Mes amis, je bois à votre santé mais avant tout, à votre bravoure, car vous en avez, j'en suis sûr... Oui, je sais que la peur ne vous effleure jamais et que vous êtes prêts à risquer votre vie pour quelque chose qui en vaut la peine. Et croyez-moi, j'ai un projet pour vous enrichir tous au-delà de tout ce que vous pouvez imaginer. Que pensez-vous de territoires vierges, de jungles indomptées où on marche littéralement sur l'or et l'argent, où il suffit de se baisser pour devenir plus riche qu'un roi ? Que pensez-vous de ce pays de l'Eldorado dont vous avez entendu parler par des gens qui ne l'ont pas vu... Moi, j'en viens de l'Eldorado et je cherche des compagnons pour conquérir ce monde. Si vous venez avec moi, vous deviendrez riche, vous verrez des animaux surprenants et des plantes étranges, vous mangerez des nourritures qui vous étonneront et les fruits les plus délicieux du monde.

Il parcourut du regard l'assemblée. Tous étaient attentifs mais personne ne parlait.

Pizarre alors, s'adressa au premier homme devant lui et qui exhibait une tête de fier larron, et lui dit :

- Toi, l'ami, tu me sembles posséder les qualités requises. Ton allure me laisse penser que tu n'as peur que du Diable et encore... Accompagne moi et ta fortune est faite.

- L'ami, le discours est bon, mais comment pouvons-nous vérifier tes dires ? Après tout, d'autres nous ont parlé de l'Eldorado ou y sont allés sans rien trouver.

- Si tu écoutes les femmes et ceux qui échouent partout, c'est sûr, reste ici, enivre-toi dans les tavernes et trouve de temps en temps un emploi... Moi, je l'ai entrevu l'Eldorado, mais je n'ai pu aller bien loin avec cent soixante-dix hommes. J'ai ramassé en tout cas, suffisamment de richesses sur la côte pour savoir que l'intérieur est bien plus riche et que tout ce qu'on dit est vrai. C'est le royaume de l'Inca où les indiens ne savent pas ce que c'est que la valeur de l'or. On y mange dans des plats d'or, comme toi tu te goinfres dans ton écuelle d'argile...

Pizarre connaissait suffisamment les hommes pour savoir que la force de son discours avait fait mouche. Les deux tiers lui dirent qu'ils étaient intéressés car rien ne les retenait dans cette fichue ville. Il leur fixa alors rendez-vous pour le jour où son bateau serait prêt ; pour faciliter les choses, l'aubergiste se chargerait de transmettre les messages.

Garcia de Alvarado était un jeune homme de vingt-huit ans à l'air martial. Son arrivisme et son arrogance lui avaient fait de nombreux ennemis mais ce soir-là, dans la maison de Lima qui l'abritait, lui et les onze conjurés, il se taisait, prudent. Il n'était qu'un de ceux qui avaient été vaincus à la bataille de Las Salinas près de Cusco et préférait écouter les autres, d'âge plus mur, qui exposaient leur plan pour abattre l'odieux Pizarre.

La salle où se trouvaient les douze hommes contenait cinq fauteuils défraîchis, un escabeau de chêne dans un coin et une table crasseuse collée au mur. Deux vilaines chandelles éclairaient tant bien que mal la pièce.

- Amis, dit Pedro de San Millan, je pense que l'assassinat le dimanche vingt-six juin dans la cathédrale serait la meilleure façon de frapper un grand coup. Il faut non seulement tuer le tyran mais aussi prendre le pouvoir.

- Je ne suis pas partisan d'un assaut dans un lieu sacré, répondit Diego Mendez de l'ordre de Santiago. Cela peut nous porter malheur. Je préfère que nous le tuions dehors après la messe ; au moins, le coquin aura eu le temps de se confesser...

- Et que nous importe qu'il se soit confessé ou non ? Que son âme aille au Diable ou non m'est indifférent.

- Si nous avons du mal à nous mettre d'accord, passons au vote, proposa Cristobal de Sotelo.

Les hommes approuvèrent ; on passa au vote et une courte majorité se prononça pour une action dans la cathédrale lors de la messe solennelle du vingt-six juin. Il n'y avait plus que trois semaines à attendre pour qu'une ère nouvelle s'ouvre pour le Pérou.

Les douze appartenaient aux fidèles d'Almagro désemparés après la mort de leur chef. Le fils Almagro était encore trop jeune pour assumer de grandes responsabilités mais il était clair qu'une fois le forfait accompli, il faudrait brandir de nouveau ce nom d'Almagro pour pacifier la Nouvelle Castille. Le jeune Almagro avait d'ailleurs fait preuve de caractère lorsque Pizarre lui avait offert l'hospitalité, peut être taraudé par un obscur remords non avoué d'avoir causé la mort de son ancien compagnon.

Mais Diego de Almagro le Jeune, avait fini par fuir le Palais et par se mettre sous la protection de Juan de Rada pour ne plus entendre les quolibets qui salissaient la mémoire de son père ; Juan de Rada était un homme respecté originaire d'une vieille famille de Castille : il comprit que le jeune Almagro en serait pas si facile à manipuler. Il comprit aussi qu'il représentait l'espoir et un étendard pour venger la mort du maréchal. Il fit jurer aux Almagristes serment de fidélité au jeune homme. Ceux-ci jurèrent de ne pas connaitre le repos que l'âme damnée de Pizarre n'ait quitté cette terre, accompagnée de celle du misérable Picado.

Dans tout Lima, on appelait ces hommes, anciens compagnons d'Almagro, les sans terre, car leur existence dépendait de la charité que leur procurait quelques amis, ceux du Chili, en particulier.

C'est Picado, le secrétaire particulier de Pizarre qui les avait affublés par dérision de ce titre de sans terres après leur retrait sans gloire des espaces vierges que la couronne leur avait accordés. Pour cette raison et pour d'autres, les Almagristes, qui détestaient presqu'autant Picado pour ses nombreuses trahisons, que le Marquis de los Atavillos, s'étaient bien jurés de l'inclure dans la liste des victimes.

Malgré les avertissements proférés par Picado à Pizarre sur les intentions des Almagristes, le Marquis avait proposé à deux almagristes, Sotelo et Chavez de les sortir de la misère où lui-même les avait réduits, mais ceux-ci, par fierté, refusèrent l'aumône. Lorsqu'il apprit leur refus, Pizarre se mit à rire en s'exclamant que s'ils préféraient vivre dans la gêne, c'était tant pis pour eux mais qu'il était dommage de se priver d'hommes de cette qualité. Picado ne voyait pas les choses de la même façon. Il se disait que des hommes qui refusaient les honneurs étaient de toute façon des hommes dangereux et qu'il convenait d'autant plus de s'en méfier. Il avait beau confier ses craintes à Pizarre, celui-ci ne faisait qu'en rire...

Un jour, un page du Palais arriva en courant et rapporta que, sur la place d'Armes, se trouvait un gibet avec trois cordes où apparaissaient des cartons peints avec les noms de Pizarre, de Picado et de Vélasquez.

À l'annonce de l'évènement, Pizarre conclut :

- Si les pauvres gens n'ont que cela comme soulagement, c'est dommage mais ils connaissent suffisamment le malheur pour que nous ne les ennuyions pas davantage... Ce sont des joueurs perdants. Puis, il se mettait à rire, insouciant, semblant avoir perdu ce sixième sens et cette intuition qui l'avaient toujours si bien servi. Pour sa part, Picado voyait l'horizon s'assombrir mais si son maître ne voulait pas entendre la voix de la raison, que pouvait-il y faire ?

Chaque jour, on lui rapportait que le jeune Almagro et Juan de Rada sortaient dans Lima, se pavanaient et se procuraient des armes. Ils étaient suivis par une escorte dont la discrétion n'était pas la qualité première et le groupe se dirigeait souvent vers le Palais en faisant sonner armes et éperons. Il courait des bruits de conspiration et de soulèvement armé dans tout le pays. Telles étaient les rumeurs qui circulaient en cette époque troublée et il n'y avait pas besoin d'être maître espion pour comprendre que le climat présageait l'orage.

Les conciliabules des douze avaient atteint un tel état de notoriété publique que Pizarre eut un jour envie d'en avoir le cœur net. Il fit appeler Juan de Rada en son Palais.

Celui-ci arriva et fut introduit dans le patio où murmurait une fontaine. Pizarre était déjà là, appuyé à la fontaine, il fit asseoir son invité sous un arbre vénérable qui déployait une ombre rafraîchissante et lui déclara sans ambages:

- Eh bien, Seigneur de Rada, dites-moi tout... On me rapporte que vous achetez des armes pour me tuer.

- Seulement pour me défendre, Seigneur Pizarre, seulement pour me défendre.

- Et pourquoi voulez-vous défendre ? Vous sentez-vous menacés ?

- Il est public que Votre Seigneurie amasse des lances pour nous éliminer. Si vous voulez en finir avec la cause des Almagristes, vous ne feriez que terminer le travail commencé par leur tête. On dit aussi que Votre Seigneurie pense assassiner le juge envoyé par le Vice-Roi. J'espère que ce n'est qu'un bruit car on ne peut traiter ainsi un envoyé de la couronne. Enfin, pour en revenir aux Almagristes, vous ne pouvez les exterminer tous : le jeune Diego est innocent et si vous décidez l'exil, je m'en irais avec lui où la fortune voudra bien nous conduire.

- Qui vous a fait croire une telle trahison ? Je n'ai jamais rien pensé de pareil et, contrairement à ce que vous affirmez, je vous tiens en haute estime et ai hâte qu'arrive ce juge... Quant aux armes, je sors souvent et n'en porte jamais, l'autre jour, nous étions quatre dehors et j'envoyai un page acheter une seule lance. L'animal revint avec quatre, dont nous n'avions pas besoin. Plaise à Dieu que ce juge arrive et enquête sur tout ce qui s'est passé afin que la vie reprenne son cours. Dieu nous aidera à découvrir la vérité !!

Juan de Rada se dit en son for intérieur que Pizarre courait tout seul à sa perte. Ne lui avait-il pas soufflé l'exil pour Diego et lui-même ? S'il avait suivi ce conseil avisé, la cause Almagriste ne se serait-elle pas dégonflée toute seule, mais non, les Dieux rendent fous ceux qu'ils veulent perdre et le Marquis n'échappait pas à la règle.

Lorsque Juan de Rada se retira, Pizarre pensait avoir éloigné tout danger ; la conversation avait été amicale et les Almagristes lui semblaient être de doux rêveurs plutôt que de dangereux conjurés.

Pizarre eut encore un autre avis qu'il négligea : un prêtre l'avertit qu'il avait reçu la confession d'un homme qui lui avait annoncé l'assassinat du Marquis pour très bientôt. Cet homme, un des douze pris de remords, probablement que le meurtre s'accomplisse dans une église, n'avait pu garder le silence mais il avait compté bien entendu sur le secret de la confession. Pizarre haussa les épaules en homme sûr de lui ; jusqu'à quel point, la confiance dans son étoile qui ne l'avait jamais trahi, pouvait-elle l'aveugler ?

Après l'entretien avec Juan de Rada, Pizarre remonta dans ses appartements où un page l'aida à ôter son pourpoint pour revêtir une robe de chambre d'intérieur. Il lui brossa les cheveux qui avaient blanchi avec l'âge et se permit de dire à son maître ce que tout Lima savait mais qu'il s'obstinait, pour des raisons inconnues, à refuser d'entendre :

- Monseigneur, il court par les rues la rumeur que ceux du Chili ne jurent que par la mort de Votre Seigneurie.

- Et que sais-tu de ces choses, petit drôle ? Laisse donc les rumeurs à ceux qui les font naître et occupe-toi de ton service, tout ça n'est pas pour toi.

Le page se le tint pour dit mais ne put s'empêcher de craindre pour la vie de celui à qui il devait tout. S'il arrivait malheur au Marquis, c'est serait fini de la maisonnée et jamais lui, le petit Lucho ne retrouverait une si bonne place.

Juan de Velasquez fut appelé le matin du dimanche vingt-six juin par Pizarre qui s'était réveillé préoccupé. Le Marquis, devant tant d'avis convergents, avait décidé d'éclaircir le mystère et voulait en charger le maire Juan de Velasquez. Il lui ordonna d'enquêter et de faire mettre en prison les conjurés si réellement quelque complot se découvrait.

De Velasquez, orgueilleux et présomptueux comme un coq, lui répondit que tant qu'il resterait à ses côtés, le Gouverneur ne risquerait rien. Pizarre lui faisait confiance mais, ce jour-là, il ne sortit pas et demandât qu'on célébrât l'office dans sa chapelle privée car il préférait éviter la cathédrale.

Pedro de San Millan, qui était ami du trésorier Riquelme, apprit de la bouche de ce dernier les dispositions du Marquis. En effet, Juan de Velasquez n'avait pu tenir sa langue et s'était ouvert au trésorier des intentions de Pizarre et surtout de sa volonté de s'abstenir d'aller à la Cathédrale recevoir le saint sacrement de l'eucharistie.

Il n'en fallut pas plus pour les conjurés décidassent de mener l'action le jour même. Une réunion d'urgence fut organisée chez Juan de Rada et l'on se mit d'accord pour investir le Palais, faute de quoi, les précautions que Pizarre semblait vouloir adopter, après tant d'avertissements, risquaient de rendre l'opération impossible.

Lorsque les conjurés au nombre de dix-neuf sortirent par les rues. les épées cliquetantes indiquèrent aux passants qu'une action violente se préparait. Plus d'un habitant de Lima se signa en recommandant à Dieu l'âme du fondateur de la Ville des Rois.

Les conjurés arrivèrent devant le portail de bois d'acajou sculpté, portant le blason récemment acquis des Atavillos. Par chance pour eux, le portail était ouvert ; les deux gardes qui s'y trouvaient furent rapidement neutralisés puis les conjurés gravirent les escaliers en courant. Ils se heurtèrent à des domestiques qu'ils blessèrent et à un capitaine qui leur opposa une plus forte résistance, mais le grand nombre des assaillants fit que l'infortuné perdit la vie pour défendre celle du Gouverneur de la Nouvelle Castille.

Le bruit des combats finit par arriver aux oreilles de Pizarre et de ses invités. Un page entra dans la salle d'audiences où se trouvait Pizarre en criant qu'on venait assassiner le Marquis ; la confusion fut tout à coup à son comble. Juan de Velasquez ne trouva point d'autre parti que d'enjamber le balcon mais pour plus de commodités, il dut prendre entre les dents le bâton de maire qui le gênait. D'autres, dont l'évêque de Quito, ne montrèrent pas plus de courage et n'ayant pas reçu d'illumination du Ciel leur annonçant que leur dernière heure était arrivée, préférèrent ne pas contrevenir à la volonté divine. Le jardin fut donc en peu d'instants rempli de personnes qui couraient en tous sens et abandonnaient toute dignité.

Seuls Pizarre et quelques autres, dont son demi-frère Martin de Altamira, Juan Ortiz de Zarate et deux pages, restèrent le pied ferme bien décidés à vendre chèrement leur vie. Pizarre n'avait pas eu le temps de rajuster sa cuirasse. Malgré les exhortations de ses amis, il préféra couper court aux considérations vestimentaires et ne pas laisser l'initiative aux assaillants ; aussi se rua-t-il malgré ses soixante-cinq ans, à la rencontre des almagristes, emmenant seulement son épée et une ample cape noire et rouge dont il avait entouré son bras gauche. La cape n'était qu'un dérisoire bouclier mais elle pouvait éventuellement dévier quelque coup. De toute façon, il n'y avait pas de bouclier à proximité et il n'était plus temps d'aller en chercher.

Les cinq hommes arrivèrent à la porte de la salle au moment où les almagristes débouchaient de l'escalier. Aussitôt, le combat s'engagea, un combat féroce mais où Pizarre et ses amis avaient l'avantage d'une position plus élevée. De plus, les almagristes ne pouvaient, faute de place, attaquer tous de front. Ils se pressaient tous vers le seuil de la salle en criant mais bien que les derniers voulussent prendre part au combat, il n'y avait pas moyen de monter les marches.

Pizarre exaspéré s'écria :

- Traîtres, vous m'attaquez chez moi comme des voleurs de grand chemin. Votre ancien chef avait au moins de l'honneur et nous nous sommes battus à la loyale mais vous, vous n'êtes qu'un ramassis de gens sans condition et nous allons voir qui est dans son bon droit.

Bientôt, un des pages fut blessé ; pâle comme un cadavre, il se retira du combat et s'écroula dans un coin de la pièce. Malgré la disparité des forces en présence, le Marquis et ses amis résistaient à l'assaut et les almagristes voyaient bien qu'il fallait terminer l'affaire rapidement sinon des renforts risquaient d'arriver.

Pizarre reprit la parole pour encourager ses compagnons :

- Courage, mes amis, courage, quoique inférieurs en nombre, nous forcerons ces traîtres à se repentir de leur forfaiture.

Ils défendirent la porte avec une vigueur renouvelée mais les assaillants étaient plus nombreux et mieux équipés. Après un assaut d'une féroce ardeur, Altamira tomba mortellement touché. Pizarre recula ; il ne restait plus que Juan Ortiz de Zarate et le deuxième page dont le courage vacillait et qui était prêt à abandonner la lutte. Le combat continua dans la pièce et les almagristes avançaient toujours. Zarate reçut une grave blessure qui le mit hors de combat et le deuxième page fut tué.

Dans la salle plus large, les almagristes n'étaient plus contraints par l'étroitesse de l'escalier et purent attaquer sur les flancs. Ils sentirent que la fin était proche... Juan de Rada, oubliant toutes les lois de l'honneur et de l'amitié, saisit un des assaillants et le lança sur Pizarre. Le Marquis, accablé de fatigue et affaibli par la perte de sang, fut déséquilibré mais parvint à blesser l'homme.

A ce moment, profitant du désordre, Martin de Balboa parvint à lui porter une estocade à la gorge. Un flot de sang jaillit et Pizarre tomba ; il eut juste le temps de tracer une croix sur le sol avec le sang qui giclait de la blessure. Il prononça une dernière parole : "Jesus", puis expira.

Un cri de triomphe accompagna la mort du Gouverneur et la foule se précipita dans le Palais qui fut instantanément mis à sac. Les maisons de ces partisans furent aussi pillées et toutes les richesses accumulées par une vie de rapine, changèrent de main. On estime que l'on sortit cent mille soles du palais, quinze mille soles de la maison d'Alcantara et quarante mille de celle de Picado.

Les conjurés, sortis dans la rue pour célébrer leur triomphe, virent le ciel gris de Lima sur leurs têtes. Aucun soleil ne se manifestait pour témoigner du changement d'ère. Avec leurs épées ensanglantées, ils menaçaient ceux qu'ils soupçonnaient de tiédeur à leur encontre. Puis Juan de Rada s'écria :

- Vive le Roi !, Mort au Tyran !, Vive Almagro le Jeune !, tandis que les hommes arpentaient la Place d'Armes.

Enfin, ils allèrent chercher le fils d'Almagro, ils le firent monter sur un cheval et parcoururent les rues en proclamant : "Voici notre nouveau maître. Vive Almagro le Jeune !". Accompagnés de celui-ci, ils se rendirent au Conseil de Ville où ils ordonnèrent une réunion d'urgence. Ils y firent reconnaître le jeune Almagro gouverneur légitime du Pérou. Comme il n'était pas encore en âge de s'occuper de la conduite des affaires, Juan de Rada son tuteur fut investi des fonctions de vice-gouverneur et prononça une violente harangue dans laquelle il décrivit les abus et les horreurs qui avaient entaché le gouvernement de Pizarre. Il en profita pour dépeindre le bonheur et la paix qui ne manqueraient pas de s'imposer sous le gouvernement du fils du vieux Maréchal.

Les premières semaines furent pourtant des semaines de chasse aux anciens partisans de Pizarre. On exila ou on emprisonna les moins coupables et on exécuta les autres. Avec le temps, les forces almagristes se renforcèrent et on enrôla tous les soldats disponibles sous la nouvelle bannière.

Ainsi finit tragiquement Don François Pizarre, Gouverneur de Nouvelle Castille, Marquis de los Atavillos, homme de peu de sentiments et d'infinie cupidité. Sa mort répondait à sa vie remplie de crimes, de cruautés inutiles et de trahisons ; pourtant, même ses ennemis reconnurent qu'il avait vendu chèrement sa peau et qu'il avait fait preuve jusqu'aux derniers instants d'un courage admirable.

Les Fleurs de Paola

Paola est une jeune vendeuse qui exerce ses talents au Marché Central des fleurs près du fleuve Rimac. Elle n'a que dix-huit ans et est fraîche comme les roses qu'elle vend aux nombreux acheteurs et acheteuses qui se pressent devant son petit étal.

Le Marché Central aux fleurs occupe une surface tout à fait importante, près du quartier de Zarate. D'un côté coule le Rimac aux eaux troubles et l'on distingue, un peu plus loin sur l'autre rive, le Palais du Gouvernement et les clochers de la Cathédrale de Lima. De l'autre côté de l'avenue qui borde le marché, s'élève le *cerro* San Cristobal surmonté d'une énorme croix et sur les pentes duquel s'accrochent péniblement des cahutes construites de bric et de broc. Leurs murs ne sont souvent que des tissés de paille, surmontés de plaques de plastique ondulé. On a édifié ces constructions, au fil du temps, sans aucun permis et sans suivre de règle architecturale.

L'empilement des structures laisse rêveur le touriste récemment débarqué qui ne manque pas de se demander comment de tels édifices résistent aux tremblements de terre. En fait, ils n'y résistent pas souvent et c'est alors une lente reconstruction pour le peuple de fourmis qui hantent ces parages.

Là, sur les flancs du San Cristobal, survit un monde de laissés pour compte trafiquant de tout et de rien ; des ateliers, même pas clandestins, puisqu'ouverts au grand jour, proposent tous les services envisageables. On voit, chaque matin, une partie des déchets de Lima arriver ici pour une transformation et un recyclage improbables qui, chose étonnante, trouveront dans la grande ville un autre débouché.

Les femmes, chargées de leurs achats de pain et d'autres marchandises nécessaires à la survie quotidienne, escaladent les pentes du *cerro* plusieurs fois par jour, leur marmaille accrochée à leurs jupes. Sur ces pentes inhospitalières, on ne fait pas de plan sur l'avenir car, pour les cerveaux et les nerfs fatigués des habitants du coin, à chaque jour suffit sa peine.

Le Marché est constitué d'une vaste halle dont la structure moitié bois et moitié métal, laisse passer parcimonieusement les rayons du soleil. Il y règne en permanence une pénombre agréable et une humidité dûe à l'abondante végétation qui y est entreposée. Des portes, régulièrement disposées et ouvertes en permanence, autorisent des courants d'air bienvenus quand viennent les fortes chaleurs.

On voit tous les jours la foule s'y presser, tant pour célébrer des anniversaires, que pour s'assurer les meilleures compositions pour des bouquets de mariages. Parfois, aussi, les fidèles viennent chercher les couronnes qui accompagneront les enterrements ou les multiples processions religieuses que propose la grande ville.

En particulier, vers le mois d'octobre, lorsque s'annoncent les cérémonies du Seigneur des Miracles, le Marché est littéralement envahi de fanatiques qui tentent, par tous les moyens, de s'attacher les plus belles pièces.

Dans cet antre vaste et solennel, aux allures de cathédrale verte, on trouve des centaines de boutiques de vendeurs de fleurs. Y déambuler, c'est se promener dans un jardin, ou si l'expression n'était pas trop forte, dans une forêt vierge. Au détour des allées, on ne peut que s'émerveiller des couleurs et des parfums qui se répandent à profusion. Les fleurs et les plantes des uns se mêlent aux fleurs et aux plantes des autres dans une merveilleuse disparité chlorophyllienne.

Le badaud curieux y trouvera des roses en provenance d'Ayacucho ou de Tarma, aux couleurs allant du blanc crème au rouge vif, en passant par toutes les teintes possibles entre ces deux extrêmes ; il y dénichera aussi des mimosas de toute beauté, des hortensias rayonnants, des orchidées éclatantes de la forêt centrale dont les représentants les plus fréquents sont la mauve *Anacamptis Morio*, la blanche *Ophrys Tenthredinifera* et la rose *Phalaenopsis*, et, puis bien sûr, toutes les plantes et ornements végétaux que l'Amazonie peut offrir au regard de celui qui flâne.

Les espèces les plus remarquables vont des *jacaranda* exubérants, aux teintes bleu-violet, appartenant à la famille des bignonniaceae, à l'achiote ou *Bixa Orellana*, dont les baies rouges ornées de petites pointes, offrent une huile qui sert de teinture alimentaire. La croissance de l'arbre qui porte ces baies devra être sévèrement contrôlée par l'acheteur urbain, faute de voir son appartement envahi rapidement.

Le passant prendra le temps également d'observer la *cantuta*, emblème péruvien. Cette *Cantuta Buxifolia* ouvrira pour lui ses pétales en forme de cloches jaunes dont la couleur sert encore de nos jours à teindre les vêtements des populations quechua des hauts plateaux ; l'odeur pénétrante de cette fleur achèvera d'enivrer le promeneur curieux et le persuadera qu'il est peut être proche de l'Éden perdu.

Parmi les autres merveilles offertes, le badaud se penchera sur les fleurs de tomate sauvage de l'espèce *Lycopersicum* qui forment une étoile à six branches tirant sur le jaune, sur les *maracas* à structure ovoïde, dont on a l'impression qu'elles sont formées par la coagulation de multiples petits grains, sur la scille du Pérou, de la famille des liliacées, à fleurs tirant sur le violet, sur les anthurium rosés aux feuilles brillantes et à la tige centrale protubérante, sur les bougainvilliers délicats, dont les bractées offrent au regard de délicates couleurs violette, sur les balisiers presque rouges à la structure si particulière de l'ordre des zingibérales, sur les hibiscus à feuilles jaunes de la famille *Hibiscus Esculentus* et qui comprennent tant d'espèces particulières, sur les oiseaux de paradis ou *Strelitzia Reginae*, dont les fleurs rappellent l'oiseau éponyme, sur les *allamanda*, sorte de liane aux fleurs jaunes et aux feuilles vertes et luisantes, sur les cierges du Pérou, sorte de petits cactus, qui auraient la capacité de réduire les ondes émises par les appareils électrodomestiques.

Dans ce même lieu, on vend aussi des semences d'acajou que l'acheteur inspiré sèmera dans son jardin en vue, un jour peut-être, d'utiliser le bois de cet arbre pour sculpter une solide porte d'entrée. En fouillant, l'acheteur dénichera aussi des écorces, présentes en grand nombre, telles celles de l'*ajusjiro* que l'on frotte sur le corps et dont le fort parfum d'ail est censé éloigner les insectes ; il y trouvera aussi la fameuse *uña de gato* aux propriétés anti-inflammatoires ainsi que des cactus du type *waru* que l'on utilise comme plantes d'intérieur et qui n'ont besoin que d'un arrosage par an.

En bref, dans ce jardin magnifique, il n'est pas nécessaire d'être acheteur et de venir avec le portefeuille rempli. Le badaud, qui vient seulement pour le plaisir des yeux et de l'odorat, est le bienvenu et pourra enrichir à peu de frais ses connaissances botaniques.

Tous les jours, vers sept heures du matin, la jeune Paola pénètre dans le Marché et respire, légèrement enivrée, les effluves du *galan de noche*, cette fleur si spéciale qui ne libère son parfum qu'à la nuit tombée.

La jeune fille découvre ensuite son étal de la bâche en plastique qui le recouvre pour la nuit et prépare plantes et fleurs dont elle sait qu'elles auront une bonne chance de partir dans la journée. Il s'agit de réaliser, dans le minimum de temps, une présentation attrayante pour l'œil des visiteurs. Or, Paola a le goût sûr ; ses compositions attirent toujours du monde et elle dispose d'une clientèle qui lui est fidèle. Ce matin-là, elle est donc à son poste comme chaque jour. Le soleil brille : c'est l'indice d'une belle journée mais, dans sa boutique, elle ne sentira pas la chaleur, juste la moiteur un peu plus forte l'avertira que les plantes aussi se déshydratent.

Vers 9 h du matin, un jeune homme d'environ une vingtaine d'années se présente devant le stand. Il porte une sorte de blouson de motard. Dans l'ensemble, c'est le type attrayant, les cheveux noirs et l'air plutôt costaud.

- Bonjour, je viens voir ce que vous vendez. C'est quoi ça ?, demande-t-il en montrant quelques bouquets.

- Des orchidées qui viennent de Tarapoto, répond la jeune fille.

- Ah, bon... et ça marche le business des fleurs ?

Paola lève la tête ; elle semble étonnée. C'est la première fois qu'on lui demande si c'est lucratif. La question de plus est inquiétante car, sur la zone de Zarate, il est préférable de faire profil bas et de ne pas montrer qu'on a de l'argent.

Comme si le jeune homme avait lu dans ses pensées, il s'empresse d'ajouter avec un léger sourire :

- Vous inquiétez pas. Je demande ça comme j'aurais demandé autre chose. En fait, c'est pour engager la conversation... Faut bien commencer par quelque chose. De toute façon, je ne peux pas déranger beaucoup car il n'y a pas encore de client.

- C'est vrai mais ce n'est que le début de la journée, constate Paola.

- Ça vous intéresserait de faire un tour en moto ?, demande le jeune homme.

- Vous avez une moto ?

Le garçon comprend qu'il a touché juste.

- Oui, elle est là dehors... Je m'appelle Martin, et vous ?

- Paola.

- Alors, ça vous intéresse ?

Paola hésite. Si elle montre trop d'empressement, l'autre va continuer. Ceci dit, il n'a pas l'air désagréable... Il serait même plutôt beau garçon.

- Oui, j'aimerais bien faire un tour en moto, finit-elle par avouer.

- À quelle heure terminez-vous ?

- Ce soir, je termine vers sept heures.

- Je peux repasser alors vers cette heure ?

- D'accord.

Martin lui fait un sourire un peu désinvolte et tourne les talons. Il repart d'une démarche un peu balancée, toujours sûr de lui.

Mais, il n'est plus temps de rêver pour Paola car les clients commencent à arriver. Deux femmes viennent lui acheter des hortensias. On dit que ce sont les fleurs qui symbolisent le refus du nucléaire par certains japonais après la catastrophe de Fukushima, lui explique l'une d'elles.

La journée s'écoule lentement. Paola est pressée qu'arrive le soir mais dans ses pensées, le tour à moto commence à se confondre avec Martin. Les deux lui procurent une sorte d'allégresse. Allons, donc, se dit-elle, ce n'est qu'un tour à moto et ça n'engage à rien...

À sept heures moins dix, Paola commence à ranger son stand et à couvrir de la bâche les plantes qu'elle n'a pas vendues. La journée a été assez bonne dans l'ensemble et il faudra penser à appeler son fournisseur pour qu'il vienne sans faute au plus tard dans deux jours.

Finalement, le stand est prêt pour une nouvelle nuit dans ce hangar botanique. Paola a tout arrangé au mieux afin que les clients du lendemain soient satisfaits.

Martin apparaît au bout de l'allée et s'approche de son pas chaloupé ; il a toujours l'air sûr de lui et porte deux casques.

- Je suis prête, dit Paola.

- Ma moto est dehors. On y va ?

Les deux jeunes gens quittent le stand et sortent par la porte principale. La moto, une Honda, assez récente, est garée contre le mur.

- Voilà ma machine, elle te plaît ?

- Elle est géniale. Où va-t-on pour se promener ?, demande Paola.

- On peut aller vers la Panamericana Norte, répond Martin.

- Super.

Martin aide Paola à mettre son casque. C'est la première fois qu'elle monte sur un tel engin et une légère appréhension la saisit. La jeune fille enfourche le siège passager, puis Martin s'installe à son tour et actionne le démarreur. Le moteur vrombit et la forte accélération entraîne Paola vers l'arrière.

- Accroche-toi bien à moi, crie Martin au moment où l'engin s'insère dans le flux de véhicules au milieu d'un concert de klaxons. "Il me tutoie", constate Paola, "il faut que je fasse de même".

Paola s'agrippe au blouson, avec la seule appréhension qu'un écart trop brusque ne la déséquilibre mais Martin est habile dans ce trafic surchargé. Il louvoie entre les camions chargés de bois ou de sacs de ciment et esquive les voitures d'un petit coup sec du guidon.

Paola est un peu nerveuse car l'engin a des réactions brutales. Rien à voir avec la pétrolette de son amie Nathalie. Martin zigzague au milieu des fumées d'échappement des micros et des bus ; la densité du trafic fait que la jambe de Paola frôle à chaque instant les carrosseries.

Mais au bout d'une dizaine de minutes, les craintes de la jeune fille diminuent ; Martin est précis dans ses mouvements et Paola se dit qu'avec un tel conducteur il ne va rien lui arriver. La moto entre dans le secteur de San Martin de Porres en accélérant dès que la circulation s'allège un peu.

- Où habites-tu ?, demande Martin.

- A Zarate, dans la rue Carillo, pas très loin du marché où je travaille, répond Paola.

Martin ne répond pas. Paola se dit soudain qu'elle va être en retard et que ses parents vont s'inquiéter.

- Il ne faut pas aller trop loin, Martin... Je ne dois pas rentrer trop tard sinon je vais me faire allumer par mes parents.

- Bon, d'accord, répond Martin à contrecœur, on va au but de l'avenue et on fait demi-tour.

Comme convenu, Martin exécute la manœuvre et repart. Paola lui indique un autre chemin, plus court et moins encombré pour atteindre son domicile.

Finalement, à sept heures et quarante minutes, Martin dépose Paola devant une maison modeste de deux étages. L'habitation semble propre et entretenue mais les murs de couleur pastel auraient néanmoins besoin d'un petit coup de peinture.

Les fenêtres sont équipées de ces grilles que l'on voit si souvent en Amérique du Sud, grilles destinés à empêcher les intrusions indésirables.

- Voilà, on est arrivé.

- Merci.

Paola descend de la moto et reste un peu indécise devant Martin. Comment prendre congé ? Le jeune homme devine plus ou moins ce qui se passe dans la tête de la jeune fille... Elle souhaiterait qu'il s'en aille, de peur que l'un de ses parents ne s'aperçoive qu'elle est avec un garçon, mais d'un autre côté, il est sûr avec sa fierté de jeune coq de ne pas la laisser indifférente. Il décide de tenter le coup :

- On peut se revoir ?

- Heu,... Oui, mais...

- Samedi soir, si tu veux. Il y a un concert au stade de l'université de San Martin.

- D'accord, mais ne reste pas, s'il te plaît.

Paola a dit cette dernière phrase contre son gré mais elle a trop peur que son père ne sorte à ce moment.

- Bon, et bien, salut, conclut Martin, un peu désappointé.

- Salut.

Puis, la jeune fille ouvre la porte et s'engouffre à l'intérieur sans se retourner.

La moto repart dans un démarrage brusque. Martin fait vrombir le moteur : c'est sa manière à lui d'exprimer son mécontentement.

Le lendemain matin qui est un vendredi, Paola arrive au marché et, comme chaque jour, installe son étalage. Comme chaque matin, le *galan de noche* a laissé ses effluves délicats. Paola se penche sur lui mais, à la lumière du jour, il a cessé de diffuser son parfum.

À neuf heures du matin, les clients commencent à arriver et Paola s'efforce de les satisfaire de son mieux, mais au fond de son cerveau, reste présente la proposition de Martin pour le lendemain soir.

Ses parents ne s'opposeront pas à ce qu'elle sorte mais il faut trouver une bonne histoire.

Soudain, elle pense à sa copine Maritsa. Pourquoi ne pas raconter qu'elles ont décidé d'aller toutes les deux au concert ? Personne n'ira vérifier et puis, de toute façon, elle n'a qu'à prévenir Maritsa afin de bâtir la même explication à raconter au cas où...

Paola se saisit de son téléphone et compose le numéro :

- Allo, Maritsa, c'est moi... oui, ça va... dis-moi, rends-moi un service... demain, oui, au stade de San Martin... non, pour voir le concert.

Un rire étouffé, puis :

- Avec un garçon que j'ai rencontré hier, en fait, il est venu à mon stand du marché et on a fait un tour sur sa moto... génial... plutôt pas mal. Donc, on fait comme si on y allait ensemble, d'accord ? Bon, je te laisse, j'ai des clients. Bisous.

La jeune fille pousse un soupir. Voici une bonne chose de faite. Maritsa ira chez une copine pour passer la soirée et rentrera tard comme si elle venait du concert.

Paola voit alors arriver Martin par l'allée centrale. Le jeune homme s'approche du stand et s'adresse directement à Paola :

- Alors, tu as décidé ? Tu viens oui ou non ?

Le ton péremptoire froisse un peu Paola mais elle décide de ne pas laisser paraître ses sentiments. Après tout, elle n'a pas été très courtoise après la balade à moto.

- C'est d'accord. On peut se donner rendez-vous au coin du marché de Zarate ?

- Très bien... Avec le trafic, il faut compter sept heures, sinon on va être en retard.

- OK. J'y serai.

Martin se penche par-dessus le comptoir et Paola comprend qu'il veut lui faire la bise, mais la punition n'est pas trop dure. Aussi, s'exécute-t-elle.

Le reste de la journée se passe en rêveries. Paola imagine le concert. Soudain, elle réalise qu'elle n'a pas de place. Martin y a-t-il pensé ? L'invite-t-elle ? En tous cas, il n'a rien dit... Comment faire ?

Et Paola n'a pas son numéro de portable.

"Cool", pense-t-elle. "Après tout, s'il n'en a pas parlé, c'est qu'il a des billets, sinon il aurait dit quelque chose, logique, non ?".

Rassurée, Paola attend avec impatience la fermeture mais il lui faudra encore travailler demain jusqu'à cinq heures d'après-midi, heure à laquelle le marché ferme pour la fin de semaine.

Paola attend avec fébrilité Martin au coin du marché de Zarate. Ce n'est pas loin de sa maison et elle a facilement convaincu ses parents de pouvoir sortir, l'invention du concert avec Maritsa ayant parfaitement fonctionné.

Il est sept heures et cinq minutes et il commence à faire bien sombre. Martin n'est toujours pas là. Paola sait bien que l'heure est toute relative pour les péruviens, mais ce serait trop bête de manquer un concert comme ça pour un manque d'exactitude.

Enfin, à sept heures et quart, elle voit la Honda tourner le coin de la rue et s'approcher d'elle à toute vitesse. Martin freine comme un désespéré au dernier moment.

- Grouille, on est en retard...

Elle a presque envie de le planter là... Qui est responsable après tout du retard sinon lui et pour qui se prend-il ? De plus, il semble contrarié et de mauvaise humeur.

Elle enfourche finalement la moto qui démarre dans le flot des voitures et des camions. C'est bien vrai que ce n'est pas un jour pour sortir. L'avenue est noire de véhicules et la moindre place est aussitôt occupée par une nuée de mototaxis grouillants. Paola n'a plus l'appréhension du premier soir : elle a confiance dans l'habileté de son chauffeur et, même s'il frôle parfois d'un peu près les carrosseries, elle ne ressent plus ces coups au cœur de la première ballade.

La moto s'engage dans une rue moins fréquentée, puis dans des allées pratiquement sans éclairage.

Paola ne connaît pas bien le chemin pour aller au stade mais le parcours l'étonne.

- Par où passes-tu ? Tu es sûr que c'est par là ?

Martin ne peut retenir une pointe d'énervement que perçoit Paola. Celle-ci regrette maintenant de s'être embarquée dans cette aventure. Après tout, elle ne le connaît presque pas...

La nuit est désormais bien noire et il est sept heures et demie. Pala se trouve dans un quartier dont elle ignore tout.

Tout à coup, au détour d'une rue défoncée, Paola voit une voiture garée tous feux éteints. La moto freine et Martin lui fait signe de descendre. Paola prend peur.

Qu'est-ce que tout ça signifie ? Mais il est trop tard. Trois individus sont descendus de la voiture et entourent la moto.

- Magne-toi de monter, connasse... crie un des individus.

Paola sent les larmes lui monter aux yeux. Elle donnerait cher pour pouvoir retourner d'une demi-heure dans le temps, là où tout était tranquille et prévisible.

Martin a un mauvais sourire aux coins des lèvres. A quoi pense-t-il ?

Une des racailles la tire par son blouson et l'oblige à descendre. Comment lutter ?

Tout le monde finit pas s'engouffrer dans la voiture qui démarre à son tour. La moto reste là, sans doute volée deux jours auparavant.

Dans la nuit de Lima, le véhicule cahote par des rues de terre battue. C'est à peine si on distingue des maisons construites en briques rouges sans crépi. Il n'y a en tout cas personne dans les rues et même les habitations paraissent désertes.

Enfin, le véhicule s'arrête dans un terrain vague. Les voyous sortent et commencent à frapper la jeune fille.

- Tu vas être gentille et tout ira bien !!, formule un des assaillants.

L'un d'eux arrache le blouson. Paola se met à hurler. Une gifle appliquée à toute volée la fait taire, puis poussée sans ménagement, elle tombe sur le sol.

- Tu peux crier tant que tu veux. Ici, personne ne t'entendra, ricane un des voyous.

Un second lui enlève la jupe et le slip pendant qu'un autre fouille dans le blouson à la recherche d'argent, mais Paola n'a rien apporté. La brute semble énervée...

- Où est ton fric ?

- Je n'ai rien, hoquette-t-elle.

- T'inquiète, on va se payer en nature.

Une nouvelle gifle puis c'est une longue série de souffrances pour la pauvre fille qui subit les assauts désordonnés des quatre individus. Elle gît pantelante, poussant de temps en temps des cris et de petits gémissements qui semblent exciter ses agresseurs.

- Si ça te plaît, faut pas te gêner, faut le dire, ironise l'un d'eux.

"Quand ce cauchemar va-t-il prendre fin ?", pense Paola dans son martyre. L'impression est horrible ; la jeune fille a envie de vomir ; une impression de salissure l'envahit comme une vague qu'elle ne peut maîtriser.

Enfin, les quatre voyous semblent calmés, leurs instincts assouvis. Ils se rajustent, s'essuient avec des papiers qu'ils ont pris soin d'amener. Ils montent dans la voiture, claquent la porte et lancent un sonore : "À un autre jour, salope" et l'engin démarre.

Paola est étendue sur le sol, hirsute, les vêtements déchirés et tâchés, un peu de sang coule le long de sa jambe. Elle hoquette et tremble alors que la voiture s'éloigne. Elle tente de se relever mais ses forces la trahissent. Elle retombe sur les genoux. On n'entend plus rien maintenant : la voiture doit être déjà loin.

Brusquement, une nausée la saisit et, courbée en avant, Paola vomit une bile jaune... Les spasmes se prolongent mais tout vaut mieux que ce qu'elle a subi. La crise passée, elle reprend peu à peu ses esprits et se passe la main sur le front pour tenter d'enlever la sueur qui vient de couler... Et maintenant, que faire ?

Paola se trouve à des kilomètres du domicile de ses parents, dans un endroit obscur qu'elle ne connaît pas. Elle commence à marcher. Sa montre, que ses agresseurs ont ignorée, semble cassée. Elle indique sept heures cinquante-trois, mais combien de temps a duré le viol ? Paola est incapable de répondre : le temps a paru se dilater à l'infini tant était grande son angoisse.

Au bout de cent mètres, elle sent que la tête lui tourne. Elle doit se rasseoir et, comme le cerveau recommence à fonctionner, elle se dit qu'après tout, il vaut mieux attendre le jour en cet endroit, puisqu'elle ne sait pas où aller. La jeune fille cherche alors un coin un peu moins exposé et découvre un renfoncement dans une clôture qui la cache de l'axe principal de la rue. Elle se recroqueville, la tête dans les genoux et les larmes commencent à couler, de nouveau, irrésistiblement. Un tremblement la saisit, incontrôlable. La nuit qui s'annonce est une nuit d'angoisse et de torture mais, tout est préférable à ce qu'elle vient de subir.

Un chat passe furtivement à vingt mètres en jetant un regard désapprobateur sur cette inconnue qui occupe son espace habituel, puis tout redevient comme avant, silencieux et tranquille. Qui croirait qu'à cet endroit, s'est produite une sauvage agression il y a moins d'une demi-heure ?

Alors, commence une nuit pénible où les souvenirs s'emmêlent, où les tremblements saisissent la jeune fille brutalement sans raison apparente. Une nuit sans dormir, aux aguets, à l'affût de tout bruit suspect mais le lieu est calme et ce n'est que le fruit de l'imagination. Seules des ombres passent ; ce sont des oiseaux de mer et les mille sons de l'obscurité difficiles à identifier mais qui résonnent dans le silence.

Peut-être Paola s'est-elle assoupie ? Elle reprend conscience et croit avoir rêvé mais, non, tout a bien été réel et lentement les souvenirs remontent à la surface, la torturant de nouveau. Elle a un goût amer et métallique dans la bouche, elle a beau tenter de cracher pour s'en débarasser, rien n' y fait. Le goût reste présent, comme un témoin impitoyable de son calvaire.

Enfin, elle s'assoupit sans s'en rendre compte, d'un sommeil lourd qui la saisit vers trois heures du matin, un sommeil sans rêve pour oublier momentanément ses souffrances.

Le jour s'est levé et il est approximativement six heures. Paola frissonne et se rend compte qu'elle est dans une sorte de terrain vague. Elle se lève chancelante mais tout son corps lui fait mal et elle sent une brûlure au vagin. Elle tousse et recrache un peu de bile, puis se met en marche en empruntant le chemin pris par la voiture. La fraîcheur du matin lui fait du bien, aussi, avance-t-elle au hasard en se disant qu'elle va bien rencontrer des gens qui vont pouvoir l'aider.

Un quart d'heure passe... Dans ce quartier, il n'y a toujours personne dehors. Curieux car beaucoup de liméniens, qui occupent de petits boulots de service, commencent tôt et finissent tard.

Paola découvre tout à coup à vingt mètres, une boutique déjà ouverte. Le soulagement est tel que les larmes reviennent sans qu'elle puisse les contrôler.

C'est une de ces boutiques qui vendent de tout, depuis le pain jusqu'aux boissons gazeuses. Paola s'approche, franchit le seuil. La vendeuse la regarde, les yeux exorbités devant les habits déchirés, et les traces de sang.

- S'il vous plaît, articule d'une voix faible la jeune fille. S'il vous plaît, aidez-moi... On m'a violée cette nuit... Et puis, où est-on ? Il faut prévenir la police et ma famille.

Les paroles se bousculent sans ordre mais heureusement, la femme à qui s'adresse Paola, a la tête sur les épaules. Elle comprend instantanément la situation et la détresse de l'inconnue qui vient de rentrer dans sa boutique.

- Calmez-vous, ma petite, je vais téléphoner. En attendant, asseyez-vous.

- Merci, annone Paola.

- Ma pauvre petite, je vais vous faire un thé ou un anis.

Paola acquiesce de la tête machinalement. Elle a envie de boire chaud, ne serait-ce que pour éliminer cette amertume qui lui pourrit la bouche. La femme a heureusement de l'eau bouillante dans une théière ; elle en verse un peu dans une tasse, ajoute le sachet de thé parfumé à la cannelle et au clou de girofle et tend la tasse à Paola.

- Qu'est-ce qui vous est arrivé ?

- Des inconnus, quatre... Ils m'ont emmenée en voiture, m'ont violée et m'ont laissée dans le terrain vague.

Paola n'a plus la force de continuer et recommence à pleurer.

La femme se saisit de son portable et compose un numéro :

- Allo, la Police... C'est la boutique *Cristal*... Vous devriez venir ici. Il y a une jeune fille qui a été violée cette nuit par quatre voyous et elle n'est pas en très bon état.

La femme raccroche :

- Ils disent qu'ils arrivent.

Paola s'efforce de boire le breuvage chaud. Elle a l'impression que le liquide lave un peu ses blessures. En tout cas, le thé est bon et la gentillesse de la femme la réconforte. Quelle différence avec le cauchemar de la soirée...

- Merci, Madame, finit-elle par articuler.

- De rien. Si on ne s'entraidait pas, il n'y aurait plus qu'à mourir.

Les policiers arrivent enfin. Deux gars vêtus de l'uniforme vert bouteille avec l'insigne PNP cousu sur le bras.

- On va vous emmener au commissariat. Vous pouvez marcher ?

Paola fait signe que oui. Les deux hommes la conduisent jusqu'au véhicule, l'aident à monter et démarrent. L'un d'eux se penche vers elle et lui dit qu'ils sont sur le district de Ventanilla. Ils se dirigent donc vers le commissariat central non loin de l'aéroport.

Une fois arrivés, les deux hommes conduisent la jeune fille vers un bureau sans éclat. Une ampoule pend au bout d'un fil à moitié dénudé, diffusant une lumière insuffisante. Des mouches ont décidé d'élire domicile dans le local qu'elles parcourent dans un vrombissement incessant.

Paola s'assied sur une chaise qu'on lui tend face à un bureau de couleur verte, et dont les contours métalliques auraient besoin d'un bon polissage.

- Le commissaire va venir, informe un des agents. En attendant, pouvez-vous me donner vos nom, prénom, adresse et profession ?

Paola regarde indifférente ; tout la dépasse, elle annone machinalement, puis pense soudain à ses parents qu'il faut absolument prévenir. Elle se rend compte justement que l'agent lui demande son adresse mais elle était dans le brouillard.

Elle lui répond brusquement :

- S'il vous plaît, il faut prévenir mes parents ; ils habitent à Zarate, rue Carillo n.°312, Téléphone 446 23 86.

L'autre flic réagit aussitôt :

- Je m'en occupe.

Sur ces entrefaites, le commissaire entre dans la pièce et salue rapidement. Il demande qui est la personne dont on prend la déposition. En apprenant Ie délit, il hoche la tête, mécontent et s'adressant à ses subordonnés :

- Puisqu'il s'agit d'un viol, pourquoi ne l'avez-vous pas emmenée d'abord à l'hôpital ? Vous êtes idiots ou quoi ?

Les deux flics de base n'ont pas l'habitude : c'est la première fois que ça leur arrive. Ils ont davantage l'habitude des attaques à main armée. L'un d'eux bredouille une vague excuse et tout le monde repart vers la voiture en entraînant Paola.

À l'hôpital d'Essalud, on la traite bien. Après qu'elle ait subi un examen général et les soins nécessaires, une psychologue la reçoit de longues minutes pendant que les deux flics font les cent pas dans la salle d'attente. Heureusement, l'examen médical n'a rien révélé sauf une forte inflammation vaginale, occasionnée par la pénétration forcée. Le médecin a prévenu Paola qu'il lui faudra revenir dans quelque temps pour effectuer un test de grossesse et un test VIH, tandis que la psychologue lui explique qu'une visite deux fois par semaine chez un psychothérapeute est essentielle : le traitement moral et psychologique prendra du temps, est incertain et il faut compter au moins six mois.

Enfin, on libère Paola qui repart au poste de police, escortée par les deux agents. Là, elle fait sa déposition au commissaire qui l'écoute avec le plus de compassion possible. Il sort d'un tiroir les photos de quelques individus suspects et les lui montre, mais Paola ne reconnait aucun d'entre eux.

Ses parents ont été prévenus et attendent dehors. Enfin, le commissaire libère la jeune fille qui se jette dans les bras de sa mère, Marcella, en pleurant. Le père, Narcissio, est à côté les bras ballants, ne sachant quelle attitude adopter, puis finit par recevoir sa fille.

Les mois ont passé et Paola est enceinte. Heureusement, le test VIH s'est avéré négatif... Pour les parents, il n'est pas question d'abriter le fruit d'un crime sous le toit familial et les choses ont été claires dès que l'on a su la nouvelle. Il n'était pas non plus envisageable d'avorter même si la nouvelle loi dépénalise l'acte pour des motifs tels que le viol. Les convictions religieuses de la famille sont suffisamment fortes pour qu'une troisième voie ait été décidée.

On placera l'enfant dans une institution religieuse et, à cet égard, le père s'est montré particulièrement inflexible tandis que la mère était partagée. Il faut effacer le plus vite possible toute trace et reprendre si possible, une vie normale. Paola a bien senti qu'une barrière invisible venait de se créer entre son père et elle. Même s'il parle peu, ses regards en disent long et Paola souffre en silence de la situation.

"Pourvu qu'il ne pense pas qu'on y est un peu pour quelque chose en cas de viol", pense-t-elle.

La jeune fille s'est soumise à la décision paternelle mais elle aurait bien voulu garder le petit être, sa mère aussi semble de son avis et ça la réconforte. De nombreuses fois par jour, elle se jette dans les bras maternels pour un baiser ou un simple contact et la garantie qu'elle n'est pas devenue une pestiférée.

Petit à petit, Paola récupère, au moins en apparence, car on ne sait jamais comment évoluent ces blessures profondes. Les séances avec la psychologue lui font du bien et elle est retournée à l'hôpital pour dernier un test HIV sanguin.

Et le temps s'écoule incertain, le temps censé panser les plaies de la vie... Paola reste sans travailler pendant deux semaines, prostrée dans sa chambre. La famille vient la voir et tente de la distraire, à défaut de lui faire oublier la terrible épreuve. Sa grand-mère, surtout, est souvent là, qui lui tient la main lorsque les souvenirs reviennent la torturer.

L'échographie a détecté que l'enfant était une fille et la grand-mère promet à Paola qu'elle coudra quelques habits pour le nourrisson sans que les parents ne le sachent. C'est un secret entre elles... Il est réconfortant pour la jeune fille que sa grand-mère ne semble pas la juger, bien que d'une autre génération et, qu'au contraire, elle lui témoigne un véritable amour et une vraie compassion.

Pour Paola et ses parents, ce qui s'avère pénible, ce sont les sollicitudes pressantes et les questions des voisins. Au début, on apprécie que les gens partagent votre peine, mais dans le cas présent, ça cancane beaucoup. La nouvelle s'est, bien entendu, propagée comme un feu de paille dans le voisinage. N'y a-t-il, dans ces bons sentiments, que de l'empathie ? Pas sûr. Il doit bien s'y glisser un peu de voyeurisme, pense Marcella...

Puis Paola a repris son travail dès qu'elle s'en est sentie capable. Au marché aux fleurs, il y a ceux qui savent son infortune et la regardent en biais et ceux qui voient simplement son ventre s'arrondir semaine après semaine et qui lui présentent de manière sincère leurs meilleurs vœux de bonheur. Lorsque cela arrive, Paola essuie discrètement une larme et remercie les bonnes âmes.

Le jour de l'accouchement arrive et c'est une véritable épreuve pour la jeune fille. Ses parents l'ont amenée à l'hôpital et attendent dans un couloir qu'on leur annonce la nouvelle de la délivrance. Cela fait deux heures que leur fille est passée en salle de travail et ils commencent à se demander si tout va bien.

Enfin, une infirmière s'approche et leur annonce que le bébé pèse trois kilos six cent grammes et mesure cinquante centimètres tout juste. Bref, un poids et une taille normaux... Les nouveaux grands-parents entrent dans la chambre mais nulle joie dans les regards, nulle émotion dans les paroles échangées, sinon celle tacite des souvenirs douloureux. Le personnel sait ce qui s'est passé et reste discret. Il n'y a pas de fleurs pour le nouvel être, ni ces nombreux petits cadeaux qu'on offre aux jeunes mamans. Seule Marcella a apporté une simple layette avec un regard d'excuse envers sa fille pour ne pas avoir fait plus. Narcissio observe, vaguement désapprobateur, la remise du cadeau.

Après l'accouchement, il faut déclarer la naissance de l'enfant et c'est au moment des formalités officielles, lorsque l'employée demande le prénom du nouveau-né, que les grands-parents se rendent compte que personne n'a pensé à ce détail. Marcella se rue vers la chambre pour voir sa fille et lui demander comment on va appeler le bébé, puis revient bientôt :

- Elle s'est décidée pour Maria... Qu'en penses-tu ?, demande-t-elle à son mari.

Celui-ci grommelle que ça n'a pas d'importance de toute façon puisqu'ils ne vont pas le garder. Les papiers sont aussitôt remplis, puis les grands-parents quittent l'hôpital, Paola devant y rester encore deux jours pour vérifier que tout va bien.

Pendant son séjour, les infirmières la distraient et jouent avec la petite fille. Paola serre son enfant contre elle et la nourrit au sein. En effet, elle a des montées de lait importantes et le pédiatre a bien recommandé l'allaitement maternel. Il a expliqué à la jeune femme que c'est la meilleure manière d'empêcher des allergies plus tard à l'âge adulte. "Le système immunitaire se renforcera de cette façon et vous éviterez bien des problèmes", tel est le commentaire du médecin.

Paola profite de ces instants si précieux : elle joue avec sa fille et lui chantonne des *huayros* de la *sierra* d'Ayacucho. L'enfant est tranquille, ne pleure presque pas et regarde sa mère de ses yeux noirs ; elle semble déjà vouloir lui dire quelque chose. La majeure partie du jour est quand même consacrée au sommeil. "C'est fou ce que ça peut dormir un bébé de cet âge", pense Paola...

Devant cette expérience tout neuve, Paola a fini par adopter une attitude d'acceptation et de résignation. Si le ciel a voulu qu'il en soit ainsi, Eh bien, il faut l'accepter, mais quel était donc le dessein du Seigneur pour lui infliger une telle épreuve ? Ne pouvant trouver la réponse, Paola tâche de s'accommoder du mieux possible de ce qu'elle ne peut contrôler et tente de repenser une vie qui a basculé de façon si brutale... De nouveau, son optimisme naturel revient et elle se dit que, malgré les épreuves, un certain bonheur ne lui sera peut-être pas interdit.

La présence de sa fille joue un rôle essentiel. Le petit être, qui n'est pas responsable de la situation, lui enseigne un nouveau rôle, celui de mère et c'est une sensation nouvelle qui, parfois la nuit, lorsqu'elle ne peut dormir, l'envahit complètement. C'est comme une vague qu'elle ne peut maîtriser, une nouveauté totale. Alors, Paola pleure mais si ce sont encore des larmes de souffrance et de tristesse, elles ne sont plus liées au viol et aux souvenirs douloureux, mais plutôt à la pensée que, bientôt, on la séparera de sa fille.

À la sortie de l'hôpital, ses parents sont là, ainsi que son oncle Juan qui est le frère de sa mère ; Juan possède un caractère jovial mais ce jour, il a plutôt l'air songeur, peut-être parce que l'heure de la séparation a sonné et qu'il ressent la tristesse de sa nièce ; le père de la jeune fille annonce en effet que les choses sont arrangées avec le couvent des Nazarenas, les sœurs ayant accepté de prendre en charge l'enfant sans contribution financière.

Cette pratique, qui semble venue des anciens temps, est encouragée par l'Église pour diminuer le nombre d'avortements thérapeutiques dont le nombre dans Lima est proche des cinquante mille par an, mais, bien entendu, les places libres manquent et les monastères ne peuvent accueillir toutes les demandes.

Les parents se dirigent donc en voiture vers le couvent situé au centre de Lima. La circulation est dense mais le véhicule avance rapidement.

À l'entrée du couvent, une porte massive en bois travaillé est ancrée au milieu d'une muraille imposante de pierres de taille. Des ferrures de bronze patinées par le temps décorent la porte. Marque du progrès, une sonnerie électrique a remplacé l'antique heurtoir et a tôt fait d'annoncer aux religieuses l'arrivée des visiteurs.

À l'intérieur du couvent, règne une agréable fraîcheur. Une cour carrée bordée de colonnes s'offre au promeneur ; elle laisse entrevoir un jardin bien entretenu où glougloute un petit jet d'eau. Tout paraît calme, paisible et à des années-lumière de l'agitation des rues avoisinantes et de la vie trépidante de Lima.

Une religieuse introduit Paola et ses parents dans une pièce modeste mais propre et leur demande d'attendre. Un bureau de chêne, quelques chaises et une bibliothèque dans un coin, constituent l'unique ameublement. On y respire une odeur de cire et ce parfum subtil qui emplit les lieux où règne l'esprit religieux.

Une sœur. entre maintenant et se présente :

- Je suis Mère Ines, la supérieure du couvent. Prenez place, je vous prie.

Tout le monde s'assied et la conversation s'engage :

- Madame, Monsieur, j'ai étudié votre demande et il n'y a pas de difficultés particulières. Nous sommes au courant du dossier et avons reçu quelques informations de la police. Munie de ces documents, j'ai consulté l'archevêque qui m'a encouragé à faire œuvre de charité. Vous êtes bons catholiques, les enquêtes de moralité le prouvent, aussi, sommes-nous disposées à accueillir cette enfant dans notre couvent et à lui prodiguer l'enseignement que nous donnons aux orphelins qui sont sous notre garde.

- Comment s'organisent les visites, ma Mère ?, demande Marcella.

- Vous aurez un droit de deux heures le samedi dans l'après-midi.

- Très bien.

Les parents se regardent, ne sachant plus que dire. L'oncle intervient :

- À sa majorité, devra-t-elle sortir ou pourrait-elle le faire avant ?

- Nous ne sommes pas là pour garder l'enfant contre son gré ou contre la volonté de sa mère. Quand l'enfant sera majeure, elle sera libre et pourra trouver un travail en relation avec les études qu'elle aura menées. De même, quand Paola sera majeure, c'est à dire dans deux ans, elle pourra demander à récupérer sa fille si elle en fait la demande officiellement. Bien entendu, pour le moment, compte tenu qu'elle dépend de vous, c'est votre décision qui s'applique.

Paola garde les yeux baissés. Elle comprend qu'elle pourra retrouver sa fille un jour et, pour le moment, c'est tout ce qui compte.

Une sœur s'approche, appelée par la supérieure ; elle emporte le petit être, enveloppé dans un vêtement qui la couvre entièrement. En pleurant, Paola couvre une dernière fois sa fille de baisers. Samedi, c'est seulement dans trois jours... Ce n'est pas trop longtemps à attendre.

Le marché aux fleurs a rouvert ce jeudi matin. Paola y arrive à huit heures et demie ; elle songe que c'est la première fois que les clients vont la voir depuis son accouchement. Elle pense aussi, et ce n'est pas l'épreuve la moins pénible qu'il va falloir répondre aux mille questions des unes et des autres. Elle voudrait tant qu'on la laisse tranquille !!

Comme elle le fait chaque fois, elle arrange son étal du mieux possible. Les épreuves n'ont pas altéré son coup d'œil et ses compositions sont aussi sûres et aussi jolies qu'auparavant.

Elle s'oblige à travailler pour oublier qu'elle est séparée de sa fille. Quelle souffrance d'être ainsi privée de la voir, de l'embrasser et de la caresser... Le samedi seulement, mais ce sera chaque semaine une nouvelle éternité, une fois la visite terminée, que d'attendre le prochain samedi.

Les clientes arrivent. Tout d'abord, une femme que Paola connaît bien : la Señora Valdez. Ce n'est pas une méchante femme et Paola pense qu'elle s'est montrée réellement compatissante envers elle.

- Paola, comme c'est joli !! Vous êtes toujours aussi parfaite pour ce genre de choses.

- Merci, Madame Valdez.

- J'ai appris que vous aviez eu une petite fille...

- Oui, j'ai accouché dimanche dernier.

Paola répond de manière brève et machinale. Elle soupire et essuie une larme. Il lui arrive souvent de pleurer sans raison apparente, car les blessures psychologiques sont loin d'être refermées.

Madame Valdez comprend sans autre explication que la pauvre Paola est à la torture et elle voudrait bien l'aider mais ne sait pas comment. Pour sa part, Paola souhaiterait que Madame Valdez s'en aille, mais c'est une bonne cliente et elle ne se sent pas le droit de la rabrouer.

- Ah, très bien mais dites-moi, j'aimerais tellement voir la petite, reprend la cliente... Vous croyez que c'est possible ?

Paola ne sait que répondre car elle ne souhaite pas aborder la question du couvent des Nazarenas. C'est trop douloureux.

- Madame, je pense que c'est difficile, finit-elle par conclure.

- Oh, si vous pouviez un jour venir avec le bébé.

- J'essayerai d'y penser, Madame Valdez, répond Paola.

Mais dans son esprit, c'est une réponse formelle sans aucune chaleur, une réponse comme on en fait des dizaines tous les jours aux légers importuns que l'on rencontre.

La journée s'écoule mais le commerce n'est pas florissant, en tous cas, beaucoup moins qu'avant l'agression dont Paola a été victime. Que s'est-il passé ? Oh déjà, pendant les quinze jours pendant lesquels Paola était en observation à l'hôpital puis ensuite en repos chez ses parents, les clients se sont tournés vers d'autres commerces : ce ne sont pas les concurrents qui manquent au Marché aux Fleurs et l'absence de l'un fait le bonheur des autres.

Les ventes avaient alors nettement diminué, puis lorsqu'après neuf mois, les acheteurs commençaient péniblement à revenir, ce fut l'accouchement qui perturba la fragile récupération.

Paola réfléchit à tout cela, morose derrière son comptoir. Il faudra peut-être un an pour que les choses reprennent un cours normal, si tant est que cela soit possible. Un an pendant lequel il faut payer les charges fixes : la patente et le loyer, principalement. Sans vendre, cela s'avérera difficile et Paola ne se sent pas le courage d'emprunter à ses parents.

D'ailleurs, ils n'ont pas vraiment les moyens de soutenir un commerce qui ne marche pas bien. Les pensées vagabondent dans la tête de Paola, les idées s'entrecroisent et se répondent. Comme elle a du temps, elle se met à réfléchir et la suggestion de la Señora Valdez s'est incrustée dans son cerveau de manière inconsciente. L'idée est-elle si stupide de faire venir la petite dans la journée au Marché aux Fleurs et de la ramener le soir ? Est-ce interdit par le pacte établi entre le couvent et ses parents ? Paola soupèse les aspects du problème : peut-être que c'est possible après tout : si la mère supérieure pouvait être son alliée dans cette aventure et fermer les yeux !!

Paola prend la décision d'arrêter son commerce à trois heures de l'après-midi. Après tout, il n'y a presque personne et les rares passantes qui déambulent ne vont pas changer profondément son chiffre d'affaires. Elle sort du Marché puis se dirige vers l'arrêt de bus le plus proche pour se rendre au centre de Lima, là où se trouve le couvent des Nazarenas.

À trois heures quarante, elle sonne au portail du couvent et, rapidement, une sœur vient lui ouvrir :

- Que désirez-vous ?, s'enquiert la religieuse.

- Je voudrais voir la mère supérieure, s'il vous plaît.

- Mais elle est très occupée ; elle ne reçoit normalement que sur rendez-vous.

- Je vous en supplie, c'est très urgent... Allez la voir et insistez.

Paola est étonnée par sa propre audace. Elle n'aurait jamais auparavant imaginé parler ainsi à une religieuse.

- Je vais voir ce que je peux faire.

- Avec l'aide de Dieu, vous pouvez faire beaucoup.

La religieuse esquisse un sourire forcé comme si elle n'avait pas pensé que cela fût possible, puis s'éclipse.

Paola reste dehors à attendre après que la porte ait été soigneusement refermée.

Quelques minutes interminables, puis la porte s'ouvre à nouveau et une autre sœur annonce à Paola qu'elle peut entrer. La jeune fille retrouve le même patio que lors de sa première visite, la même tranquilité et les mêmes arbres dispensateurs d'ombre et de fraicheur.

La religieuse conduit Paola dans une autre pièce que la première fois et lui demande d'attendre. La vaste pièce est lumineuse et agréable ; on y respire le même mélange de cire et de vieux bois patiné par les ans.

Au bout de quelques minutes, la mère supérieure entre dans la salle et invite sa visiteuse à s'asseoir.

- Je vous reconnais. Vous êtes la jeune femme qui a vécu cette histoire effroyable, Paola je crois... On m'a dit que vous souhaitiez me parler de façon urgente...

- Oui, je voulais vous voir, ma mère; c'est une affaire délicate, très délicate, mais vous êtes la seule qui puisse m'aider.

- Parlez sans crainte.

- Eh bien, comme vous le dites vous-même, c'est une histoire effroyable qui m'est arrivée mais en même temps, elle est encore plus effroyable par le fait que l'on m'enlève mon enfant... Comprenez-vous, la torture pour une jeune maman ? Un enfant que je ne peux voir que le samedi : si je pouvais la voir tous les jours, je me sentirais mieux.

- Je crains que ce ne soit pas possible. Vos parents ont posé des conditions fortes à notre engagement.

- Premièrement, ne dites pas vos parents, dites plutôt mon père, ce sera plus juste.

Si vous le voulez bien... Ma mère n'a fait que se soumettre comme elle l'a souvent fait. Ensuite, pourquoi dites-vous que c'est impossible. Rien n'est impossible à celui qui voit et sait tout. Alors, j'ai un plan : vous me laisseriez prendre ma fille le matin et je la ramènerais le soir sans que personne ne le sache. Avec cette condition, je m'abstiendrais même de la voir en fin de semaine.

La foudre se serait abattue aux pieds de la supérieure qu'elle n'eût pas été plus étonnée.

- Vous voulez emmener votre fille tous les jours et la ramener le soir ?

- C'est exactement ça.

- Mais ma pauvre enfant ; cela soulève des problèmes considérables. Moraux tout d'abord et de responsabilité civile ensuite. On nous a confié cette petite pour qu'il ne lui arrive rien.

- Et vous pensez qu'elle sera aussi bien choyée par vous que par sa propre mère ?

Paola reste interdite car cette audace ne lui ressemble pas mais la supérieure ne semble pas s'offusquer.

- Non, bien entendu... Mais c'est tellement peu habituel.

- Quand notre Sauveur a donné sa vie, c'était aussi peu habituel... Je vous en supplie. J'ai compris que c'est la meilleure façon pour moi de surmonter l'épreuve où je me trouve. Donnez-moi une chance et Dieu vous bénira. De toute manière, vous savez bien que j'ai un travail et que je peux subvenir à ses besoins.

La mère supérieure se renverse légèrement dans le dossier du fauteuil et lève les yeux vers le plafond. Paola respecte son silence mais se met à prier pour que ses veux se réalisent.

Après environ cinq minutes, la mère supérieure repose son regard sur la jeune fille et lui dit :

- Vous avez gagné mais pas de fausse manœuvre, ma fille, sinon...

- Merci ma mère... Mais surtout, promettez-moi de ne rien dire à mes parents.

- J'y veillerai, mais le péché par omission... voyez-vous, ce qui m'a décidé, c'est votre histoire particulière et tellement pathétique. Il me semble que vous avez raison et que vous pourrez vous refaire plus facilement et plus vite. Je vais donner des consignes pour qu'on vous remette l'enfant demain matin mais vous la ramènerez le soir à sept heures au grand maximum.

- Oui, ça va m'obliger à fermer plus tôt mais ce n'est pas grave. Merci encore mille fois.

- Ne me remerciez pas. Adressez plutôt vos louanges à Dieu qui vous a insufflé les mots qui ont su me toucher.

Paola ressort du couvent, transportée. La vie a désormais une autre couleur et le ciel qui, tout à l'heure, lui paraissait terne, s'illumine maintenant d'un beau et chaud soleil. Même le bus qui la ramène vers le domicile familial lui parait vibrant de bonne humeur et d'allégresse.

Arrivée chez ses parents, Paola embrasse sa mère avec empressement. Celle-ci, un peu étonnée de la voir revenir plus tôt, la regarde avec cette lueur pénétrante dans le regard qu'ont toutes les mères pour deviner les secrets de leur fille mais elle a beau scruter, elle est loin de s'imaginer ce qui provoque un tel enthousiasme chez Paola.

Le vendredi matin, Paola se lève pleine d'énergie et court attraper le bus mais ce n'est pas celui du Marché aux Fleurs vers lequel se portent ses pas, mais bien celui qui va au centre de Lima, et qui la mènera non loin du couvent des Nazarenas.

À la porte du couvent, on la reçoit avec le sourire. Une sœur est déjà là avec l'enfant dans les bras et un petit panier; elle lui explique que les religieuses ont commencé à s'attacher à la petite, belle comme un ange et qui ne pleure presque pas. Paola remercie, prend sa fille et s'excuse de ne pouvoir rester un peu plus mais le travail l'appelle.

Au Marché aux Fleurs, elle dépose le berceau sur un petit tréteau et commence à déployer les bâches qui protègent sa marchandise. Le travail lui semble léger ce matin et les poids qui la fatiguaient les autres jours ne lui paraissent plus aussi lourds. De temps en temps, elle pose un œil sur l'enfant et lui sourit, mais il est déjà l'heure de lui donner le sein lourd et gonflé.

À neuf heures, les premières clientes arrivent et s'extasient sur le charmant spectacle qu'offre le petit berceau, entouré de fleurs de toutes les couleurs. La Señora Valdez arrive à son tour et n'est pas en reste.

- Ah, je savais que vous finiriez par amener le petit ange, exulte-t-elle.

- C'est grâce à vous, explique Paola... Ce que vous m'avez dit, s'est gravé dans mon esprit.

- Et ça lui fait combien ?... Attendez, cinq jours, non ?

- C'est cela.

Le berceau devient au fil de la matinée l'attention de toutes les discussions. Même les commerçants voisins viennent voir ce qui provoque un tel attroupement.

Paola a placé le berceau rose au milieu d'orchidées qui lui font comme une sorte d'abri ou de protection. La scène est émouvante, bucolique et tranquille. Une passante fait remarquer que le tableau ressemble un peu à une crèche et qu'il ne manque plus que les bergers, l'âne et le bœuf.

Les personnes présentes confirment :

- Oui, c'est vrai et, de plus, c'est bientôt Noël... Vous verrez que c'est un signe. À cette remarque, une des clientes réagit soudain :

- Et pourquoi n'apporterions-nous pas le décor de cette crèche ? Moi, je peux trouver une statue de bœuf.

- Mais le petit Jésus, c'est un garçon, annonce l'une et ici, nous avons une fille.

- Ah, ne chipotez pas... C'est pareil. Vous croyez que Dieu n'aurait pas pu envoyer sa fille pour nous sauver ? Donc, garçon ou fille, peu importe, il faut apporter le décor de la crèche.

- Ah, oui, c'est une bonne idée, renchérit une autre. Je vais chercher un âne.

- Dans le coin, ce en sera pas difficile à trouver, ironise quelqu'un.

Mais la plaisanterie tombe à plat.

- Et moi des bergers, rajoute une troisième.

À peine dit, les femmes se dispersent et promettent de revenir très vite avec leurs trouvailles.

Pendant ce temps - est-ce la présence du berceau ? - les clientes se pressent autour de l'étal de Paola et achètent en quantité, roses, myosotis et autres fleurs délicates.

Le cauchemar de la perte des ventes semble s'envoler et Paola commence à sourire de nouveau aux femmes qui l'entourent. Les autres commerçants épient la scène d'un air mi-figue mi-raisin. Face au succès de Paola, ils écoulent moins de marchandises mais n'osent pas perturber la manifestation d'un si soudain bonheur.

Deux heures ne se sont pas écoulées qu'une des clientes revient avec une statue d'âne, puis la suit une autre avec une statue de bœuf.

- Installez ça là, ordonne Paola tout à son nouveau rôle de commandant en chef du Marché aux Fleurs.

- Merci, Madame Valdez... Non, comme cela, c'est mieux... Voilà.

Une autre arrive avec des statues de bergers.

- Comment avez-vous fait ?, s'enquiert Paola.

- Ma foi, moi j'ai demandé au curé de ma paroisse.

- Moi aussi... C'est le plus simple. J'ai un antiquaire près de chez moi à Miraflores. Il a des trucs incroyables

La crèche prend forme. Le berceau trône au milieu d'un charmant amoncellement de fleurs et de statues. De plus en plus de gens s'arrêtent et contemplent le spectacle. De plus en plus aussi commandent ou achètent directement. Des femmes demandent des compositions florales pour la fête de Noël qui est dans deux jours.

Paola ne sait plus où donner de la tête. Pourvu que la petite ne se mette pas à pleurer. Mais, non, il semble que de ce côté, tout soit calme. Puis Madame Valdez prend la parole :

- Cela fait un moment que je viens ici acheter des fleurs. Je connais Paola depuis maintenant un an et demi, mais c'est la première fois que je vois quelque chose de pareil. C'est presque un miracle cette crèche improvisée... Vous voyez Paola, que ce sont plus que des clientes, ce sont des amies qui vont vous permettre d'avoir un Noël comme vous n'en avez jamais eu avant. Je sais que vous vous en souviendrez toute votre vie.

Paola ne sait comment remercier, mais Madame Valdez n'a pas fini :

- Après les épreuves que vous avez connues, après l'horrible histoire qui vous est arrivée, eh bien, le soleil brille de nouveau et vous le méritez.

Un musicien ambulant qui passe par là, se met à jouer du violon. Une douce berceuse s'élève dans l'air chaud et humide du Marché aux Fleurs. Plus d'une des clientes présentes se dit que c'est un nouveau signe pour la fête qui s'annonce.

Paola est pleine de gratitude ; tout en écoutant la musique, elle regarde sa fille qui continue à dormir. Enfin, le musicien s'arrête et poursuit son chemin, alors Paola prend la parole à son tour :

- Merci à vous toutes. Grâce à vous, je vais pouvoir offrir un beau cadeau à la petite. C'est vrai que je ne pensais pas, lorsque j'étais au bord du désespoir retrouver un jour le goût à sourire. Je vous souhaite à toutes le meilleur Noël possible.

Les puits de la Costa Verde

La ville de Lima est construite dans un désert. C'est même la deuxième plus grande métropole du Monde plantée en pleine aridité, dans des terrains sablonneux où il faut déployer de gros efforts pour amener l'eau.

Depuis la côte jusqu'aux premiers contreforts des Andes, sur une vingtaine de kilomètres, ce ne sont, la plupart du temps, que des terrains vides, formés de ce mélange si particulier de sable et de limons, à la végétation rare et souffreteuse.

Mais la ville elle-même croît sans cesse comme un chancre incurable ; elle se moque des limites physiques ; elle déborde et fait craquer, dans une poussée démesurée, les barrières que la Nature lui a assignées.

Quand on voit comment les habitations gagnent absurdement, mais inexorablement le Sud et le Nord. Quand on voit comment des cases misérables s'accrochent désespérément aux pentes, comme des naufragés à un canot de sauvetage, on comprend la force terrible de la vie, la poussée fantastique de la sève humaine.

Abel Velarde, docteur en physique, pensait à cela en regardant par la fenêtre de son appartement et ce qu'il voyait l'énervait profondément. Les employés de la municipalité arrosaient comme souvent la pelouse du parc adjacent à grandes eaux.

La température de ce mois de février était déjà élevée en cette fin de matinée. S'y ajoutait cette humidité atmosphérique qui rend la respiration pénible sous les tropiques mais ces imbéciles n'en avaient cure. Pourquoi les envoyait-on en pleine chaleur jeter l'eau comme s'il s'agissait d'un bien inépuisable ? Ne pouvaient-ils pas le faire à la tombée de la nuit, comme cela se pratique dans d'autres pays ?

De surcroît, leur méthode manquait de finesse car leur tuyau énorme, de vingt centimètres de diamètre, accroché comme un boa obèse à un camion-citerne,représentait un luxe de nantis irresponsables.

Et le tuyau crachait un véritable déluge. Les employés noyaient le parc, comme des bêtes sans cervelle, en se fichant complètement du résultat de leur travail. Le trottoir qui longeait le parc était tout aussi inondé que la pelouse.

Compte tenu de l'absence de bouche d'égout, l'eau stagnait ou s'écoulait lentement au hasard de la pente.

Le docteur Velarde pensait que l'eau serait un véritable problème pour les années à venir, mais il ne sentait pas vraiment une préoccupation des autorités sur ce sujet... Ou plutôt, tout le monde en parlait mais personne ne faisait rien.

Dans de nombreux districts, on abattait de vénérables maisons particulières de plain-pied, pour les remplacer par des immeubles. C'était tout bénéfice pour les compagnies immobilières mais la pression du réseau d'eau n'était parfois pas suffisante pour monter l'irremplaçable liquide dans les étages.

Les municipalités laissaient faire car elles y trouvaient leur compte du fait de l'augmentation des taxes foncières.

Velarde en était là de ses réflexions lorsque le téléphone sonna. Il alla décrocher et reconnut instantanément la voix de son ami, l'ingénieur Martin Gamboa.

- Est-ce que tu as un moment de libre, Abel ?, lui demanda Gamboa.

- Oui, oui, je suis libre en ce moment.

- J'ai quelque chose à te montrer qui t'intéressera, j'en suis sûr.

- Ah, ah,... et quel genre de chose ?

- Je ne t'en dis pas plus. Rendez-vous à la plage la Estrella à Miraflores ou plutôt, non... rendez-vous en haut de la brèche d'Armendariz dans une petite heure. On descendra ensemble vers la plage.

Une fois le téléphone raccroché, Velarde regarda sa montre : il était temps de partir s'il voulait être à l'heure. Il sortit et se dirigea vers l'arrêt de bus le plus proche.

Il était en haut d'Armendariz depuis moins de cinq minutes que Gamboa arrivait sur ses courtes jambes, la face rouge de s'être dépêché. Il portait un petit sac à dos en bandoulière. Les deux hommes se saluèrent.

- Alors, c'est quoi ta surprise ?

- Attends, tu vas voir, mais pour cela, il faut d'abord descendre jusqu'à la plage.

Les deux hommes empruntèrent l'escalier en bois qui serpente sur la falaise et qui, en peu de temps, permet d'atteindre le niveau de la mer par la passerelle qui traverse la route du circuit des plages.

Tout en bas, là où commence la partie sableuse et rocailleuse, ils mirent le pied sur les premiers moellons, enjambant les pierres, sautant comme des gamins.

Le temps était désagréablement chaud et la brume indistincte qui couvrait l'océan rejoignait les nuages gris au-dessus des immeubles de Miraflores. On distinguait un cargo au loin, qui semblait arrêté, peut-être paralysé par la chaleur.

Ils se rapprochèrent du bord de l'eau. Soudain, Gamboa montra à Velarde un trou entre les rochers. Des trous comme celui-là, il en avait déjà vus mais n'y avait pas prêté attention.

- Regarde, ce trou, c'est une source !

- Comment ça, une source ?... sur la plage... impossible !

- Une source, je te dis, et d'eau douce encore.

- Alors, ça, c'est intéressant.

En s'approchant du bord, les deux hommes virent que le trou irrégulier, bordé de pierres à l'équilibre incertain, mesurait environ un mètre cinquante de diamètre. Au fond, à environ une cinquantaine de centimètres du niveau du sol, on percevait une eau claire dans laquelle un oiseau, perché sur la bordure du fond, plongeait à intervalles réguliers son bec.

Gamboa vit du coin de l'œil que Velarde était intrigué. Il poursuivit :

- On dit dans mon village de montagne que l'eau que boivent les oiseaux est parfaitement saine. Cette source est donc propre... pratiquement pas de bactéries de type colibacilles fécaux ou autres. Elle ne contient pas non plus de métaux lourds et est très peu salée, donc propre à la consommation. Regarde, j'ai apporté un conductimètre.

Il sortit l'appareil de son sac à dos, le plongea dans l'eau et lut la mesure : 0,8 milliSiemens/cm... Effectivement, c'était peu, indice d'une faible teneur en sels.

Cette fois, Velarde était excité et ses instincts de scientifiques se réveillèrent. Des sources sur la plage... Incroyable.

- Mais, dis-moi ; qui connaît ces sources ?

- Pas mal de gens parmi les baigneurs, mais personne n'y prête attention. Ici, on n'est pas très curieux, tu le sais bien.

- Et d'où vient l'eau ?

- Je ne sais pas exactement d'où elle vient mais je sais comment elle vient. En fait, c'est sa provenance qu'il serait intéressant de déterminer. D'abord, il faut préciser que des puits comme ça, il y en a des dizaines sur la côte et même à l'intérieur. Par exemple, dans certains patios de vieilles maisons de San Borja et San Isidro, il y a des puits oubliés, obstrués parfois. Les habitants ont l'eau du réseau et se fichent d'un puits oublié depuis des temps immémoriaux.

- D'accord, mais l'eau de Lima vient bien des puits creusés dans l'aquifère et exploités par la compagnie *Agua para Todos* ?

- Exact, l'aquifère est alimenté par le Rimac et une partie de son débit provient du tunnel Graton qui draine les galeries de la mine de Casapalca. Pour en revenir aux sources, leur existence remonte aux Incas. J'ai découvert, en cherchant dans les archives de vieux documents qui évoquent cela. Simplement, on l'avait oublié et *Agua para Todos* n'a peut-être pas fait le meilleur choix en gaspillant l'argent public pour creuser ses puits au lieu de profiter des ouvrages construits par nos ancêtres. Ne t'en fais pas ; l'argent n'a sûrement pas été perdu pour tout le monde.

- Sûrement pas, non.

Les deux hommes s'assirent sur un rocher ; le soleil commença à faire une timide apparition. Gamboa sortit un mouchoir et essuya la sueur qui perlait sur son front. Il semblait excité comme un gamin qui a trouvé un trésor. Velarde passa un doigt dans son col de chemise en soupirant, puis prit la parole :

- Tu disais qu'il y avait des dizaines de sources comme celle-là ?

- Oui, depuis le nord de Callao jusqu'à Chorrillos, en fait toute la baie, ainsi que les sources plus loin de la mer : San Borja, San Isidro, etc... ça dessine une sorte de delta invisible sur la carte dont une des pointes se trouve sur Ate Vitarte...

- Il me vient une idée ; ce serait intéressant de mesurer les rapports isotopiques de l'eau. On pourrait avoir une idée de sa provenance.

- Voilà une bonne idée, tu veux dire que l'eau plus riche en deutérium et oxygène 18 proviendrait de précipitations à basse altitude et, au contraire, l'eau la plus légère, de pluies d'altitude.

- C'est exactement ça. Il me paraît possible d'emprunter l'analyseur isotopique de l'Institut d'Energie Nucléaire. Je connais bien le directeur.

- Fantastique... On va devenir célèbres.

- Pas d'emballement. Pour le moment, c'est de la pure recherche académique.

Les deux hommes prirent rendez-vous puis se séparèrent. Velarde se chargeait de l'analyseur. Il demanda à Gamboa de lui procurer une carte des sources que celui-ci promit d'envoyer par courrier électronique.

Une semaine plus tard, Velarde était de nouveau sur la plage la Estrella, mais cette fois, avec son analyseur. Il avait du mal à croire ses premiers chiffres. L'eau était légère : elle contenait même une proportion relativement élevée d'oxygène 15, peu de deutérium et pas de tritium. Quant aux isotopes 16 et 18, ils étaient en quantités inférieures à celles que l'on trouvait dans l'eau à laquelle il était habitué.

Velarde se gratta la tête. Cela signifiait que l'eau provenait de précipitations qui s'étaient produites en très haute altitude, vers le col de Ticlio probablement.

Il décida d'analyser d'autres sources le même jour et se dirigea vers la plus proche avec la carte de Gamboa dans la main.

Deux semaines plus tard, Velarde avait fait le tour d'une vingtaine de sources, tant en bord de plage que plus loin vers l'intérieur. Il se sentait prêt à appeler Gamboa pour lui faire part de ses premiers résultats.

L'ingénieur décrocha après deux sonneries :

- Gamboa à l'appareil.

- Martin, C'est moi Abel ; il faut qu'on se voit... J'ai du nouveau à t'annoncer.

- Où et quand est-ce qu'on peut se voir ?

- Je passe chez toi, si tu veux. Si cela te convient.

- OK, arrive dans une demi-heure.

Velarde héla un taxi au coin de la rue et, en moins de vingt minutes sonnait à la porte de l'ingénieur.

- Salut, Martin

- Salut. Tiens, entre et assieds-toi

- Merci... Comme je te disais au téléphone, j'ai fait des découvertes intéressantes : figure-toi que les sources les plus proches de la plage - tu sais qu'elles font comme un arc de cercle puisqu'elles suivent de manière fidèle le rivage - sont celles qui reçoivent l'eau de pluie qui tombe au Ticlio. J'ai demandé un échantillon d'eau d'altitude à un gars de la compagnie minière Casapalca et ça correspond parfaitement.

- Ah, Ah... je te vois venir... L'eau qui arrive à Lima vient du Ticlio et comment nous parvient-elle?

- C'est ce qu'il nous faut découvrir, mais de manière plus curieuse peut-être, l'eau des autres sources plus éloignées de l'océan, provient d'altitudes moins élevées de la vallée du Rimac. Celles de San Martin de Porres viennent de l'autre vallée, celle du Chillon. Enfin, et je terminerai là-dessus: la composition est différente de celle de l'aquifère, ce qui veut dire que les deux réseaux sont indépendants.

- Passionnant, ça m'étonnerait qu'il n'y ait pas de vieux documents dans les archives de la ville. Les espagnols ont peut-être découvert quelque chose qui se trouve dans de vieux grimoires

- En tous cas, pas dans ceux de Garcilaso de la Vega que j'ai parcourus en long et en large. Lui, si bien renseigné d'habitude, n'évoque pas la chose.

- Des chroniqueurs, il y en a d'autres

- Certes, il nous faut donc chercher

Velarde se leva, tendit la main à son ami et lui promit de fouiller dans tous les documents qu'il pourrait dénicher. Gamboa, à son tour, affirma qu'il avait aussi des sources à consulter. Les deux hommes se promirent de se revoir une semaine plus tard pour échanger ce qu'ils auraient découvert.

Une semaine plus tard, Gamboa et Velarde se réunissaient, cette fois, dans l'appartement de ce dernier.

"Pas d'entrée en matière inutile", se dit Gamboa, "ce que j'ai trouvé, c'est génial", puis à voix haute :

- Abel, j'ai du nouveau et du croustillant, tu vas voir.

.- Ah, fort bien. Moi, pour ma part, je n'ai rien dégotté de vraiment pertinent.

- Ce n'est pas mon cas : écoute, il y a un jésuite du XVIème, le père Alfonso de Urtibariz - basque évidemment comme son maître, fondateur de l'ordre - dont j'ai trouvé un exemplaire de l'ouvrage intitulé : *Les véritables récits autour de la fondation de la ville de Lima* dans la bibliothèque de l'Université San Marcos. Comme tu t'en doutes, l'ouvrage est en latin mais j'ai déchiffré tant bien que mal et le reste, c'est un professeur de la San Marcos qui m'a aidé. Le type affirme que les sources qu'il connaissait sont les résurgences de canaux souterrains construits par les Incas. Les canaux parcourent toute la montagne et reposent sur des socles rocheux inclinés qui empêchent les infiltrations.

- Génial, mais ça a dû être une œuvre colossale.

- Tu penses ! Colossale... C'est le mot. Quand on pense aux Egyptiens, mais les Incas ont fait mieux. En irrigation par exemple, dans le Nord, tu dois connaître les canaux à ciel ouvert qu'il y a vers Cajamarca.

- J'en ai entendu parler mais je ne les ai jamais vus.

- Tu manques quelque chose. Mais revenons à notre jésuite. Le père de Urtibariz montre même des dessins. Il prétend que ce sont des Incas qui lui ont montré les plans qu'il n'a fait que reproduire. Les canaux qui viennent d'en-haut sont plus profonds et ceux à moindre altitude pénètrent moins sous terre, ce qui explique tes observations.

- En fait, il est bien connu qu'à l'époque des pluies en montagne, celle-ci se gorge d'eau comme une éponge et l'eau descend vers les sources que nous avons analysées.

- C'est ça et, en plus, quand elles sont pleines, elles se déversent dans la mer, ni plus, ni moins.

- Toute cette eau perdue, c'est vraiment dommage, s'exclama Velarde pensif.

- Oui, c'est bien malheureux car si l'on utilisait ces sources, le problème de l'eau serait résolu à Lima. On soulagerait du coup l'exploitation de l'aquifère qui aurait le temps de se recharger. De plus, comme c'est eau est déjà potable, ce seraient autant de traitements chimiques en moins ; tout bénéfice pour la communauté qu'une eau moins chère.

- Il me vient une idée. Pourquoi n'irions-nous pas voir *Agua para Todos* pour leur expliquer le topo ?

- Pourquoi pas en effet ? Cela ne coûte rien d'essayer.

- Il nous faut prendre rendez-vous avec leur patron, mais je pense que ce n'est pas trop difficile.

- D'accord, je vais les appeler en leur disant que nous avons une communication de grande importance à leur faire.

Quelques jours plus tard, l'ingénieur Martin Gamboa et le Docteur en Physique Abel Velarde se trouvaient dans une confortable salle de réunion de l'entreprise publique *Agua par Todos*. Ils avaient réussi sans trop de peine à obtenir un rendez-vous avec le président, le nom de Velarde étant un peu connu.

- Messieurs, permettez-moi tout d'abord, de vous souhaiter la bienvenue dans notre entreprise. Vous avez sollicité un entretien avec mes collaborateurs et moi-même. Je vous présente les deux personnes qui m'accompagnent : les ingénieurs Ramos et Avalos, spécialistes des techniques de distribution d'eau. Je leur ai demandé d'être présents car leur spécialité et leurs fonctions dans l'entreprise me paraissent être en rapport avec ce que vous m'avez expliqué succinctement... Enfin, je vous serais gré d'être concis car mon temps est compté. De quoi s'agit-il exactement ?

- Eh bien, voilà, répondit Gamboa en s'éclaircissant la voix. Nous voulions vous parler d'une découverte que nous venons de faire. Votre entreprise, Monsieur le Président, votre entreprise doit s'intéresser, j'imagine, à un approvisionnement pérenne en eau de la ville et, qui plus est, bon marché si possible.

- Certes. Nous cherchons régulièrement des façons d'améliorer le service que nous rendons à nos concitoyens : une eau moins chère, de meilleure qualité et accessible à tous, ce qui n'est malheureusement pas encore le cas.

- Justement, c'est là que nous pouvons vous aider. Nous avons, le Docteur Velarde et moi, découvert que la ville de Lima est parcourue dans son sous-sol par des canaux très anciens construits par les Incas. Ces canaux amènent l'eau des Andes jusqu'à la côte. Dans de nombreux cas, il y a des sources à ciel ouvert et à peu de profondeur, y compris sur la plage de la Costa Verde... à proximité de la mer.

Le président de *Agua para Todos* se mit à sourire. Velarde ne comprit pas la raison de l'ironie qu'il percevait derrière la façade de courtoisie apparente. Aussi, prit-il la parole pour tenter d'en comprendre la cause :

- Vous comprenez, Monsieur le Président, que ces sources sont peut-être la solution au problème de l'eau. Une exploitation rationnelle permettrait d'épargner l'aquifère. Celui-ci aurait ainsi le temps de se recharger... En outre, ces sources sont saines. Nous avons réalisé des analyses biologiques et de métaux lourds... Pas de problèmes. Je dirais même que la potabilisation serait plus facile.

Le président continuait à sourire, l'index sur la joue et le menton reposant sur les autres doigts pliés, comme quelqu'un en pleine réflexion. Velarde y vit un encouragement : il continua :

- Vous pourriez de cette manière, fournir le service dont vous rêvez : de l'eau moins chère, de meilleure qualité et accessible à tous.

- Messieurs, premièrement, je dois vous informer que nous sommes parfaitement au courant de l'existence de ces sources et de ces canaux souterrains. Pour le moment, nous ne voyons pas l'utilité de les exploiter...

Gamboa et Velarde se regardèrent stupéfaits. Ils ne s'attendaient certes pas à une telle réponse. Leur enthousiasme se dégonfla soudain mais, ne voulant pas abandonner la partie aussi rapidement, Velarde reprit coutoisement la parole :

- Monsieur le Président, vous devez savoir que tous les experts internationaux annoncent des difficultés pour l'approvisionnement en eau dans les années qui viennent. Les grandes villes construites dans les déserts sont nommément citées dans le rapport des Nations Unies : Le Caire, Ryad, Lima,... La simulation, effectuée par une agence de l'ONU, des effets du réchauffement ou des modifications climatiques sur l'approvisionnement en eau semble assez pertinente, du moins d'après ce que j'ai pu lire... Certaines métropoles ont démarré des projets de désalinisation d'eau de mer, ce qui n'est pas notre cas. Nous pensons donc que c'est un thème urgent et que les travaux devraient démarrer dès maintenant si nous voulons être prêts. J'ajouterai que les experts qui se sont exprimés sur le cas de Lima ont regardé exclusivement l'effet de la perte des glaciers de la Cordillère sur les débits du Rimac et du Chillon... Ils ne connaissaient pas l'existence de ce réseau souterrain et ont donc fait une évaluation abusivement pessimiste... Vous conviendrez que l'existence de ces sources change complètement la donne.

- Messieurs, il est inutile d'insister, répliqua le président d'une voix moins aimable. Nos plans et nos investissements sont faits et décidés pour les années qui viennent et il n'est pas question d'en changer.

Le ton abrupt laissa Velarde et Gamboa interloqués mais ce dernier, qui était resté silencieux depuis l'intervention de son ami, intervint :

- Abel, nous avons fait ce que nous avions à faire, c'est-à-dire, informer. La compagnie *Agua para Todos* a une stratégie... très bien. Ils savent tout aussi bien que nous maintenant... Chacun ses responsabilités.

- Non Martin, le scientifique a une responsabilité qui va au-delà de la pure information. L'eau est un service public et *Agua para Todos* est une société publique. On ne peut pas laisser ces sources sans les utiliser ; ce serait injuste... Je suis désolé de vous dire que je ne comprends pas vos explications, Monsieur le Président, c'est tout... rétorqua Velarde.

Le président avait, à présent, du mal à cacher son énervement. Il fit un signe à Gamboa. Celui-ci s'approcha.

- Mr Gamboa, je souhaiterais vous parler en particulier.

- Comme vous voudrez, Monsieur le Président.

- Messieurs, je vous prierais de nous excuser. C'est l'affaire d'un moment. Passons à coté.

Les deux hommes sortirent de la pièce. Velarde regardait la scène étonné ; il se tourna vers Ramos et Avalos, les deux ingénieurs de *Agua para Todos* qui semblaient l'être également.

Quelques minutes passèrent ainsi pendant lesquelles les trois hommes se regardaient en chien de faïence, puis le président et Gamboa réapparurent dans la salle. Le président tout sourire, serrait la main de Gamboa.

Velarde se leva ; l'entretien, cette fois, était terminé. Une fois dehors, Velarde se tourna vers l'ingénieur Gamboa pour lui poser les questions qui lui brûlaient les lèvres.

- Alors, qu'est-ce qu'il te voulait ? Pourquoi t'a-t-il entraîné à l'écart ?

- Tu veux savoir ce qu'il voulait ? Tu ne devines pas ? Non, c'est vrai, toi, tu es professeur et tu es un peu loin de ce qui se passe dans les affaires. Moi, je suis ingénieur et ce qu'il m'a proposé ne m'étonne pas : je dirais même qu'il y a une grande franchise dans sa méthode.

- En langage clair, qu'est-ce que ça signifie ?

- Tout simplement, mon cher Abel, qu'il veut acheter notre silence, ni plus, ni moins.

Velarde ne fut pas complètement surpris. Il s'attendait même un peu à cela et savait bien comment beaucoup de choses se passaient dans son pays ; un exemple : le métro de Lima commencé vingt-huit ans plus tôt, et tout juste terminé et opérationnel. Et encore, il ne s'agissait pas d'un réseau entier comme en existent dans d'autres capitales sud-américaines. Non, une simple ligne avec une quinzaine de stations.

Néanmoins, que la chose le touchât directement, c'était relativement inattendu... Il eut un léger vertige, peut-être la chaleur, songea-t-il.

- Eh bien, tu ne dis rien ? Qu'est-ce que tu penses ? il veut qu'on la ferme en échange de cinquante mille dollars chacun. Pas mal non ?

- Ah parce que tu veux accepter ? Je vais te dire, s'il offre cette somme, c'est que vraiment, de gros intérêts sont en jeu.

- Evidemment que des intérêts sont en jeu. Mais revenons-en à la proposition.

- Très peu pour moi. Le problème de l'eau est trop important pour la ville... Mais dis-moi, explique-moi en détail, Martin, pourquoi il veut qu'on se taise, en détail... s'il te plaît.

- Oh, c'est facile à deviner. Il ne l'a pas dit textuellement évidemment, mais voilà comment je reconstitue l'histoire : notre président sait bien que les pénuries d'eau sont une bonne manière de faire de l'argent. Des sources qui fourniraient l'eau des Andes presque gratuitement, c'est, sinon la fin du business, du moins une limitation importante. Les Andes, c'est une vraie éponge, tu te souviens ? L'année dernière, quand il y avait les coupures d'alimentation dans la zone sud de Lima, *Agua para Todos* fournissait les populations avec des camions citernes. Tu sais combien ils facturaient le mètre cube ? quatre-vingt soles, oui, huit fois le prix...

- Mais Martin, tu ne peux pas accepter sa proposition. C'est scandaleux.

- Mon petit père, ce qui est scandaleux, c'est ce que je gagne quand j'essaie de faire mon job honnêtement. Combien tu crois que je me fais après vingt ans de carrière à toujours dire :

"Oui, chef, bien chef" à un abruti qui en sait dix fois moins que moi...? Eh bien, mon ami, moi, je te le dis, cinquante mille dollars, ça va bien m'aider, moi qui voulais faire des travaux dans ma maison... De toute façon, on parlotte, on parlotte et on n'avance pas. *Agua para Todos* attend notre réponse très rapidement. Je leur ai dit que je te parlerai. En fait, c'est le président qui me l'a demandé. Il n'osait pas t'offrir la botte directement, un reste de pudeur, je suppose.

Et Martin partit dans un grand éclat de rire à l'évocation des sentiments délicats effleurant le président de la compagnie de distribution d'eau.

- Il n'en est pas question. Tu lui diras que je ne marche pas. Prends ta part si tu veux, mais ne compte pas sur moi, répliqua Velarde d'un ton sec.

- T'es trop con, Abel... Vraiment, t'es trop con.

- Peut-être mais je reste sur mes principes et ce pays se porterait mieux s'il y avait plus de gens comme moi. De toute façon, je ne vais pas en rester là ; j'irais voir la presse pour révéler l'affaire. La question de l'eau est une chose trop importante pour l'agglomération. Je vais donc faire tout ce que je peux pour que le scandale éclate, aussi, une dernière fois, et au nom de notre amitié je te conseille de ne pas rentrer dans ce jeu là.

- Comme tu veux... Alors salut. Je vais téléphoner au président ta réponse. La mienne, il la connaît déjà. En fait, je me demande si ce n'est pas plutôt toi qui ne devrais pas rentrer dans ce jeu-là. Tu n'es pas taillé pour.

Les deux hommes se séparèrent froidement.

Deux jours plus tard, Gamboa qui venait d'acheter le *Comercio*, sentit une sueur glacée lui couler dans le dos en lisant, dans la rubrique nécrologie, l'information suivante :

"Le professeur et physicien Abel Velarde est décédé hier soir des suites de ses blessures après avoir été percuté par une voiture au carrefour des avenues Sanchez Carrion et Salaverry. Le véhicule a pris la fuite, selon les quelques témoins présents sur place, sans que ceux-ci puissent relever le numéro. Le professeur Velarde était bien connu pour ses travaux sur les isotopes radioactifs qui ont permis le développement de la désinfection des aliments par traitement radiologique. Il assurait aussi des cours à l'Université Nationale d'Ingéniérie. Le professeur Velarde n'était pas marié ; il avait une sœur plus jeune que lui.

La rédaction du *Comercio* assure la famille du professeur Velarde de sa profonde sympathie en cet épisode douloureux.

Une préparation difficile

Il faisait une chaleur terrible, ce jour-là, dans les cuisines de *Chez Maria,* restaurant de cuisine *criolla.* Les deux fours crachaient leurs calories sans discontinuer tandis que les cuisiniers et leurs aides couraient à droite et à gauche.

La sueur détrempait les fronts ceints d'un bandeau blanc noué sur l'arrière des têtes. Les faces rougissaient, tant à cause de la chaleur que par suite de l'agitation. On se croisait, on se choquait sans s'excuser, ce qui aurait été une perte de temps.

Deux des employés faisaient la plonge, l'un lavant, l'autre séchant les plats et ce n'était pas l'ouvrage qui leur faisait défaut.

- Deux *tiraditos,* et dépêchez, cria une voix.

- ça vient, ... ça vient.

- Un *ceviche* de poulpe.

- C'est comme si c'était fait.

Les assiettes volaient d'une main à l'autre, d'un assistant de cuisine jusqu'au serveur le plus proche ; c'était une farandole endiablée de boustifaille qui s'enfuyait irrésistiblement vers la salle, une fois la porte franchie. On avait l'impression d'un trou noir qui engloutissait tout, depuis les *papas a la huancaina* jusqu'aux *causas*, en passant par les *jaleas*, pour nourrir tout ce peuple affamé de liméniens attablés dans l'antique salle. Toutes les minutes, il fallait retourner aux chambres froides sortir les poissons, les poulets, les crustacés et les légumes.

Le riz restait au chaud dans des marmites gigantesques suffisantes pour la journée. La mise en place avait été faite dès le matin. L'*aji* avait été épépiné et légèrement bouilli pour lui enlever son piquant, les oignons tranchés, les herbes hachées, les sauces prêtes, les tomates et l'ail épluchés.

On préparait ensuite, et dans cet ordre, la *yuca* pour la frire au dernier moment, puis les pommes de terre et les garnitures en général.

Dans la salle toute en longueur, s'accrochaient sur les murs couleur crème, d'anciennes gravures et photographies qui rappelaient la Lima de la fin du XIXème siècle. Trois lampes torsadées en cuivre, surmontées d'une corolle de verre dépoli, donnaient au lieu une très vague ambiance de brasserie parisienne qui jurait, tant avec le reste du décor qu'avec les plats servis.

Un comptoir hors d'âge, qui servait de fourre-tout et où trônait la caisse, complétait la disposition des lieux. Derrière le comptoir, campait Maria, inexorablement vissée à un vieux tabouret de bois, attentive à tout ce qui se passait.

Les tables en bois brut, recouvertes d'une simple nappe à carreaux, se touchaient presque mais plutôt que de rebuter les clients, c'était une caractéristique qui attirait les habitués ; on pouvait facilement se tourner à demi et parler au voisin assis derrière soi.

Si l'on venait chez Maria, c'était pour la cuisine, bonne et à un prix raisonnable, mais aussi pour l'ambiance. Il n'était pas rare qu'un convive se mît à la guitare pour chanter un de ces tristes et mélancoliques *huaynos* d'Ayacucho ou de Puno.

Lorsque cela arrivait, tous s'arrêtaient de parler. Un silence languissant se mettait à planer au-dessus des tables ; les gorges se nouaient et, parfois, les yeux de ceux qui venaient de la *sierra* se mouillaient de nostalgie.

On écoutait, attentif à la plainte de ces chansons qui parlent finalement toujours de la même chose, un amour perdu, les illusions enfuies, les difficultés de la vie,..

Parfois, un groupe de musiciens entrait ; ils jouaient une salsa ou une chanson du souvenir, faisaient la quête, puis on leur servait une soupe qu'ils avalaient en silence, la tête baissée avant de partir vers un autre établissement.

- Grouille, Alberto, ton *arroz con pollo*, pour le Señor Mendez.

- Voilà, merde, répondit à voix basse le dénommé Alberto pour ne pas être entendu par la fameuse Maria qui, ce jour-là, comme tous les jours, trônait, telle une impératrice derrière sa caisse.

Le Señor Mendez était journaliste et ce n'étaient pas les représentants de cette noble profession qui manquaient dans ce quartier central où se trouvaient la plupart des rédactions de journaux, la Bourse et quelques Ministères.

Le Señor Mendez venait souvent à l'affût des bonnes nouvelles ou prêt pour en propager d'autres aux correspondants qu'il jugeait dignes de la confidence.

Quelque nouvelle politique, quelque affaire délicate, l'influence des décisions gouvernementales sur les cours de la Bourse, un responsable de gouvernement local pris la main dans le sac, confondant les caisses de sa juridiction avec son porte-monnaie, tels étaient les thèmes qui intéressaient plus particulièrement le Señor Mendez et qu'il s'empresserait d'enjoliver pour ses lecteurs.

Le Señor Mendez discutait souvent avec un autre habitué, le jeune Luis Guevarra, qu'il avait pris sous sa protection, un type prometteur qu'il fallait aider, se disait Mendez du haut de ses cinquante-cinq ans, dont trente passés dans le journalisme. Guevarra lui demandait souvent des conseils, ce qui flattait l'égo du plus ancien, homme de la vieille école et qui pensait qu'on n'est un bon journaliste qu'au moment de prendre sa retraite.

En échange, il arrivait que Guevarra l'informât de quelques nouvelles puisées dans les réseaux sociaux ou via les technologies modernes de l'information que Mendez ne maîtrisait que fort mal. Par ironie ou par dérision, mais sans méchanceté, Mendez avait accolé le surnom de *El Che* à son jeune collègue.

- Alberto, un *cau cau*, et en vitesse... table 4

Alberto travaillait aussi vite que possible mais il avait l'impression que les commandes couraient comme une machine infernale lancée sur des rails invisibles.

Il fallait tenir jusqu'à trois heures de l'après-midi, heure à partir de laquelle cela se calmait un peu. Bien sûr, il y avait encore des clients qui venaient déjeuner après, mais en moindre nombre ; alors tout devenait plus tranquille, mais personne ne pouvait réellement prévoir à quelle heure on pouvait commencer le nettoyage des cuisines et de la salle. Parfois, cela ne se produisait pas avant cinq heures et, quand c'était le cas, Alberto souffrait le martyre.

Invariablement c'était Maria qui donnait le signal ; elle semblait disposer d'un sixième sens qui lui faisait deviner si de nouveaux clients allaient entrer ; avant son feu vert, c'était peine perdue, même si tous les clients avaient payé et étaient sortis. Chacun attendait anxieux la bénédiction mariale et lorsque, d'un geste noble, elle l'accordait enfin, tous poussaient un soupir de satisfaction.

Au moment d'être embauché, Alberto avait reçu d'elle le commentaire suivant :

- Tu verras, petit, ici, les clients qui arrivent en retard pour déjeuner croisent ceux qui sont en avance pour dîner.

Derrière la boutade, Alberto avait bien compris qu'on ne chômait pas dans cette boutique. Il avait pu négocier pour ne travailler qu'à partir de onze heures et jusqu'au milieu de l'après-midi afin de se réserver un peu de temps en vue de sa préparation à l'Université. Le salaire couvrait tout juste les frais de l'académie préparatoire où il suivait ses cours.

Malgré cet arrangement, il devait courir, en sueur, du centre jusqu'au quartier de San Martin de Porres où il vivait avec ses parents et ses cinq frères et sœurs.

Au moment du trafic de pointe, il perdait encore une heure dans le bus. Il fallait ensuite donner à sa mère une partie de ce qu'il avait ramassé au restaurant, prendre une douche, puis courir à l'Académie Pythagoras censée le préparer à l'examen d'entrée à l'Université Nationale d'Ingénierie.

Heureusement, une des agences de Pythagoras était située non loin de sa maison, ce qui lui permettait d'arriver généralement à l'heure. De sept heures à dix heures du soir, il suivait les cours de mathématiques, physique et chimie ; son ambition était de sortir de ce quartier presque miséreux où il avait passé toute son enfance, en suivant une formation d'ingénieur en mécanique. Avec un diplôme comme celui-ci en poche, il pourrait relativement facilement trouver une place dans une compagnie minière et aider ses parents.

Et puis, l'Université Nationale d'Ingénierie offrait d'autres débouchés : là entraient les meilleurs élèves en sciences et technologie qui, parfois, pouvaient poursuivre leurs études à l'étranger. Un doctorat ou un master américain, ça pouvait se monnayer plus que correctement sur place et, peut-être, si on avait de la chance, ouvrir la porte vers une nouvelle vie chez le grand voisin du Nord.

À dix heures du soir, il fallait rentrer au logis ; encore une demi-heure d'attente en perspective car les bus étaient moins fréquents à cette heure et la délinquance sévissait comme un chancre endémique dès la nuit tombée. Sa mère priait chaque jour pour qu'il n'arrive rien à son fils.

Une fois rentré, Alberto dînait rapidement dans la salle à manger d'une soupe de poulet ou d'un reste de riz cantonnais, parfois agrémenté d'un bout de viande.

La maison se composait d'une pièce commune et de trois chambres, une pour les parents, une pour les deux filles et une pour les garçons. Cette dernière chambre se trouvait à l'étage dans une partie qu'on terminerait de construire quand on aurait un peu d'argent. A part cette disposition sommaire, un coin douche et des toilettes délabrées complétaient la maison. La partie cuisine se trouvait dans la salle à manger, à peine séparée par une rambarde en bois. La mère d'Alberto, par ironie, appelait cet espace, sa cuisine américaine.

Dès qu'Alberto s'asseyait, sa mère ne se préoccupait que de lui et tâchait d'anticiper ses moindres désirs ; elle restait en silence à le regarder manger, comme si ce spectacle remplissait son monde intérieur. Parfois, elle osait une parole quand elle pressentait le moment venu, attentive comme seule une mère sait l'être.

Elle comprenait, avec cet instinct des gens simples, que son fils devenait quelqu'un d'autre, presqu'un étranger. Une métamorphose s'opérait qui l'effrayait un peu ; ce fils était le seul à faire des études et, malgré la simplicité qu'il avait su garder, cela se ressentait à son insu dans son comportement. Tous les membres de la famille voyaient ce frère et ce fils s'éloigner de leurs préoccupations quotidiennes. Un jour, il partirait, se marierait et les choses seraient obligatoirement différentes.

Après le repas vite avalé, Alberto restait dans la pièce, reprenait ses cours et travaillait jusqu'à minuit pendant que sa mère faisait la vaisselle, ne voulant pas abandonner son fils qui appréciait cette ombre tutélaire et silencieuse, dont la seule présence suffisait à le rassurer et à lever ses interrogations. Finalement, vers minuit, tout le monde allait se coucher et l'on recommençait le lendemain.

Ce matin, Alberto se leva vaguement inquiet ; un examen l'attendait chez Pythagoras, un examen qu'il prévoyait peu facile, ou alors c'était la mauvaise nuit qu'il avait passée qui lui faisait exagérer la difficulté. Pourquoi avait-il mal dormi ? Il n'en avait pas la moindre idée ou alors c'était ce sandwich avalé à la hâte le midi qui lui restait sur l'estomac. Oui, probablement c'était ça...

Encore une fois, il lui faudrait courir à toute vitesse dès l'examen fini jusqu'au restaurant. Normalement, il avait le temps, de huit à dix heures, mais sait-on jamais avec les embarras de la circulation.

Il entra dans la salle à manger ; sa mère était déjà. Elle avait allumé la cuisinière à gaz antédiluvienne et l'odeur agréable du petit déjeuner flottait déjà, comme un rite rassurant ; Alberto versa l'eau bouillie dans une tasse, y ajouta un sachet d'anis et regarda rêveur le liquide jaunir lentement.

Le père était parti aux aurores conduire son bus en laissant une assiette sale qui traînait encore sur la table mais que la mère s'était empressée de récupérer dès qu'Alberto avait pénétré dans la pièce.

Elle posa sur la table une assiette avec quelques pains et des tranches de patate douce frite.

Alberto mangea en silence deux pains farcis de patate douce.

- Aujourd'hui, j'ai un examen assez difficile de mathématiques.

- *Hijito*, Dieu veuille que tu réussisses...

- Je suis bien préparé mais j'ai mal dormi... Je ne suis pas en forme. Il me semble que j'ai mangé quelque chose de pas frais hier.

- Veux-tu une pastille pour digérer ?... Non ?... Tu as tort. En tout cas, pour l'examen, je suis sûre que ça va bien se passer... J'irai prier.

Alberto ne répondit pas et replongea le nez dans sa tasse. A ce moment, sa sœur Monica entra en baillant.

- Bonjour.

- Salut, Monica

La fille s'assit au bout de la table, l'air vaguement boudeur. Elle attendait apparemment que sa mère la servît. Celle-ci, tout en retournant vers son fourneau, reprit ses questions :

- Et comment ça s'est passé au restaurant hier ?, demanda-elle.

- Bien, comme d'habitude. Beaucoup de monde ; on court partout jusqu'à trois heures et on sort tout transpirant, la routine quoi.

Le petit déjeuner fini, Alberto fila se laver les dents, puis attrapa une sorte de sac à dos où il gardait ses affaires. Il embrassa sa mère et sortit de la maison. Il lui fallait maintenant aller jusqu'au coin de l'avenue Pérou, à quatre cent mètres où se trouvait l'arrêt de bus.

Le bus arriva en klaxonnant. Alberto monta, poussa pour se faire une place. Le *cobrador* claironnait :

- Avancez, Avancez, il y a de la place au fond.

Les gens debout des deux côtés de l'allée centrale le regardèrent d'un œil morne. Il n'y avait pas plus de place derrière que devant, pas plus du côté gauche que du côté droit, mais cela faisait partie du rituel immuable. En tout cas, le bus ne bougeait toujours pas et les passagers continuaient à monter et à s'entasser.

Derrière, les automobilistes excédés klaxonnaient, ce qui ajoutait à la crispation ambiante. Drôle de façon de démarrer une journée dans le stress et le bruit.

Alberto sentait son bras qui venait de se coincer dans le dos d'une jeune voyageuse ; il avait dû prendre son sac à dos à bout de bras et en sentait le poids sans pouvoir faire un mouvement pour soulager la crampe qui commençait à monter.

- Avancez, Avancez, s'égosillait encore le *cobrador*.

- Avance toi-même, tu nous fais perdre notre temps, cria un voyageur.

Enfin, peut être fustigé par la remarque, le bus s'ébranla et s'inséra dans le trafic. Alberto avait de la chance dans son malheur : deux stations plus loin, un bon nombre de voyageurs descendirent et les survivants purent enfin respirer plus à leur aise.

Indifférent au bruit et à l'agitation qui l'entouraient, Alberto se mit à repasser mentalement son cours tout en regardant machinalement par la fenêtre ; il suivit des yeux une femme qui poussait sa petite charrette où s'entassaient oranges, ananas et pastèques.

Finalement, il se sentait prêt. Ce ne serait probablement pas si terrible. L'état vaseux du lever avait laissé place à une certaine excitation, l'excitation de l'élève prêt à se colleter avec les problèmes et qui est pressé d'en finir. Tout à ses réflexions, il faillit manquer l'arrêt, tout à côté de Pythagoras. Il descendit et se dirigea vers l'entrée qu'il connaissait si bien.

À dix heures, Alberto avait fini et il sentait que ça s'était plutôt bien passé. Il courut sur l'avenue vers l'arrêt de bus.

L'engin pétaradant et brinquebalant arriva au bout de cinq minutes ; Alberto y monta et commença à rêvasser que ça serait bien agréable de s'acheter un 4 x 4 pour éviter ces bus incommodes. Prendre la route au moment que l'on choisit pour aller directement là où on veut. Mais pour ça, il fallait trouver un travail bien payé et, pour trouver un travail bien payé, il fallait un diplôme... On en revenait toujours au même point.

Un homme entre deux âges monta avec, en bandoulière, une caisse remplie de glaces, isolée de la chaleur par des plaques de polystyrène expansé.

- Biscuits glacés, les meilleurs à un sol... Cônes, esquimaux... Un sol et demi. Biscuits glacés.

Alberto choisit un biscuit glacé puis glissa une pièce dans la main du type. La chaleur était déjà forte et Alberto ne se sentait pas le courage de faire tout le trajet sans se rafraîchir la bouche. L'homme, après avoir vendu deux cônes, descendit à l'arrêt suivant.

Dans le restaurant, le cuisinier et les autres employés lui témoignaient un certain respect : avoir un futur ingénieur avec soi, ça n'arrivait pas tous les jours.

Alberto n'était là que depuis deux mois mais il avait réussi à se faire respecter. Les autres appréciaient que son attitude fût restée modeste, pas comme celle de certains fils de riches hâbleurs qui sortaient parfois avec des diplômes d'autant moins valables que les frais de scolarité étaient élevés. C'était du moins ce qu'affirmait César, l'aide-cuisinier qui affirmait haut et fort ses idées de gauche au sein des cuisines. César fustigeait les lois Fujimori qui avaient ouvert le négoce de l'enseignement à tout un tas de profiteurs dont l'unique ambition était l'enrichissement personnel et pas la pédagogie. Il soupirait sur les miettes financières que se partageaient les universités publiques, comme l'Université Nationale d'Ingénierie ou la San Marcos.

- Alors, comment ça s'est passé ?, clama César.

- Bien, plus facile que je croyais. Hier, je me suis pris la tête avec les problèmes... pour rien en fait

- C'est cool. Au moins, si tu rentres à la UNI, tu ne le devras qu'à ton travail, pas comme ces petits cons de la UPC qui friment parce qu'ils vont à Miami en vacances et qu'ils baragouinent trois mots d'anglais.

Alberto se mit à sourire. Il connaissait le genre de diatribe où se complaisait César et il fallait laisser filer. Au bout d'un moment, ça finissait par se tasser.

- Ah, j'oubliais ; ils connaissent aussi les boutiques où il faut aller à New-York, ces merdeux... Vachement important, non ?... Sinon, on passe pour un con.

- Bon, c'est fini de discuter ? Vous vous mettez au boulot ?, questionna le cuisinier.

- OK, chef, répondit César.

La fin de matinée se passa dans la préparation. Toujours la même routine : épépiner l'*aji*, trancher les oignons, hacher l'ail, fileter les poissons... Et, à partir de midi et demi, la ronde de la veille recommença.

Lorsqu'il arriva ce soir-là chez lui, Alberto vit qu'une lettre était arrivée, qui portait l'en-tête de Pythagoras. Curieux !! Ils savaient pourtant qu'il devait passer l'examen le matin. Pourquoi donc ne lui avaient-ils donc pas remis en main propre ? Il ouvrit la lettre et la parcourut rapidement ; en quelques secondes, il était fixé. Dans un style pompeux, on l'informait que les frais de scolarité augmentaient brusquement de vingt-cinq pour cent.

Le comptable s'enferrait dans des détails techniques ; c'était la faute du Gouvernement avec sa nouvelle loi qui voulait réglementer l'enseignement et fourrer son nez partout où sa présence n'était pas désirable.

La conséquence était que les pauvres universités et les classes préparatoires privées allaient payer le prix fort, du moins, c'était l'argument avancé par le rédacteur pour justifier la hausse des tarifs.

Le comble était que la mesure entrait en vigueur immédiatement et on demandait aux élèves de se rapprocher de la comptabilité pour s'acquitter des sommes qu'ils devaient... Même pas le temps de se retourner.

Alberto sentit un vertige l'envahir. Les frais mensuels allaient s'élever à mille soles au lieu des huit cent qu'il gagnait péniblement au restaurant. Deux cent soles, pour certains, ce ne serait pas grand chose, mais pour lui, c'était énorme.

Sa mère, qui était présente dans la salle, sentit bien qu'il se passait quelque chose.

- Un ennui, Alberto ?

- Non, rien, Maman.

Il se serait fait plutôt couper la langue que d'avouer la vérité. Pas la peine d'affoler ses parents. Il songea qu'il lui fallait trouver une solution très vite et partit se coucher, la tête lourde, incertain du lendemain. Dans son lit, cherchant un sommeil qui ne venait pas, il continua à réfléchir.

Ses frères étaient déjà couchés et on entendait leur respiration régulière mais cela ne le dérangeait pas. Au contraire, leur souffle donnait une sorte de rythme à la pesanteur de la nuit. La régularité des inspirations et expirations contribuait à le calmer et l'aidait à ordonner ses pensées. Il pensa que la seule chose possible était de demander une augmentation à Maria, quitte à travailler davantage. Mais, pour cela, il fallait s'armer de courage et ne pas craindre d'affronter la patronne derrière son comptoir.

Ses parents arrivaient à peine à joindre les deux bouts. Aussi, était-ce la raison pour laquelle Alberto leur donnait une partie de son salaire : pas le peine de tenter quelque chose de ce côté et, de toute façon, il était trop fier pour aller leur taper de l'argent. C'était lui qui avait décidé de trouver un emploi rémunéré pour ne pas être une charge. Il assumerait donc cette nouvelle difficulté. Bien entendu, au moment des inscriptions, par orgueil, ses parents avaient joué le rôle de ceux qui peuvent aider, mais Alberto n'avait pas été dupe. Il connaissait la situation de la famille.

Bien entendu, un surcroit de travail rendrait ses études plus âpres, mais sa détermination restait intacte et, un jour, il verrait la récompense de ses efforts.

Le lendemain, n'ayant pas cours le matin, il courut au restaurant dès l'ouverture à dix heures. Le rideau de fer était à peine levé qu'il pénétrait en courant dans l'établissement. Maria se tenait droite à son poste de commandement. Pendant le trajet en bus, il avait répété et peaufiné les phrases à dire, mais là, tout à coup, il sentit son cœur s'accélérer et la sueur perler sur son front et sur la paume de ses mains.

"Allons, du courage", se dit-il... "Une bonne aspiration d'air pour calmer les nerfs".

Mais, ce fut Maria qui entama la conversation.

- Qu'est-ce que tu fais là, Alberto ? Tu démarres à onze heures, non..?

- Oui... mais c'est que...

Il hésitait, oscillant d'une jambe sur l'autre, enfin, il se lança.

- Je peux vous demander quelque chose ?

- Bien sûr

- Voilà : il m'arrive un coup dur. Les frais de la préparation à l'Université augmentent et ce que je gagne ici ne sera pas suffisant... Est-ce que je pourrais travailler une heure de plus par jour pour compenser ? Je m'arrangerai.

- Alberto, désolé mais ce n'est pas possible. Il y a déjà trop de monde ici et je m'en sors à peine. Il me serait agréable de t'aider mais, franchement, non.

Alberto avala à grand peine sa salive. Une sueur froide courut dans son dos. Durant ses cogitations nocturnes, il n'avait pas voulu imaginer une telle réponse car il était sincèrement persuadé que Maria lui donnerait sa chance.

Il se leva et partit vers la cuisine, abattu. Là, accroché à la planche de travail, se trouvait déjà César.

- Eh bien, tu en fais une tête ! Quelque chose de pas frais que tu aurais mangé comme l'autre fois ?

Alors, Alberto lui conta son histoire, comment il avait reçu la lettre de Pythagoras, ce qu'elle annonçait et le fait que Maria avait repoussé l'idée de l'aider.

César hocha la tête en homme peu surpris. Il osa, en lui lançant un clin d'œil complice :

- Les enculés... Ne t'en fais pas, petit, ça va s'arranger. Et elle, avec ce qu'elle gagne. Crois-moi... c'est dégueulasse.

Alberto, pour le moment, ne voyait pas bien comment cela allait s'arranger ; il faudrait un miracle, et les miracles, il n'y croyait pas trop.

Pour se changer les idées et parce qu'il n'y avait rien d'autre à faire pour le moment, il se mit au travail machinalement ; les heures passèrent puis à cinq heures retentit le signal donné par Maria.

Alberto sortit pour rejoindre Pythagoras où il avait un cours de chimie. Il se dépêcha pour avoir le temps de voir le comptable avant la classe et pour lui demander des explications.

Il monta les marches quatre à quatre et frappa à la porte ; la secrétaire l'informa que le comptable était fort occupé mais Alberto était têtu et, comme il n'avait pas beaucoup de temps, il insista jusqu'à ce que la secrétaire acceptât de s'occuper de son affaire.

Le comptable, avec son crâne à moitié chauve, était une caricature vivante de la profession. Le formaliste typique, avec les traits rabotés et les yeux enfoncés qui lui donnaient une allure de vieux crapaud. Le regard laissait transparaître tout à la fois la méfiance et la ruse. C'était le genre de type qui portait beau, fasciné par les apparences ; le costume était bien coupé, propre et neutre ; seule une petite rosette à la boutonnière égayait le sérieux de l'ensemble.

- Dépêchez-vous, Mr... Comment déjà ?... Huaman, oui, c'est cela, Huaman. J'ai très peu de temps. Qu'est-ce qui vous amène, jeune homme ?

Alberto se racla la gorge. Il avait soif, brusquement, une soif qu'il aurait bien voulu étancher maais il n'était plus temps.

Il se rendait bien compte, pour se donner du courage, que le type s'octroyait une importance exagérée comme le font souvent les procéduriers.

- Veuillez m'excuser de vous importuner, mais j'aimerais savoir s'il est vrai que les frais de scolarité augmentent dès demain et j'aimerais savoir pourquoi.

- Parfaitement, c'est votre droit le plus strict ; voyez-vous, l'augmentation est nécessaire car les exigences du Gouvernement vont nous occasionner des frais supplémentaires ; si nous voulons continuer notre tâche d'enseignement au service du pays, il fallait bien trouver une compensation.

Alberto ne fut pas convaincu par la réponse et malgré sa timidité naturelle, il décida de ne rien lâcher.

- Vous savez que ceux qui étudient chez Pythagoras ne sont pas les plus fortunés. C'est même pour ça qu'ils viennent ici pour se préparer à la San Marcos ou à la UNI, dans une préparatoire qui restait accessible enfin,... relativement.

- Le problème n'est pas là. Je vous dis que nous devons nous adapter puisque ce Gouvernement a décidé d'augmenter nettement les obstacles à l'enseignement de qualité que, nous, classes préparatoires, tentons, oh bien difficilement, de prodiguer...

Alberto commençait à s'énerver. Il n'acceptait pas ce qu'il considérait comme une injustice. Le discours restait absolument froid, comptable pour ainsi dire et sans empathie. Le type se fichait complètement de savoir qui il avait en face de lui et quelle était la situation des élèves. Il sentit son cœur s'accélérer.

- Et le directeur… Il y a eu un article sur lui dans un journal il y a quelques jours. Il est malheureux avec ses quarante mille dollars par mois ?

La phrase était sortie presque malgré lui.

- Ah, je vous en prie… Vous n'êtes pas venu pour insulter notre directeur qui fait ce qu'il peut pour les élèves. Croyez-moi…, si vous pensez que ça lui fait plaisir d'augmenter les tarifs,… Eh, bien, vous vous trompez.

- Oui, mais moi, je n'ai pas deux cent soles de plus à donner par mois.

Et en disant cela, dans son innocence de jeune étudiant, il retourna ses poches pour montrer leur contenu à son interlocuteur mais, à son immense surprise, des billets de cent soles voltigèrent jusqu'au sol.

- Je vois que vous n'êtes pas si à plaindre, mon jeune ami. Bon allez, je vous ai assez vu. Au revoir.

Et en disant cela, le comptable s'était levé et avait ouvert la porte, manifestant clairement que l'entretien était terminé.

Alberto sortit comme un automate. Il eut un brutal éblouissement ; il ne comprenait pas comment ces billets avaient atterri dans sa poche. Il y en avait pour mille soles. Voyons... En entrant chez Maria, il était sûr de ne pas les avoir, il gardait seulement quelques pièces pour son bus et puis, il n'avait jamais eu autant d'argent sur lui.

C'est tout perplexe qu'il se dirigea vers la salle des cours. Puis soudain, une illumination le frappa : Si c'était César... César lui avait fait un clin d'œil complice en lui disant : "Ne t'en fais pas ; ça va s'arranger". Qu'est-ce que cela voulait dire ? César lui aurait-il glissé le paquet dans la poche sans qu'il s'en rendît compte ?

Après tout, c'était possible. Il avait l'air d'un bon bougre, ce César. Alberto pensa tout à coup qu'il ne pouvait pas accepter cela : César ne roulait pas sur l'or et il avait une famille à nourrir. À la limite, qu'il lui avance les deux cent soles pour un mois de plus chez

Pythagoras, c'était envisageable, mais il n'allait pas le faire pour quasiment les six mois de scolarité qui restaient avant les examens.

Alberto se promit bien de lui en toucher un mot dès le lendemain.

Le lendemain, Alberto arriva au restaurant à onze heures, comme chaque jour. Il était à peine entré que deux individus qui se trouvaient de chaque côté de la porte se saisirent de lui. Ils lui tordirent les bras dans le dos puis il sentit qu'on lui passait les menottes. Tout s'était passé si vite qu'il n'avait pas eu le temps de réagir.

Son œil parcourut la scène : un type en costume fripé et qui ne ressemblait à rien, se tenait devant lui. En fait, Alberto l'avait déjà vu, ce type mais où ? Soudain, la mémoire lui revint : bien sûr, c'était un client de Maria qui venait de temps en temps au restaurant.

La face torve, les yeux chassieux indiquèrent instantanément à Alberto que l'homme qui lui faisait face était, avant même de le connaître, son ennemi.

Soudain, la porte de la cuisine s'ouvrit et César également menotté apparut encadré par deux types dans le genre de ceux qui tenaient Alberto.

Alberto n'y comprenait plus rien mais il n'eut pas le temps de se poser d'autres questions ; Maria, qui était juste derrière les deux types et César, arriva en trombe dans la salle principale :

- Ce sont bien eux, Monsieur l'Inspecteur.

"Allons donc, des flics", pensa Alberto.

Mais Maria avait des choses à dire à Alberto.

- Sale voleur, moi qui t'avais procuré un travail pour tu puisses payer tes études !! Ah, on est bien payé de sa bonté... Monsieur l'Inspecteur, il faudra le faire avouer pour qu'on sache où il a caché l'argent qu'il a volé. Et l'autre, son complice, un communiste... Vous pensez !! Comment ai-je pu être assez bête pour offrir un travail à ces deux racailles.

- Je vous en prie, Madame, nous connaissons notre métier, intervint l'inspecteur.

La voix était à l'unisson de l'apparence du flic, grinçante comme une vieille girouette malfaisante.

- Nous nous occupons d'eux. Ce n'est plus votre affaire.

- Ah mais j'y compte bien que vous vous occupiez d'eux. Et puis, je vais en parler à votre chef ; je le connais, moi. Il vient souvent manger ici... Bande de lâches Voyous... Me piquer mille soles !!

"Allons bon, c'était ça : le paquet que j'ai dans la poche vient de la caisse de Maria et elle croit que je lui ai volé", soupira Alberto. "Mais que fait César dans cette affaire ? Bon Dieu... c'est lui qui les a pris pour m'aider". Maintenant, tout devenait clair. César, moitié par dégoût du système, moitié pour l'aider, avait volé.

César le regarda intensément et, au moment où les flics les embarquaient, il lui fit un clin d'œil qui passa inaperçu de Maria et des policiers. Mais, ce clin d'œil signifiait beaucoup. Il voulait dire : "Ne t'inquiète pas, je prends tout sur moi".

Alberto réfléchit deux secondes puis, tout en montant dans la voiture de police, il lui retourna son clin d'œil. César l'interpréta comme ceci :

"Pas d'inquiétude..., quand ils nous interrogeront, ce sera moi le responsable car toi, tu as une famille et tu n'es pas si jeune... Moi, j'ai le temps de me refaire. Même si mes études sont foutues pour le moment, ce n'est pas grave... OK, les examens de demain, il y a peu de chance que je puisse y assister et c'est éliminatoire directement, mais peu importe. On affrontera ça ensemble et on en sortira ensemble".

Victorina

Avec ma respectueuse reconnaissance pour avoir emprunté à Ricardo Palma l'idée de ce conte.

Il y avait au XVIIIème siècle, dans les vieux quartiers de Lima une population assez miséreuse qui vivotait là, comme elle pouvait, au milieu des ordures et des maigres ruisseaux qui ne parvenaient pas à évacuer les immondices que les peu scrupuleux y abandonnaient.

On y trouvait des colporteurs de tout genre, des vendeurs de pacotilles, des fournisseurs d'objets de culte chez qui venaient se fournir les dévotes et beaucoup de prêtres issus des nombreuses églises de la ville des Rois, des marchands de fruits, légumes et poissons, des diseuses de bonne aventure, des artisans dans leurs ateliers, des forgerons, des prostituées et leurs protecteurs. Des juifs prêteurs sur gages y pratiquaient leur office tout en cachant, au fond des cours, leurs synagogues à peine tolérées par la Vice-Royauté.

Cette foule grouillait, piaillait et se chamaillait pour des peccadilles et, parfois, il ne fallait pas moins qu'une troupe d'*alguacils* vigoureux pour remettre de l'ordre lorsque les choses tournaient mal.

Le visiteur, venu d'Europe, ne pouvait s'empêcher d'être confondu par le mélange des couleurs et des formes, par la puissance des effluves qui frappaient ses narines et par le bruit continuel qui émanait de cette multitude et agressait ses oreiles. Tous les jours, il y avait des marchés, marchés dans lesquels se côtoyaient ces mélanges de populations, si fréquents dans les colonies de l'époque. On y trouvait, dans un bruissement perpétuel, espagnols, anglais, indiens, arabes, chinois, noirs venus d'Afrique et servant pratiquement d'esclaves dans les champs qui bordaient la cité. Tout ce beau monde flânait, discutait ou négociait les prix des épices, des armes et des cuirs.

Dans ces quartiers, vivait une vieille connue de tous et nommée Victorina. Quel âge avait-elle ? Personne ne le savait, et même les plus anciens habitants se souvenaient de l'avoir toujours vue. D'où venait-elle ? Les commères qui étaient toujours au courant de tout n'en avaient pas la moindre idée. Il faut dire que Victorina ne s'était jamais confiée sur sa vie et, s'il lui restait de la famille, personne n'en savait rien. C'était un vieux meuble auquel chacun était habitué ou attaché et sa présence tantôt discrète, tantôt bruyante animait le quartier..

Certains avaient fait courir le bruit qu'elle se livrait peut être à la sorcellerie dans son jeune temps. L'accusation était très loin d'être bénigne dans les possessions de la couronne espagnole, à une époque où n'avaient pas encore pénétré les idées de tolérance religieuse qui naissaient en Europe.

Pour cette raison, les gens qui ne lui voulaient pas de mal, et ils étaient nombreux, faisaient taire les accusateurs jusqu'à ce qu'une nouvelle rumeur ne se mette à courir les rues.

Victorina trottait tout le jour, offrant ses services aux uns et aux autres. Elle avait appris à se rendre indispensable. Elle repassait, lavait le linge ou recousait les habits des commerçants, trop pris par leurs affaires. Elle portait aussi des messages à droite et à gauche pour quelques *maravedis*. Tout le monde savait qu'elle avait encore toute sa tête et la langue bien pendue. Plus d'un s'était d'ailleurs trouvé pris en défaut de repartie face à sa vivacité verbale. Aussi, pour cela, chacun la respectait et la saluait au passage. Elle, souvent perdue dans ses pensées, ne répondait pas et passait sans rien voir. Les habitués hochaient les épaules en esquissant un sourire et continuaient leur chemin.

Pour compléter la description, il nous faut révéler que Victorina était fort dévote et fréquentait assidûment le culte. Peu à peu, au cours de ses nombreux séjours dans les églises de Lima, lui était venu le souhait de voir Dieu. Et avec le temps, ce souhait avait fini par se transformer en désir, puis en passion. En principe, les gens de Lima, et ils ne sont pas différents de ceux de notre temps, désiraient une maison de campagne ou de belles toilettes. Elle, Victorina, dans sa simplicité, ne désirait qu'une chose, c'était que le Maître du Monde lui apparaisse. Tout le reste lui était bien égal !

Mais quelle pouvait bien être la cause d'un tel désir? Elle était en réalité très simple : Victorina ne pouvait se résoudre à voir autant de désordres autour d'elle et ne comprenait pas comment le créateur de toutes choses avait pu laisser le péché s'installer sans y apporter remède. Pour la vieille, ce n'étaient que vols, meurtres, mensonges et turpitudes, prostitution et sacrilèges. Pour elle, les moins mauvais de toute cette troupe n'étaient pas bons selon les canons des Évangiles. Aussi, dans sa simplicité, la vieille n'y comprenait rien et se tordait le cerveau pour essayer d'en faire sortir un début d'explication. .

Bien sûr, on punissait. De temps en temps, le *corregidor* attrapait bien quelques larrons et on conviait alors le bon peuple à assister à leur garrottage sur la *Plaza de Armas*, mais pour Victorina, c'était inadapté et incompréhensible car elle ne pouvait se réjouir, de par sa bonté naturelle, du supplice d'autrui.

Elle s'en était bien entendu ouverte auprès du curé de sa paroisse de San Pablo et lui avait demandé les raisons d'une telle situation. La vieille croyait fermement, dans sa naïveté, que le brave prêtre lui offrirait une réponse. Le saint homme n'avait rien trouvé à dire, sinon ce que ses pareils répètent en pareil cas, à savoir que les desseins de Dieu sont impénétrables et que l'homme possède le libre arbitre mais s'en sert mal.

La vieille n'était pas satisfaite de ces réponses et continuait à marmonner entre ses dents gâtées au sortir de l'église. Elle ne comprenait pas pourquoi créer des hommes et des femmes en les dotant du libre arbitre, pour ensuite, les châtier quand ils ne suivaient pas le bon chemin. Quelle était la logique de tout ça ?

On constatera ainsi que Victorina n'avait pas mauvaise jugeote, malgré son analphabétisme et qu'elle aurait pu en remontrer à plus d'un docteur imbu d'un incertain savoir...

À force de répéter, le soir dans son lit, qu'elle voulait voir Dieu, elle finit par agacer Messire le Diable. Il faut dire que le Maître du Monde Souterrain, qui n'était évidemment pas un saint, c'est le moins qu'on puisse dire, ne pouvait s'empêcher de ressentir un sentiment de jalousie ; c'était bien dans sa nature profonde après tout et ce n'était qu'un des plus bénins défauts qu'on pouvait lui reprocher.

Une nuit donc, Satan apparut à la vieille qui se retournait sur sa couche à la recherche du sommeil. Il entra, non dans un fracas de tonnerre, baigné de flammes fuligineuses ou accompagné d'une odeur de soufre, comme se sont plu à le ressasser à tort des chroniqueurs mal informés, Non il entra simplement et sans bruit car il avait depuis longtemps relégué tous ses ustensiles au placard, soucieux de redorer une réputation ternie au long des siècles.

Il pénétra donc furtivement dans la chambre de Victorina, simplement vêtu d'une veste noire, de chausses noires et de souliers de la même couleur. Il portait un petit bouc, mais pas de cornes et son crâne s'ornait d'un chapeau, ma foi, assez élégant. Quiconque l'eût rencontré dans la rue se serait à peine retourné et, l'eût-il fait que cela aurait été simplement pour remarquer que décidément, ces étrangers d'anglais s'habillaient d'une drôle de manière. Son arrivée fut si discrète qu'il dut se racler la gorge, ou ce qui lui en tenait lieu, pour avertir la vieille de sa présence.

La pauvre, en voyant l'intrus, sursauta dans son lit et il s'en fallut de peu que son âme ne s'échappât de son corps, ce qui aurait occasionné une perte sèche pour Messire Satan, étant donné qu'aucun pacte n'avait encore été signé.

- Jésus, Marie, Joseph, s'écria Victorina !!

- Silence, femme. Point de blasphèmes... Je viens te voir pour une petite discussion ; je crois comprendre que les mystères du Monde t'intriguent et que tu aimerais comprendre la raison de toutes choses ici-bas. Tu t'adresses à Celui d'en Haut, mais il ne te répond pas. Bien entendu, pourquoi se soucierait-il des pauvres créatures dont il revendique la paternité ? Il n'a pas de quoi s'enorgueillir après tout d'une création aussi bancale.

Sur ce, Satan partit du rire sardonique qui lui est propre et qui glace normalement le sang de tout chrétien bien constitué. Puis, il s'arrêta une seconde pour reprendre haleine car même le Diable doit respirer. Il n'en fallut pas plus à la vieille pour reprendre ses esprits et crier :

- Sortez ou j'appelle à l'aide...

- Allons, je vois que tu n'es pas raisonnable... Cela ne m'étonne pas car, œuvre de Celui d'en Haut, tu es pleine d'imperfections. Ce n'est pas pour dire, mais m'eût-on confié le travail que les choses n'eussent pas été aussi bâclées. Ecoute donc ce que j'ai à te dire.

- Ça ne m'intéresse pas, s'enhardit la vieille. Sortez encore une fois... Si vous croyez que vous me faîtes peur...

- Je vais t'expliquer tout, entends-tu, tout ce qu'il faut savoir. Tu deviendras plus savante que tous les vieux à barbe et cheveux blancs qui ont brûlé leurs yeux dans des études inutiles. Ils ne sont même pas arrivés, malgré leurs veilles, au centième du millième de ce qu'il faut savoir. Toi, en une heure de ton temps terrestre, tout te sera révélé mais, bien entendu, il y a une contrepartie... Et sur ces paroles, le Diable éclata de nouveau d'un rire sardonique.

Victorina s'était peu à peu remise de ses émotions, et voyant que rien d'apparemment fâcheux ne se produisait dans l'immédiat, elle se résolut à répondre :

- Voyons ce que vous avez dans votre sac et déballez votre marchandise.

En effet, Victorina était avant tout femme, et comme femme, lui était resté ce penchant naturel pour la curiosité qui fait le charme du beau sexe.

- La contrepartie, c'est ton âme... Une signature sur un contrat que j'ai préparé et, à l'heure de ta mort qui ne saurait tarder, je reviendrais m'emparer de ce bien irremplaçable pour lequel nous nous battons depuis toujours avec Celui d'en Haut. Mais, entre-temps, tu auras pu jouir de la connaissance absolue, connaissance qui te permettra de devenir immensément riche et puissante. Si tu ne sais pas écrire, peu importe, un simple signe que je te dévoilerai suffira à condition qu'il soit écrit de ton sang. Allons, réfléchis vite car le temps presse et je crois qu'il n'y a pas à balancer entre ton existence misérable d'aujourd'hui et ce qui t'attend si tu acceptes ma proposition.

- Qu'est-ce qui m'assure que vous me dites la vérité et qu'une fois que j'aurais signé, vous tiendrez votre promesse ?

Comme quoi l'on voit que Victorina avait gardé la vivacité d'esprit nécessaire pour une négociation avec les puissances des ténèbres, mais elle cherchait surtout à gagner du temps.

Le Diable ne put retenir un soupir d'agacement.

- Ce n'est pas parce que j'incarne l'Esprit du mal que je ne tiens pas mes promesses, ça n'a rien à voir... Moi, ce qui m'intéresse, ce sont les grandes œuvres malignes, pas les petites opérations sans intérêt. On voit que tous, humains que vous êtes, avez été manipulés par les curés pour croire n'importe quoi.

À ce blasphème, Victorina se signa vigoureusement. Elle se redressa dans son lit et, d'un index rageur, indiqua aux Maître des Enfers le chemin de la sortie. Satan, ulcéré, s'approcha alors de la couche, bien décidé à s'approprier de force ce qu'on ne voulait pas lui accorder de bonne grâce.

La vieille poussa un cri strident, sauta du lit et se précipita en toute hâte vers la porte. Satan, surpris, mit quelques secondes à réagir mais la vieille, faisant preuve d'une agilité inespérée, était déjà dehors et courait tout en hurlant : "Le Démon, par tous les saints, le Démon me poursuit".

Au bruit, les voisines et les voisins commencèrent à mettre la tête à la fenêtre. Comme celles-ci donnaient majoritairement sur le rez-de-chaussée, les plus audacieux purent même enjamber le rebord et courir au secours de Victorina. Le Diable, voyant que les choses ne tournaient pas à son avantage décida de ne pas insister et regagna très discrètement son royaume souterrain.

Les hommes, qui couraient après Victorina, ne virent rien de particulier cette nuit-là qui permît d'affoler à ce point la bonne vieille. Aussi, lui crièrent-ils de se calmer et d'arrêter sa course folle. Rien n'y faisait et Victorina continuait son effort insensé, ce qui finit par fatiguer ceux qui la poursuivaient. Il est en effet connu que la peur donne des ailes, selon le dicton.

Aussi, malgré ses vieilles jambes, réussit-elle à mettre de la distance avec ses poursuivants. Peu à peu, Victorina reprit son calme, et seul un de ses voisins, le jeune Luis, avait réussi à suivre le rythme, aussi, lorsque celui-ci arriva à la hauteur de la vieille, non sans souffler comme un forgeron, celle-ci lui conta-t-elle l'histoire tout en hoquetant encore de nervosité :

- Ah, Seigneur Dieu, qui avez versé votre sang pour laver les péchés du monde, Quelle histoire ! Lucho, Lucifer ou Belzébuth, je ne sais, m'est apparu... Si tu pouvais imaginer !

- Qu'est-ce que tu racontes, Victorina ? Dis plutôt que tu as abusé de vieux rhum. On sait comment certaines ancêtres du quartier passent leurs soirées. Victorina, qui ne buvait pas une goutte d'alcool, suffoqua encore plus devant la maligne accusation.

- Je l'ai vu te dis-je, comme je te vois. Il m'a proposé un marché contre mon âme. Je suis resté un moment paralysée à discuter, prête à céder, puis tout à coup, mon bon sens m'est revenu et je me suis enfuie.

- Non, tu as rêvé. Ce sont des choses qui arrivent. Rentre donc te coucher.

- Point, je dois expier et pour cela, marcher toute la nuit jusqu'au sanctuaire de Santa Rosa et, là, je demanderai au Seigneur le pardon.

- Tu n'y penses pas ; toute seule à cette heure dans la nuit et à ton âge.

- Ah, ça suffit. J'ai le triple de tes années et je sais ce que je fais. Ce n'est pas un jouvenceau comme toi qui va m'ordonner ce que je dois faire.

- Bon, fais comme tu voudras...

Sur ces paroles, Luis reprit le chemin de sa maison tandis que Victorina poursuivait sa route vers le Sanctuaire de Santa Rosa de Quives, la protectrice de Lima. Le jour se levait que la vieille en était encore loin ; l'excitation étant tombée, elle ressentait une grande fatigue et décida de s'arrêter pour prendre un peu de repos. Les premières lueurs éclairaient les *cerros* et Victorina avait grimpé de bonnes pentes sans s'en rendre compte, à tel point qu'elle ne distinguait plus, ni la ville des Rois, ni l'Océan Pacifique, tous deux dissimulés par les brumes de chaleur qui stagnaient un peu plus bas. L'endroit était sablonneux et désert. Pas un oiseau, à peine quelques chétifs arbustes pour lui tenir compagnie.

Elle s'assit donc afin d'aviser sur la conduite à tenir. Elle commençait à comprendre pourquoi ses appels étaient restés vains. Dieu voulait ainsi lui montrer qu'il ne lui appartenait pas de percer les secrets du monde et, c'est pour cette raison qu'elle était restée avec ses interrogations. Seul, le Malin avait répondu et cela suffisait à démontrer que la connaissance absolue qu'elle réclamait était œuvre démoniaque. La pauvre vieille comprenait maintenant le péché auquel elle avait failli succomber. Malgré son âge avancé qui aurait dû la préserver de ces erreurs, elle s'était comportée comme une jeune fille à qui manque l'esprit de soumission. Elle adressa une prière muette au Ciel, le suppliant de lui pardonner et de lui donner à l'avenir un peu plus de sagesse.

Alors qu'elle s'absorbait dans la pénitence et qu'elle battait sa coulpe, elle eut une brusque commotion... Le Christ était devant elle, tout auréolé d'une douce lumière impalpable qui n'était point celle que le soleil commençait à répandre en montant à l'horizon. Il était apparu soudainement, sans bruit, mais on ne pouvait s'y tromper et le confondre avec un être de chair et de sang. Victorina fit ce que tous font en pareil cas : elle s'agenouilla et joignit les mains. Le Christ, bon prince, lui adressa alors la parole :

- Puisque tu as su reconnaître ton erreur et que tu as pu résister au Malin, il te sera beaucoup pardonné et puisque ta foi est si vive, tu peux me demander d'exaucer quelques-uns de tes souhaits, à condition qu'ils ne témoignent pas d'un intérêt purement égoïste.

- Seigneur, est-ce possible ? Je serais donc bienheureuse d'avoir pu contempler votre céleste gloire... En ce cas, je voudrais que la clémence du climat de notre terre devienne proverbiale.

- Accordé. Il n'y aura point au Pérou d'excès de chaleur ou de froid.

- Et aussi, que mon pays soit prospère.

- Cela ne m'est point difficile. Mon père a déjà tout ordonné, lors de sa divine Création, pour que les fruits de la terre et les trésors des sous-sols s'y trouvent en abondance.

- Et aussi, que tout le monde soit intelligent, sage, honnête, vertueux, charitable.

- C'est déjà plus difficile, mais je verrai ce que je peux faire.

- Que le mensonge ne règne plus dans les cités, ni la duplicité dans les cœurs. Et que l'homme et la femme mariée restent fidèles l'un à l'autre.

- Ma foi, répondit le Seigneur, tu me demandes des choses...

Le Christ commençait à se demander quelle mouche l'avait piqué de proposer à Victorina d'exposer ses désirs les plus secrets, car la vieille semblait inépuisable sur le sujet. Mais il regretta tout à fait son imprudence - car, pour être Dieu, on n'en est pas moins conduit à faire des erreurs - lorsque Victorina émit, dans un dernier sanglot, son dernier souhait :

- Et que ma Patrie soit bien gouvernée, par des hommes honnêtes, qui feraient passer l'intérêt général avant leur intérêt particulier.

- Voilà qui m'est tout à fait impossible, s'exclama le Christ, en disparaissant brusquement du paysage terrestre où il venait de se manifester, laissant la vieille Victorina toute désemparée.

Et c'est pour cela que le Pérou est depuis cette époque et jusqu'à aujourd'hui, un pays fort mal gouverné, mais rassurons ses habitants, et si cela peut leur procurer de la consolation, il n'est pas le seul.